LA CITÉ DES SONGES

De la même auteure aux Éditions J'ai lu

LES BRUMES DE CENDRELUNE

1 – Le jardin des âmes
2 – La symphonie du temps
3 – Les ombres célestes

LES LARMES ROUGES

1 – Réminiscences
2 – Déliquescence
3 – Quintessence

Ce qui ne te tue pas...
Ce qui nous consume...

VICTORIAN FANTASY

Dentelles et nécromancie
De velours et d'acier (Pygmalion)

Nos chemins de travers
Nos vagues à l'âme
Embrasse l'hiver et danse avec lui

Hors de portée
N° 11638

Hors de contrôle (Pygmalion)
Hors de question (Pygmalion)

GEORGIA CALDERA

LA CITÉ DES SONGES

UNE COURONNE
DE ROSES ET DE GIVRE

1

J'AI LU

À toi, que j'ai aimé comme un père,
et qui, toujours, occuperas une place particulière
dans mon cœur.

1

Auréa

Auréa s'assura d'un bref coup d'œil que son compagnon – un renard-feu de près de deux mètres au garrot, au pelage blanc strié de rouge – demeurait à bonne distance. Ignis se trouvait toujours derrière elle, à quelques pas de là, et était occupé à renifler un fourré au fond de la clairière.

Parfait.

Cela laissait à la jeune femme toute latitude pour se concentrer sur l'objet de sa curiosité.

Lentement, prenant mille et une précautions pour ne poser le pied qu'aux endroits où aucune branche ne serait susceptible de craquer sous ses bottines – prévenant ainsi tout risque d'alerter les animaux alentour –, Auréa s'approcha de l'étrange petite lueur jaune. Elle cligna plusieurs fois des yeux, de plus en plus intriguée.

Elle ne rêvait pas. Sur un arbre au tronc colossal était perché un insecte à la carapace ronde et dorée, magnifique, qu'il lui fallait absolument voir de plus près. Il s'agissait bel et bien d'un coléodor. Un spécimen très particulier, que l'on ne croisait quasiment jamais dans la région…

Se tenant à moins de deux mètres de la créature, Auréa décida de sortir de sa sacoche l'un de ses précieux carnets. Entre ces pages, elle avait pris l'habitude de consigner le descriptif détaillé de chacune de ses nouvelles rencontres avec la faune environnante.

Elle se hâta de noter les informations les plus importantes au sujet de l'hexapode – comme la nuance singulière du halo lumineux qui en émanait. Puis elle esquissa de rapides traits afin de capturer l'essence de ses formes. Elle s'appliqua néanmoins à modérer ses gestes pour ne pas faire cliqueter les bracelets d'argent ornant son poignet.

Auréa avait découvert ces bijoux antiques au cours de ses pérégrinations de l'après-midi, profondément cachés au creux d'une faille. Ce genre de trouvailles n'était pas rare pour elle, qui avait la chance de pouvoir sortir à l'extérieur comme bon lui semblait – un véritable privilège qu'elle savait apprécier…

De fait, les artefacts de l'Ancien Monde valaient une véritable fortune et étaient très prisés au reinaume du Printemps. Aussi Auréa ne manquait-elle jamais d'en rapporter à la Tour dès que l'opportunité se présentait. Elle adorait l'exploration, et descendre dans les tréfonds des brèches ne l'avait jamais effrayée.

Absorbée par son dessin, elle avança malgré elle en direction de son modèle, se rendant à peine compte de ses pas. Désormais à seulement quelques centimètres du coléodor, elle s'empressait de reporter sur le papier les curieuses arabesques mordorées couvrant sa carapace lorsque l'écho d'une voix féminine déchira le silence paisible de la forêt.

Surprise, Auréa sursauta et se redressa d'un mouvement brusque. Ignis, de son côté, tendit les oreilles vers l'origine du bruit. Puis, en un éclair, le renard-feu géant bondit pour rejoindre sa maîtresse.

De grandes ailes transparentes émergèrent alors d'un interstice niché dans la nuque de l'insecte et se déployèrent derrière son dos. Après quoi, l'hexapode s'envola. Virevoltant dans les airs, il s'éloigna à toute allure.

— La poisse ! jura la jeune femme, dépitée d'avoir perdu une occasion unique d'examiner un spécimen aussi rare et étonnant que celui-ci.

— Auréa ! répéta la voix plus puissamment.

L'espace d'un instant, la jeune femme hésita à répondre. Elle était extrêmement contrariée d'avoir été ainsi interrompue. De plus, elle n'avait pas particulièrement envie de rentrer si tôt se cloîtrer derrière les vertigineuses murailles de la citadelle en compagnie de ses sœurs...

Le ciel était d'un bleu azur, sans nuage, et la température était douce pour la saison. Soit le temps idéal pour poursuivre ses recherches dans la région sud-est et griffonner toute nouvelle observation dans ses carnets – objets dont elle ne se séparait jamais.

Auréa aimait par-dessus tout flâner seule à l'extérieur. Cette liberté de mouvement dont elle pouvait profiter était précieuse à ses yeux. Un privilège dû uniquement à ses particularités et auquel elle tenait plus qu'à n'importe quoi d'autre. Ses balades, ses analyses et ses observations de l'environnement étaient essentielles pour elle – quand ces simples activités demeuraient malheureusement inaccessibles à tant d'autres...

Cela faisait seulement trois mois que sa Confirmation avait été célébrée et qu'elle avait pleinement accédé au rang de Chasseresse Thaumaturge. Mais, déjà, les contraintes liées à ses fonctions commençaient à lui peser...

Auréa venait de fêter ses seize ans et était la plus jeune titulaire de l'Ordre. Si elle avait bien quelques amies parmi les novices de son âge, elle préférait de loin la solitude et le calme de la forêt à l'effervescence de la vie dans les hauts quartiers. Orpheline depuis son plus jeune âge, elle avait grandi parmi les sœurs de l'Ordre des Thaumaturges. Ces dernières avaient immédiatement reconnu les signes du pouvoir chez le nourrisson qu'elles avaient trouvé abandonné devant la porte principale de la Tour du Printemps.

Posséder le don de faire chanter les Pierres des Abymes était l'unique condition pour intégrer ce cercle à l'incomparable prestige. Ce talent ne se manifestait que de manière exceptionnelle à chaque nouvelle génération, et seulement chez les femmes. C'était donc tout naturellement que les sœurs avaient recueilli Auréa et l'avaient élevée comme leur propre enfant. Son avenir au sein de l'Ordre était depuis lors tout tracé.

Elle était fière d'être enfin devenue un membre officiel de cette caste respectée – voire presque vénérée – de tous au reinaume, même si cela signifiait également devoir endosser davantage de responsabilités. Elle ne regrettait pas d'avoir moins de temps à passer avec ses consœurs du fait de ses attributions. En revanche, être obligée d'abréger ses habituelles promenades en solitaire dans les régions environnantes la déprimait passablement.

Auréa avait toutefois fait plus que sa part pour la journée en venant à bout de deux Vyvernes – monstres ailés au corps recouvert d'écailles, dotés de griffes acérées et de terribles crocs. Elle les avait arrêtées et neutralisées alors qu'elles planaient aux abords des serres sud de la citadelle, menaçant la quiétude des maraîchers. La jeune femme estimait avoir droit à un peu de repos après avoir épuisé toute son énergie dans ces rudes affrontements, et ce si tôt dans la matinée…

La jeune femme avait besoin de se ressourcer pour être de nouveau opérationnelle, la magie des Pierres étant particulièrement coûteuse en force vitale. Et si les sœurs préconisaient des bains d'eau infusée d'essence des Abymes, elle préférait de loin les balades et le dessin – activités sans doute moins efficaces en termes de régénération, mais tellement plus agréables et vivifiantes...

D'ailleurs, pour quelle raison la cherchait-on ?

Le soleil avait à peine entamé son déclin dans le ciel. Aussi, la Tour ne fermerait pas ses portes avant plusieurs heures encore...

— Auréa ! cria derechef la voix, s'approchant peu à peu. Je t'ai entendue pester. Je sais que tu es ici. Pourquoi ne réponds-tu pas ?

L'intéressée croisa les bras, de plus en plus désappointée. Elle ne desserra pas les dents. Cependant, d'un geste machinal, elle ne put se retenir de porter la main à son cœur et effleura du bout des doigts la Pierre fichée dans sa chair, juste au centre de son sternum. La surface polie du petit joyau pourpre, à l'éclat sans pareil, glissa sous sa peau.

Aussitôt, le chant de l'Ancien Monde résonna à travers elle. Des murmures rauques et feutrés s'échappèrent de la gemme, et un souffle impossible agita ses longs cheveux aux nuances gris-mauve – l'une des principales caractéristiques physiques permettant de reconnaître les Thaumaturges.

— Bon sang, Auréa ! s'exclama Dione en émergeant d'entre les arbres sombres bordant la clairière. Cela fait des heures que nous te cherchons ! Nous avons besoin de l'aide de toutes les sœurs. C'est urgent ! Figure-toi que la princesse a disparu...

— Pardon ? Mais...

Un soupçon de remords lui serra la gorge. Quelque chose de grave venait de se produire, et elle avait tardé à réagir...

— Que s'est-il passé ?

Les ronces s'écartèrent au passage de Dione, cette dernière faisant mouvoir le sol devant elle afin de parvenir plus aisément jusqu'à Auréa. En tant que Thaumaturge depuis plus de vingt ans, Dione avait acquis une parfaite maîtrise du pouvoir des Abymes.

Toutes les sœurs de l'Ordre possédaient leurs spécificités, chacune étant liée à l'un des quatre éléments fondamentaux. Le talent de Dione consistait à contrôler la terre tandis que celui d'Auréa était de dompter les vents.

La mage épousseta nerveusement les pans de sa longue tunique blanche aux broderies écarlates – signes qui, ajoutés aux bijoux ornant sa coiffure, révélaient ses hautes fonctions au sein de leur société. Elle soupira, exténuée par ses recherches. Elle s'arrêta un bref instant pour reprendre son souffle, puis elle expliqua :

— Lyssaris a dû paniquer à cause de la cérémonie à venir. Elle reste introuvable depuis le déjeuner...

Ignis poussa un léger grondement, toujours prêt à défendre sa maîtresse en cas de nécessité. Auréa s'empressa de poser la paume sur la nuque de l'animal, lui indiquant d'une simple caresse que l'intruse n'avait rien d'un potentiel ennemi. À la décharge du renard-feu, hors des remparts de la citadelle, le reinaume était rempli de dangers : Wyrms et Vyvernes pullulaient dans les environs.

— La princesse a probablement voulu sortir prendre l'air sans prévenir personne, conjectura Auréa dans un froncement de sourcils. Ce n'est certes pas très réglementaire, mais si son absence n'a été constatée que depuis quelques heures, ce n'est peut-être pas aussi dramatique qu'il y paraît.

Le teint livide, Dione contesta :

— Elle a quitté la citadelle sans la moindre escorte protectrice et a laissé une lettre d'adieu adressée à la reine. C'est dramatique, mon enfant. Lyssaris s'est enfuie pour ne pas avoir à prendre part à la cérémonie de l'Échange. Elle dit refuser de partir pour la Tour de Givre et préfère tenter sa chance à l'extérieur plutôt que de devoir épouser le prince héritier. Réalises-tu ce que cela signifie ?

Auréa déglutit péniblement, prenant tout à coup la pleine mesure de l'événement. Il s'agissait ni plus ni moins de haute trahison. Les caprices d'une adolescente pourrie gâtée risquaient de mettre en danger tout le reinaume...

— Seuls les membres de l'Ordre ainsi qu'une poignée de gardes sont au courant pour le moment, poursuivit Dione. Il nous faut absolument retrouver la princesse avant la tombée de la nuit. Après, il sera trop tard. Non seulement Lyssaris pourrait être tuée par la première créature des Abymes qu'elle croisera, mais, de plus, tout le monde saura pour son affront si l'aînée de la famille royale du Printemps ne se présente pas à la cérémonie...

Une absence inacceptable, susceptible d'engendrer un incident diplomatique majeur, sans précédent pour leur peuple.

La Tour de Givre prendrait forcément ombrage du brusque revirement de la princesse – ce qui ne manquerait pas de compliquer davantage la situation du reinaume, déjà suffisamment préoccupante comme cela...

— Très bien, acquiesça Auréa, agrippant le garrot d'Ignis pour s'élancer sur son dos. Quelle zone dois-je fouiller en premier ?

— Personne ne s'est encore rendu du côté de la frontière jouxtant le territoire de la Tour des Damnés. Il est très peu probable que Lyssaris soit allée dans cette direction compte tenu du péril que cela représente, mais nous devons nous en assurer.

— Dans ce cas, j'y vais immédiatement !

Auréa glissa les doigts au creux de l'épaisse fourrure blanche d'Ignis pour mieux s'y accrocher. Perchée sur le dos du renard-feu, elle pressa du talon les flancs de l'animal, et celui-ci se rua en avant.

— Fais attention à toi, ma sœur ! s'écria Dione. Nous ne pouvons nous permettre de perdre l'une des nôtres pour sauver la princesse...

Auréa se retourna afin d'adresser un dernier regard à l'une de celles qui l'avaient élevée comme une mère et hocha la tête.

La haute coiffure alambiquée de Dione et le nombre de tresses mêlées de filaments d'or tombant sur ses épaules reflétaient son grade et son expérience, mais pas seulement. Les longues années passées à puiser dans le pouvoir des Abymes avaient profondément marqué son corps, corrompant irréversiblement sa chair et lui laissant de nombreuses traces...

Ses cheveux, tout comme ses iris, avaient pris une teinte plus sombre, d'un violet intense. La peau de son décolleté et de son cou était marbrée d'une multitude de symboles antiques, mystérieux et inintelligibles, qui s'étendaient à présent jusqu'à ses mâchoires. Il s'agissait des premiers symptômes de la maladie des Runes, signe d'un usage excessif de la Pierre. Seules les femmes possédant le don parvenaient à fusionner avec ces joyaux, reliques des Anciens.

Auréa et ses sœurs de l'Ordre n'étaient pas révérées et admirées uniquement pour leurs capacités surnaturelles, mais également parce qu'elles offraient leur vie, sacrifiant plusieurs décennies d'existence en échange de leurs pouvoirs. Et si une princesse était évidemment un individu particulièrement précieux pour le reinaume, une Thaumaturge l'était presque tout autant…

2

Auréa

Le renard-feu géant, au crâne orné de hauts bois et dont la queue formait un panache de flammes rouges et blanches, fonçait agilement à travers plaines et forêts. L'animal s'efforçait de rejoindre au plus vite les abords de la frontière séparant le reinaume du Printemps de celui des Damnés, Auréa perchée sur son dos.

Bientôt, alors que les ombres du soir commençaient à grignoter la lumière du soleil, les montagnes grisâtres marquant la limite du territoire se détachèrent de l'horizon.

Depuis une dizaine d'années, personne, parmi le peuple d'Auréa, ne mettait plus les pieds dans cet endroit. Si toute sortie hors des murs des citadelles protectrices – où vivaient recluses les sociétés humaines – était risquée lorsque l'on ne possédait guère le don des Thaumaturges, ce lieu concentrait à lui seul les pires dangers du monde. Sa proximité avec la Faille Primordiale, située à moins d'une vingtaine de lieues de là, en faisait naturellement une zone de tous les périls...

Auréa frissonna à cette pensée, et son regard se porta spontanément dans cette direction. D'où elle était, elle pouvait apercevoir les bourrasques rougeoyantes qui s'échappaient de la toute première fracture de l'histoire. Cette fissure béante crevait le sol sur des centaines et des centaines de mètres de longueur et n'avait jamais pu être sondée dans sa profondeur tant elle était immense. C'étaient les terribles guerres des temps jadis qui, plusieurs millénaires auparavant, avaient provoqué cette calamité. Cette abominable brèche ouverte sur les Abymes...

De cet épisode fatidique ne restaient que d'obscurs récits. Aucun traité historique relatant avec précision les faits n'avait été retrouvé. Aussi, nombre de théories circulaient à propos de ce qu'étaient exactement ces lieux souterrains ancestraux, restés si longtemps inconnus des humains. Beaucoup étaient persuadés qu'il s'agissait des Enfers et que toutes les créatures qui en étaient issues étaient démoniaques. Selon ces croyances, la Faille était le résultat d'un châtiment divin, lancé sur les hommes en réponse à leurs péchés...

Auréa ne souscrivait guère à ces idées, qu'elle jugeait obscurantistes. Pour elle, aucune espèce animale n'était ni bénie ni maudite, chacune obéissant simplement aux instincts dont la nature l'avait dotée. Quoi qu'il en soit, depuis la catastrophe, Vyvernes et Wyrms avaient envahi les cieux, s'échappant des territoires enfouis pour se répandre en surface.

Et si ces inquiétantes créatures représentaient un réel danger pour le commun des mortels, la plus grande crainte de toutes demeurait indiscutablement le Dévoreur de Monde. Un monstre aux dimensions colossales, dont on ne savait que peu de choses en dehors des effroyables dégâts qu'il était capable de provoquer…

Car, bien que la première fissure ait été causée par les affrontements humains, toutes les autres crevasses qui parsemaient désormais l'ensemble du continent étaient l'œuvre du titan. Ses reptations sous la terre devenaient de plus en plus dévastatrices et fracturaient le sol jusqu'à le rendre tellement instable qu'il s'effondrait sur lui-même dans certaines régions.

Pour toutes ces raisons, les peuples humains avaient dû bâtir de gigantesques citadelles – sorte de tours-royaumes – capables d'accueillir les différentes populations à travers la planète afin de les protéger, les gardant à l'abri des périls de l'extérieur. Quasiment aucun écrit concernant la construction de ces édifices gigantesques ne leur était parvenu. La seule certitude à ce sujet était que les immenses bastions avaient tous été érigés à la même période et dans le même but.

Les Anciens leur avaient légué ces inestimables présents en guise d'héritage – prouesses d'architecture aux techniques malheureusement aujourd'hui oubliées, perdues à jamais. Puis ils s'étaient éteints pour céder la place à de nouvelles civilisations…

Auréa se redressa sur le dos d'Ignis, faisant basculer le poids de son corps légèrement vers l'arrière. Le renard-feu saisit immédiatement le message et ralentit l'allure. Il était extrêmement risqué de s'approcher davantage de la frontière. Lyssaris n'aurait guère pu aller beaucoup plus loin, même avec la plus habile des montures. La chaîne de montagnes sombres aux arêtes escarpées qui s'étendait à présent devant Auréa dissuadait naturellement toute progression dans cette direction.

La jeune femme balaya les environs du regard, puis plaça la main en porte-voix contre sa joue.

— Princesse Lyssaris ! s'écria-t-elle, provoquant une brusque envolée de corbeaux – spécimens particulièrement nombreux par ici.

Manifester ainsi sa présence dans cette zone n'était probablement pas une très bonne idée. Mais Auréa ne savait comment s'y prendre autrement…

Quelle peste, bon sang !

Pour l'avoir côtoyée durant ses études – les membres féminins de la famille royale recevant la même éducation que les novices de l'Ordre –, Auréa avait toujours trouvé que la princesse était du genre capricieux. Même sans avoir jamais fréquenté le cercle d'amis de Lyssaris, le caractère égoïste et irréfléchi de cette dernière n'avait pu lui échapper.

Il n'avait cependant été jusqu'ici question que de légers écarts de conduite, plutôt anecdotiques étant donné son rang. Car il y avait un monde entre ces broutilles – de l'ordre de l'enfantillage – et le fait de s'enfuir pour se soustraire aux plus importantes de ses obligations, abandonnant son peuple…

Comment Lyssaris avait-elle pu commettre une telle faute ? Elle n'ignorait pourtant pas combien la Tour du Printemps avait besoin du soutien militaire promis par la Tour de Givre, sa plus proche voisine, en ces temps troublés. Un accord conclu de longue date qui devait être scellé par le mariage des héritiers de ces deux royaumes lors de la cérémonie de l'Échange.

Cette décision inconsciente – nécessairement prise sur coup de tête – de la part de la princesse ne saurait être sans conséquence pour le peuple du Printemps…

Lyssaris n'avait-elle donc aucune considération pour les sujets de son reinaume ? L'espace d'un instant, Auréa tenta de se mettre à sa place. Certes, devoir tout quitter du jour au lendemain, de sa demeure à sa famille en passant par ses amis – et Auréa savait que

Lyssaris en possédait énormément – devait susciter beaucoup d'inquiétude, voire être carrément angoissant... Mais quand même, ce n'était pas une raison pour renier de la première à la dernière de ses responsabilités !

Qu'espérait donc la princesse en faussant compagnie à tout le monde ? Seule, sans la protection d'une Thaumaturge, elle n'avait aucune chance de s'en sortir à l'extérieur. Alors pourquoi avoir agi de la sorte ? Auréa ne parvenait décidément pas à comprendre...

Elle examina plus méticuleusement les environs mais ne décela aucune trace du passage de la princesse. L'herbe était haute aux abords des monts rocheux, et ses brins se tenaient toujours dressés, signe que personne ne les avait récemment foulés. Quant à l'unique sentier de cette région, il était à présent à demi effacé, en partie envahi de plantes sauvages. À l'évidence, il y avait des lustres que quiconque ne l'avait plus emprunté.

— Par ici, souffla Auréa à l'oreille d'Ignis, pressant doucement sa jambe droite contre les côtes du renard-feu, l'incitant à avancer.

La jeune femme aurait certainement dû rebrousser chemin, ou du moins se contenter de sillonner le flanc de ces impressionnantes élévations rocailleuses. Mais maintenant qu'elle se trouvait ici, elle ne pouvait résister à l'envie de s'approcher davantage de la frontière pour jeter un coup d'œil au-delà. Une étrange curiosité s'emparait peu à peu d'elle, au mépris des règles et des dangers encourus...

Elle agrippa la fourrure de son destrier tandis qu'il prenait de l'élan. Ignis bondit sur une corniche située à deux mètres au-dessus d'eux et entreprit l'ascension de la plus basse des montagnes de la chaîne.

— C'est bien, mon grand, le remercia-t-elle, flattant son encolure d'une caresse. Continue comme cela.

L'animal s'exécuta et poursuivit sa progression, gravissant avec agilité la pente, sautant d'affleurements rocheux en nouvelles saillies.

La lune avait largement entamé sa course dans le firmament étoilé lorsque Auréa et Ignis parvinrent enfin au sommet de la crête. Le sol y était étonnamment meuble et stérile, vierge de toute végétation, comme si une épaisse couche de cendres le recouvrait.

Et, au loin, les lumières de la citadelle la plus redoutée de tout le continent apparurent, révélant sa silhouette. D'ici, l'édifice ressemblait presque à celui qu'Auréa connaissait, en tout cas pour ce qui était de ses titanesques proportions. Car son architecture différait en revanche considérablement de celle de la Tour du Printemps, évoquant un insolite enchevêtrement de pagodes, les unes entassées sur les autres...

À la lueur de l'astre nocturne, Auréa nota que le bâtiment était essentiellement composé de petits étages dont les niveaux étaient marqués d'un liseré de toiture aux extrémités retroussées, pointant vers le ciel, et tapissée de tuiles arrondies. La construction mêlait à la fois le bois et la pierre, et d'imposantes colonnes de merisier rouge ceignaient les innombrables façades.

La rumeur de lointains croassements se détachait du doux bruissement de la brise du soir. Auréa leva les yeux et discerna une étonnante nuée de sombres volatiles planant en cercle tout en haut du monument. Sans doute la Reine des Corbeaux – ainsi qu'elle se faisait appeler – se trouvait-elle à proximité...

Un arrière-goût amer envahit le palais d'Auréa. Cette femme aux dons mystérieux avait totalement bouleversé les règles de leurs sociétés depuis bientôt dix ans qu'elle était sur le trône de la Tour des Damnés.

Cette citadelle s'était toujours distinguée des autres, notamment par les raisons qui en auraient, selon la légende, motivé l'édification. Selon les rares récits relatifs à l'époque des Anciens qui leur étaient parvenus, ce bastion était l'endroit où avaient été regroupés et emprisonnés les criminels de tous les royaumes réunis au moment du Grand Exode, des millénaires plus tôt.

Toutefois, au fil des siècles, ses fonctions s'étaient peu à peu transformées. Les différents territoires auraient progressivement décidé de se charger eux-mêmes des sanctions et peines imposées à leurs citoyens hors-la-loi, renonçant à les envoyer en exil dans ce reinaume dont on ignorait tout. En revanche, par crainte, afin d'éviter les risques de propagation de potentielles épidémies au sein des diverses forteresses, les malades de la plupart des peuples du continent avaient été, quant à eux, régulièrement conduits à la Tour des Damnés pour être abandonnés devant ses hautes portes écarlates. Cette pratique, jugée inhumaine par de plus en plus de gouvernements, n'avait quasiment plus cours aujourd'hui, mais le mal était fait…

De mémoire d'homme, aucun lien n'avait jamais pu réellement s'établir entre cette citadelle si particulière et les autres. Personne ne savait vraiment comment était la vie là-bas. Et, en vérité, peu s'en souciaient.

Du moins était-ce le cas jusqu'à récemment… Car tout avait changé lorsque la Reine des Corbeaux avait fait connaître au reste du monde son existence grâce aux percées surprises, terriblement meurtrières, qu'elle avait menées en territoires voisins. Depuis lors, la guerre faisait rage, et la bonne entente qui avait si longtemps régné entre les différents royaumes relevait d'un passé révolu…

Auréa prit soudain conscience que quelque chose clochait. Une vibration ténue, mais de plus en plus présente, sourdait dans sa poitrine. Elle baissa les yeux et plaqua la main sur sa gemme comme par réflexe. Aussitôt, le joyau réagit, sa surface polie se faisant tout à coup nettement plus chaude au toucher. Une force inconnue mais puissante était à l'œuvre et les appelait, elle et l'améthyste…

Immédiatement, son regard fut attiré en direction de la Faille Primordiale qui déchirait le sol grisâtre au sud du vaste plateau où s'élevait la Tour des Damnés. À présent, Auréa pouvait distinguer les bords escarpés de cette plaie béante, gouffre obscur d'où s'échappait un souffle qui lui paraissait de plus en plus étrange, constitué de fumée pourpre et scintillante. Un spectacle époustouflant, à la fois sublime et terrifiant…

À l'origine, c'était de cet endroit que provenaient les Pierres des Abymes avant d'être transmises de Thaumaturge en Thaumaturge. Sans que l'on puisse en expliquer la raison, la profonde crevasse regorgeait d'artefacts issus des Anciens. Cela faisait néanmoins près d'un siècle que personne n'avait plus tenté d'y descendre. Son exploration, autrefois réputée extrêmement périlleuse, était devenue, au fil du temps, mortelle…

Une ombre sembla remuer au fond du précipice. Puis de larges ailes écailleuses s'étirèrent hors de la cavité et trouèrent la brume aux reflets de nacre, obligeant Auréa à s'arracher à ses pensées, lui rappelant brusquement combien il était risqué de se trouver en ces lieux…

3

Auréa

— Vite, mon ami ! Partons !

Le cœur battant à coups redoublés, elle talonna les flancs du renard-feu, qui réagit au quart de tour, ayant probablement lui aussi sentit le danger.

À l'extérieur, il était nettement plus courant de rencontrer des Vyvernes que des Wyrms. Mais si les premières étaient d'inquiétants reptiles volants de quatre à six mètres de longueur capables de dévorer un homme en quelques instants, les seconds faisaient quant à eux plus du double d'envergure et pouvaient cracher des coulées de flammes meurtrières d'un simple mouvement de mâchoire. Même les Thaumaturges les plus chevronnées étaient vulnérables face à de tels monstres…

Ignis se jeta dans le vide et se réceptionna de justesse sur une arête rocheuse particulièrement étroite. Un claquement vif déchira l'air au-dessus d'eux, signifiant que la créature venait de prendre son envol.

Auréa n'osa guère se retourner pour savoir si ce qui était à l'évidence un Wyrm se dirigeait vers eux ou non. Au lieu de cela, elle préféra attaquer la première.

Elle pressa fébrilement la paume contre la pierre incrustée dans sa chair, à présent brûlante, et invoqua l'Elementum.

La mélodie de l'Ancien Monde fusa, résonnant à travers tout son être. Serrant les jambes contre les flancs de l'animal pour conserver un semblant d'équilibre, Auréa tendit sa main libre vers l'endroit où – selon ses calculs – devait se situer le Wyrm. Alors, elle aspira une profonde bouffée d'oxygène, puis la bloqua net dans sa poitrine, s'efforçant en même temps de s'accrocher au dos de son compagnon.

Ignis dérapait de plus en plus périlleusement le long de la pente rocailleuse, mettant à rude épreuve sa cavalière, mais cette dernière tint bon.

Elle ferma le poing et sut qu'elle avait visé juste lorsqu'elle sentit l'air s'échapper de la poitrine de son adversaire tandis qu'elle s'acharnait à le lui voler. Sans même avoir à le regarder, elle perçut son agitation, son long corps de dragon essayant de se rebeller contre ses assauts. Mais Auréa avait déjà trop utilisé son don pour la journée. Elle s'essouffla beaucoup plus vite que d'ordinaire. Comme elle luttait, un filet de sang s'écoula de sa narine, confirmant ses craintes.

Incapable de rester en apnée plus longtemps malgré ses années d'entraînement, elle céda à ses instincts et reprit sa respiration. Le contrôle des Vents lui échappa brutalement, la laissant aussi vide qu'éreintée. Et elle dut se rendre à l'évidence : elle ne pourrait venir à bout d'un tel mastodonte. Pas avec aussi peu d'Elementum…

L'air revint dans les poumons du Wyrm, libéré de l'emprise d'Auréa. Le monstre poussa un cri strident, aussi menaçant que terrifiant. Le bruissement des flammes jaillissant hors de ses colossales mâchoires se fit alors entendre. La chaleur du souffle ardent frôla la jeune femme, et des serpentins de feu lézardèrent le sol quelques mètres derrière sa monture.

Tout à coup, Ignis trébucha. Il glissa du promontoire sur lequel il venait d'atterrir et chuta, entraînant Auréa avec lui. Ils roulèrent le long de la roche escarpée sur plusieurs mètres, jusqu'à se retrouver dans l'herbe, au pied de la montagne. Auréa poussa un gémissement de douleur et d'effroi. Ses mains et ses genoux la brûlaient atrocement. Elle tenta de se redresser sur ses coudes et chercha immédiatement son compagnon du regard, inquiète de son état.

Bon sang, mais qu'est-ce qui m'a pris de gravir ces reliefs interdits ?

Il était pourtant évident que Lyssaris n'était pas venue ici. Pourquoi donc s'être ainsi entêtée ?

— Ignis ! s'écria-t-elle, saisie de panique. Ignis, où es-tu ?

L'animal apparut soudain dans son champ de vision, surgissant de derrière un fourré. Il ne semblait pas blessé, même si ses mouvements paraissaient moins assurés qu'au départ de leur expédition.

Un claquement sec fouetta les airs au-dessus d'eux, ramenant brusquement Auréa à l'urgence de la situation.

— Fuyons..., souffla-t-elle, se hissant avec maladresse sur le dos du renard-feu, les membres encore raides à cause du choc.

Ignis était beaucoup plus à l'aise en terrain plat. Aussi s'élança-t-il hardiment entre les arbres. Maintenant qu'ils étaient tous deux en partie cachés par le couvert de la forêt, Auréa et son compagnon avaient peut-être une chance d'échapper à leur poursuivant...

Les rayons de la lune peinaient à descendre jusqu'à eux, mais l'animal possédait heureusement une vision bien plus développée que celle de la jeune femme, lui permettant de distinguer les troncs entre lesquels il slalomait à toute allure. Auréa se pencha en avant et s'agrippa au cou de son destrier. Dans cette position, elle gênait moins ses gestes et ne risquait pas de se cogner contre des branches qu'elle n'aurait pu voir à temps...

Elle sentit le poids du monstre dans les airs, planant résolument au-dessus d'eux. Son ombre colossale leur filait le train, étouffant le peu de lumière qu'Auréa parvenait à discerner. Les larges ailes du dragon claquèrent plusieurs fois dans le vent, rappelant constamment le danger qu'il représentait.

D'ici quelques instants, il aurait rechargé ses poumons et pourrait cracher de nouvelles coulées de flammes. Et c'en serait terminé d'elle et d'Ignis...

Pendant ces quelques minutes de course éperdue, Auréa pria la Déesse de toutes ses forces. La tête lui tournait et le souffle lui manquait tandis que son nez continuait de saigner. L'humidité se répandait sur son menton, puis descendait le long de sa gorge.

Elle crut leur dernière heure arrivée et regretta d'avoir entraîné son meilleur ami – un animal innocent qui n'avait rien demandé – dans cette mésaventure.

Au bout de ce qui parut durer une éternité, la présence commença toutefois à s'atténuer peu à peu. Les claquements s'éloignèrent lentement, jusqu'à n'être plus qu'un murmure dans le silence...

— C'est bon, nous l'avons semé...

Elle tira légèrement sur la fourrure d'Ignis qui ralentit, puis s'arrêta. Auréa se laissa glisser sur le côté et atterrit entre les fougères, sur un tapis de mousse frais et duveteux. Sur le dos, la poitrine agitée par le rythme effréné de son souffle, elle observa la lune, à demi mangée par la cime des arbres.

Il s'en était fallu de peu ! Tout de même, cela aurait été un comble qu'une Chasseresse de l'Ordre aussi prometteuse qu'elle était censée l'être se fasse avoir par l'un des monstres qu'elle était chargée de traquer et d'éliminer…

D'un revers de manche, Auréa épongea le sang qui lui maculait le bas du visage et la gorge. Sa belle tunique de gaze blanche – sorte d'uniforme signifiant son rang – était de toute façon ruinée. Sa chute l'avait déchirée au niveau des coudes et des genoux, lui laissant également de belles écorchures. Ignis, quant à lui, prit quelques minutes pour faire le tour du bosquet. Puis, après s'être assuré qu'aucun péril ne les guettait plus, le renard-feu vint se blottir près de la jeune femme, exténué, lui aussi.

Les sœurs allaient s'inquiéter de ne pas voir Auréa rentrer à la Tour pour la nuit. Mais la jeune femme était à bout de forces et devait à tout prix dormir afin de régénérer son corps et ses pouvoirs…

À peine eut-elle conscience de fermer les paupières que, déjà, elle était emportée dans ce rêve étrange, mais familier, qu'elle faisait si souvent ces derniers temps…

Elle volait à toute vitesse dans les airs, les joues fouettées par le vent, et se retenait aux écailles d'un dragon d'une espèce inconnue. Celui-ci ne ressemblait ni aux Vyvernes ni aux Wyrms habituels. Il n'était pas hostile et avait même un comportement plutôt amical envers sa cavalière. Son corps était tellement long que la jeune femme en voyait à peine le bout. Ses écailles étaient d'un bleu pâle irisé, à la surface miroitante, sous laquelle de l'eau paraissait ondoyer.

Auréa se retourna afin de contempler son environnement. Tout était si richement détaillé pour un simple songe… De grosses nuées grises les poursuivaient, elle et son destrier, les talonnant. La bête ne manifestait aucune inquiétude pour autant. Et Auréa n'en éprouvait pas non plus, en vérité. Les pluies torrentielles qui accompagnaient leur course lui semblaient tout aussi normales que l'oxygène circulant dans ses poumons.

Auréa reporta son regard devant elle, soucieuse de ne rien manquer du spectacle qui, bientôt, elle le devinait, s'offrirait à elle. Car elle savait déjà quelle était leur destination… Toujours la même, invariablement. La curieuse créature n'avait qu'un seul but : la conduire en ces lieux irréels, nuit après nuit.

Et soudain, elle apparut…

Encaissée au centre d'un collier de montagnes blanches se dessina la Cité de Nacre, avec ses bâtiments aux arches dentelées, ses vitraux dorés, ses dômes opalins et ses milliers de jardins d'un vert électrique. Comme chaque fois, Auréa eut le souffle coupé à la vue de cette ville merveilleuse, véritable régal pour les yeux.

Le dragon amorça lentement sa descente, et les giboulées fusant dans son sillage se calmèrent progressivement. Il se posa aux abords de l'improbable métropole, si différente des hautes citadelles et de leurs vertigineux remparts protecteurs que connaissait Auréa.

Se retenant d'une main à l'un des épais brins de barbe parsemant le corps du colosse, la jeune femme se laissa glisser jusqu'au sol. Elle se dirigea d'emblée vers les bâtiments, pénétrant à l'intérieur de la fabuleuse cité qui hantait ses rêves depuis tant d'années. Elle ne fut pas surprise de la trouver déserte. Il en avait toujours été ainsi.

Dans son esprit, il ne faisait aucun doute que les Anciens avaient bâti l'antique métropole, bien que rien ne l'indique de manière formelle. Elle savait également que le matériau utilisé pour l'ensemble des constructions de la ville, lui valant sa teinte de nacre si particulière, était un repoussoir naturel pour toutes les créatures des Abymes – même si elle n'avait pas la moindre idée de ce dont il s'agissait exactement...

Auréa leva les yeux et aperçut un autre dragon aux écailles liquides, à l'image du sien, fendant les cieux gris-bleu, une traînée de pluie derrière lui. Puis elle distingua, au loin, les contours flous, à demi transparents, d'un homme qui s'avançait, lui aussi, entre les différents édifices de l'agglomération. Après quoi, un nouvel individu fit son entrée, rejoignant la vaste place centrale, au milieu des monuments.

Cela non plus n'étonna pas Auréa. Si l'endroit était vide, elle n'était pas seule pour autant. Chaque fois, les silhouettes de poussière l'accompagnaient dans ce mystérieux songe. Leurs voix n'étaient que d'inaudibles murmures et leurs images restaient troubles, indiscernables. Mais Auréa savait qu'il s'agissait invariablement des trois mêmes personnes.

Deux d'entre elles étaient à l'évidence masculines tandis que la troisième présentait des caractéristiques plutôt féminines. Ils se voyaient, ne pouvaient réellement s'ignorer, néanmoins cela s'arrêtait là. Aucun autre contact de quelque sorte que ce soit ne leur était permis.

Une fois tous arrivés au parvis, ils s'arrêtèrent d'un même mouvement et se perdirent dans la contemplation du fabuleux décor qui les entourait. Bientôt, Auréa s'éveillerait, sans avoir rien découvert de nouveau. C'était toujours comme ça...

Mais, tout à coup, un événement inédit se produisit, venant bouleverser la routine du rêve. Une main immatérielle saisit brusquement le poignet d'Auréa, qui pivota alors vers la seconde jeune femme au corps de fumée translucide. Elle put presque distinguer les traits de son visage à travers le brouillard masquant son image. Sa peau était mate, ses cheveux d'une incroyable pâleur et d'insolites protubérances se dressaient sur son crâne.

— Ceci est *notre* refuge ! s'exclama la vaporeuse silhouette. Nous y avons droit ! Je ne laisserai personne d'autre... Pas question de... Non...

Ses mots se dispersèrent dans la brise ambiante, devenant de nouveau une rumeur inintelligible.

Et soudain, tout s'effaça. Le songe prit fin aussi brutalement qu'il avait commencé...

4

Rin

Rin se redressa d'un mouvement brusque, revenant subitement à elle.

— J'ai réussi ! s'écria-t-elle, un sourire triomphal étirant ses lèvres fines et pâles.

Les deux Prêtresses qui se tenaient à son chevet, agenouillées de part et d'autre du futon, rompirent le contact, éloignant enfin leurs mains brûlantes de la jeune femme.

Rin leur accorda un bref regard. Elle les remercia d'un signe de tête, puis bondit sur ses pieds.

— Doucement, ma chère, lui recommanda une voix depuis les ombres du fond de l'élégante chambre royale. Tu ne devrais pas te lever si rapidement. L'Elementum qui t'a été transmis peut donner des vertiges et de violents maux de tête après coup...

— C'est formidable, cela a fonctionné ! s'enthousiasma Rin en frappant dans ses paumes, oubliant de tenir compte des conseils de son interlocutrice. Je suis parvenue à communiquer avec l'un des individus qui m'accompagnent dans le rêve. Mon double astral est plus fort désormais, j'en suis convaincue !

Cela avait été rendu possible grâce à la magie des Abymes. Grâce au précieux concours des plus puissantes Prêtresses de tout le reinaume des Damnés.

Ces dernières semblaient d'ailleurs épuisées. L'exercice, jamais tenté auparavant, les avait manifestement vidées de leur énergie... Elles demeurèrent quelques secondes assises au sol afin d'éponger les saignements s'écoulant de leurs narines et de leurs yeux. Lentement, elles se relevèrent, puis exécutèrent une pénible révérence, se mouvant à grand-peine.

Leurs corps – dont l'apparence était dénaturée par le pouvoir, leur chair presque entièrement couverte de pierres et de runes –, étaient pourtant habituellement agiles. Mais leur sacrifice de la nuit se révélait particulièrement coûteux...

Leur mission terminée, les Prêtresses se retirèrent en silence. Elles étaient probablement pressées de se rendre à la pagode qui leur était dévolue afin d'effectuer les rituels permettant de régénérer l'Elementum dans leurs organismes.

Rin, elle, se sentait en pleine forme. Elle était tellement fière de ses progrès ! Elle avait finalement pu s'exprimer à travers le songe. Bientôt, elle maîtriserait suffisamment son double astral pour affronter ses rivaux oniriques et les chasser une bonne fois pour toutes de ces lieux censés leur revenir, à elle et son peuple.

Bientôt, elle serait en mesure de trouver l'endroit où se cachait cette fabuleuse cité-refuge et mènerait les citoyens du reinaume des Damnés jusqu'à elle.

Ils y avaient droit ! Après tout ce que leur Tour avait subi par le passé, c'était là, selon elle, le moindre des dédommagements...

Malgré tout, Rin enviait les Prêtresses. Leur don faisait d'elles des guerrières bien plus redoutables et efficaces qu'elle-même ne le serait jamais...

Rin était entrée au service de l'armée de la reine dès qu'elle avait été en âge et – à l'exception de quelques mois de pause inévitable dû à certains événements exceptionnels – dédiait sa vie entière au combat. Chaque jour, elle s'entraînait pour devenir une meilleure soldate, maniant aussi bien l'arc que le katana.

Elle déplorait seulement de n'être pas née avec le pouvoir de faire fusionner sa chair aux Pierres des Abymes. Elle regrettait de n'avoir aucun talent inné particulier. Mais ce qu'elle considérait comme une terrible lacune, elle le compensait par une volonté de fer. Une abnégation totale, alimentée par le chagrin et la rage…

Toutefois, c'étaient ses rêves étranges – lesquels hantaient ses nuits depuis l'enfance – qui lui avaient tout récemment valu de rejoindre les membres de la suite de la reine. Saori était la première femme de l'histoire à avoir réussi l'exploit d'unifier les habitants de la Tour des Damnés. La première à avoir su redonner de l'espoir à une nation qui s'était toujours crue maudite et perdue…

La monarque alluma une lampe à huile, et la lueur de la maigre flamme chassa les nappes de pénombre d'une aube tardive. La haute et longiligne silhouette de Saori, drapée dans un somptueux kimono noir et écarlate, apparut alors. Sa couronne à larges bords – dont les chaînettes d'or pendillaient de chaque côté de ses joues et jusqu'à la base de son cou – brillait de mille feux en dépit du peu de lumière éclairant la pièce, comme pour rappeler à Rin son statut.

Cette dernière prit tout à coup conscience de son impudence. Elle s'empressa de remettre sa profuse chevelure blanche en place afin de mieux dissimuler la base de ses cornes noires ainsi que les marques rouges et répugnantes – signe de son Altération – qui lui mangeaient les tempes. Puis elle s'inclina avec humilité devant la souveraine.

— Pardon, ma reine. Ma joie m'a fait oublier où je me trouve et à qui je m'adresse...

— Ce n'est rien, tout va bien, assura Saori en posant une main douce et bienveillante sur le bras de Rin. Je suis ravie, moi aussi, que tu aies pu agir à ton gré dans le songe. C'est très prometteur. As-tu pu relever de nouveaux détails durant le trajet ? De nouvelles informations qui permettraient de mieux orienter nos recherches visant à trouver la cité ?

Rin resta un instant sans voix et ne put s'empêcher de baisser la tête, stupéfaite par le geste de la monarque. Rares étaient ceux qui – même au sein de leur peuple pourtant en grande partie composé d'Altérés – osaient ainsi la toucher...

Sans même paraître s'en soucier, Saori effleura de ses doigts les écailles écarlates qui émaillaient en de nombreux endroits la peau de Rin. Personne, en dehors de Masato – l'homme qu'elle avait tant aimé et perdu à la guerre –, ne se risquait jamais à avoir le moindre contact physique avec elle. Alors la reine...

Cette abjecte maladie avait valu à Rin d'être abandonnée au pied de la Tour des Damnés tandis qu'elle n'était qu'un nourrisson vulnérable et innocent. La jeune femme ignorait donc tout de sa véritable famille, du reinaume dont elle était originellement issue comme des causes de sa pathologie si singulière.

Elle savait simplement qu'en raison de sa différence, de la peur et de la répugnance que cela avait dû susciter chez ses parents, elle avait été rejetée, livrée en des lieux maudits sans que quiconque se soit préoccupé de son bien-être – ni même de ses chances de survie... Car, après tout, la citadelle des exilés ne se trouvait qu'à quelques lieues de la Faille Primordiale. Ce qui en faisait indubitablement le bastion le plus exposé aux dangers des créatures des Abymes à travers tout le monde connu…

C'était d'ailleurs un véritable miracle que la Tour soit encore debout à ce jour. Les fissures ne cessaient de s'accumuler, de ses fondations jusqu'à ses murs les plus hauts, laissant, à force d'habitude, ses habitants plus blasés qu'inquiets.

Rin aperçut, à demi masquées par l'ample manche du kimono, les pierres enchâssées dans la chair de la monarque, ceignant son poignet tel un bracelet.

— Je… J'ai vu, oui…, cafouilla-t-elle. Je peux décrire de façon plus précise la forme des montagnes aux sommets enneigés qui encerclent la vallée où se situe la cité. J'ai davantage prêté attention au flanc du bas, cette fois.

— Parfait, se réjouit Saori, laissant lentement retomber son bras le long de son corps. Les dessinateurs sont juste à côté, pinceaux en main. Ils attendent tes instructions pour retoucher leurs œuvres. Nous allons peut-être enfin pouvoir commencer à cartographier l'endroit…

— Oui, Votre Majesté.

Rin s'inclina derechef face à la reine, le cœur gorgé d'espoir.

Si elle avait su plus tôt que ses songes – qu'elle avait toujours considérés comme de pures divagations de son esprit – seraient susceptibles d'intéresser autant leur souveraine, elle n'aurait pas tant tardé à en parler autour d'elle… Mais peu importait. À présent, elle avait un rôle à jouer sur l'échiquier géopolitique du monde. Une place d'importance, qu'elle saurait mettre à profit pour faire avancer la Cause.

— Merci de m'avoir offert ta nuit, reprit Saori, la gratitude infléchissant sa voix. Merci également d'avoir accepté que nos Prêtresses testent l'Elementum sur toi. Je suis heureuse que cela se soit révélé aussi efficace. Nous renouvellerons l'expérience très bientôt, si tu es d'accord.

— Cela va de soi, Majesté.

La Reine des Corbeaux, tellement impressionnante en raison de sa grande taille et de son incroyable beauté, lui adressa un discret signe de tête, la congédiant avec la grâce incombant à ses fonctions.

Rin ne put se retenir de l'observer l'espace d'un bref instant, fascinée. Ses cheveux d'ébène, coiffés en un chignon haut et complexe, luisaient dans la lumière du point du jour. Ses traits, soulignés de poudre blanche, de fard corallin et de rouge à lèvres carmin, étaient d'une infaillible perfection. À croire qu'aucun de ses ancêtres n'avait jamais souffert de la moindre Altération, contrairement au reste de la population de la Tour… Mais Rin savait qu'il n'en était rien, que cette femme avait elle aussi eu plus que sa part de souffrances et son lot de malades parmi ses proches…

À l'instar de l'ensemble du peuple des Damnés, Rin vouait une admiration sans bornes à sa souveraine. Elle n'arrivait toujours pas à croire qu'elle venait de passer plusieurs heures dans les appartements royaux, à dormir dans des draps de soie précieuse, veillée par les plus célèbres Prêtresses Thaumaturges du reinaume ainsi que par la reine elle-même…

À l'autre bout de la chambre, un valet ouvrit une porte donnant sur un cabinet où plusieurs hommes patientaient, se tenant tous devant une rangée de lutrins, leurs toiles devant eux.

— N'oublie pas de saluer Aiko pour moi, s'il te plaît, ajouta Saori.

Rin déglutit avec difficulté. Entendre prononcer ce nom provoquait systématiquement chez elle à la fois joie et peine…

— Bien entendu, ce sera fait, Votre Majesté.

Rin se dirigea promptement vers la salle où elle était attendue, tâchant de rassembler en esprit autant de détails relatifs à son dernier songe que possible.

Après un long entretien avec les dessinateurs et les cartographes du reinaume, la jeune femme quitta les hauts quartiers afin de descendre dans les bas étages. Elle s'était changée, troquant son kimono habituel contre un hakama – large pantalon noir plissé réservé à la pratique des arts de la guerre.

Elle dévala en hâte les marches qui la séparaient de la nurserie, déjà en retard pour son entraînement quotidien. Mais elle ne pouvait pas quitter la pagode sans au moins l'apercevoir…

Elle s'arrêta, en sueur, devant la vitre qui protégeait les nourrissons du reste de la population. Les puéricultrices s'activaient pour s'occuper des bambins – déjà bien réveillés pour la plupart. À la Tour des Damnés, on prenait particulièrement soin des enfants. Si peu d'entre eux survivaient aux rudes conditions de vie dans la citadelle…

Même si Saori était parvenue à améliorer considérablement l'existence dans son reinaume, il restait encore beaucoup à faire. Au fil des siècles, les autres bastions du continent s'étaient approprié l'entièreté des richesses du monde, ne leur laissant que des barreaux, des malades, de la misère et de vulgaires miettes. Mais cela allait changer !

Rin plaqua la paume contre le verre transparent et froid de la cloison, les yeux rivés sur le petit Aiko, à peine âgé de six mois, qui s'ébrouait dans sa minuscule couchette. Il était son bien le plus précieux, la seule chose que lui avait laissée Masato…

C'était afin de préserver les derniers mois de son fils dans son ventre que Rin avait dû interrompre pour un temps son entraînement. C'était également pour lui qu'elle l'avait aussi rapidement repris. Pour lui, elle se battrait afin d'offrir un meilleur futur au peuple des Damnés. Pour lui, elle était prête à tous les sacrifices – même renoncer à vivre à ses côtés les plus belles années de son enfance…

Deux citadelles étaient déjà tombées sous les assauts de leur armée, leur permettant d'acquérir de nouveaux fragments de la Relique du Pouvoir. Et c'était loin d'être fini. Avec Saori à leur tête, les Damnés prendraient toutes les autres Tours. Ils s'empareraient de leurs biens et de leurs ressources et se réfugieraient ensuite à la cité merveilleuse découverte par Rin à travers ses songes…

5

Auréa

Auréa entrouvrit péniblement les yeux, les prunelles agressées par les rayons de soleil perçant la forêt. Le son rauque d'un gémissement parvint alors à ses oreilles.

Le sien.

Une douleur aiguë et inconnue pulsait à intervalles réguliers dans sa poitrine. Ignis était penché au-dessus d'elle et léchait doucement son poignet, qu'elle tenait plaqué contre son sternum.

Lentement, elle se redressa et repoussa gentiment le renard-feu.

— Tout va bien, marmonna-t-elle d'une voix éraillée. Ce n'est rien de grave, je t'assure.

Elle écarta les bras pour mieux observer l'endroit d'où provenait l'intense brûlure. Soit l'exact emplacement de la Pierre des Abymes, là où le joyau émergeait de son corps.

— Par la Déesse ! s'exclama-t-elle malgré elle.

Sur sa peau, juste au bord de l'améthyste, une fine ligne d'un violet sombre était apparue, comme gravée dans sa chair sur un peu plus d'un centimètre. De la plaie ainsi creusée suintait un liquide étrange, plus pourpre et foncé que le sang, plus fluide également...

Sa tunique en était tachée, mais c'était le cadet de ses soucis. La marque d'une rune venait de commencer à se dessiner sur elle, preuve qu'elle avait trop abusé de ses pouvoirs la veille. Cela lui apprendrait à se montrer aussi imprudente ! Bon sang, mais pourquoi ne s'était-elle pas contentée de chercher la princesse comme il lui avait été demandé ? Pour quelle raison s'était-elle aventurée jusqu'au sommet de l'une des montagnes marquant la frontière avec le reinaume des Damnés ?

Auréa ne comprenait toujours pas ce qui lui était passé par la tête...

Ignis trottina jusqu'aux abords de la forêt et donna un coup de museau dans la direction opposée, manifestant son impatience de retourner à la Tour.

— Tu as raison, mon grand, reconnut-elle en se mettant debout, les genoux et les coudes encore raides du fait des écorchures récoltées dans sa chute de la veille. Hâtons-nous de rentrer. Les sœurs doivent être mortes d'inquiétude de ne pas m'avoir vue revenir cette nuit...

L'animal la rejoignit en quelques agiles foulées, l'accident ne lui ayant heureusement laissé aucune blessure. Il se plaça devant la jeune femme et s'abaissa légèrement sur ses pattes avant afin de lui faciliter les choses.

Reconnaissante, Auréa flatta son encolure de quelques caresses avant de se hisser sur son dos. Une fois installée, elle fit claquer sa langue et Ignis bondit en avant, filant alors aussi vite que possible vers la citadelle.

Ils avaient parcouru une bonne partie de la distance qui les séparait de leur destination lorsque la jeune femme remarqua, sur sa droite, à travers les arbres d'un bosquet, les stigmates d'une brèche fraîchement apparue.

Plusieurs ormes avaient basculé autour de la crevasse, leurs souches arrachées au sol. Auréa hésita à aller l'inspecter, sa proximité avec la Tour du Printemps étant plutôt inquiétante. Jamais encore le Dévoreur de Monde n'était venu dans ce secteur...

Elle préféra néanmoins poursuivre son chemin. Il serait toujours temps d'aller examiner la zone une fois la crise diplomatique résolue. Le mal était fait, et rien ne permettrait plus désormais de refermer cette horrible plaie creusant la terre. Pour l'heure, le plus urgent était de retrouver Lyssaris...

Bientôt, la majestueuse Tour du Printemps fut en vue. Comme chaque fois qu'il apparaissait devant elle, Auréa ne put s'empêcher d'admirer l'incroyable édifice.

Hauts de plus de huit cents mètres, ses bâtiments s'étendaient sur une demi-lieue. Ils pouvaient abriter, selon les périodes, jusqu'à un million d'âmes. Entièrement constituée de pierre de grès d'un beige pâle, la profusion de colonnes doriques, coiffées de chapiteaux et de frontons aux frises finement sculptées, enchevêtrés les uns sur les autres selon un ordre précis, lui donnait un aspect bien particulier, reflétant à la fois la subtilité, la technique et la sagesse des Anciens.

Les premiers étages de la citadelle étaient presque entièrement couverts de lierre et de rosiers grimpants. Leurs fleurs étaient d'ailleurs déjà pleinement épanouies en cette saison, teintant les lieux de merveilleuses notes de rose, de violet, de jaune et de bleu.

Auréa adorait cet endroit... Elle ignorait pourquoi elle avait été abandonnée à sa naissance sur le seuil de cette citadelle et non d'une autre. Mais quelles qu'aient pu être les raisons ayant poussé ses parents à agir de la sorte, ils avaient fait un excellent choix en la conduisant ici.

Auréa fit prendre le chemin sud à Ignis afin d'éviter d'avoir à passer par les portes principales – lieu où la foule se massait régulièrement. Lorsqu'elle fut assez près, elle enjoignit à son ami de s'arrêter.

Celui-ci obtempéra docilement, et elle descendit, glissant le long du flanc de l'animal. Après quoi, le renard-feu attendit quelques instants, le temps qu'Auréa lui donne ses habituelles caresses de remerciements.

Elle plaqua son front contre le sien, juste à l'endroit où son superbe pelage blanc était strié d'un croissant rouge. Son contact chaud et duveteux était toujours tellement agréable et réconfortant…

— Pardon de t'avoir entraîné dans mes bêtises, lui murmura-t-elle. J'espère que tu ne m'en tiendras pas rigueur et que tu viendras me retrouver dès que possible.

Là-dessus, à contrecœur, elle se détourna de son meilleur ami pour avancer dans l'allée. Elle traversa les rangées de serres en fleurs et les jardins potagers où des centaines de maraîchers s'activaient. Enfin, elle franchit les remparts pour s'engouffrer à l'intérieur de la Tour.

Dès qu'elle eut passé les hautes portes, elle sut, aux regards curieux qu'on lui lançait, qu'elle ne pourrait échapper à un rapport en bonne et due forme. Les gens s'inclinaient respectueusement à son passage mais ne pouvaient s'empêcher de s'attarder sur les traces de sang, de liquide violet et les déchirures qui souillaient sa précieuse tunique blanche de Thaumaturge.

Auréa arrivait au bout de la première galerie lorsqu'elle croisa Sélène, une novice de l'Ordre.

— Par la Déesse, mais que t'est-il donc arrivé ? s'exclama cette dernière, s'arrêtant brusquement pour mieux l'observer.

— C'est... c'est une longue histoire, se justifia Auréa en baissant la tête, aussi embarrassée de se montrer ainsi que d'avoir à parler à l'une de ses camarades.

Si la jeune femme n'avait que peu de difficultés à s'adresser à ses supérieures – qui l'avaient toutes en partie élevée –, celles-ci faisaient figure d'exception. Échanger avec les individus de son âge la rendait en réalité extrêmement nerveuse.

Cette timidité quasi maladive venait sans doute du fait qu'Auréa avait toujours préféré la quiétude silencieuse de l'extérieur et la compagnie des animaux aux discussions enflammées, aux attraits de la mode et à l'effervescence des festivités si chères à ses consœurs. Elle détestait à peu près tout ce qu'appréciaient les jeunes femmes de la Tour du Printemps. Elle n'avait aucun goût pour l'alcool, rechignait à danser lors des bals et ne nourrissait que très peu d'intérêt pour la gent masculine.

Sélène fronça les sourcils, contrariée de ne recevoir aucune véritable explication. Puis, lassée d'attendre qu'Auréa réponde, elle se tourna en direction d'un valet qui passait non loin et le héla :

— Toi, là-bas ! Ne vois-tu pas que ma sœur a besoin d'un manteau ? Dépêche-toi de lui apporter de quoi se couvrir !

L'homme acquiesça d'un hochement de tête respectueux et partit aussitôt en courant.

— Ce n'était pas nécessaire, protesta Auréa. D'ici quelques minutes, je serai dans nos quartiers.

— Tu devrais davantage te soucier de l'image que tu renvoies, siffla Sélène, l'air de plus en plus mécontente. Nous sommes des Thaumaturges. Personne ne devrait jamais nous voir diminuées de la sorte, blessées et en haillons. Les membres de l'Ordre ne sont pas des femmes comme les autres. La population nous considère telles des demi-déesses, et nous avons le devoir d'entretenir cette réputation si durement acquise qui est la nôtre.

Bla, bla, bla... Comme si je pouvais l'ignorer !

Voilà pourquoi Auréa s'entendait si peu avec les autres jeunes filles de son âge : la plupart étaient tellement prétentieuses ! Sans doute le pénible et dangereux entraînement des novices était-il pour beaucoup dans cette attitude arrogante. Mais tout de même, ce n'était pas une raison...

Au lieu de riposter d'une pique acerbe, Auréa se contenta d'opiner – sans parvenir cependant à réprimer un soupir las. Une novice n'était pas censée faire la morale à une Chasseresse de l'Ordre – dont la place se situait largement au-dessus dans la hiérarchie. Mais Auréa n'avait pas envie de déclencher de dispute, ayant les conflits en horreur. Aussi préféra-t-elle garder le silence, comme chaque fois qu'elle se trouvait dans ce genre de situation.

— Voilà, madame, intervint tout à coup le valet, revenu de sa course. Si vous voulez bien...

L'homme tendit une longue cape de velours pourpre à Auréa, qui s'empressa de l'accepter, ne tenant pas à se faire remarquer davantage.

— Merci, marmonna-t-elle, avant de reprendre sa route.

Sélène planta les poings sur ses hanches, franchement fâchée. Les Thaumaturges n'étaient pas supposées s'abaisser à remercier les domestiques. Mais Auréa n'y prêta guère attention. Elle tourna à droite au fond du couloir et s'engagea dans l'escalier menant aux hauts quartiers de l'Ordre.

6

Auréa

Après plus de vingt minutes à gravir de nombreux escaliers, à traverser les passerelles et les longs couloirs tortueux qui sillonnaient la citadelle, Auréa parvint enfin aux portes de la résidence des Thaumaturges. Celle-ci se situait dans les hauteurs du bastion, tout près des appartements royaux – pour d'évidentes raisons pratiques.

Auréa hésita à se rendre directement à sa chambre afin de s'y changer, mais l'urgence de la situation l'en dissuada. De ce qu'elle en savait, la princesse était toujours portée disparue, et l'absence de ses consœurs en salle commune – d'ordinaire pleine à craquer et extrêmement bruyante – se chargea de lui rappeler à quel point l'affaire était grave.

Tous les membres de l'Ordre doivent être partis à la recherche de Lyssaris…

Peut-être la jeune femme aurait-elle d'ailleurs mieux fait de poursuivre son exploration en périphérie de la frontière, malgré son manque d'énergie et sa vulnérabilité, plutôt que de rentrer ? Après tout, la vocation première des Thaumaturges était de protéger le peuple du Printemps. La potentielle absence de la princesse lors de la cérémonie les mettait tous, d'une certaine façon, en danger...

Auréa se dirigea vers le bureau de l'archimage en chef. Comme aucune des gardes habituellement postées sur le seuil n'était présente pour l'annoncer, elle frappa et entra sans attendre. Elle poussa le lourd battant de bois ouvragé et s'arrêta brusquement sur le seuil, étonnée de trouver un tel capharnaüm à l'intérieur du cabinet hexagonal. D'ordinaire parfaitement rangées, des cartes s'entassaient un peu partout, couvrant les lieux du sol jusqu'aux murs.

Phèdre, la dirigeante de l'Ordre, se retourna vivement, l'air aussi surprise qu'aux abois. Dans son dos, une mappe montrant le continent était épinglée à même la tapisserie, piquetée en divers endroits de punaises reliant plusieurs fils rouges.

— Auréa, bon sang, mais où étais-tu ? s'exclama Phèdre. Nous t'avons crue morte, tuée par les soldats de la Reine des Corbeaux pour t'être trop approchée de leur territoire !

Cela aurait parfaitement pu se produire étant donné l'imprudence dont Auréa avait fait preuve... La jeune femme se garda toutefois de relater les détails de son périple à l'extrême bord de la frontière. Au lieu de cela, elle alla directement à l'essentiel :

— Je n'ai trouvé aucune trace de la princesse dans la région sud-ouest du reinaume. J'avais déjà épuisé tout mon Elementum lorsqu'un Wyrm s'est lancé à ma poursuite. J'ai tenté de l'affronter, mais j'étais trop affaiblie. J'ai échoué et j'ai dû rester cachée à l'abri de la forêt pour la nuit. Je suis navrée de vous avoir causé tant de soucis, ce n'était pas mon intention. Je suis rentrée à la Tour dès que cela m'a été possible.

Phèdre battit des paupières de perplexité, puis se lança dans un examen détaillé de la Chasseresse, l'étudiant de la tête aux pieds.

— Je vois. Mais dis-moi, comment se fait-il que tu sois dans un tel état ? Si le Wyrm avait pu t'approcher assez pour te toucher, tu ne serais pas ici pour m'en parler. Alors, d'où proviennent ces blessures ?

— J'ai... j'ai fait une mauvaise chute...

Une moue dépitée tordit la bouche de l'archimage.

— Combien de fois t'ai-je dit qu'un renard-feu n'était pas une monture fiable ? Pourquoi n'utilises-tu pas tout bonnement les chevautruches de nos écuries ? Tu n'aurais pas ce genre de problème si tu ne t'entêtais pas à essayer de dompter des bêtes sauvages.

Auréa fixa le sol, les mains nouées dans le dos. Ignis était son ami depuis qu'elle était enfant. Jamais elle n'avait tenté de le soumettre ni de l'asservir. L'animal l'écoutait et lui permettait de monter sur son dos uniquement parce qu'il le voulait bien. Il demeurait libre, contrairement aux destriers des aristocrates et des Thaumaturges, qui restaient parqués au fond d'étroites stalles dans l'attente de servir de véhicules à leurs propriétaires...

— Tu as trop forcé, n'est-ce pas ? reprit Phèdre en avançant vers la jeune femme, les paupières plissées. Ne me dis pas que les runes ont déjà commencé à s'emparer de ton corps...

Auréa serra les dents et découvrit le haut de sa poitrine, révélant sa Pierre et le tracé violet et suintant gravé dans sa chair, apparu à l'aube.

Phèdre plaqua la main sur ses lèvres, les yeux écarquillés par le choc.

— Mais tu es si jeune ! se récria l'archimage d'une voix tremblante, visiblement catastrophée. C'est bien trop tôt pour souffrir de la maladie...

L'instant d'après, Phèdre leva le menton et combla la distance entre elle et Auréa d'un pas rapide, se ressaisissant à une allure impressionnante. Elle attrapa la Chasseresse par le bras et la conduisit d'autorité vers la porte.

— Tu dois vite rejoindre la salle des thermes ! préconisa-t-elle d'un ton ferme et sans appel. Tu resteras avec les soigneuses jusqu'à ce soir. Hors de question que tu sortes des bains avant la tombée de la nuit. Ai-je été assez claire ?

— Mais… et Lyssaris ? N'a-t-on pas besoin de toutes les Thaumaturges pour la retrouver ? La cérémonie a lieu demain et…

— Ne discute pas, c'est un ordre. Tu n'es pas en état de sortir et encore moins de nous être utile à quoi que ce soit, jeune inconsciente !

Phèdre l'entraîna à travers la galerie, puis la salle commune. Elle ne s'arrêta que lorsqu'elles furent arrivées à l'infirmerie.

— Huit heures d'ablutions et de soins d'essence des Abymes pour cette Chasseresse, exigea-t-elle face à la guérisseuse en chef de l'Ordre.

— Bien, madame l'archimage, acquiesça cette dernière en s'inclinant.

Auréa resta un instant bouche bée.

Quoi ? Tant que ça !

Elle savait qu'elle avait dépassé ses limites la veille lorsqu'elle avait essayé d'attaquer le Wyrm. Elle ignorait toutefois que cela lui vaudrait une telle réaction de la part de sa supérieure. Voir apparaître les premiers symptômes de la maladie des Runes était-il si grave ? Au fond, n'était-ce pas, en tant que Thaumaturges, leur destin à toutes, à un moment ou à un autre de leur existence ?

Auréa s'agrippa aux rebords de marbre de la baignoire et tenta de remuer doucement sans pour autant déplacer la trentaine de pierres disposées en divers endroits sur sa peau. L'eau chaude et odorante lui arrivait au niveau du cou, et même ses cheveux devaient être immergés dans le liquide à la teinte incarnate, infusé à l'essence des Abymes.

Cela lui semblait faire une éternité qu'elle trempait dans ce jus écœurant – au nom bien peu évocateur compte tenu de sa véritable origine...

En effet, la décoction dans laquelle la soigneuse avait plongé Auréa n'était autre qu'une préparation à base de sang de Wyrm, supposé renforcer l'Elementum. Quant aux améthystes placées en différents points stratégiques de son corps, elles avaient toutes appartenu à d'anciennes Thaumaturges, aujourd'hui mortes et incinérées.

Auréa ne pensait jamais à la femme qui avait porté sa propre Pierre avant qu'elle en devienne la nouvelle propriétaire. Elle ne pouvait en revanche s'empêcher d'avoir ce genre d'idées morbides lorsqu'elle se trouvait contrainte de prendre ces bains dégoûtants...

Auréa soupira d'ennui et rajusta le linge humide et chaud qui lui couvrait le front et les yeux. La rumeur sourde des incantations de la guérisseuse, agenouillée près de sa tête, s'interrompit subitement.

— Cessez de vous agiter, Chasseresse, lui recommanda-t-elle. Vous risquez de ruiner tous les effets bénéfiques de cette journée de soins. Aucune gemme ne doit être déplacée ne serait-ce que d'un millimètre...

Cela signifiait-il que la séance d'ablutions touchait enfin à son terme ?

— Veuillez me pardonner, mais cela commence à devenir douloureux, s'excusa Auréa d'une voix enrouée, embarrassée par la situation.

Une longue serviette était étalée au-dessus d'elle, masquant l'intérieur du bassin afin de préserver la pudeur de l'occupante. Auréa était néanmoins nue sous le tissu-éponge, et cela la gênait passablement.

Les Thaumaturges étaient connues pour avoir certains traits de caractère en commun, notamment leur fierté, souvent excessive. Et, en vérité, Auréa ne faisait pas exception à la règle. Apparaître aussi vulnérable devant quelqu'un d'autre était pour elle un véritable supplice. En outre, ses membres étaient ankylosés et ses articulations lui brûlaient à force de demeurer immobile.

— Combien de temps vais-je encore devoir rester ainsi ? se risqua-t-elle à demander.

— Votre Elementum a été sévèrement éprouvé. La durée préconisée par l'archimage me paraît insuffisante. Quelques heures supplémentaires seront nécessaires, je le crains.

Auréa s'apprêtait à protester, n'imaginant pas pouvoir endurer cela plus longtemps, lorsqu'elle entendit la porte des thermes s'ouvrir à la volée pour aller claquer contre le mur.

Interloquée, Auréa retira d'un mouvement leste le linge qui lui barrait la vue et se redressa, faisant fi des mises en garde de la soigneuse. À sa décharge, cette salle était d'ordinaire toujours très calme, et les sœurs Thaumaturges mettaient un point d'honneur à respecter l'intimité de chacune. Une telle intrusion n'annonçait donc rien de bon…

Une conseillère royale vêtue d'une longue robe pourpre et accompagnée d'une garde en armure pénétra dans les lieux, essoufflée.

— Nous devons trouver d'urgence Auréa Nox, Chasseresse de l'Ordre, expliqua la première. L'archimage en chef nous a dit qu'elle était ici...

— C'est moi. Pourquoi ? Que se passe-t-il ?

Auréa plaqua la serviette qui couvrait la baignoire contre elle et se leva, les pierres glissant sur sa peau pour retomber au fond de l'eau.

— Bien, approuva la conseillère, l'air tout à coup soulagée. Vous êtes convoquée auprès de la reine, madame. Veuillez nous suivre, s'il vous plaît.

— Auprès de... mais... mais pourquoi ? Ai-je fait quelque chose de mal ?

— La reine vous exposera elle-même ses raisons, répondit laconiquement la femme en pourpre avant de faire volte-face. Je vous prie de bien vouloir vous hâter, comprenez que l'affaire ne souffre aucun délai.

Auréa hocha la tête, la panique s'insinuant lentement en elle. Avait-elle commis une faute grave ? Quel genre de problème pouvait valoir à une Thaumaturge aussi jeune et peu expérimentée qu'elle un entretien avec la souveraine en personne ?

— Souhaitez-vous de l'aide ? s'enquit la guérisseuse, debout à présent, une expression circonspecte se peignant sur ses traits.

— Je vais me débrouiller, je vous remercie.

Auréa se dépêcha de filer derrière le paravent où elle s'était changée au matin. Elle frotta vigoureusement sa peau pour nettoyer tant bien que mal les traces d'essence des Abymes. Puis, les cheveux encore humides, elle enfila à la hâte la tenue propre que les domestiques lui avaient apportée.

Après quoi, elle remercia brièvement la soigneuse avec qui elle venait de passer la journée, puis rejoignit la garde et la conseillère à l'entrée de l'infirmerie.

7

Auréa

Auréa n'osa pas poser de questions durant le trajet jusqu'aux appartements royaux. La situation devenait de plus en plus préoccupante, elle l'avait bien compris – même si elle n'avait pas la moindre idée de ce que la reine attendait d'elle exactement...

À sa connaissance, personne ne savait qu'elle s'était aventurée au-delà des limites autorisées, dans les montagnes marquant la frontière du reinaume. Il était donc peu probable qu'il s'agisse de remontrances pour son imprudence.

Auréa avait beau passer en revue toutes ses activités des derniers jours, elle ne trouvait rien qui ait rapport avec Lyssaris ou la famille royale. Rien qui soit susceptible de la lier d'une quelconque manière à l'affaire de la disparition de la princesse...

La nuit était tombée, mais Auréa n'avait aucune idée de l'heure qu'il était. Cette journée d'ablutions lui avait fait perdre tout repère. Quoi qu'il en soit, la soirée devait être déjà bien avancée, à en croire la pesante obscurité qu'elle apercevait à travers les larges fenêtres à ogives...

La garde qui l'escortait s'arrêta devant une porte, puis l'ouvrit. Elle demeura en retrait tandis que la conseillère invitait d'un geste Auréa à entrer.

— Votre Majesté, lança la femme en robe pourpre. Voici la jeune Thaumaturge dont nous avons parlé.

À l'intérieur de la pièce aux élégantes colonnes de marbre blanc ornées de lierre se tenait Chryséis, la reine du Printemps – toujours aussi impressionnante avec sa haute couronne aux branches d'or entrelacées de roses. La monarque était entourée d'une dizaine de conseillères arborant la tenue de rigueur – similaire à celle que portait la femme venue chercher Auréa. Parmi elles se trouvaient Phèdre ainsi que plusieurs autres membres supérieurs de l'Ordre.

La reine se tourna vers Auréa, et les traits de son visage se détendirent peu à peu tandis qu'elle la détaillait du regard.

— En effet, une fois sa figure nettoyée des peintures de Chasseresse, elle sera parfaite, approuva Chryséis d'une voix rauque, joignant fébrilement les mains devant elle. Vous aviez raison, Invidia, cette jeune fille a quasiment la même corpulence et la même chevelure que Lyssaris. Votre plan n'est peut-être pas aussi insensé qu'il y paraissait de prime abord...

— Avance, Auréa, lui enjoignit Phèdre, lui adressant un signe de tête qui se voulait rassurant.

La jeune femme hésita cependant. Jamais encore elle n'avait vu la reine du Printemps d'aussi près. Non seulement elle était très intimidée, mais elle pressentait que quelque chose d'anormal était en passe de se produire...

De qui Chryséis pouvait-elle bien parler exactement ? Qui serait parfaite et pour quelle fonction ?

— Euh, Votre... Votre Majesté, bégaya-t-elle, la gorge nouée, se dépêchant d'exécuter la révérence de rigueur avant que son ahurissement soit pris pour de l'irrespect.

— Nous avons une mission de la plus haute importance à te confier, chère Chasseresse, expliqua la reine avant de désigner l'un des sièges libres près de l'imposante table de marbre située au centre de la salle.

Les conseillères et les Thaumaturges présentes y prirent place tandis que Chryséis restait debout, ses yeux clairs ne cessant de parcourir Auréa.

Malgré le sentiment de malaise qui enflait en elle, la jeune femme s'exécuta. Elle s'assit sur la chaise à large dossier indiquée, soit à l'extrémité opposée, faisant face à la monarque.

— Je... hem, je vous écoute, Votre... Votre Majesté.

Chryséis se détourna brusquement pour observer Phèdre et fit remarquer :

— Elle semble assez timorée. Son comportement pourrait-il être corrigé en l'espace d'une seule nuit ?

— Bien entendu, Majesté. Mes sœurs et moi y veillerons.

Auréa ne comprenait décidément rien à la situation. Pour quelle raison son caractère effacé était-il un problème ?

Elle jeta un coup d'œil aux femmes autour d'elle. Toutes l'observaient avec gravité, comme si leur sort reposait entre ses mains...

— J'ai confiance en vous, Archimage, opina Chryséis avant de s'adresser de nouveau à Auréa : Comme tu n'es pas sans le savoir, ma fille s'est enfuie et demeure introuvable depuis hier. La cérémonie de l'Échange a lieu demain, et il est impératif que nous respections l'accord passé avec la Tour de Givre. Nous devons leur envoyer la princesse ainsi que notre fragment de la Couronne Céleste afin qu'en retour ils nous cèdent une partie de leur armée. Nous ne pouvons leur faire l'affront d'annoncer que Lyssaris s'est sauvée. Nous avons besoin de l'aide militaire promise. Ma fille a trahi son peuple, et elle devra en assumer les conséquences. Néanmoins, je refuse de mettre en danger notre nation à cause de stupides enfantillages...

La reine s'interrompit et posa les paumes à plat sur la table, s'appuyant sur le lourd panneau de marbre clair comme pour conserver l'équilibre. Elle ferma les yeux, inspira profondément, et reprit :

— À partir de maintenant, et à moins que Lyssaris ne soit retrouvée d'ici l'aube, tu endosseras ses responsabilités, Auréa.

— Pardon, Votre Majesté, mais je... je crains de ne pas tout saisir.

Le cœur de la jeune femme s'affola dans sa poitrine, et l'air lui manqua subitement.

Ce n'était pas possible. Chryséis ne pouvait pas sérieusement envisager ce qu'Auréa imaginait...

— C'est Invidia, la Protectrice en charge de la princesse, qui a lancé l'idée que nous remplacions Lyssaris par une personne du même âge. De toutes les Thaumaturges aux cheveux mauve cendré, tu es celle qui ressemble le plus à ma fille. Les autres novices sont plus grandes, et leurs physiques ne correspondent guère. Seul un tableau de Lyssaris a été envoyé à la famille royale de Givre. Aucun de ses membres n'a jamais eu l'occasion de voir de ses yeux la princesse du Printemps. Il est donc tout à fait possible que nous parvenions à te faire passer pour elle, Auréa. Même si cela nécessitera beaucoup d'efforts et de sacrifices de notre part à toutes...

Invidia – une sœur de l'Ordre de moins d'une trentaine d'années qu'Auréa ne connaissait que très peu – se leva brusquement. Elle plaqua la main sur sa Pierre et inclina la nuque, les paupières closes, serrées sous l'effet de la culpabilité.

— J'ai failli à ma mission, déclara-t-elle d'un ton solennel. J'ai laissé la princesse échapper à ma surveillance et je passerai le restant de mes jours à tenter de m'amender pour ma faute. J'ai conscience qu'il s'agit d'une solution extrême. Mais je suis convaincue que ce plan est réalisable, et c'est pour cette raison que je vous l'ai exposé. J'avais déjà remarqué, par le passé, la ressemblance qui existe entre Auréa et Lyssaris. Cette dernière plaisantait d'ailleurs souvent à ce sujet...

Vraiment ?

Auréa cilla, de plus en plus abasourdie. C'était bien la première fois qu'elle entendait de pareils propos. Personne jusqu'à présent ne lui avait fait remarquer une telle chose. Elle-même n'avait pas non plus souvenir d'y avoir déjà songé par le passé. Du reste, si ce qu'affirmait Invidia était vrai, Lyssaris ne lui avait pour autant jamais manifesté de quelconque intérêt. La princesse n'avait que très rarement parlé à Auréa, celle-ci ne faisant de toute façon pas partie de son cercle.

— Maintenant que cela a été évoqué, il est certain que les deux jeunes femmes présentent de nombreuses similarités, approuva l'une des conseillères.

Au centre de la table trônait un petit portrait à l'huile de l'héritière du trône du Printemps. Tous les yeux ne cessaient de faire des allers-retours, passant du tableau au visage d'Auréa.

Comme chacune des femmes de sa famille, Lyssaris possédait la chevelure du léger violet platiné caractéristique des Thaumaturges. En effet, dans la lignée du Printemps coulait le sang des mages, même si aucun de ses membres ne pouvait se permettre d'aller jusqu'au bout du processus conférant l'Elementum.

La fusion du corps avec la Pierre des Abymes était beaucoup trop risquée pour des personnes appelées à régner…

— Je n'y arriverai pas, marmonna Auréa, peinant à prendre la pleine mesure des attentes royales à son égard.

Toute cette pression qui s'écrasait d'un coup sur ses épaules, c'était plus qu'elle n'était capable de supporter. Jamais elle ne saurait jouer ce rôle. Lyssaris et elle partageaient peut-être quelques traits physiques, mais leurs caractères étaient à l'opposé l'un de l'autre.

— Bien sûr que si, voyons, essaya de la rassurer Phèdre en posant la main sur la sienne.

— Vous n'avez guère le choix, répliqua la Première Conseillère avec dureté. Vous n'avez pas compris, je crois. La reine ne vous présente pas une requête, mais bel et bien un ordre.

8

Auréa

Auréa jeta un coup d'œil hagard en direction de la fenêtre la plus proche. Le soleil se levait peu à peu sur la citadelle tandis qu'à l'intérieur, on s'agitait autour d'elle. La nuit s'était écoulée à toute vitesse. La jeune femme avait cependant la sensation que, juste pour elle, le temps s'était arrêté, demeurant en suspens jusqu'à ce qu'un événement quelconque vienne la délivrer de ce cauchemar éveillé…

La tailleuse royale – préalablement mise dans la confidence – se hâtait de retoucher l'ample robe de gaze blanche initialement prévue pour la princesse. Elle s'affairait auprès d'Auréa et reprenait, à grand renfort d'épingles, le drapé du vêtement à même son corps.

La jeune femme avait vu les heures défiler sans parvenir à réaliser vraiment ce qu'il lui arrivait. Elle n'avait eu de cesse de s'accrocher à l'espoir que Lyssaris serait retrouvée et que tout finirait par rentrer dans l'ordre.

Forcément. Il ne pouvait en être autrement…

Mais la lumière du soleil levant peignait progressivement de son pinceau jaune la pièce, et rien de tel ne s'était produit. Aucune nouvelle de la princesse ne leur était parvenue. Lyssaris restait portée disparue, et la cérémonie durant laquelle elle était censée partir pour un autre royaume afin d'en épouser le prince héritier allait débuter d'ici quelques heures...

Parmi toutes les autres jeunes femmes du même âge résidant au reinaume du Printemps, il avait fallu que le choix de la reine se porte sur Auréa pour remplacer sa fille ! Tout ça pour une teinte de cheveux et quelques ressemblances...

Auréa avait l'impression d'être tombée dans un gouffre dépourvu de fond. Sa chute semblait sans fin.

Ce n'est pas possible... Je ne peux pas tout quitter de cette façon. Pitié, Lyssaris, revenez !

La vie d'Auréa allait être totalement bouleversée. Son quotidien si paisible au sein de la Tour du Printemps était révolu. Elle devait renoncer à tout ce qu'elle aimait pour endosser le rôle d'une inconnue, à mille lieues de celle qu'elle était...

Contrairement à beaucoup d'autres, jamais Auréa n'avait jalousé la princesse – ni pour ses magnifiques tenues, ni pour son titre, ni même pour les nombreux amis dont elle était toujours entourée. Jamais la jeune Chasseresse n'avait ressenti l'envie de prendre sa place.

Toutefois, qu'elle le veuille ou non, c'était la mission qu'on lui avait confiée...

— Auréa, tu m'entends ? la rappela à l'ordre Phèdre. Il faut que tu te concentres, c'est très important !

La jeune femme avait passé la nuit entière à écouter les innombrables recommandations des conseillères de la reine ainsi que celles de l'archimage en chef. Elle avait été abreuvée jusqu'à l'écœurement des diverses descriptions qu'on lui avait données de la princesse. Tout cela dans le but qu'elle se conforme au mieux au rôle qu'elle devrait désormais – et pour toujours – interpréter...

Auréa n'en pouvait plus de se voir répéter encore et encore de redresser le menton, d'user d'un langage soutenu en toute situation – passant par le détail les mots qu'elle était supposée employer et ceux qui lui étaient désormais proscrits. Son esprit, déjà très éprouvé par la stupeur et l'angoisse, commençait tout bonnement à saturer.

— À partir de maintenant, tu ne devras plus recourir à l'Elementum, expliqua Phèdre, le visage empreint d'une extrême gravité. Tes cheveux ont certes la teinte relative au don des Abymes, à l'instar de toutes les femmes de la lignée des héritières du trône du Printemps, mais tu n'es plus une Thaumaturge. Il te faudra toujours, et ce quoi qu'il arrive, tenir ta Pierre cachée. Personne, pas même le prince, ne doit découvrir que tu portes l'améthyste dans ta chair.

Auréa se força à revenir au présent et tâcha d'intégrer cette nouvelle et terrible information. Elle hocha la tête malgré elle, uniquement parce qu'elle ignorait quoi faire d'autre. Ses pouvoirs, qu'elle s'acharnait à perfectionner depuis l'enfance, lui seraient désormais interdits. Pour elle, cela revenait à la priver d'oxygène ou l'empêcher de marcher...

Presque inconsciemment, Auréa porta la main au joyau enchâssé dans sa peau, au centre de son sternum. Elle sentait à peine sa surface lisse sous les couches de tissu drapant son buste. Si bien que l'aiguillon de la panique s'intensifia encore en elle, faisant battre plus fort et plus douloureusement le sang contre ses tempes.

Elle allait être obligée d'abandonner ce qu'elle avait de plus précieux...

La Pierre faisait partie d'elle.

Depuis bientôt huit ans qu'elle avait fusionné avec l'objet, il était devenu comme un morceau de son être. Le lui retirer était d'ailleurs impossible. Une fois l'assimilation faite entre l'améthyste et la chair, il n'y avait aucun moyen de revenir en arrière sans risquer de tuer sur-le-champ la porteuse.

Comment renier ma propre nature ? Comment oublier cette magie dont je me nourris et dont j'ai tellement besoin ?

Que pourrait-on lui annoncer de pire, à présent ?

— Les décolletés étant proscrits à la Tour de Givre, cela ne devrait pas être trop difficile, allégua l'une des membres du conseil. Pour ce qui relève de l'intime, en revanche, cela risque d'être nettement plus compliqué. Il va vous falloir faire preuve de beaucoup de ruse, Chasseresse.

— De l'intime ? répéta Auréa dans un froncement de sourcils.

Perplexe, elle cligna des yeux... avant de les écarquiller lorsque, finalement, elle saisit le véritable sens des paroles de son interlocutrice.

Phèdre baissa la tête, incapable de soutenir plus longtemps le regard de celle qu'elle avait pourtant élevée telle sa fille. Alors, elle précisa :

— Tu devras en permanence exiger une obscurité totale dans la chambre que tu partageras avec le prince et toujours garder la poitrine couverte.

Oh. Ma. Déesse...

Comment Auréa avait-elle pu ne pas songer à cela ? Focalisée sur tout ce qu'elle était contrainte de laisser derrière elle, la jeune femme n'avait guère eu le loisir de penser à ce qu'allait être concrètement son futur au sein de cette citadelle inconnue.

Voilà donc ce que l'on attendait d'elle en définitive : elle devait s'offrir corps et âme, ni plus ni moins...

Auréa eut alors la soudaine impression d'être vendue, sacrifiée sur l'autel de la nation. Elle était le prix d'un accord politique, une monnaie d'échange en quelque sorte. Maintenant, elle comprenait ce qui avait pu pousser Lyssaris à fuir de cette manière. Elle ressentait exactement ce qu'avait dû éprouver la princesse. Cet étau aux griffes acérées menaçant de se refermer sur elle, de la piéger pour la broyer jusqu'à ce qu'il ne reste plus rien de ce qui faisait son identité. Plus rien qu'une coquille vide, sans aspirations ni volonté propres...

— Puisque nous abordons le sujet, reprit la conseillère, il est essentiel qu'en dépit de ces quelques inconvénients, vous parveniez à donner un héritier à la famille royale de Givre dans les plus brefs délais. Cela afin d'asseoir votre place parmi eux et également de consolider l'alliance entre nos deux Tours.

Cette fois, Auréa manqua s'étouffer et dut serrer les dents pour ne pas hurler son indignation. C'en était trop... Beaucoup, *beaucoup* trop ! Jamais encore la jeune femme ne s'était projetée aussi loin dans l'avenir.

Contrairement aux rumeurs circulant à propos de ce qui avait cours au royaume de Givre, les femmes du reinaume du Printemps n'avaient aucune obligation concernant l'enfantement. Elles étaient pleinement libres de choisir de devenir mère ou non. Par ailleurs, rares étaient les Thaumaturges qui décidaient de donner la vie – notamment en raison du peu de longévité qu'engendrait la fusion du corps avec la Pierre des Abymes.

— Je... je n'y arriverai pas, répéta-t-elle entre ses mâchoires crispées.

La domestique qui s'employait à dompter sa chevelure rebelle lui tira par inadvertance une mèche. Des larmes embuèrent alors les yeux d'Auréa, mais elle les ravala aussitôt.

Elle demeurerait digne, quoi qu'il arrive.

Je le dois, c'est la mission qui m'a été donnée... Que cela me plaise ou non, mon devoir est d'obéir.

Phèdre posa une main chaude et réconfortante sur son épaule et lui murmura à l'oreille :

— Tout se passera bien, je te le promets. Tu te feras à la vie de princesse, crois-moi. Je suis sûre que tu finiras par apprécier ce statut, tout comme ton nouveau foyer. Tu vas intégrer une famille, devenir l'un de ses membres les plus importants. N'est-ce pas, au fond, ce dont tu as toujours rêvé ?

Auréa préféra s'abstenir de répondre. Bien sûr, l'absence de véritables parents lui avait pesé durant l'enfance. Mais en aucun cas ce manque ne saurait être comblé d'une telle façon...

— Cessez donc d'afficher cet air de chien battu, voulez-vous ! lui ordonna sèchement une autre conseillère, une moue pincée sur les lèvres. Ce n'est pas une attitude digne de la famille royale ! La princesse paraît fière et sûre d'elle en toutes circonstances. Vous *êtes* Lyssaris, à présent. Vous devrez donc dorénavant adopter ses attitudes, calquer vos manières sur les siennes, c'est bien compris ? Vous allez obtenir le titre de princesse sans pour autant vous être jamais distinguée dans quelque domaine que ce soit. Vous allez même probablement devenir reine à terme. C'est une chance inouïe qui vous est servie sur un plateau d'argent, à vous, une orpheline trouvée abandonnée sur le seuil de la Tour du Printemps. N'oubliez pas d'où vous venez, ma chère. Ni votre dette envers le reinaume, qui n'a pas hésité un instant à vous recueillir et vous a toujours traitée comme l'une des siennes. Et si vous ne pouvez réellement vous réjouir de cette incroyable opportunité qui vous est donnée, tâchez au moins de faire semblant avec conviction.

La domestique qui s'occupait de la coiffure d'Auréa accrocha la dernière épingle au centre des tresses et des boucles entrelacées au niveau de sa nuque, puis passa le voile cérémoniel sur sa tête, lui offrant alors un répit bienvenu.

Cachée derrière le fin tissu blanc, la jeune femme se sentait déjà un peu moins exposée, libre de laisser ses larmes s'écouler et exprimer ainsi toute l'ampleur de son désespoir...

9

Auréa

Apprêtée comme jamais, Auréa attendait que le destin scelle son sort. Un diadème d'argent ceignait son crâne, surmontant une couronne de roses pourpres et blanches piquetées de feuilles de laurier, lui donnant l'apparence d'une véritable fille de reine.

Les préparatifs de la cérémonie de l'Échange étaient fin prêts. D'une minute à l'autre, elle devrait s'avancer parmi la foule et – qu'elle le veuille ou non – deviendrait alors définitivement princesse...

La jeune femme avait été conduite dans un vestibule jouxtant la salle du trône, où allaient débuter les festivités. Elle ne distinguait plus le monde qu'à travers un voile blanc à demi transparent, qui floutait sa vision comme ses pensées.

Soudain, les trompettes résonnèrent de l'autre côté de la porte, et elle sut que c'en était terminé, qu'elle ne pourrait plus fuir...

Jamais.

Si elle en avait eu l'occasion à un moment, c'était désormais trop tard. Elle avait laissé passer sa chance.

Un vertige la saisit à cette idée, et elle dut s'agripper au bras de Phèdre pour ne pas perdre l'équilibre.

— Vous êtes vraiment sûre que Lyssaris n'est pas rentrée ? souffla-t-elle dans une ultime percée d'espoir.

— Non, mon enfant, répondit l'archimage en pressant ses doigts chauds, aux effets apaisants, sur la main d'Auréa. Si tel avait été le cas, tu aurais été l'une des premières averties.

Tout à coup submergée par l'anxiété, Auréa insista :

— Mais qu'arrivera-t-il si elle vient un jour à réapparaître ?

— Cela ne changera rien pour toi. Seules la garde royale et les sœurs Thaumaturges sont dans la confidence. La reine a destitué sa fille de son titre et l'a bannie du reinaume à vie. Si d'aventure Lyssaris décidait de montrer de nouveau le bout de son nez dans les parages, nous avons pour ordre d'user de tous les moyens nécessaires afin de nous saisir d'elle et l'enfermer en cellule d'isolement...

— Assez bavardé ! les interrompit la Première Conseillère à la moue sévère. Tout a déjà été dit. Vous savez tout ce qu'il y a à connaître pour mener à bien votre mission. Il est temps d'entrer en scène, princesse.

Sur ces mots, les personnes présentes se regroupèrent derrière Auréa. Après quoi, la garde ouvrit la porte donnant sur l'immense salle décorée de mille fleurs pour l'occasion. À l'intérieur se pressait une foule dense, colossale, comme la jeune femme n'en avait encore jamais vu.

Tous les regards se braquèrent sur elle, et la musique devint plus forte et rythmée, comme pour lui enjoindre de s'avancer. L'espace d'un bref instant, Auréa songea à arracher le voile qu'elle avait sur la tête pour prendre ses jambes à son cou.

— Ma chère fille, il le faut, lui chuchota Phèdre à l'oreille. Pour le maintien de la paix. Pour la sécurité du peuple du Printemps…

Auréa inspira longuement, emplissant ses poumons d'oxygène. Elle savait gérer la peur face aux créatures des Abymes. Elle pouvait dominer son angoisse. Elle se concentra sur l'air qui circulait en elle afin de se vider l'esprit.

J'y arriverai. J'en suis capable.

Alors, le dos raide, le menton dressé et les mains serrées, jointes contre son ventre – ainsi qu'il était d'usage pour une princesse –, elle fit un premier pas sur le tapis pourpre et doré qui s'étalait devant elle.

Puis un deuxième…

Et, avant même qu'elle s'en soit vraiment rendu compte, elle se trouvait au centre de l'assemblée. À quelques mètres l'attendait la reine pour lui remettre le bouquet cérémoniel ainsi que le précieux coffret dans lequel se trouvait la relique la plus sacrée du reinaume.

Auréa saisit la magnifique gerbe de fleurs fraîches entrelacées de coulées de lierre que lui tendait Chryséis. En parallèle, elle s'efforçait d'ignorer la foule tout autour, le fracas des cris de joie et les applaudissements qui la mettaient tellement mal à l'aise.

Tous la prenaient pour Lyssaris. Ce n'était pas Auréa qu'ils acclamaient mais la princesse. Elle, elle n'était rien de plus qu'une vulgaire doublure… Et elle prenait part, bien malgré elle, à cette sordide duperie.

Pourquoi avait-elle accepté, déjà ?

Ah, oui, je me souviens maintenant : personne ne m'a demandé mon avis. On m'a assigné une mission à vie, et je ne peux que m'y soumettre…

Un peu plus loin, placé à l'entrée de la Tour, l'attendait patiemment un groupe d'une centaine de personnes. Cinquante jeunes femmes et cinquante jeunes hommes – voilés également, ainsi que le rite l'exigeait –, choisis pour l'Échange. Tous seraient mariés d'ici quelques heures.

Une partie d'entre eux rentraient dans leur foyer accompagnés d'un nouveau conjoint tandis que les autres seraient envoyés, à la fin des festivités, en territoires étrangers, répartis entre les différentes Tours participantes.

Ils étaient vêtus aux couleurs du Printemps, arborant le blanc et le pourpre ainsi que les couronnes de roses et de lauriers traditionnelles. Ils se tenaient en ligne, droits et solennels. Leur attitude fière laissait entrevoir leur satisfaction d'avoir été sélectionnés parmi tous les volontaires répondant aux critères exigés.

Cette cérémonie n'ayant lieu que tous les quinze ans, c'était la première fois qu'Auréa assistait à l'événement. Le rituel était censé être une fête célébrant la paix et l'harmonie qui régnait depuis des siècles entre les peuples du continent.

En vérité, il s'agissait plutôt d'une pratique nécessaire à la survie de l'espèce. Un besoin d'un pragmatisme élémentaire compte tenu des conditions de vie de l'humanité dans les différentes citadelles, au sein desquelles chaque société se tenait recluse. L'échange et l'union de jeunes individus entre les Tours étaient absolument indispensables au renouvellement du sang parmi les diverses populations, prévenant ainsi tout risque de dégénérescence.

Une fois l'énorme bouquet en main, Auréa poursuivit son chemin, tâchant de paraître aussi stoïque que possible quand, pourtant, elle se sentait perdre pied. La reine lui emboîta le pas et la Première Conseillère suivit le mouvement à son tour. Ensemble, elles traversèrent les rangées des volontaires à l'Échange sous les ovations du peuple. Puis elles montèrent dans le carrosse royal tiré par quatre chevautruches.

Après quoi, les jeunes femmes et les jeunes hommes saluèrent la foule et se hissèrent d'un même élan sur leurs propres destriers. Une escorte composée de gardes et de Thaumaturges aux visages peints des symboles de l'Ordre prit place aux côtés des voitures et des cavaliers afin d'accompagner leur voyage en toute sécurité.

La longue procession se mit alors en branle, s'éloignant peu à peu de la Tour du Printemps dans le but de rejoindre la Citadelle-Relais – lieu où se déroulaient les véritables festivités.

Enfermée dans la diligence, Auréa était assise sur une banquette près de la reine, la Première Conseillère leur faisant face. La jeune femme ne put se retenir de jeter un dernier coup d'œil en arrière. À travers la lucarne à demi masquée par plusieurs drapés de voilages, elle fouilla les environs du regard, la gorge si serrée qu'elle peinait à respirer.

Là, elle l'aperçut…

Entre les arbres bordant l'allée, la haute silhouette blanche striée de rouge d'Ignis se découpa sur le feuillage sombre de la forêt. Toujours aussi altier et majestueux, le renard-feu observait le défilé d'un air curieux. Soudain, ses yeux croisèrent ceux d'Auréa, et l'animal inclina la tête sur le côté, comme si lui non plus ne comprenait pas ce qui se passait…

La jeune femme voulut lui adresser un signe de la main – n'importe quoi, pourvut qu'il sache qu'elle ne l'abandonnait pas de son plein gré. Mais la Première Conseillère la rappela brusquement à l'ordre, l'obligeant à se détourner :

— Veuillez vous asseoir correctement, enfin ! Vous vous tenez en présence de Sa Majesté. L'auriez-vous déjà oublié ?

— Non… non, madame…

Auréa lutta comme jamais pour refouler les sanglots qui s'accumulaient dans sa poitrine. Elle se concentra sur le sol à ses pieds et s'efforça de ne pas songer à tout ce qu'elle quittait. À cet ami si précieux qu'elle laissait derrière elle…

Elle vécut le trajet l'esprit plongé dans un épais brouillard opaque, telle une simple spectatrice, incapable d'exercer la moindre influence sur le cours des choses. Le paysage défilait à toute allure devant elle, mais elle ne pouvait l'admirer, sidérée par l'incroyable tournant que prenait sa vie.

À tel point que, quand le cortège parvint enfin à destination, elle avait totalement perdu la notion du temps…

Chryséis se pencha sur elle et lui souffla à l'oreille :

— Nous y sommes, très chère. Je compte sur vous. Tout le monde compte sur vous.

Là-dessus, la reine descendit du carrosse. Puis une garde postée à l'extérieur tendit la main à Auréa afin de l'aider à sortir. Alors, seulement, la jeune femme prit conscience que la nuit était tombée. Leur périple avait duré la journée entière…

Étonnamment, leur excursion s'était déroulée sans le moindre encombre, aucune créature des Abymes n'ayant apparemment tenté de s'en prendre au long cortège.

C'est donc pour le mieux…

Auréa s'en voulait un peu d'avoir espéré une telle occasion. Une attaque lui aurait toutefois peut-être permis de fuir si elle en avait eu le courage…

Une fois dehors, elle examina son environnement, le regard brouillé par le voile et la pénombre.

À quelques mètres de là se dressait la Citadelle-Relais : une zone neutre, située en bordure des territoires de Givre, du Printemps et des Sables Dorés. L'édifice servait généralement d'étapes aux voyageurs et abritait à l'occasion divers sommets entre reines et rois. Il pouvait accueillir plusieurs milliers de personnes aisément, mais ses dimensions restaient cependant très humbles en comparaison des autres bastions. De forme circulaire, il ne comptait qu'une dizaine d'étages, lesquels encadraient une immense arène coiffée d'une superbe coupole de verre.

En d'autres circonstances, Auréa se serait probablement émerveillée de découvrir encore un nouveau type d'architecture, aussi différent de ce qu'elle connaissait. Elle était cependant trop hagarde, trop effrayée à l'idée de tous les défis qui l'attendaient pour y prêter véritablement attention.

Répartie devant les différentes portes selon les nationalités se pressait une foule bigarrée, aux vêtures insolites, voilée pour la plupart. Des individus venus des six autres Tours encore libres et debout que comptait le continent – les dernières à n'être tombées ni sous le joug de la Reine des Corbeaux ni sous les assauts du Dévoreur de Monde. Tous étaient venus afin de prendre part à la cérémonie.

La moitié d'entre eux était donc comme elle : déracinée, vouée à quitter son foyer pour se lier à d'obscurs inconnus... Bon sang, mais comment faisaient-ils tous pour avoir l'air aussi confiants et enthousiastes ? Derrière les fins tissus plus ou moins transparents, simples ou richement brodés et aux couleurs variées, les visages semblaient aussi souriants qu'insouciants...

Auréa n'eut guère le temps d'observer davantage ses camarades. Déjà, la reine et elle étaient conduites à part, dans des appartements au confort luxueux, en vue de s'y rafraîchir avant de paraître en public.

À peine quelques minutes plus tard, depuis le cœur du bâtiment, la musique et les chants commençaient à résonner à travers les murs de pierre, marquant le début des festivités.

— Contrairement aux Échangés, dont les unions se font dès le début de la soirée, le mariage du prince de Givre et de la princesse du Printemps ne sera acté qu'à l'aube, expliqua la Première Conseillère tandis qu'une domestique s'employait à défroisser la robe d'Auréa et une seconde à la recoiffer, ajoutant des fleurs fraîches dans ses tresses. Après quoi, vous partirez aussitôt pour votre nouveau royaume. Invidia, qui était déjà la Protectrice de Lyssaris, sera votre Thaumaturge attitrée et vous fera également office de dame de compagnie.

Auréa pivota et aperçut la jeune femme en question. Elle se tenait près de la porte et paraissait l'attendre. Invidia lui adressa alors un sourire peiné et inclina la nuque dans un geste respectueux.

— La reine va à présent se rendre dans la tribune réservée aux souverains, reprit la Première Conseillère. Saluez Sa Majesté comme il se doit, vous n'aurez certainement plus la chance de rencontrer Sa Grâce après cela. Et n'oubliez pas : vous vous appelez Lyssaris dorénavant et vous êtes l'unique fille de la plus grande monarque qu'ait connue la lignée du Printemps. N'agissez jamais autrement qu'en tant que telle.

Auréa approuva d'un marmonnement à peine audible – c'était le mieux qu'elle pouvait faire tant elle était paralysée par l'anxiété.

— Merci pour votre dévotion, chère Chasseresse, répondit Chryséis d'une voix légèrement tremblante – la situation lui pesant probablement plus qu'elle ne le laissait penser. Vous sauvez votre peuple de la catastrophe, sachez-le. Pour cela, vous aurez notre éternelle gratitude.

La Première Conseillère jeta un dernier regard austère à Auréa, puis elle conduisit la reine en direction d'un couloir dérobé.

— Allons-y, lança Invidia. C'est maintenant à vous d'entrer en scène.

Auréa obéit docilement et suivit la jeune femme à travers plusieurs corridors et escaliers. Après quoi, elles parvinrent au seuil de l'arène où les Thaumaturges de la Tour Sylvestre – toutes de dentelles vertes vêtues – exécutaient des danses sur une musique endiablée où le feu, l'eau, le vent et la terre s'entremêlaient dans les airs pour former d'élégantes figures.

Auréa songea tout à coup qu'elle-même s'était préparée avec ses consœurs afin de participer au spectacle cérémoniel. Elle avait beau détester l'idée de se donner en spectacle devant autant de gens, apprendre ces chorégraphies avait été un plaisir pour elle. Un exercice bien inutile, en définitive...

Les Thaumaturges du Printemps s'étaient-elles d'ailleurs déjà produites sur scène ou Auréa avait-elle manqué leur démonstration ?

Soudain, la musique s'interrompit, et les danseuses se figèrent dans de gracieuses attitudes. Les titres à rallonge de la princesse furent déclamés, et le son des trompettes retentit. Alors, tous s'écartèrent devant Auréa de manière à lui laisser la voie vers les tribunes royales libres. L'assemblée entière – que ce soit dans l'arène comme dans les gradins – fit de profondes révérences.

La jeune femme ferma les paupières, avala une énorme goulée d'air et, malgré son instinct qui lui hurlait de se sauver à toutes jambes, pénétra dans l'amphithéâtre. Elle demeura sourde aux ovations qui éclatèrent autour d'elle, un vrombissement désagréable lui battant les tympans. Elle tremblait de tous ses membres, terrifiée, et peinait à marcher sans trébucher. Elle réussit toutefois à arriver jusqu'au pied de l'estrade où trônaient les monarques des six Tours présentes à la cérémonie.

Brusquement, le silence se fit, tombant comme une chape de plomb sur les lieux, ajoutant encore au malaise d'Auréa. Chryséis et Léandran, roi de Givre – reconnaissable à son pourpoint de cuir et de velours bleu nuit ainsi qu'à la fourrure grise qui lui couvrait les épaules – se levèrent d'un même élan. Ils échangèrent un regard étrange, comme si leur accord demeurait incertain.

Après quelques secondes d'un échange muet, ils reculèrent tous deux d'un pas. Alors, depuis l'extrémité de la tribune, un jeune homme s'avança lentement, l'air à la fois concentré mais aussi légèrement gêné.

Sans doute, à l'instar d'Auréa, n'aimait-il pas, lui non plus, être au centre de l'attention... Sans doute était-il nerveux également. Peut-être ressentait-il d'ailleurs une appréhension identique à celle qui menaçait Auréa de tétanie ?

Le jeune homme arborait une longue cape bleue et la même fourrure que portait son père. Ses cheveux de jais, lisses et brillants, lui arrivaient à la mâchoire. Sa silhouette était haute et longiligne, à la fois masculine et gracieuse. Son visage aux grands yeux bleus était d'une perfection à couper le souffle...

10

Auréa

Le prince s'arrêta avant d'arriver à la hauteur des monarques, demeurant en retrait. Les mains jointes derrière le dos, il posa un regard bienveillant sur Auréa, et un sourire prudent, mais accueillant, étira ses lèvres.

Alors, un sentiment de chaleur s'épanouit au creux de la poitrine de la jeune femme, chassant progressivement ses angoisses. L'homme amené à devenir son époux semblait affable et était extrêmement bien de sa personne. Ce n'était peut-être qu'une maigre consolation en comparaison de tout ce à quoi Auréa était contrainte de renoncer, mais c'était déjà cela...

La reine Chryséis se racla bruyamment la gorge, une expression de plus en plus contrariée crispant ses traits. Quelque chose clochait. Certains éléments échappaient à Auréa... Mais lesquels ?

Soudain, un puissant raclement, suivi de cliquetis métalliques, détourna son attention. Assis à la droite de Léandran se tenait un second jeune homme – vêtu de bleu lui aussi –, mais très différent du premier... Il s'appuyait de tout son poids sur une canne de bois noir ornée d'argent et peinait visiblement à se mettre debout. Une étrange armature d'acier emprisonnait sa jambe gauche en étau, comme si cette dernière ne pouvait fonctionner sans le soutien de ces tiges et de ces écrous d'allure terriblement barbare.

Auréa leva les yeux et déglutit péniblement. Presque la moitié du visage de celui qui lui faisait face était couverte d'un inquiétant bandeau noir sur lequel retombait une mèche rouge sombre, perdue dans la masse de ses longs cheveux couleur aile de corbeau.

Après être parvenu à se lever, le jeune homme se rendit en boitant jusqu'au bord de l'estrade. Puis il se redressa, ignorant avec une étonnante désinvolture les regards curieux dont la foule le criblait. Son œil bleu turquoise se promena un bref instant sur Auréa, avant d'interrompre sa course sur un point fixe derrière son épaule.

— Je vous prie de bien vouloir me pardonner, princesse Lyssaris, lança-t-il d'une voix aussi grave que lasse et désabusée. Toutefois, pour d'évidentes raisons que je me passerai de détailler, je ne pourrai malheureusement guère danser avec vous. Mon frère se fera néanmoins un plaisir de me remplacer durant le bal de ce soir.

Le roi de Givre poussa un soupir irrité, puis intervint :

— Ce que le prince Rozarian essaie de dire, c'est qu'il se réjouit bien entendu de ce mariage mais déplore de ne pouvoir s'adonner aux plaisirs de la valse avec sa jeune et belle promise. Ainsi, ce sera le prince Erann, mon fils cadet, qui, si vous le permettez, aura l'honneur de partager ces danses avec vous afin d'assurer le bon déroulement des festivités.

— Voilà, c'est ça, rétorqua le dénommé Rozarian d'un ton plus bas, que les spectateurs installés dans les gradins ne pouvaient pas entendre.

Là-dessus, il haussa les épaules avec dédain, fit volte-face et retourna dans une cacophonie de cliquètements jusqu'à son fauteuil.

Derrière son voile, Auréa sentit son visage se décomposer sous l'effet de l'effarement. Non seulement l'homme à qui elle était censée s'unir d'ici quelques heures souffrait de plusieurs infirmités – particularités dont personne n'avait jugé bon de l'avertir –, mais, en outre, il se comportait comme le dernier des mufles en lui témoignant publiquement un manque d'intérêt !

Pourquoi personne ne lui avait-il parlé de l'état physique du prince ? Il ne s'agissait pourtant pas de simples détails !

L'indignation prenant subitement le pas sur son anxiété, Auréa lorgna Chryséis – à défaut de pouvoir obtenir d'explications. La reine ne semblait toutefois plus la voir. Elle contemplait le vide, comme perdue dans ses pensées. Son air mécontent laissait par ailleurs supposer qu'elle-même n'avait guère été informée au sujet des problèmes de l'héritier du trône de Givre.

Auréa n'eut guère le loisir de se poser davantage de questions que déjà le prince Erann – le frère cadet de Rozarian, si elle avait bien compris – descendait de l'estrade afin de la rejoindre. Une fois près d'elle, il lui tendit la main, son regard bleu clair paraissant transpercer le voile qui la cachait toujours aux yeux de l'assemblée.

— Princesse Lyssaris, la salua-t-il en s'inclinant devant elle. Me ferez-vous l'honneur d'ouvrir le bal à mes côtés ?

Auréa posa des doigts tremblants au creux de la paume chaude du prince et, de plus en plus confuse, marmonna :

— B-bien sûr…

Les lèvres d'Erann s'étirèrent, révélant des dents d'une blancheur impressionnante. Auréa se surprit alors à espérer que l'hygiène buccale de son futur époux soit au moins à moitié aussi irréprochable que celle de son frère. C'était une considération des plus triviales, mais elle ignorait si elle pourrait réellement mener à bien la longue et éprouvante mission qu'elle s'était vu confier sans cela…

De nouveaux applaudissements retentirent dans l'amphithéâtre, puis l'orchestre se mit à jouer.

— Toutes mes excuses pour le comportement de mon aîné, chuchota Erann en plaçant son bras au creux de sa taille, avant de l'entraîner dans une valse étourdissante. Je crains malheureusement qu'il ne peine à mesurer les conséquences de son impolitesse. Après tout, il est primordial, pour nos peuples respectifs, que cette cérémonie soit un succès, n'est-ce pas ?

— Absolument, approuva-t-elle, songeant à tous les sacrifices que cela lui coûtait déjà.

— Rozarian grogne beaucoup, mais il mord peu, si cela peut vous rassurer, continua Erann. Ignorez ses grossiers affronts autant que possible, c'est un conseil que je vous donne.

Auréa pinça les lèvres, perplexe. Comment un prince pouvait-il parler de son propre frère – et futur souverain qui plus est – de manière aussi prosaïque et dresser de lui un portrait aussi peu flatteur dès leur première rencontre ? Les fils du roi de Givre se détestaient-ils ou Auréa manquait-elle encore d'informations pour en venir à de telles conclusions ?

Elle jeta un coup d'œil en direction de la tribune et aperçut son fiancé affalé contre le dossier de son fauteuil, le bras appuyé sur l'accoudoir et le menton planté dans sa paume, le regard rivé au sol, affichant un air de profond ennui.

Se plaisait-il donc à se donner en spectacle ou, comme le suggérait Erann, était-il seulement inconscient de la portée de ses actes, de l'humiliation qu'il lui faisait ainsi subir ?

La musique s'arrêta un bref instant, puis un deuxième air succéda au premier. Dans l'arène, de nouveaux danseurs se mêlèrent alors à eux, le bal étant désormais lancé.

Les couples avaient été formés avant qu'Auréa arrive dans l'amphithéâtre, cette partie de la cérémonie s'étant déroulée sans elle. La jeune femme était à présent la seule à porter encore un voile. Les autres Échangés avaient été autorisés à retirer le tissu qui cachait leurs visages à leurs conjoints.

Tous paraissaient heureux – exaltés même –, ravis de quitter leurs foyers pour s'unir à de sombres inconnus. Mais comment parvenaient-ils à accomplir ce tour de force quand elle avait la sensation qu'on lui arrachait tout ce qu'elle aimait pour la jeter en pâture au milieu des loups ?

Elle aurait probablement pu demander à quitter la piste mais elle préféra prolonger le moment. Erann avait l'air disposé à poursuivre les danses avec elle, aussi saisit-elle cette occasion. Le prince cadet était plutôt de bonne compagnie et elle n'avait aucune envie de rejoindre l'estrade – et ce jeune homme si désagréable qu'était son futur époux…

— Le banquet va bientôt débuter, lui apprit Erann, se reculant légèrement pour tenter de l'observer à travers les plis de son voile. Mais peut-être n'avez-vous pas faim ?

— Pas vraiment, non.

Pour l'heure, Auréa était incapable d'avaler quoi que ce soit. Son estomac était tellement noué qu'elle en avait la nausée, et les vertiges provoqués par la valse n'arrangeaient rien à son état.

— Très bien, continuons de danser, dans ce cas, si cela vous convient.

Auréa hocha la tête, reconnaissante. Erann devinait son angoisse et essayait de lui offrir un peu de réconfort. Peut-être aurait-elle au moins un ami à la Tour de Givre, au bout du compte…

Ce ne fut qu'après plusieurs heures de tourbillonnements étourdissants au milieu des autres couples qu'elle osa finalement poser l'une des questions qui lui brûlaient les lèvres :

— Cela fait-il longtemps que… eh bien, que votre frère est…

— Que Rozarian est handicapé ? compléta spontanément Erann.

De nouveau, il s'éloigna quelque peu pour chercher son regard.

— En fait, je ne me rappelle pas l'avoir connu autrement. Nous n'avons que trois ans de différence, mais nous sommes malheureusement peu complices, lui et moi. L'accident s'est produit lorsque j'étais très jeune, aussi n'ai-je aucun souvenir de cette période. Mais je vous déconseille vivement d'aborder ce sujet avec lui. Ni avec notre père d'ailleurs, croyez-moi…

La musique ralentit jusqu'à s'éteindre et, cette fois, ne reprit pas. Tous les regards se tournèrent vers la tribune royale où le souverain de la Tour de Givre s'était levé, s'apprêtant à prendre la parole.

— Je sais que la raison d'État vous oblige à être ici, murmura Erann d'un ton précipité. Il s'agit certes avant tout d'un mariage, d'une alliance entre territoires prétendument amis. Mais ne vous y trompez pas, vous serez avant tout un otage pour notre royaume...

Il lui adressa un regard navré. Puis il s'écarta d'un pas avant de s'incliner devant elle. Après quoi, il l'abandonna pour remonter sur l'estrade où se trouvaient son père, son frère, ainsi que les monarques des autres Tours.

11

Auréa

— Mes chers amis, vous tous ici présents, il est désormais temps de procéder à la dernière union de cette belle et grande soirée placée sous le signe de la paix et de l'amitié entre les peuples ! clama Léandran d'une voix puissante, les paumes tournées vers le ciel et la mine réjouie. Voici enfin venue l'heure du mariage tant attendu de la princesse Lyssaris et de mon héritier, le prince Rozarian, qui renforcera plus profondément que jamais les liens entre nos glorieuses nations et clôturera l'ancestrale cérémonie de l'Échange !

Auréa vit alors les autres danseurs quitter à la hâte la piste de danse. Ils se placèrent en retrait, au bord des gradins, la laissant seule, prête à se faire dévorer toute crue...

L'assistance – encore occupée à manger pour la plupart – se leva, puisque la gravité de l'instant l'exigeait. Le souverain de Givre semblait plutôt impatient. Le terme du bal avait-il été avancé ou n'était-ce qu'une impression ?

Chryséis descendit lentement l'escalier pour rejoindre celle qui aurait dû être sa fille, mais qui n'était en fait qu'un fallacieux substitut.

Les mots d'Erann tournaient en boucle dans l'esprit d'Auréa. Le prince cadet s'était montré très clair : elle ne serait pas un nouveau membre de leur famille, accueilli à bras ouverts. Non, elle n'était qu'une monnaie d'échange, une espèce de prisonnière de marque – peut-être même un moyen de pression visant à contraindre le reinaume du Printemps…

Il fallait à tout prix qu'elle avertisse Chryséis du tour préoccupant que prenait l'affaire ! Si, d'une certaine manière, la reine tentait de leurrer son allié en envoyant une doublure à la place de sa fille, l'autre parti était finalement loin d'être en reste question duperie et manipulation…

Du fait de son manque de connaissances dans le domaine, les détails politiques échappaient à Auréa. Mais elle avait perçu le danger contenu dans les paroles d'Erann, les manigances qui se tramaient en fond et l'ampleur des enjeux…

La reine avança jusqu'à elle. La foule se tenait heureusement à bonne distance. C'était le moment ou jamais. Auréa ne put s'empêcher de combler la distance qui les séparait, espérant profiter de ce bref instant de semi-intimité pour parler à sa souveraine. Chryséis lui saisit alors brusquement les mains dans un geste qui aurait pu passer pour de l'affection, mais qui, de près, témoignait plutôt d'une vive inquiétude. Elle lui serra les doigts avec fébrilité, puis la prit ensuite carrément dans ses bras.

— Je sais très bien ce que vous vous dites, chuchota la souveraine en étreignant un peu trop fermement la jeune femme. Lyssaris avait dû pressentir certaines choses, et c'est probablement pour cette raison qu'elle a fui. Le prince n'est à l'évidence guère un cadeau, et sachez que j'en suis sincèrement navrée. Votre situation sera encore plus délicate et critique que prévu, j'en suis consciente. Mais tâchez de voir son invalidité et les faiblesses qui lui sont liées comme une chance. Vous serez reine peut-être beaucoup plus tôt que nous ne l'espérions. L'état de votre futur époux pourrait se révéler un véritable atout pour nous. C'est l'opportunité rêvée pour changer ce fichu royaume dirigé par des hommes arrogants en un reinaume stable et fort. Ils croient faire de nous leurs vassaux, mais nous les prendrons à leur propre jeu si vous manœuvrez intelligemment…

Auréa n'en crut pas ses oreilles. Chryséis savait donc parfaitement dans quel genre de traquenard elle l'avait précipitée. Et dire que c'était à sa fille qu'elle avait à l'origine destiné ce sort ! Décidément, il n'était guère étonnant que Lyssaris se soit sauvée afin d'échapper à tout cela. Si Auréa avait été à sa place, elle aurait sans doute fait la même chose…

La reine se redressa, gardant les paumes pressées sur les épaules de la jeune femme. Elle plaqua sur son visage un sourire crispé, sans joie ni la moindre compassion. Il n'y avait plus rien à faire…

Auréa comprit soudain qu'elle n'était qu'un vulgaire pion, déplacé au gré des caprices des puissants sur l'échiquier et dont le prix était le pouvoir. Elle était tombée dans le panneau en imaginant naïvement agir pour le bien de son peuple et œuvrer au maintien de la paix. En réalité, elle servait des ambitions bien plus complexes et pernicieuses…

— Le voile, lâcha Auréa avec précipitation, songeant subitement à ce détail d'importance. Et si, parmi les Échangés qui rejoignent la Tour de Givre, certains me reconnaissaient…

Chryséis serra les dents et jeta un regard méfiant derrière elle. Tout le monde attendait que cette ultime discussion censée se dérouler entre une mère et sa fille se termine pour passer à la suite. Malgré tout, la reine se pencha à l'oreille de la jeune femme et murmura, faisant passer ses paroles pour un conseil de dernière minute :

— Comment pouvez-vous imaginer que nous n'y avions pas pensé avant ? Aucun d'entre eux ne sait qui vous êtes. Vous avez été suffisamment discrète au cours de votre existence pour cela, et cet élément a clairement pesé en votre faveur dans notre choix. En outre, personne parmi les Échangés ne sait à quoi ressemble Lyssaris de près. Ma fille ne fréquentait qu'un petit cercle de Thaumaturges et d'aristocrates. Vous n'avez donc aucune crainte à avoir à ce sujet. Vous avez été parfaite jusqu'ici, alors continuez. Tenez votre rôle et accomplissez votre mission. Je vous l'ordonne, Chasseresse.

La reine s'écarta d'un pas et rompit pour de bon le contact avec Auréa. Elle se détourna de la jeune fille et se concentra sur les gardes du Printemps postés en arrière. Elle leur adressa un signe de la main, les invitant à avancer.

Le petit cortège traversa l'arène. Quatre de ses membres portaient le palanquin richement décoré sur lequel était installé le coffret contenant un fragment de la Couronne Céleste.

— Très cher ami, lança Chryséis à l'intention du roi de Givre. Veuillez accepter, en guise de dot, l'une des portions de la Relique du Pouvoir, soit l'objet le plus précieux que notre reinaume ait jamais eu en sa possession.

À ces mots, les gardes soulevèrent le couvercle de l'écrin de bois ouvragé afin d'exposer à la vue de tous l'inestimable antiquité. Sur un coussin de soie pourpre orné de fils d'or reposait la branche mordorée et cristalline de la mythique coiffe des Anciens Rois.

Selon la légende, celui qui parviendrait à réunir ses douze morceaux se verrait investi du pouvoir de vaincre le Dévoreur de Monde. Quatre d'entre eux restaient cependant encore actuellement perdus et trois appartenaient désormais à la Reine des Corbeaux. Personne, jamais, ne pourrait donc vérifier la véracité du mythe, rassembler tous les fragments de la relique paraissant tout à fait improbable…

Léandran prit quelques instants pour admirer l'objet. Puis il leva la main et ordonna à ses troupes d'entrer dans l'arène.

Des centaines de soldats, arborant d'étranges plastrons noirs et luisants, investirent alors les lieux en rangs serrés pour se placer les uns après les autres derrière Chryséis.

— Voici, en gage d'amitié, l'un de mes régiments, exclusivement composé de mes meilleurs guerriers, offert en ce jour au service de la Tour du Printemps.

Dans l'assemblée, des murmures impressionnés s'élevèrent ici et là. Pour la plupart des convives, c'était la première fois qu'ils avaient l'occasion d'observer de près une partie de cette célèbre armée.

Celle-ci avait pour particularité d'être exclusivement masculine. Toutefois, c'étaient ses armures, fabriquées à partir d'écailles de Vyverne, qui la rendaient unique. Une technique révolutionnaire dont seuls les forgerons du royaume de Givre avaient le secret. Avec ce matériau, leurs équipements possédaient une solidité à toute épreuve ainsi qu'une résistance quasi totale au feu.

Cela conférait à ces soldats une allure vraiment singulière, aussi impressionnante que menaçante.

Un détail plutôt du goût de Chryséis – à en croire l'évidente satisfaction qui se peignait sur son visage comme elle passait en revue ses nouveaux guerriers.

La nation du Printemps avait peut-être un puissant Ordre de Thaumaturges, mais aucun de ses membres n'était invulnérable. La Tour des Brises et la Tour du Ponant avaient eu, elles aussi, leurs mages-combattantes. Cela n'avait pourtant guère pesé dans la balance face aux terribles assauts du reinaume des Damnés. Ces deux citadelles étaient tombées en l'espace de seulement quelques jours, probablement submergées par le nombre des guerriers envoyés par la Reine des Corbeaux.

Ainsi, ces renforts cédés à la Tour du Printemps en échange d'un fragment de la Couronne Céleste et de l'héritière de Chryséis seraient assurément un précieux soutien en ces temps troublés. Ils permettraient de dissuader toute attaque de la part du reinaume des Damnés – ou, dans le cas contraire, offriraient une aide plus que bienvenue...

Dans la tribune, le roi de Givre recula de quelques pas tandis qu'un prêtre en robe noire s'avançait, brandissant fièrement le sceptre d'une religion dont Auréa ne connaissait rien. À son tour, le prince Rozarian se leva pour la seconde fois de la soirée, s'appuyant des deux mains sur le pommeau d'argent de sa canne. La reine invita d'un signe Auréa à rejoindre l'estrade royale, et cette dernière obéit docilement – à défaut de savoir quoi faire d'autre.

La peur avait finalement déserté la jeune femme. Néanmoins, la rancœur et l'écœurement emplissaient à présent son cœur.

Auréa gravit les marches sous l'œil attentif de la foule et des monarques réunis, consciente que chacun de ses gestes était susceptible d'avoir de lourdes répercussions. Une hésitation, un faux pas, et ce seraient tous les plans de Chryséis qui tomberaient à l'eau...

Auréa ferait cependant ce que sa reine attendait d'elle. Que ce mariage relève d'obscures manœuvres politiques ou d'une simple alliance entre deux nations sincères n'avait en fin de compte aucune importance. La jeune femme n'avait de toute façon guère d'autre option que de se plier à ces jeux qui la dépassaient.

Les yeux rivés au sol, elle se plaça au côté de l'ecclésiastique, face à l'aîné des princes. Alors, enfin, la cérémonie put débuter.

Le prêtre se lança dans une lecture de textes extraits d'un livre sacré de son culte. Auréa n'écouta cependant presque rien de son discours.

Le harnais de fer qui maintenait la jambe de son futur époux était encore plus impressionnant vu de près. Elle n'arrivait pas à décider si cela ressemblait à une pièce d'armure ou à un instrument de torture. À tel point qu'elle avait bien du mal à ne pas observer fixement l'objet, le nez baissé devant le jeune homme. En outre, ce dernier était beaucoup plus grand et sa stature plus intimidante qu'elle ne l'avait imaginé...

Auréa avait beau s'y efforcer, elle n'arrivait pas à relever la tête. Pourtant, de son côté, Rozarian ne se privait guère de la détailler. Elle sentait un regard dur et calculateur se promener sur elle, l'évaluer comme si elle n'était qu'une marchandise, un nouvel objet à entreposer dans une collection.

— Prince Rozarian, héritier du trône de Givre, vous pouvez maintenant retirer le voile de la princesse Lyssaris du Printemps et l'embrasser afin de sceller votre union ! proclama solennellement le prêtre tandis que l'assemblée retenait son souffle.

Auréa s'étonna que rien ne lui soit demandé. Ainsi, contrairement aux cérémonies ayant cours au reinaume du Printemps, ce rituel-ci ne requérait aucun témoignage d'assentiment de sa part. Il n'y aurait donc pas d'échange de bagues, pas de vœux ? Juste un unique baiser, initié par l'époux…

Curieusement, Rozarian ne fit pas attendre plus longtemps l'assistance et s'exécuta de bonne grâce, mettant fin à cet insoutenable suspense. D'une main aux longs doigts pâles, il releva le tissu qui cachait le visage de la jeune femme, la libérant de cet écran blanchâtre qui lui avait masqué en partie la vue toute la journée.

Cette fois, Auréa ne put faire autrement que de ployer la nuque vers lui. Alors, seulement, ils échangèrent un premier vrai regard…

Cela ne dura qu'un bref instant. Une ou deux secondes, tout au plus. Mais ce fut suffisant pour qu'Auréa remarque le reflet troublé qui voilait l'œil à l'éclat d'azur du prince. Tout à coup, le jeune homme ne paraissait plus ni rebutant ni antipathique. Au lieu de cela, il avait l'air confus, presque aussi perdu et déstabilisé qu'elle par la situation…

De près, il semblait plus jeune, et ses traits étaient nettement plus plaisants que ce qu'Auréa s'était figuré. Sa mâchoire rasée de frais était anguleuse et affirmée, au dessin ciselé mais viril. Ses lèvres étaient fines et sombres, leur carnation tranchant avec la blancheur de porcelaine de son teint. Ses épaules étaient d'une largeur impressionnante, et sa silhouette étonnamment athlétique compte tenu de son infirmité. En réalité, Rozarian en imposait bien plus que ce à quoi Auréa s'attendait…

Le charme du moment s'évanouit toutefois aussi vite qu'il était apparu. Le prince se détourna brusquement d'elle et fronça les sourcils. Puis il battit des paupières comme pour chasser de son esprit quelque image désagréable. Certainement en vue de donner le change, il se concentra sur les fleurs ornant les cheveux de la jeune femme, juste pour ne plus avoir à croiser ses yeux. Une expression maussade et blasée se peignit sur son visage, trahissant l'ennui qui le reprenait une fois sa curiosité assouvie.

L'amertume enfla méchamment au fond de la gorge d'Auréa. Et la saveur acide de l'humiliation vint de nouveau agresser ses papilles. Le prince l'ignorait sans doute, mais de son côté, Auréa se moquait éperdument d'être à son goût ou non – puisque lui n'était clairement pas du sien ! Elle n'avait aucune envie de recevoir son tout premier baiser de ce jeune homme odieux, aussi bizarre que désagréable…

Elle s'arma malgré tout de courage et tint bon, pressée que cette abominable cérémonie se termine.

Rozarian se racla la gorge et, se tenant d'une main à sa canne, se pencha vers la jeune femme. Elle ferma les yeux et serra les paupières, tâchant d'oublier que des milliers de personnes les observaient.

Et cela faillit presque réussir…

Elle se surprit soudain à inspirer à pleins poumons, intriguée par le singulier parfum qui lui parvint. Une odeur de savon de rasage soutenue d'une note minérale et d'épices mystérieuses. Une surprenante chaleur émanait également du jeune homme.

Tout à coup, l'impatience naquit en elle, prenant le dessus sur le reste. La colère et la répugnance refluèrent pour laisser place à une irrépressible curiosité… Finalement, ce fut à peine si les lèvres du prince effleurèrent le coin des siennes. Un contact aussi bref que léger. Rien qu'un simulacre de baiser. Décevant et humiliant.

Rozarian se redressa sous les applaudissements et les acclamations de joie de la foule. Puis il s'éloigna en rajustant machinalement le bandeau qui lui masquait la moitié du visage.

Et ce fut tout…

Leur mariage était célébré.

Auréa était désormais officiellement princesse dauphine du royaume de Givre.

12

Rin

À l'instar de la plupart des habitants de la Tour des Damnés, Rin s'était couchée avant même la tombée de la nuit. La journée qui s'annonçait allait être rude, et son issue déterminante pour son peuple. Aussi n'était-elle guère encore parvenue à trouver le repos.

Après plusieurs longues heures d'insomnie, lasse de se retourner sans cesse dans sa paillasse, elle décida de se lever. Dans le dortoir, plusieurs personnes l'observèrent, visiblement incapables de fermer l'œil, elles aussi. Rin s'efforça cependant de quitter la pièce sans bruit. Une fois dans le couloir, elle se dirigea naturellement vers la salle des équipements militaires réservée à son détachement.

La lune était encore haute dans le ciel lorsqu'elle commença à se préparer. Lentement, ses gestes emplis de solennité, elle attacha ses longs cheveux blancs en chignon, puis entreprit de revêtir son armure.

La tâche qui l'attendait était colossale. Pourtant, le simple fait d'enfiler d'abord le kusazuri – cette jupe épaisse constituée de plusieurs pans –, puis le plastron et les épaulières, l'apaisa. Dans cette tenue, elle se sentait bien. Elle devenait alors la guerrière farouche et téméraire qu'elle était – soit la meilleure version d'elle-même.

Une bataille de grande ampleur allait bientôt se jouer, et son rôle dans l'assaut serait décisif. Elle n'avait droit à aucune erreur...

Lorsqu'elle fut prête, Rin sut ce qu'elle devait faire en attendant l'heure du départ. Il existait un lieu dont les vibrations l'aidaient à se concentrer. Un seul endroit, dans toute la citadelle, où son esprit réussissait à entrer en état de méditation.

Elle descendit d'un pas résolu jusqu'aux bas quartiers, puis poursuivit vers les souterrains les plus profonds de la Tour. Une grille de fer interrompit son périple, mais Rin en possédait la clé. Encore un inestimable présent que la reine en personne lui avait offert...

La jeune femme déverrouilla l'antique portail aux barreaux rongés de rouille et, une unique chandelle à la main, avança dans l'obscurité dense de la crypte. L'odeur d'humidité était forte, mais elle ne l'indisposait pas pour autant. En fait, elle appréciait cet arôme étrange, mélange de mousse et de pierre fraîche.

La nation des Damnés était sèche et aride, peu de choses y poussaient. Sa proximité avec la Faille Primordiale était telle que, chaque jour, de nouveaux incendies se déclaraient dans ses environs, provoqués par de jeunes Wyrms fraîchement échappés des entrailles de la planète. Leurs Thaumaturges passaient le plus clair de leur temps en mission à l'extérieur pour éteindre ces feux, extrêmement dangereux pour les habitants de la citadelle.

Entre cela et les incessants tremblements de terre dus aux reptations du Dévoreur de Monde – dont le repaire principal ne se situait qu'à quelques lieues –, c'était un véritable miracle que, après plusieurs millénaires de ces tourments, leur Tour soit encore debout…

Résolue, Rin pénétra dans la salle du tombeau des Illustres. Ronde et voûtée, cette vaste pièce abritait les sépultures de toutes les souveraines qu'avait connues le peuple des Damnés depuis que la tradition était apparue.

Durant des siècles, seuls les plus forts parmi les criminels et les malades qui composaient originellement la population du bastion avaient réussi à imposer leurs lois. Puis une première cheffe, issue des femmes-mages, était arrivée au pouvoir. Son règne avait été court et avait connu bien des heurts…

Aucune des Illustres qui lui avaient succédé n'était parvenue à asseoir complètement sa légitimité. La pègre, la corruption et les terribles vagues de famines successives qu'avaient endurées les citoyens de la Tour empêchaient continuellement l'exercice de leur autorité. Beaucoup d'entre elles avaient péri dans d'atroces souffrances, lynchées par des sujets enragés. Leur histoire était chaotique et trop peu documentée pour en faire un récit clair et riche d'enseignement.

Mais tout cela était terminé.

La Reine des Corbeaux était la première à avoir su réunir l'intégralité des citoyens sous son égide. Sans tyrannie, sans compromis douteux, sans mensonges ni fallacieuses promesses. Cette femme s'était hissée sur le trône qu'elle avait elle-même créé à la seule force du succès de ses idées, aussi novatrices que brillantes.

Rin arpenta la salle, observant ce qui restait de ses fresques d'un œil attentif. Elle s'accroupit près de la tombe d'Akiko, l'une des seigneures des temps passés. D'une main, elle effleura le bas du mur et suivit le tracé des sillons du bout des doigts, comme hypnotisée par ces dessins en relief à la précision et à la beauté sérieusement éprouvées par les siècles.

Chaque fois, cela lui procurait les mêmes étranges sensations. Ces représentations lui paraissaient tellement irréelles...

Depuis que Saori l'avait conduite en ces lieux afin d'attirer son attention sur cette infime partie de l'œuvre, Rin ne cessait de s'y rendre dans l'espoir de trouver des réponses aux mille questions qui la hantaient continuellement. Ce n'étaient ni plus ni moins que ses songes qui étaient retranscrits ici.

Les images de ce rêve récurrent, qu'elle faisait depuis l'enfance, étaient gravées dans la pierre parmi d'autres tableaux illustrant des tas de récits mythologiques et autant de prophéties.

Devant elle apparaissaient quatre Dragons-Tempête et leurs cavaliers. Ils flottaient au-dessus d'une cité merveilleuse, épargnée par les failles, près de laquelle les créatures des Abymes n'osaient approcher. Les Wyrms et les Vyvernes se massaient aux abords des montagnes encadrant la ville. Incapables d'aller plus loin, les bêtes semblaient retenues par quelque inexplicable magie.

Rin était persuadée qu'il s'agissait des effets des matériaux utilisés pour l'édification des bâtiments de cette agglomération si singulière. Cette espèce de pierre de nacre avait le pouvoir de repousser les monstres issus des brèches – dans ses rêves comme sur la fresque.

— Je savais que tu viendrais ici, lança la voix douce et reconnaissable entre toutes de Saori. Toi non plus, tu ne parviens guère à trouver le sommeil ?

Rin se redressa brusquement, puis elle s'inclina avec respect.

— Votre Majesté, pardonnez mon intrusion. J'avais besoin d'admirer ces œuvres encore une fois…

— Voyons, il n'y a aucun mal à cela, répondit la reine, plus impressionnante que jamais dans son armure de métal noire. C'est pour que tu puisses t'y rendre quand tu le souhaites que je t'ai confié les clés de ce lieu.

Rin hocha la tête et se tourna de nouveau vers les dessins inscrits dans la pierre.

— J'aime aussi beaucoup venir visiter les Illustres, expliqua la reine, contemplant à son tour les gravures abîmées qui ornaient les parois du tombeau. Tant de secrets sont ici cachés. Il suffit de leur prêter un tant soit peu d'attention pour percer leur mystère. La cité de tes songes existe, ceci en est la preuve. Nous finirons par la trouver, je te le promets.

— J'en ai désormais, moi aussi, l'intime conviction.

Rin suivit du regard une espèce de volute sillonnant le mur. Puis elle tenta de comprendre la fresque suivante, placée à côté de celle qui représentait son rêve. L'érosion empêchait d'en comprendre les détails, mais la jeune femme avait l'impression qu'il s'agissait encore des Dragons-Tempête et de leurs cavaliers. Ces derniers étaient-ils vraiment en train d'essayer de refermer des failles ou était-ce le fruit de son imagination ?

D'un ton inhabituellement faible, Saori avoua :

— Je regrette que ce soit toi et non une autre qui ait été choisie pour assassiner la reine des Sables Dorés.

Rin pivota pour faire face à la monarque et fut surprise de la trouver si près d'elle.

— Je me suis portée volontaire, justifia-t-elle, la détermination brûlant en elle. Je sais que j'en suis capable. Je suis l'une des meilleures dans mon domaine.

Je vous rapporterai la tête de la reine, Majesté. Sauf si, bien sûr, ce n'est plus ce que vous désirez...

Saori eut un sourire attristé.

— Oh, si, c'est toujours ce que je souhaite. Mes plans n'ont pas changé. Et je tiens à ce que la partie sans aucun doute la plus délicate des opérations soit menée par le plus compétent de mes guerriers. D'où le fait que je ne me sois pas opposée à la décision de t'envoyer, toi et nulle autre, régler son sort à cette femme.

Il était prévu que les soldats du reinaume des Damnés se divisent en deux groupes pour se lancer dans des assauts simultanés : celui de la Tour des Sables Dorés en même temps que celui du convoi royal – alors que celui-ci reviendrait tout juste de déplacement.

Une stupide cérémonie avait obligé plusieurs souverains à quitter la protection de leurs bastions. Saori comptait bien profiter de l'occasion pour ajouter une nouvelle Tour au palmarès de ses conquêtes...

13

Rozarian

Bon sang, mais qu'ai-je fait ? Dans quel pétrin me suis-je encore fourré ? Jamais je n'aurais dû accepter de me prêter à un tel jeu. C'était une erreur ! Une énorme erreur…

Rozarian était exténué de cette nuit blanche passée en grotesques festivités. Il jeta un coup d'œil en arrière. Une foule dense se déversait au pied de la Citadelle-Relais. Le soleil s'était levé depuis peu. Ses timides rayons baignaient les lieux d'une lueur grisâtre, luttant à grand-peine pour percer l'écran des sombres nuées qui s'accumulaient dans le ciel.

Cette ridicule et interminable cérémonie venait enfin de toucher à son terme, et tous se pressaient maintenant pour récupérer montures et voitures afin de prendre la route au plus vite. Les trajets hors des Tours présentant toujours un grand risque, personne ne souhaitait s'attarder plus que nécessaire à l'extérieur – quitte à y sacrifier quelques heures de sommeil…

Au milieu de l'agitation, Rozarian aperçut la jeune femme qu'il venait d'épouser, à seulement quelques pas de lui. Raide dans sa longue robe blanche, elle s'avançait en direction du carrosse princier, escortée par les gardes du royaume de Givre. Elle avait les lèvres serrées et semblait totalement perdue parmi cette assemblée qui, pour elle, n'était composée que d'inconnus...

Elle pivota soudain, comme pour chercher quelqu'un ou quelque chose dans son sillage.

— Bon sang, peut-on savoir ce que tu fabriques ici ? gronda tout à coup une voix bourrue que Rozarian ne connaissait que trop bien.

Il se détourna vivement – se prémunissant ainsi d'un nouvel échange de regards avec la jeune femme – et fit face à son interlocuteur.

— Merci pour vos chaleureuses félicitations, Père. C'est toujours un tel honneur de satisfaire à vos désirs.

Léandran plaqua la paume contre son front et secoua la tête avec une évidente lassitude.

— Si tu crois que tu vas déjà réussir à échapper à tes devoirs d'époux, tu te mets le doigt dans l'œil jusqu'au coude. Rejoins immédiatement ta femme dans le carrosse. Elle t'attend, et tu as fort à faire pour t'amender de ton atroce comportement durant la cérémonie. De plus, tu as grand besoin de repos. Il est hors de question que je te laisse t'épuiser davantage à effectuer le voyage de retour à dos d'élanthère.

Rozarian prit une grande inspiration et, tâchant de masquer son agacement, protesta :

— Je ne suis *pas* épuisé.

— On aurait pourtant dit, étant donné la manière dont tu t'es tenu toute la soirée.

Le prince esquissa un geste dépité à défaut de pouvoir se défendre. Son père n'avait donc aucune idée de l'abominable séance d'humiliation qu'avaient été pour lui ces fichues mondanités ?

Un bal, pour mon mariage… Sérieusement, existait-il pire affront ?

— Navré, Père, mais je refuse de me retrouver enfermé dans une saleté de boîte roulante aux vitres de verre quand il s'agit peut-être pour moi de la seule occasion de profiter de l'extérieur.

Rozarian prit appui sur sa canne et arracha des mains de son valet les rênes de l'élanthère, qui patientait à ses côtés.

Il n'avait pas l'intention de renoncer à ce qui était pour lui une opportunité unique. Et puis c'était injuste, son père n'avait aucune raison de le forcer à rentrer en voiture. Le trajet, à l'aller, s'était parfaitement bien passé. Rozarian était certes fourbu et sa jambe le faisait davantage souffrir qu'à l'ordinaire, mais au moins avait-il pu enfin découvrir un fragment de ce monde aussi terrifiant que merveilleux qui l'entourait…

— On ne *profite* pas de l'extérieur ! assena Léandran avec dureté. Tu es l'héritier du trône, tu as le devoir de préserver ta santé. Cela doit passer avant toute autre chose.

Évidemment. Toujours cette même rengaine…

Rozarian leva les yeux au ciel, écrasé par le poids des responsabilités qui pesaient sur ses épaules et que son père s'appliquait continuellement à lui rappeler. Il ne supportait plus les innombrables restrictions qui lui étaient sans cesse imposées. Son handicap le privait déjà de tant de libertés…

Trop longtemps il avait rongé son frein, lutté avec acharnement. Chaque fois, cependant, il finissait par plier face aux exigences du roi.

Aujourd'hui, il n'en pouvait tout bonnement plus. Il suffoquait…

Mais c'en est terminé.

À bientôt dix-huit ans, Rozarian se considérait comme adulte. Et ce jour marquait pour lui la fin des compromis. À partir de maintenant, tout allait changer. Prince ou pas, il était résolu à mener la vie qu'il désirait et ne plus laisser quiconque - pas même son père et souverain - le contraindre.

Rozarian se tourna vers son valet, feignant d'ignorer Léandran, et réclama :

— Apportez-moi le marchepied, je vous prie.

— Tout de suite, Votre Altesse, acquiesça l'homme en livrée bleue, s'inclinant brièvement avant de pivoter en direction de l'objet, resté à quelques mètres de là.

Le roi étendit brusquement le bras devant lui, arrêtant le domestique d'un simple signe.

— N'en faites rien, vous m'entendez !

— V-Votre Majesté ?

L'escabeau dans les mains, l'homme se figea, déboussolé.

Rozarian plissa les paupières d'incrédulité et observa son père. La mine sévère, le souverain lui rendit son regard, tandis qu'autour d'eux un silence embarrassé tombait sur les membres de leur cortège. Ainsi, Léandran était prêt à dépouiller publiquement son propre fils du peu de dignité qu'il lui restait, juste pour obtenir la satisfaction de se faire obéir ?

Avoir délibérément omis de mentionner son état lors des tractations avec la famille du Printemps était une chose. L'obliger à porter ce ridicule bandeau le temps des festivités en était une autre que Rozarian peinait encore à digérer.

Tout cela, il l'avait encaissé. Mais cette fois, cela allait trop loin…

Le jeune homme sentait le feu de la rage et de l'humiliation croître en lui, consumant de plus en plus intensément ses entrailles. Il avait besoin du marchepied pour monter sur l'élanthère. Son infirmité le rendait incapable de se passer de cette aide, et son père en avait parfaitement conscience.

— Y a-t-il un problème ? intervint Erann en arrivant à leur hauteur, fièrement perché sur son propre destrier.

— Non, aucun, grinça Rozarian.

Une moue déterminée incurva ses lèvres. Il ne reculerait pas. Pas maintenant. Pas devant tous ces gens...

Il avala une profonde bouffée d'air dans l'espoir de se donner du courage. Puis, faisant fi des ordres du roi, il s'approcha de sa monture. Il abandonna alors sa canne, qui tomba bruyamment au sol – attirant encore davantage l'attention sur lui – et saisit la selle de l'élanthère à deux mains.

Après quoi, les mâchoires contractées par la douleur, il reporta son poids sur sa jambe invalide afin de lever la seconde et placer le pied dans l'étrier. Péniblement, il se hissa sur l'animal. Son corps entier trembla sous l'effort. L'appareil enserrant sa cuisse était d'acier et l'alourdissait terriblement, rendant l'exercice des plus ardus.

Une fois parvenu à plat ventre sur le dos de l'animal, Rozarian fit laborieusement passer son genou cerclé de fer au-dessus de la croupe de l'élanthère. Il dut mobiliser chaque muscle de son corps ainsi que toute son énergie pour accomplir la manœuvre sans toucher – et risquer de blesser – sa monture. Il y était presque lorsqu'un puissant grognement fusa d'entre ses mâchoires crispées, lui échappant malencontreusement.

Il batailla quelques instants pour contenir le cri qui sourdait dans sa gorge. Néanmoins, quand il fut enfin en selle, Rozarian ne put s'empêcher de pousser une exclamation rauque, autant de triomphe que de colère.

La brûlure dans sa cuisse était si vive, la honte de s'être donné en spectacle tellement cuisante...

Le jeune homme se redressa en chancelant, hors d'haleine et trempé de sueur. Ignorant les regards perplexes et gênés dont le criblait la foule, il récupéra les rênes et bomba le torse, tentant de se donner l'air digne – quand, à l'intérieur, il n'éprouvait que mortification et amertume. Puis il pivota vers son père, qui avait contemplé l'intégralité de la scène sans lever le petit doigt.

Rozarian s'attendait à trouver le roi bouillant de fureur. Mais il ne décela que tristesse et abattement dans ses yeux aux nuances turquoise – typiques de la lignée de Givre. Ce qui, au bout du compte, était sans doute pire. Plus offensant que n'importe quelle semonce en bonne et due forme...

Léandran ferma les paupières un bref instant et finit par se détourner sans ajouter un mot. Son fils aîné et héritier l'avait embarrassé et déçu une fois de plus, selon toute évidence...

Et après ? Qu'en ai-je à faire ? Que je le veuille ou non, c'est toujours de cette façon que cela se termine. Alors, à quoi bon s'en préoccuper ?

Rozarian talonna sa monture, lui ordonnant d'avancer. Il fendit l'assemblée en quelques foulées et se plaça derrière le régiment des soldats de son royaume, prêt à prendre le chemin du retour en leur compagnie. Un goût âcre se diffusait cependant peu à peu sur sa langue...

Il n'aurait pourtant pas dû se sentir aussi mal. Il avait remporté cette victoire. Il avait gagné le droit de voyager comme il lui plaisait ! Après tout, son père l'avait provoqué. Il s'était servi de son infirmité contre lui, tout ça dans le but d'obtenir gain de cause.

Léandran l'avait mis au défi, et Rozarian n'avait pas capitulé face à la difficulté, refusant de se laisser rabaisser. Malgré son handicap, il avait réussi à monter seul, sans aucune assistance, sur le dos d'un élanthère. Un véritable exploit pour lui, dont il ignorait jusqu'alors être capable.

Quelle preuve de plus fallait-il au roi pour lui démontrer que son fils n'était pas totalement impotent, que lui aussi pouvait chevaucher parmi les soldats et les autres hommes de la cour de Givre sans que cela affecte plus que de raison sa santé ?

14

Rozarian

— Tu ne rates décidément jamais une occasion de te faire remarquer, lui reprocha Erann à voix basse, le rejoignant tandis que leur convoi se mettait en route.

— Il y a longtemps que j'ai dû renoncer à inscrire la discrétion à la liste de mes qualités, rétorqua Rozarian, indiquant d'un geste blasé son appareillage ainsi que le bandeau sur son visage. Tu sais combien je déteste passer inaperçu.

Rozarian n'était vraiment pas d'humeur à écouter monsieur Prince Parfait lui faire la morale – ce demi-frère encombrant, pour lequel il n'éprouvait aucune affection ni même sympathie. À sa décharge, jamais son cadet ne lui avait facilité l'existence, bien au contraire...

Erann mettait un point d'honneur à exceller en toute chose. C'était un élève brillant qui se passionnait pour les études quand Rozarian peinait à garder les yeux ouverts durant la plupart de ces stupides cours qu'ils étaient obligés de prendre ensemble. Erann adorait tout ce qu'exécrait son grand frère.

Le jeune prince raffolait des leçons de politique, d'histoire et d'arts et était même un épéiste hors pair. Il n'existait aucun domaine dans lequel il ne surpassait pas son aîné.

Ce qui, au demeurant, n'est sans doute pas si compliqué que ça...

— Tout de même, rétorqua Erann, trop familier des sarcasmes de son frère pour s'en offusquer. Cela n'aurait-il pas été plus simple de te contenter d'accepter de voyager avec la princesse ? La pauvre se retrouve seule, déracinée de son foyer, envoyée en royaume étranger, et toi, tu ne fais même pas l'effort de la gratifier de ta compagnie pour le trajet ?

— Je t'en prie, ma compagnie n'a rien d'une gratification. Et puis, tu n'as qu'à la rejoindre si son bien-être te préoccupe tant. D'ailleurs, puisque tu tiens à aborder le sujet : tu crois vraiment que je n'ai pas repéré ton manège durant le bal ? C'est plus fort que toi, tu ne peux pas t'en empêcher. Il faut toujours que tu convoites ce qui m'appartient...

Erann se rembrunit d'un coup et marmonna :

— Tu es injuste.

— Si tu le dis. Bon, tu vas me lâcher les basques maintenant, le morveux ? J'aimerais voyager en paix, si c'est possible !

Erann pinça les lèvres, vexé, mais ne répliqua pas. Il avait l'habitude des sautes d'humeur de son aîné. Il était même rare que leurs conversations se concluent autrement que de cette manière. Rozarian prenait systématiquement la mouche et finissait par invectiver son cadet – peu importait que celui-ci se montre ou non aimable et fournisse parfois des trésors d'efforts en vue d'améliorer leur relation.

Rozarian avait conscience de sa propension à s'emporter pour un rien. Son mauvais caractère ne pouvait échapper à personne et rendait le quotidien à ses côtés particulièrement compliqué. De fait, il faisait un très mauvais frère ainsi qu'un fils exécrable. Il se serait également révélé un ami déplorable – s'il avait eu des amis…

Rozarian s'était toutefois fait une raison depuis longtemps. Il n'était pas quelqu'un de facile à apprécier, et encore moins à aimer, tant s'en fallait. Et, au fond, cela lui était égal.

Contrairement à son cadet, il ne cherchait ni l'affection ni l'approbation d'autrui. Il refusait de faire semblant d'être autrement. Il se savait acariâtre, aigri et désagréable. Ces étiquettes qu'on lui attribuait ne le dérangeaient pas. Sa condition le privait peut-être d'une partie de sa mobilité, mais il avait appris à se débrouiller seul. Il n'attendait rien de quiconque et n'avait besoin d'aucun soutien.

Depuis qu'il avait quitté l'enfance, Rozarian s'employait à ne dépendre de personne. Il s'agissait pour lui de l'unique forme de liberté qui lui était permise, et il y tenait plus que tout…

Le jeune homme fit exécuter un brusque demi-tour à sa monture. Puis il remonta le cortège en sens inverse de la marche, se moquant bien de la gêne occasionnée. De toute façon, tous s'écartaient immédiatement devant lui sans poser de question, fuyant son regard. Personne ne souhaitait s'attirer ses foudres…

Rozarian progressa à rebours du convoi jusqu'à apercevoir le petit carrosse bleu et doré dans lequel sa grand-tante voyageait avec sa dame de compagnie.

S'il se fichait que tout le monde le déteste, il éprouvait malgré tout la subite envie d'entendre une voix différente – sinon chaleureuse, au moins franche et sans ambages. Quelqu'un qui le prenait tel qu'il était. Et, surtout, qui ne le traitait pas comme si son infirmité faisait de lui un total incapable doublé d'un demi-attardé…

Une fois au niveau de la voiture, il fit volte-face et se plaça tout près. Comme il l'avait espéré, la duchesse de Givre entrouvrit la vitre pour approcher son visage aux traits fanés par les années, mais toujours empreints de grâce et d'élégance. Les grands yeux céruléens de cette dernière se promenèrent sur lui un instant avec un étonnement qu'il devinait feint.

— Qu'est-ce qui peut bien pousser un homme dans la fleur de l'âge tel que toi à venir tenir le crachoir à sa vieille tante alors qu'il pourrait déjà être occupé à batifoler avec sa jeune et belle épouse ? À quoi bon avoir pris soin d'équiper le carrosse princier de double-rideau occultant avant le départ si tu ne daignes même pas y mettre les pieds ?

Rozarian faillit s'étouffer avec sa salive et ne put réprimer une toux gênée.

— Ma tante, je vous en prie… Vous n'allez pas vous y mettre, vous aussi !

La sœur de feu son grand-père n'était pas du genre à mâcher ses mots. Cependant, elle n'osait jamais, d'ordinaire, aborder ce genre de sujet avec Rozarian…

— Un peu de bon temps ne te ferait pourtant pas de mal, mon garçon, fit remarquer la duchesse, une lueur chagrine passant furtivement au fond de ses prunelles. Dis-moi, qu'est-ce qui pourrait être plus agréable dans l'instant que de faire plus ample connaissance avec cette aimable et jolie fille à laquelle on vient de t'unir ?

— Je passe déjà un excellent moment. Savez-vous combien de fois j'ai eu l'occasion de chevaucher librement à l'extérieur ?

Zéro…

Jamais encore l'opportunité ne s'était présentée.

Si tous les autres sujets du royaume – y compris son demi-frère – avaient parfaitement le droit de sortir hors des murs de la Tour de Givre sous la protection de gardes et de Thaumaturges, cela lui était en revanche depuis toujours formellement interdit.

— Ah, la gent masculine et les sports hippiques ! soupira la duchesse, réajustant d'un geste désabusé la fine dentelle cobalt à ses poignets. Très bien, du moment que cela te fait plaisir. N'oublie pas toutefois que de nombreuses choses dépendent de la façon dont ta nouvelle femme sera disposée à ton égard. Or, tu as déjà, je crois, passablement abusé de sa patience durant la cérémonie. Souviens-toi qu'il est impératif, pour la suite des événements, qu'elle consente à coopérer...

Alors, la duchesse aussi lui reprochait son attitude lors du bal ? Pour autant, Rozarian n'avait pas perdu de vue ses objectifs. Néanmoins, c'était plus fort que lui. Il avait beau pertinemment savoir dans quoi il s'était engagé, il n'arrivait pas à jouer le jeu...

— Certes, approuva-t-il d'un ton plus faible. Mais enfin, je ne peux complètement ignorer ce qu'elle est... À présent, j'ai des doutes. Comment pourrais-je faire abstraction de cette affreuse crinière comme... comme de tout le reste ?

Le prince héritier ne comptait plus les objections qui s'élevaient dans son esprit à la simple idée d'essayer – pour un temps, du moins – de former un véritable couple avec cette fille tant d'infranchissables fossés les séparaient l'un de l'autre. Même avec la meilleure volonté du monde, jamais il n'en serait autrement...

Et puis, pourquoi se donner la peine de tisser de quelconques liens, réels ou factices, quand leur union n'était vouée qu'à sauvegarder les apparences – et servir de secrets desseins ? Tout cela n'était rien qu'une vulgaire mascarade dont la jeune femme devait forcément avoir au moins en partie conscience, elle aussi…

— Je ne comprends pas très bien la raison de ton revirement, cher neveu, reprit la duchesse. La princesse n'est peut-être pas sans certains… *défauts*, dirons-nous. Mais personne n'est parfait, non ? Toi-même, tu portes tes cheveux beaucoup plus longs qu'il n'est convenable pour un homme, tes cernes feraient peur à un mort, et la vitesse à laquelle repousse ta barbe te donne trop souvent l'air négligé.

— Ah, oui, ces maudits cernes, plaisanta-t-il, bien que le cœur n'y soit pas.

Sa grand-tante évitait soigneusement de mentionner ses véritables déficiences parce qu'elle avait toujours refusé de les considérer comme telles. Elle n'avait néanmoins pas pour habitude d'épargner son neveu, bien au contraire. C'était une des raisons qui faisaient que Rozarian se sentait mieux en sa compagnie qu'avec n'importe qui d'autre.

— Quoi qu'il en soit, continua-t-elle, je suis sûre que tu réussiras à faire la part des choses. Parce que, vraiment, Roz, il n'y aurait aucun mal à obtenir ce que tu attends d'elle en usant de gentillesse et de charme. Après tout, vous êtes mariés devant Celui qui Dicte désormais. Nous étions convenus qu'il serait plus simple d'aller au bout de cette union. Que faire réellement d'elle ta femme, en public comme dans l'intimité, vous serait à tous deux profitable. Il s'agit indiscutablement du meilleur moyen d'arriver à tes fins…

Rozarian fronça le nez d'écœurement. Comment avait-il pu imaginer qu'il serait capable de jouer cette ridicule comédie ?

— À la réflexion, je suis convaincu de pouvoir me débrouiller autrement. Séduire la princesse était une mauvaise idée. Elle se pliera à mes exigences sans qu'il soit nécessaire d'en passer par là. Je dispose de suffisamment de leviers de pression pour l'amener à me donner ce que je souhaite.

La duchesse s'écarta légèrement de la vitre et haussa les épaules, dubitative.

L'avait-il déçue, elle aussi ?

Un petit pincement lui serra l'estomac. Cette culpabilité latente qu'il éprouvait sans cesse venait de gagner en ampleur.

— Évidemment, c'est à toi qu'il revient d'en décider, convint-elle au bout d'un long moment de silence. Je persiste cependant à croire qu'il est dommage d'abandonner si tôt cette voie.

— Cela ne nuira pas à nos plans, je vous le promets. Vous verrez, je saurai faire en sorte que cela fonctionne. Elle coopérera, j'y veillerai.

La duchesse opina du chef et esquissa un léger sourire.

— Oui, Roz, tout se passera bien, j'en suis persuadée.

Le jeune homme acquiesça d'un signe, puis s'éloigna. Il avait à présent besoin de solitude. Rien ne s'était vraiment déroulé comme il le désirait. Cette fichue cérémonie l'avait laissé dans le flou, totalement déstabilisé…

Rozarian devait d'abord remettre de l'ordre dans ses idées avant de faire ou de dire quoi que ce soit à la nouvelle princesse, au risque de commettre un impair. Il observa pensivement le décor autour de lui, avide d'admirer cette nature qui lui manquait tant…

Mais, fatalement, son attention se porta de nouveau sur le convoi. Il était bien trop préoccupé pour être libre de contempler le paysage et se repaître de sa dangereuse beauté.

Les militaires chevauchaient en tête de la colonne, transportant avec eux la précieuse relique cédée par le reinaume du Printemps. Leur groupe était directement suivi du roi, de son conseil, puis du prince cadet – lesquels voyageaient également à dos d'élanthères. Comme l'exigeait le protocole, juste derrière venait le carrosse de la reine et de sa suite. Et, enfin, celui de la nouvelle princesse de Givre – que Rozarian pouvait apercevoir d'où il se trouvait. La duchesse, les aristocrates sélectionnés pour le voyage, les Échangés et la voiture spéciale des Thaumaturges du royaume fermaient la marche.

Attiré malgré lui, Rozarian effleura du regard les vitres sombres derrière lesquelles devait se tenir celle qui était désormais sa femme. Les reflets de l'extérieur l'empêchaient de distinguer quoi que ce soit. Mais peut-être qu'elle aussi était en train de l'observer en cet instant précis…

Un sentiment d'effroi mêlé de rancœur ainsi que d'un soupçon de curiosité l'envahit à cette pensée.

La duchesse avait raison sur un point : en dépit de son affreuse chevelure aux reflets violacés, sa jeune épouse était vraiment jolie. Plus qu'elle n'était censée l'être.

Et beaucoup trop pour lui…

Une évidence qui n'avait certainement pas échappé à Erann et qui ne manquerait pas de faire jaser à la cour de Givre…

— Vyvernes droit devant ! hurla soudain l'un des soldats à l'avant de la procession. En formation défensive, vite !

15

Auréa

La colère, la rancœur et la peur à l'idée d'être conduite dans une Tour qu'elle ne connaissait pas n'avaient guère quitté Auréa. Pourtant, la fatigue était en passe de l'emporter. Le besoin de dormir, après cette longue et épuisante nuit sans sommeil, était plus fort que toutes ces intenses émotions réunies. Elle avait beau lutter pour les tenir ouvertes, ses paupières ne cessaient de s'alourdir au fur et à mesure que le décor défilait derrière les vitres du carrosse.

La jeune femme ignorait depuis combien de temps elle était enfermée seule dans cette horrible voiture à la décoration pompeuse et absurdement inconfortable. Un inconnu en livrée bleue lui avait dit que son époux allait la rejoindre. Le prince héritier ne paraissait toutefois pas décidé, préférant chevaucher l'un de ces étranges animaux à la gigantesque ramure et aux pattes griffues parmi les autres cavaliers.

Et tant mieux ! Auréa n'avait aucune envie de se retrouver face à ce rustre malappris qu'était Rozarian. La solitude était largement préférable – même s'il lui semblait étrange qu'Invidia, son unique dame de compagnie, n'ait pas été autorisée à voyager avec elle.

Tout à coup, des exclamations retentirent à l'extérieur, et le carrosse stoppa net. La secousse tira brutalement la jeune femme de la somnolence. Elle battit des cils, revenant lentement à elle. Dans sa torpeur, elle n'avait pu saisir le sens des cris. Nul doute cependant qu'il s'agissait d'avertissements.

Un danger les guettait. Un danger dont elle pouvait aisément deviner la nature et que, étant donné son expérience de Chasseresse, elle connaissait bien…

À travers la vitre contre laquelle elle se tenait accoudée, Auréa vit les soldats de Givre s'agiter autour du convoi, s'empressant de resserrer leurs rangs en vue de protéger les civils. Plusieurs gardes en armure se placèrent à droite de la voiture qu'elle occupait et élevèrent leurs boucliers d'écailles au-dessus de leurs têtes, formant une barrière.

— Veuillez ne pas quitter le véhicule, Votre Altesse ! lui intima l'un d'eux, s'adressant à elle depuis l'extérieur. Le problème sera bientôt réglé, n'ayez aucune crainte.

— Très bien, répondit mécaniquement Auréa.

Un mugissement caractéristique transperça alors les airs depuis l'avant de la colonne, et des hurlements de panique éclatèrent de part et d'autre. C'était donc bien ce qu'elle avait supposé : des Vyvernes les attaquaient.

Dans son esprit, tout s'accéléra subitement.

C'est maintenant ou jamais !

Cette opportunité, elle l'avait appelée de ses vœux durant le trajet jusqu'à la Citadelle-Relais. Désespérée d'attendre quelque chose qui ne venait pas, elle avait fini par se résoudre, la mort dans l'âme, à accepter son sort. Mais à présent que l'occasion de s'enfuir se présentait enfin, elle ne la laisserait pas passer !

Le cœur battant à tout rompre, Auréa se baissa afin que personne ne puisse l'apercevoir. Accroupie, elle se dirigea du côté libre du carrosse. Puis elle entrouvrit la portière et examina avec prudence la situation.

Les soldats s'étaient rassemblés sur le flanc droit du cortège. Aussi le gauche était-il nettement plus clairsemé. Les civils qui ne se trouvaient pas à l'abri sous le toit d'une diligence avaient été regroupés à l'arrière. Certains d'entre eux s'efforçaient encore de longer la procession afin de rejoindre les autres et s'éloigner au maximum de la zone de péril.

L'inquiétude se lisait sur tous les visages. Dans l'agitation, plus personne ne faisait attention à la nouvelle princesse de Givre…

Parfait !

Auréa se laissa discrètement glisser hors du carrosse. La route sur laquelle le cortège s'était arrêté jouxtait une épaisse forêt. Il lui suffisait de franchir les quelques mètres qui la séparaient du couvert des arbres. Après cela, le sombre et dense feuillage la dissimulerait à la vue.

Elle serait libre…

Fébrile, elle fit un pas, puis un autre. Elle jeta un dernier coup d'œil derrière son épaule, prête à prendre ses jambes à son cou, lorsqu'elle croisa le regard d'Erann.

À moins d'une dizaine de mètres, le prince cadet se tenait perché sur l'une de ces montures – dont elle ignorait l'espèce – et l'observait d'un air perplexe. Il savait quel crime elle se préparait à commettre, c'était évident. Pourtant, il ne se précipitait pas pour la retenir ou alerter la garde. Au lieu de cela, il demeurait muet et immobile…

Auréa lui adressa un signe de tête dépité, comme pour s'excuser. En réponse, Erann opina du chef.

Après quoi, il lui tourna le dos, lui signifiant clairement qu'il ne chercherait pas à l'arrêter, la laissant partir sans un mot.

La jeune femme n'attendit pas plus longtemps et saisit sa chance. Elle s'élança en direction du bosquet.

— Princesse, non ! l'interrompit une voix grave, qui lui paraissait déjà étonnamment familière.

Elle n'aurait pas dû s'en soucier. Poursuivre sa course, tenter le tout pour le tout, voilà ce qu'il fallait faire. Elle n'avait plus rien à perdre, de toute façon. Pourtant, bien malgré elle, elle s'arrêta, figée par la stupeur.

Tout est perdu...

Auréa se retourna, guidée par un curieux instinct, et vit le prince Rozarian se ruer au galop sur elle. L'espace d'un bref instant, elle crut qu'il allait la percuter dans son empressement.

Le prince héritier stoppa son destrier au dernier moment, se dressant juste devant elle, lui faisant barrage.

Le regard de Rozarian ne cessait d'aller et venir entre elle et son frère, resté en retrait à seulement quelques mètres. L'échange muet qui avait eu lieu entre Erann et Auréa ne lui avait donc pas échappé. L'aîné des fils de Givre avait compris ce qui venait de se passer, que son cadet était prêt à laisser sa belle-sœur profiter de l'affolement pour leur fausser compagnie...

— Remontez immédiatement dans le carrosse ! lui intima-t-il avec une impressionnante dureté. Vous m'entendez ?

Cette fois, Auréa refusa de baisser les yeux. Elle savait qu'elle ne faisait pas le poids, qu'elle n'arriverait jamais à distancer la bête qu'il chevauchait. En outre, le prince pouvait appeler la garde d'une seconde à l'autre...

Acculée, elle porta la main comme par réflexe à sa Pierre – qu'elle sentait toujours glisser sous ses doigts malgré l'épais tissu couvrant sa poitrine. Elle pouvait priver le prince et sa monture d'air, les étourdir tous deux afin de s'enfuir. Elle restait une puissante Thaumaturge, cela aurait été un jeu d'enfant pour elle...

Mais un tel geste aurait immédiatement révélé le secret de sa véritable identité. La trahison de Chryséis aurait alors été dévoilée au grand jour et, fatalement, le reinaume du Printemps se retrouverait à devoir payer le prix des machinations de sa monarque...

Pourtant, Auréa hésita. Un élément la troubla plus que le reste, la retenant immobile. Tandis qu'elle soutenait le regard du prince, un détail la saisit.

Derrière la lueur ouvertement menaçante brillant au fond du seul œil visible du jeune homme s'en cachait une autre, des plus inattendues. Un reflet de pure terreur teintée d'un profond désespoir. Comme si la perspective de sa fuite l'épouvantait...

Cela n'avait aucun sens. Auréa n'était rien pour Rozarian. Il le lui avait d'ailleurs clairement signifié à de nombreuses reprises durant la soirée, son odieuse attitude valant tous les longs discours du monde. L'un et l'autre avaient dû se conformer aux attentes d'instances supérieures, n'acceptant cette union que pour satisfaire leurs souverains respectifs.

Alors pourquoi ces étranges émotions semblaient-elles en passe de submerger le prince à la simple perspective que la jeune femme s'échappe ?

— Monte dans ce putain de carrosse ! grogna-t-il entre ses dents serrées, pointant un index impérieux – quoique légèrement tremblant – en direction du véhicule.

L'animal sur lequel le prince était juché avança encore d'un pas vers Auréa, manquant la bousculer. Contrainte, cette dernière recula, totalement médusée.

Rêvait-elle ou Rozarian était-il prêt à user de la force afin qu'elle renonce à ses projets de désertion ?

Le fracas d'une voiture remontant à toute allure le convoi interpella Auréa, qui ne put s'empêcher de jeter un coup d'œil en arrière.

De l'autre côté du cortège, une espèce de diligence, aux parois métalliques dépourvues de fenêtre, fonçait vers l'avant de la colonne, où un bataillon de soldats se débattait avec deux Vyvernes noires. L'insolite carrosse s'arrêta devant l'endroit où s'était engagé l'affrontement, et des gardes se précipitèrent pour en déverrouiller les portes.

Auréa avait beau se trouver relativement éloignée, ce qu'elle distingua de la scène lui glaça le sang.

16

Auréa

Un groupe de femmes aux cheveux mauve cendré surgit hors de l'espèce de carriole-prison. Elles n'avaient sur le dos que de vulgaires haillons en toile de jute et portaient toutes des colliers d'acier qu'une affreuse chaîne reliait entre eux par une boucle fixée à l'arrière de la nuque. Leurs pieds et leurs poignets étaient également cerclés de fers.

Mais ce qui choqua le plus Auréa était le singulier dispositif qui descendait de l'entrave de leur cou jusqu'au centre de leur poitrine. Un curieux appareil recouvrait en partie leurs Pierres d'Abyme, comme pour les cacher à la vue. À moins que cela ne serve plutôt à…

Auréa ne put réprimer une exclamation d'horreur lorsqu'elle comprit le véritable usage de l'instrument. Il s'agissait en fait d'une sorte de clapet à ressorts surmonté d'un petit marteau permettant vraisemblablement de détruire – d'une pression au bon endroit – la gemme incrustée dans la chair des Thaumaturges. L'activation du mécanisme signait nécessairement la mort immédiate de la porteuse…

— Mais..., balbutia Auréa, le regard brusquement embué de larmes. Mais pourquoi ?

Rozarian ignora sa question, refusant de la quitter des yeux. Il se contenta de la repousser encore vers le carrosse, la prenant à présent en étau entre sa monture et le véhicule.

— Ne m'oblige pas à avertir les gardes, siffla-t-il, de plus en plus menaçant. Tu n'aimerais pas que le roi apprenne que sa belle-fille comptait nous trahir en abandonnant si tôt son nouveau royaume.

Les soldats se hâtèrent de défaire les menottes aux poignets des prisonnières, puis leur aboyèrent unc salve d'ordres. Alors, contraintes, celles qui n'étaient ni plus ni moins que des esclaves s'exécutèrent.

Aussitôt, des torrents de flammes, de pierres surgissant de la terre, de pics de glace et de violentes bourrasques s'abattirent sur les Vyvernes. Les Thaumaturges de la Tour de Givre avaient beau vivre dans d'atroces conditions, elles restaient néanmoins d'une efficacité redoutable...

Le chant de l'Ancien Monde parvint peu à peu jusqu'à Auréa, mais il différait de celui qui émanait d'ordinaire de ses sœurs du Printemps. Les chœurs semblaient altérés, comme si leur son était filtré par une énorme masse d'eau, accentuant encore le malaise de la jeune femme.

En un éclair, les monstres furent maîtrisés. Ils s'effondrèrent au sol l'un après l'autre en poussant de douloureux hurlements. Alors, les guerriers en armure se jetèrent sur eux. Ils les achevèrent à grands coups d'épée sous les acclamations de la foule tandis que les Thaumaturges étaient discrètement reconduites dans leur prison mobile.

Auréa cilla, puis se détourna lentement de l'abominable spectacle. Pétrifiée de terreur, elle reporta son attention sur le prince, qui se dressait au-dessus d'elle.

Jamais ce jeune homme ne serait de son côté. Jamais la nation du Givre ne pourrait devenir la sienne. Garder le secret de son identité ne relevait plus de la simple mission diplomatique, il en allait de sa survie...

Dans ce pays barbare, les Thaumaturges étaient traitées telles de dangereuses criminelles, partiellement libérées de leurs entraves uniquement lorsque l'utilisation de leur pouvoir devenait indispensable.

Bon sang, mais où était-elle tombée ? Ce peuple était-il complètement fou ? Comment ces gens osaient-ils réserver pareil sort aux femmes les plus puissantes et importantes de leur royaume ?

Soudain, une pensée traversa l'esprit d'Auréa, l'obligeant à prolonger la confrontation avec Rozarian. Elle déglutit péniblement, puis croassa, la gorge nouée par la peur :

— Où est Invidia ? Où est passée ma dame de compagnie ?

Les mâchoires du prince se relâchèrent. Le danger que représentaient les Vyvernes avait été écarté, et Auréa ne pouvait plus s'enfuir sans être repérée. Aussi l'attitude du jeune homme parut-elle peu à peu recouvrir sa nonchalance habituelle.

D'un air blasé, il soupira, comme si la réponse à sa question était évidente :

— La démone a été placée en sécurité parmi ses semblables dans l'attente que son avenir au sein de la Tour soit statué.

— La *démone* ? s'étrangla Auréa, manquant s'étouffer. Comment cela ? Est-elle retenue en cage, elle aussi ?

Rozarian haussa négligemment les épaules, préférant garder le silence. Il fit reculer d'un pas son destrier, rendant à la jeune femme un peu de son espace.

Autour d'eux, les autres commençaient à s'agiter, chacun s'efforçant de récupérer sa place au sein du convoi. Entretemps, Erann s'était éclipsé pour retourner à l'avant du cortège, près de son père et des soldats d'élite.

Auréa s'aperçut alors que beaucoup des membres de l'assemblée les observaient à la dérobée, Rozarian et elle, intrigués de voir le tout nouveau couple princier en pleine conversation. Malgré la flagrante détresse de la jeune femme, personne ne semblait se douter de la réelle nature de leur échange. Probablement supposait-on que seule la frayeur causée par l'incident était responsable de son état...

Devait-elle déjà provoquer un scandale ?

Auréa n'avait aucune envie d'attirer l'attention et encore moins de poursuivre la discussion avec le prince. Pourtant, elle devait faire quelque chose. Tenter par tous les moyens de sortir la pauvre Thaumaturge de cet ignoble piège...

— Je veux qu'Invidia me rejoigne immédiatement ! exigea-t-elle d'un ton qu'elle essaya de rendre ferme, les poings serrés, encore sous le choc. Je n'accepterai de remonter dans le carrosse qu'à cette condition !

Une moue irritée incurva les lèvres du jeune homme.

— Navré, mais ceci n'est pas de mon ressort.

Tout à coup, Auréa fut dépassée par ses émotions. Elle avança d'un pas et renversa la nuque en arrière pour mieux toiser Rozarian.

— Tu es pourtant le prince héritier, non ? s'exclama-t-elle, tremblante de rage. Essaies-tu de me faire croire que la deuxième personne la plus importante du royaume de Givre est incapable d'accéder à une requête aussi insignifiante émise par sa propre épouse ?

Le jeune homme leva un sourcil, entre consternation et dédain.

— Tu es décidément bien naïve...

Donc, après toute une soirée à se comporter de façon insultante envers elle, après les menaces physiques à peine masquées, voilà qu'il passait carrément aux injures !

Auréa détestait les conflits, mais pour le bien de sa sœur de l'Ordre, elle refusait de rendre les armes.

Non, pas cette fois !

Elle ne pouvait peut-être pas faire grand-chose pour les autres Thaumaturges, mais il était hors de question qu'Invidia partage leur sort...

Plusieurs gardes s'étaient regroupés autour de Rozarian et elle, comme pour les protéger des regards indiscrets.

— La voie est dégagée, lança l'un d'eux à l'intention du prince tandis que d'autres soldats criaient leurs consignes aux membres du convoi. Nous allons reprendre la route, si Votre Altesse est prête.

Les poings sur les hanches, provoquant sciemment son nouvel époux, Auréa cria :

— Faut-il que je m'adresse à ton frère pour cela aussi ? Lui aura peut-être l'autorité suffisante pour obtenir le rétablissement de ma dame de compagnie dans ses fonctions.

Rozarian eut un mouvement de recul et battit des paupières sous l'outrage. Mais, très vite, il se ressaisit, et une expression plus sombre vint remplacer la stupéfaction sur son visage. Une lueur amère et dure s'alluma au fond de son œil, ses mâchoires se contractèrent et un petit muscle s'activa sous la peau de sa joue.

— Gardes ! les interpella-t-il, le regard cependant toujours verrouillé à celui d'Auréa. Je crains que la princesse ne soit en pleine crise d'hystérie. La panique a dû avoir raison de ses nerfs, la pauvre. Veuillez l'aider à reprendre place dans le carrosse, je vous prie. Puisqu'elle ne peut visiblement y arriver seule…

Immédiatement, plusieurs soldats entourèrent d'Auréa. L'un d'eux l'attrapa par le coude d'un geste sans brutalité, mais ferme.

Estomaquée, la jeune femme mit un moment avant de réagir. Le prince n'était pas seulement indolent et désagréable, il était également perfide… Voire cruel.

Comment pouvait-il à ce point se moquer de son épouse et de l'unique personne censée l'accompagner dans sa nouvelle vie au royaume de Givre ? Comment osait-il lui faire un tel affront alors que leur union n'avait même pas encore été consommée ?

— Ne me touchez pas ! s'écria-t-elle, scandalisée à la vue de la main du garde posée sur elle.

D'instinct, Auréa se rebiffa et lutta pour se soustraire à la poigne de l'homme. Celui-ci se tourna alors vers Rozarian – doutant visiblement de la conduite à tenir envers la jeune femme. Mais le prince avait déjà fait volte-face, s'éloignant de la scène avec une indifférence consommée.

— Altesse, s'il vous plaît, calmez-vous, murmura le soldat en relâchant peu à peu la pression sur son bras. Nous devons partir avant que d'autres créatures des Abymes viennent nous attaquer. Plus vite vous serez à l'abri dans le carrosse et moins nous aurons à craindre pour votre sécurité ainsi que pour celle des autres voyageurs, vous comprenez ?

Auréa acquiesça d'un hochement de tête et recula, s'arrachant brusquement à l'emprise du garde.

Comment un simple soldat pouvait-il se permettre ce genre de comportement envers une princesse ? Comment un homme pouvait-il agir de la sorte envers une femme ? Jamais, au reinaume du Printemps, Auréa n'avait vu un membre de la gent masculine se conduire de façon aussi grossière envers quiconque...

Elle essuya d'un revers de main les larmes qui maculaient son visage et ravala son indignation – du moins temporairement. Puis, les lèvres pincées, elle se résolut à prendre place dans le véhicule.

Elle n'avait pas dit son dernier mot. Elle rongeait peut-être son frein pour l'instant, mais cela ne se passerait pas toujours comme cela. Il n'en était pas question !

Auréa s'installa sur le banc de bois sombre et dur de la voiture et s'accouda à la portière, le front appuyé contre la vitre. Le cortège se remit en branle, mais l'envie de dormir l'avait désormais complètement désertée.

Seule dans l'habitacle froid et obscur, la jeune femme songea à ce que Chryséis lui avait dit : le royaume de Givre était gouverné par les hommes. Des hommes obtus, étroits d'esprit...

Auréa n'avait pas saisi, sur le moment. Mais à présent, elle commençait à comprendre pourquoi la reine du Printemps espérait – à travers elle – tenter de faire changer les choses...

Chryséis savait-elle ce que l'on infligeait aux Thaumaturges chez ce peuple de barbares incultes ? La monarque l'avait-elle envoyée – elle, une sœur de l'Ordre, douée de l'Elementum et porteuse de la Pierre – en toute connaissance de cause ?

La sensation d'avoir été totalement sacrifiée, abandonnée sans remords aux mains de brutes arriérées, devint soudain plus forte. Presque insupportable...

Mais si elle éprouvait cela, que devait donc ressentir Invidia, enfermée dans la voiture-prison, parmi les autres Thaumaturges enchaînées ?

Auréa ferma les paupières et les serra fort. Sa vie était ruinée. Son quotidien ne serait plus désormais que solitude et désespoir – tout comme la pauvre Invidia, dont le destin s'annonçait bien plus terrible encore...

Une émotion inédite, pesante et obscure, naquit au creux de la poitrine d'Auréa. Une haine féroce pour ce royaume, son gouvernement et tous ses sujets – en particulicr pour le prince héritier – se diffusait lentement en elle. C'était la première fois que son cœur expérimentait de tels sentiments, aussi puissants que sinistres.

Peu à peu, l'atmosphère se rafraîchit, et le paysage au-dehors se modifia. L'herbe verte céda lentement la place à des nappes de neige de plus en plus imposantes, et les feuilles disparurent des arbres pour les laisser nus, leurs branches se chargeant d'épines menaçantes à mesure que le cortège progressait dans ces terres étrangères.

Auréa grelottait dans sa robe de mariage, ses membres glacés par la chute des températures. Pourtant, elle ne bougeait pas, ne songeant même pas à se couvrir de la fourrure posée sur le banc en face d'elle.

Puis la Tour de Givre apparut dans le lointain. Sa colossale silhouette austère se détachait à grand-peine sur le ciel morne de cette fin de journée.

Me voilà donc arrivée au seuil de mon futur cachot...

17

Auréa

Jamais Auréa n'avait pu contempler pareil paysage, à la fois terne et triste... Et pourtant tellement impressionnant.

Une longue chaîne de montagnes neigeuses s'étendait à perte de vue devant elle, leurs cimes en partie masquées par la brume. Et, au centre du panorama, l'écrasante citadelle aux murailles grises se dressait fièrement, ses plus hauts étages se perdant sous les nuages.

L'édifice était à l'image du royaume qu'il représentait : glacial et menaçant. Perché au sommet d'une des élévations rocheuses, le bâtiment semblait guetter d'un regard sévère les minuscules mortels qui s'en approchaient. Cette Tour était vraiment gigantesque, probablement bien plus encore que celle du Printemps...

Auréa songea tout à coup qu'elle n'avait aucune idée du nombre d'individus qui vivaient actuellement derrière ces murs. Comment faisaient-ils d'ailleurs pour s'approvisionner en légumes et en fruits frais ? Elle avait beau chercher, elle n'apercevait aucun verger ni aucun champ.

La procession s'engagea sur le chemin pentu et cahoteux qui menait au bastion. La jeune femme dut alors éloigner son front du montant de la portière, le carrosse devenant de moins en moins stable.

Auréa était terrifiée par ce qui l'attendait ; toutefois sa curiosité l'emportait. Elle ne pouvait empêcher son regard d'aller et venir d'une vitre à l'autre et tenter de capter autant d'informations que possible sur l'endroit. Les reliefs abrupts du massif. L'épais manteau blanc qui les recouvrait et parsemait l'ensemble du décor de nappes duveteuses. Et les petits flocons virevoltant gracieusement dans l'atmosphère...

C'était la première fois qu'elle avait l'occasion de voir de la neige. La nature ici paraissait tellement différente...

La végétation foisonnante du reinaume du Printemps dont Auréa avait l'habitude était totalement absente du panorama qui s'offrait à elle. La Tour de Givre avait l'air nue, sans verdure ni jardin pour orner sa base. Les fenêtres étaient rares et étroites, leurs bordures empesées de moulures de pierre aux formes grossières, sans le moindre raffinement. Contre les parois, des rangées de statues de guerriers, de prêtres en toge et de gargouilles hideuses surveillaient les alentours. Le manque d'ouvertures était néanmoins compensé par de nombreuses meurtrières, et les balcons et terrasses étaient surmontés de créneaux rustiques et désuets, conférant à l'édifice une allure inquiétante et austère.

Une fois parvenu devant la porte principale, le convoi s'arrêta. Auréa se pelotonna au fond de son siège, frigorifiée et en proie à une vive panique. La fourrure grise laissée à son intention devenait de plus en plus tentante...

Mais la simple idée de porter sur elle le morceau du cadavre d'une bête quelconque la répugnait. Elle était peut-être une Chasseresse rompue à la traque et à l'anéantissement des monstres des Abymes, elle possédait néanmoins des convictions quant au bien-être animal. À l'instar de ses sœurs de l'Ordre et comme la majeure partie du peuple du Printemps, Auréa était végétarienne et profondément opposée à l'abattage des créatures qui ne présentaient aucun danger pour l'être humain.

La porte du carrosse s'ouvrit brusquement, et deux colonnes de gardes apparurent, longeant une allée pavée au-delà de laquelle une foule s'était réunie. Un soldat tendit la main à Auréa afin de l'aider à descendre les marches tandis qu'un peu plus loin sur le chemin Rozarian patientait.

Le prince ne la regardait même pas. Il semblait perdu dans la contemplation des montagnes, se moquant bien des gens qui s'empressaient autour de lui... Toutefois, son époux ne semblait plus aussi menaçant à présent qu'il était à terre, appuyé d'une main sur sa canne de bois noir. Mais Auréa savait maintenant qu'il ne s'agissait que d'une illusion, que son handicap ne l'affaiblissait guère – ni ne le rendait moins cruel et arrogant...

Derrière lui se tenait Erann, flanqué du couple royal. Ensuite venaient les courtisans – reconnaissables à leurs tenues fastueuses et aux bijoux clinquants qu'ils arboraient.

Léandran ouvrit les bras devant lui dans un geste triomphal et s'exclama :

— Très chers sujets, voici les inestimables cadeaux qu'en ce jour béni par Celui qui Dicte je rapporte ! Je vous présente la princesse Lyssaris de Givre, fille unique de la reine du Printemps et désormais épouse de mon héritier, le prince Rozarian !

Auréa sortit de la voiture en grelottant, gelée des pieds à la tête. Hagarde et anxieuse, ne sachant trop quoi faire, elle resta plantée sur place et étudia les gens autour d'elle en se frottant les bras.

Son nouveau peuple était étrange. Leurs vêtements étaient grisâtres et sombres, à la coupe grossière, très peu flatteuse pour la silhouette. En outre, beaucoup d'entre eux arboraient de grosses pièces de fourrures de formes diverses sur leurs épaules.

L'assemblée lui rendit son regard et l'examina en silence durant quelques secondes, comme étonnée. Puis le claquement timide d'applaudissements rompit ce moment d'embarras. Le bruit enfla peu à peu, jusqu'à se diffuser à toute la foule. Puis se transformer en une véritable explosion de joie.

Léandran adressa un signe – poli, mais ferme – à Auréa. Alors seulement elle se décida à rejoindre ceux qui étaient censés dorénavant constituer sa famille. Bizarrement, Rozarian n'avait pas quitté l'horizon des yeux, et l'expression qu'il affichait était aussi sombre que troublée.

Cherchait-il lui aussi à mémoriser un maximum de détails du paysage environnant ?

Bien sûr que non, ce serait idiot…

Il devait connaître ces lieux par cœur. Après tout, contrairement à Auréa qui découvrait l'endroit, il se trouvait chez lui.

Lorsque la jeune femme arriva à sa hauteur, le prince baissa le nez, préférant observer le sol plutôt qu'elle ou la foule qui les acclamait. Il pivota pour se diriger vers l'entrée de la Tour et claudiqua bruyamment sur les pavés. À contrecœur, Auréa le suivit, n'ayant de toute manière guère d'autre choix…

Les images de ses sœurs enchaînées, réduites en esclavage, la hantaient. La gorge lui brûlait à force d'étouffer la rage qui sourdait en elle. Elle crevait d'envie de hurler, d'incendier Rozarian pour son indifférence, de l'abreuver d'injures jusqu'à ce qu'il se débrouille pour qu'au moins Invidia soit libérée...

Mais ce n'était pas le moment. Le prince l'avait déjà fait passer pour une hystérique une fois. Il n'y en aurait pas de deuxième. Elle devait se contenir, ne commettre aucun nouvel impair, si elle espérait pouvoir agir par la suite et sauver sa dame de compagnie de l'enfer que ces barbares infligeaient aux Thaumaturges.

Le roi attendit que le couple princier ait franchi les portes de l'édifice pour reprendre son discours à destination de ses sujets. D'une oreille distraite, Auréa l'entendit annoncer dans une tirade victorieuse l'obtention d'un second fragment de la Couronne Céleste. Il y eut alors une seconde vague d'applaudissements, plus vive encore que la précédente.

Rozarian poussa un soupir désabusé, comme s'il était le seul à ne pas partager ce sentiment de gloire exprimé par son père et relayé par l'ensemble du peuple de Givre. Ce qui, à bien y réfléchir, n'avait pas vraiment de sens...

Pourquoi l'héritier du trône ne se réjouissait-il pas, lui aussi, des succès de son royaume ? Et puis, pour quelle raison s'être efforcé de la retenir lorsque Auréa avait tenté de s'enfuir si – ainsi qu'il le laissait paraître – il se contrefichait d'avoir une épouse à ses côtés ?

Décidément, la personnalité de son mari était des plus obscures, totalement insaisissable...

Un valet en livrée bleue accompagné d'une demi-douzaine de gardes leur fit traverser le vaste hall devant une foule empressée, serrée derrière des cordons de séparation. Le regard que l'assemblée posait sur sa nouvelle princesse était aussi curieux qu'enthousiaste.

À l'instar de Rozarian, Auréa tâcha de les ignorer, trop inquiète pour leur rendre le moindre sourire. Elle fut toutefois surprise de trouver la décoration nettement moins spartiate et triste que ne le laissait présager l'extérieur du bâtiment.

Les murs étaient recouverts jusqu'à mi-hauteur de fines boiseries vernies tandis qu'une multitude de tapisseries, de tentures et de blasons aux couleurs chatoyantes en ornaient la seconde moitié. Les poutres du plafond étaient ciselées et peintes, arborant des tas de symboles différents – dont la signification échappait à Auréa.

— Votre Altesse préfère peut-être emprunter l'escalier pour rejoindre ses appartements ? s'enquit le valet.

Auréa mit un certain temps avant de comprendre que la question lui était destinée. Elle interrompit alors sa contemplation des lieux pour revenir au présent et à ses obligations.

Rozarian avait pris place dans une espèce de cabine de métal doré particulièrement étroite et attendait, une moue impatiente aux lèvres.

D'un ton abrupt, il déclara :

— Mon épouse restera avec moi pour le moment.

— Bien entendu, Votre Altesse, acquiesça le valet en ouvrant le bras devant Auréa, l'invitant à avancer.

La jeune femme avait tellement froid que même son esprit était engourdi. Aussi se hâta-t-elle d'entrer dans le petit espace clos sans réfléchir davantage.

Le valet ferma les portes. Il appuya sur le bouton d'une console, puis activa un levier niché dans le mur. Un cahot inattendu arracha alors un cri à Auréa tandis qu'en parallèle, une étonnante sensation lui soulevait l'estomac. D'instinct, elle s'agrippa à une barre d'acier fixée à la paroi de la cabine.

— Ce n'est qu'un ascenseur, maugréa Rozarian. Il n'y a donc aucun appareil de ce genre à la Tour du Printemps ?

Les bras croisés, il se tenait adossé au mur, détendu et totalement indifférent aux affreux grincements métalliques et aux heurts du sol.

Auréa secoua la tête. Peu à peu, elle commençait à comprendre l'usage de cette insolite cabine. Évidemment, l'escalier était à proscrire étant donné la situation du prince. Mais dans ce cas, pourquoi ne logeait-il pas tout bonnement au rez-de-chaussée de la Tour ? Ce déploiement de technologie était-il réellement nécessaire quand la réponse au problème semblait aussi simple ?

Auréa avait tellement de questions... Pourtant, elle n'en poserait aucune à son époux.

Elle le haïssait déjà plus que n'importe qui d'autre au monde. Jamais elle ne lui pardonnerait de l'avoir traitée de la sorte quand elle avait cherché à s'enfuir. Il l'avait ridiculisée auprès de toute l'assistance en inventant cette histoire de grosse frayeur et de nerfs fragiles. Et jamais, au grand jamais, elle ne lui pardonnerait d'avoir laissé sa dame de compagnie – son unique repère dans cette société étrangère aux mœurs archaïques – se faire enfermer dans cette monstrueuse carriole-prison telle une vulgaire criminelle...

— Ce n'est qu'un assemblage de câbles, de poids et de poulies permettant de gravir les étages, expliqua Rozarian dans un haussement d'épaules dédaigneux. Rien de bien sorcier, en somme.

Auréa lui jeta un regard mauvais en guise de réponse. Elle se redressa prudemment – sans toutefois oser lâcher la barre à laquelle elle se retenait.

Le prince la prenait-il pour une idiote, lui qui était issu d'un peuple aux croyances obscurantistes, terrifié par les femmes possédant le don d'Elementum ? Ne serait-ce pas un comble ?

Il l'examina un instant, puis, d'un coup de menton méprisant, désigna sa tenue.

— J'espère que tu as prévu des vêtements plus chauds. Ici, les températures sont rudes, et les femmes s'habillent avec pudeur et sobriété au quotidien, même au sein des plus hautes sphères de l'aristocratie.

Auréa battit des cils, prise au dépourvu. Qu'insinuait-il par là exactement ? Sa robe – pourtant très peu décolletée, par la force des choses – était-elle trop voyante à son goût ? Outre la légèreté du tissu, qu'y avait-il de problématique avec ce qu'elle portait ?

Auréa n'avait cependant aucune idée de ce qui avait été placé dans ses bagages. Sans doute les personnes qui avaient composé son trousseau avaient-elles songé aux différences de climat entre le reinaume du Printemps et le royaume de Givre. Mais avaient-elles tenu compte de la mode ayant cours chez ce peuple étrange, aux us et coutumes si éloignés des leurs ?

Rozarian souffla avec humeur et haussa une épaule.

— Je vois, tu as perdu ta langue, semble-t-il. Ce n'est pas dommage, si tu veux mon avis. Je préfère de très loin le silence à tes abominables persiflages.

Les doigts d'Auréa se resserrèrent sur la barre, et sa gorge se noua sous l'effet de l'indignation. Ce sale type ne manquait pas d'air ! Comment osait-il qualifier de *persiflages* ses inquiétudes quant au sort de la pauvre Invidia ?

Entre eux, la guerre était donc ouvertement déclarée…

Parfait !

Cela lui éviterait d'avoir à feindre l'amabilité et la soulagerait de tout effort pour tenter de plaire à cet abruti de prince de Givre !

La cabine stoppa son ascension brusquement, s'arrêtant avec fracas. Après quoi, le valet rouvrit les portes. Un couloir au sol entièrement recouvert d'un tapis moelleux apparut alors devant eux.

Rozarian récupéra sa canne et sortit sans rien ajouter, se fichant visiblement qu'Auréa le suive ou non. En même temps, ce n'était pas comme si elle pouvait se rendre ailleurs...

18

Auréa

Le prince aurait néanmoins pu se donner la peine de faire visiter à son épouse son nouveau lieu de vie...

Mais non.

Il se contenta de traverser l'enfilade de salles de ses appartements comme s'il était seul, Auréa demeurant à bonne distance derrière lui. Une fois arrivé à la chambre, Rozarian se débarrassa avec désinvolture de la cape et de l'épaisse veste qu'il portait pour jeter négligemment le tout sur le lit.

La jeune femme resta sur le seuil, se remémorant subitement tout ce qu'était supposée impliquer leur récente union. Cette pièce était censée être un refuge, le lieu où son époux et elle se découvriraient et consommeraient leur mariage...

Une perspective qui fit frissonner Auréa de répulsion. Si, déjà, avant même leur rencontre, elle ne s'imaginait pas partager un tel degré d'intimité avec un inconnu qu'on lui avait imposé, cela lui paraissait désormais tout à fait inconcevable.

Rozarian était probablement la personne la plus abjecte qu'elle ait eu le malheur de croiser dans sa vie

– et cela n'avait rien à voir avec l'appareil barbare qui encerclait sa jambe ni avec l'inquiétant bandeau qui lui cachait la moitié du visage. Jamais elle ne pourrait se donner à un homme au caractère aussi désagréable et indolent. Pas même pour la garantie du salut du peuple du Printemps...

En outre, comme pour ajouter à son dégoût, la chambre princière était un véritable capharnaüm. Le mobilier était à peine visible sous les affaires qui s'y entassaient. Des vêtements traînaient un peu partout, abandonnés sur le dossier de plusieurs fauteuils, sur le bord d'une commode et jusque sur le parquet. Des livres jonchaient également le sol, ainsi que nombre d'outils étranges et d'engins métalliques insolites.

Auréa avait beau serrer les dents, cette fois, c'en était trop. Elle ne put retenir l'odieux constat qui s'imposait à elle...

— Cette pièce est une véritable porcherie !

Rozarian se laissa lourdement tomber sur l'épais matelas, puis ouvrit grand les bras, le coin de ses lèvres se retroussant légèrement de satisfaction.

— Bienvenue chez toi !

Les joues enflammées par la colère et le malaise, Auréa regarda son époux tirer sa jambe handicapée pour la placer sur la courtepointe, sa moue moqueuse remplacée, l'espace d'un instant, par une grimace. Après quoi, il s'allongea nonchalamment et s'étendit sans aucune pudeur au milieu des oreillers. Il replia les coudes et cala ses mains sous sa nuque pour mieux observer Auréa, se délectant manifestement de la gêne que son attitude suscitait chez elle.

Qu'attendait le prince précisément ? À quoi jouait-il en se comportant de la sorte ? Espérait-il vraiment qu'elle le rejoindrait ? Si tel était le cas, il se mettait le doigt dans l'œil jusqu'au coude !

D'un rapide coup d'œil derrière son épaule, Auréa s'assura que les domestiques étaient assez loin. Puis, une fois certaine que personne d'autre ne l'entendrait, elle déclara :

— Je ne partagerai pas ta couche. Ni maintenant ni jamais.

Un léger spasme agita le petit muscle de la mâchoire de Rozarian. Presque aussitôt après, il haussa un sourcil railleur.

— Parce que tu crois y être invitée ? Nous sommes peut-être mariés aux yeux de la loi et contraints de cohabiter afin de sauvegarder les apparences, mais sache que je n'ai pas la moindre envie de donner davantage de sens à cette union. *Ni maintenant ni jamais…*

À nouveau, il la jaugea, son regard la parcourant de bas en haut. Il s'arrêta au niveau de ses cheveux et fronça le nez. Puis il renifla d'écœurement, achevant d'humilier la jeune femme. Il n'avait pas besoin de mots pour lui faire savoir qu'elle n'était pas à son goût. Il venait de le lui signifier de la manière la plus éloquente qui soit. De la façon la plus insultante également…

Il n'aurait donc de cesse de l'outrager ?

De sœur de l'Ordre, Auréa était devenue princesse. Ce nouveau statut aurait dû lui conférer un prestige notoire. Pourtant, elle se retrouvait à devoir vivre dans un appartement répugnant, sans même une place dans un lit, avec pour compagnon un sale type qui prenait un malin plaisir à la torturer. Personne, jusqu'à présent, ne lui avait autant manqué de respect que ce prince de pacotille !

C'était plus qu'elle n'en pouvait supporter. Pas après tous les sacrifices qu'elle venait de faire. Une soudaine envie de pleurer la saisit. Elle était exténuée, désorientée et se sentait plus seule que jamais. Mais plutôt que de laisser les larmes qui lui montaient aux yeux s'écouler, elle se mordit la langue et serra les lèvres.

Elle ne devait pas montrer ses faiblesses. Le prince était son ennemi. Il s'était largement employé à le lui démontrer. À la moindre marque de vulnérabilité de sa part, il en profiterait pour la rabaisser davantage. Jusqu'à la briser...

Auréa avait été la marionnette de Chryséis. Elle ne serait pas le jouet de Rozarian.

Non, pas question ! Je ne me laisserai pas faire. Je ne m'écraserai plus devant les autres. Plus maintenant. C'est terminé !

— En vérité, je suis plutôt surprise de ne pas trouver ton petit frère ici, s'entendit-elle repartir d'une voix étonnamment forte et claire. J'avais pourtant cru comprendre qu'Erann te remplaçait chaque fois qu'une crise de fainéantise aiguë t'accablait et t'empêchait d'accomplir ton devoir d'héritier du trône.

Rozarian blêmit. Il détourna brusquement le regard, une intense douleur semblant assombrir ses traits.

Auréa s'attendait à essuyer une nouvelle pique, à la hauteur de celle qu'elle avait envoyée. Cependant, aucune réponse ne vint. Le prince déglutit bruyamment – comme pour mieux ravaler son orgueil bouffi et surdimensionné – et ferma les paupières, les mâchoires durement contractées.

Cette fois, elle lui avait rabattu le caquet. Sans doute n'aurait-elle pas dû s'en réjouir, car c'était jouer avec le feu. Sa position était extrêmement précaire, et le prince pouvait lui faire vivre un véritable enfer s'il le décidait – ou pire encore, s'il découvrait qui elle était réellement...

Un silence pesant retomba alors dans la pièce tandis que Rozarian faisait mine de s'assoupir. Les domestiques s'agitaient de part et d'autre dans l'appartement. Aucun ne paraissait toutefois disposé à approcher de la chambre, les laissant seuls tous les deux. Auréa ignorait ce qu'elle était censée faire. Elle aussi était épuisée et rêvait d'une bonne nuit de sommeil...

Elle avança d'un pas, tira la porte sans la fermer complètement et s'éclaircit la gorge.

— Et donc, où suis-je supposée dormir ?

— Hmm, cherche un peu, répliqua-t-il sans même ouvrir l'œil. Tu trouveras bien un coin de parquet libre où te rouler en boule.

Évidemment...

Elle aurait pu anticiper ce genre de réplique. Pourtant, une fois de plus, elle se sentit piquée au vif.

— Quelle prévenance !

— Mais je t'en prie, renchérit-il d'un ton légèrement plus faible, toujours immobile dans le lit. C'est le moins que je puisse faire...

Jouait-il la comédie ou était-il vraiment en train de s'assoupir ? Cela aurait été un comble que son époux s'endorme devant elle alors qu'elle restait plantée sur le seuil de leur chambre à grelotter comme une pauvresse, gelée jusqu'aux os... Quoi qu'il en soit, elle devrait se débrouiller par elle-même si elle souhaitait se reposer.

Elle prit sur elle et enjamba un tas de boulons. Elle poussa du pied une pile de livres ouverts, aux pages à demi déchirées et couvertes de gribouillages, puis parvint enfin devant le sofa – lui aussi encombré d'affaires en tout genre.

Du bout des doigts, elle attrapa la chemise froissée qui pendait de l'accoudoir lorsqu'un mouvement inopiné fit remuer le tissu.

— Par la Déesse ! s'écria-t-elle, bondissant en arrière. L'appartement est-il en plus infesté de vermine ?

Une étrange créature, de la taille d'un ratachat, émergea de sous le vêtement tandis que Rozarian se redressait d'un brusque élan.

— Ne le frappe pas, espèce d'idiote ! s'exclama-t-il, l'air aussi furieux qu'inquiet.

Jamais cela ne serait venu à l'idée d'Auréa ; pourtant, le prince semblait l'en croire capable…

Rozarian tendit le bras vers l'animal, et celui-ci sautilla en direction du lit, ses petites pattes s'agitant agilement sous son corps à la forme fine et allongée, recouvert d'un épais pelage noir et blanc.

— C'est Fouineur, mon pandermine, expliqua finalement le jeune homme comme la créature se hissait d'un saut vif sur le matelas. Il vit ici également, alors il faudra t'y faire.

Là-dessus, le prince s'effondra de nouveau sur les oreillers dans un grognement étouffé, entre mécontentement et douleur, son compagnon venant se nicher contre son flanc.

Médusée par cette scène qui lui paraissait totalement surréaliste, Auréa observa quelques instants son époux et le mammifère. Jamais elle n'aurait envisagé de convier Ignis dans sa chambre, les animaux étant interdits à l'intérieur de la Tour du Printemps. Elle n'aurait su dire si le fait que le prince se moque ainsi des règles élémentaires de salubrité était une bonne ou une mauvaise chose…

Les paupières tout à coup très lourdes, elle secoua la tête et s'arracha à ce spectacle incongru. Puis elle s'installa sur le sofa, rompue de fatigue.

19

Rin

Enfin, l'heure était venue…

Les ténèbres de la nuit grandissaient tandis que le soleil se couchait lentement. Sa lueur déclinante peignait les dunes alentour de sublimes nuances de rouge et d'or.

Rin et son détachement se tenaient cachés derrière le flanc ouest du plus haut mont de sable, prêts à passer à l'action. Au loin, portés par le vent, leur parvinrent le bruit de conversations et le crissement des roues de carrosses peinant à se déplacer sur un tel terrain.

— À mon signal, rappela la commandante, esquissant un geste visant à leur faire resserrer les rangs.

Ordre qui fut bien entendu aussitôt exécuté.

En première ligne, les dompteurs commençaient à retirer les instruments métalliques muselant leurs Komovarans afin de les préparer à ce qui allait suivre.

Ces reptiles au corps long et aux membres trapus possédaient d'incroyables mâchoires et étaient capables de broyer n'importe quelle armure sous la pression de leurs dents. C'étaient de terribles machines de guerre, mais encore fallait-il savoir les maîtriser…

Durant des siècles, les Komovarans avaient uniquement servi de nourriture au peuple des Damnés. Ils constituaient un mets de choix, car ils étaient difficiles à chasser et particulièrement dangereux. Toutefois, ils étaient également l'une des rares espèces animales capables de survivre sur les terres proches de la Faille Primordiale…

Quelques tentatives d'apprivoisement avaient été opérées auparavant, sans grand succès. C'était Saori qui avait lancé le projet fou de capturer des femelles enceintes et de les garder au sein de la Tour afin de dresser leurs petits dès la naissance.

Et cela s'était révélé payant.

Aujourd'hui, la Tour des Damnés détenait un escadron de plus de mille Komovarans, que les guerriers pouvaient employer comme montures ainsi que – et surtout – comme armes. Nul doute que cet atout avait joué en leur faveur durant les deux précédentes batailles qui leur avaient valu de remporter la Tour des Brises et la Tour du Ponant.

Cependant, ce n'était pas là leur seule force…

Rin parcourut du regard les combattants qui l'entouraient. Les Prêtresses Damnées n'étaient pas avec eux, mais avec les bataillons de Saori, leur présence étant indispensable à la prise de la citadelle des Sables Dorés. Mais le groupe de Rin n'était pas en reste pour autant.

Les archers, derrière elle, figés dans l'attente, tenaient leurs flèches encochées tandis que les spadassins avaient adopté la posture de la pierre, prêts à s'élancer dès que l'ordre en serait donné. Une résolution farouche et sans peur brûlait unanimement dans leurs yeux.

À l'image de la jeune femme, nombre d'entre eux avaient dédié leur existence à l'apprentissage et à la pratique des arts de la guerre. Tous n'étaient pas soldats de métiers, beaucoup n'étaient que de simples civils. Pourtant, ces derniers n'en étaient pas moins de véritables guerriers.

Saori y avait veillé...

Depuis que la Reine des Corbeaux gouvernait la Tour des Damnés, tous les citoyens – et ce sans exception – recevaient une éducation militaire de plusieurs années, issue des anciens savoirs. Par la suite, ils se devaient d'exercer régulièrement au moins deux types de sports martiaux. Aussi leur armée n'était-elle pas uniquement constituée de soldats. Néanmoins, tous participaient avec ferveur, d'une manière ou d'une autre, à l'effort de guerre.

Et cela faisait la différence.

Leur supériorité numérique, leur maîtrise des arts guerriers et leurs stratégies longuement mûries leur avaient assuré un écrasant succès chaque fois que le peuple des Damnés s'était lancé à l'assaut d'une nouvelle Tour.

Ainsi, face à des reinaumes tels que celui du Ponant ou des Brises – ne livrant plus de batailles que sur le versant politique et dont les armées prenaient la poussière et s'empâtaient à force de n'être plus sollicitées –, la victoire avait été aisée. Rin était convaincue qu'il en irait de même avec la Tour des Sables Dorés.

Elle avait promis à Saori de lui rapporter la tête de la reine. Et elle le ferait.

À cette pensée, la jeune femme resserra les doigts autour du manche profilé de son katana, son pouls s'accélérant brusquement. Elle ne craignait pas de mourir, seulement d'échouer...

Une nuée de corbeaux apparut soudain à l'horizon, minuscules pointillés noirs sur une toile peinte de tons rouge orangé. Alors Rin poussa un profond soupir, et la sérénité revint en elle.

Saori était avec eux, à quelques lieues de là. Elle envoyait ses oiseaux en guise de messagers, pour leur faire savoir que le siège de la Tour des Sables Dorés – où se trouvait le gros des armées des Damnés – avait débuté.

L'un des pans du foulard que portait Rin sous le col de son armure s'en échappa à demi, porté par la brise. C'était l'un des rares cadeaux que lui avait offert Masato de son vivant. Un bien inestimable aux yeux de la jeune femme.

Le fin tissu grenat parut s'immobiliser, flottant dans les airs tandis que tous retenaient leur souffle.

L'instant...

Le temps sembla comme suspendu dans une inspiration alors que le chaos et la mort s'apprêtaient à recouvrir les lieux de leur cruel voile de ténèbres écarlates.

La commandante abaissa le bras et hurla :

— Pour la Cause !

C'est maintenant ! Maintenant que tout se joue...

— Pour la Cause ! reprit Rin, son cri se mêlant à celui de ses compagnons tandis que, d'un même élan, ils se ruaient en direction du convoi ennemi.

D'une seule vague, le bataillon de Rin quitta sa cachette pour se déverser tel un torrent entre les dunes, se jetant à corps perdu dans la bataille. Malgré les difficultés du terrain, leur course était puissante, calée sur une unique cadence. Ils s'étaient entraînés pour cela, afin de maîtriser à la perfection les déplacements dans le sable.

Leurs cœurs battaient à l'unisson, une flamme identique brûlait en chacun d'eux. Un vif et redoutable désir de vengeance. Le besoin impérieux de leur faire payer, à tous, des siècles et des siècles d'abandon, de rejet et d'humiliation. Pire : d'indifférence.

Le peuple des Damnés avait connu tant de famines, tant de pandémies et de souffrance. Et personne, jamais, ne leur avait proposé la moindre assistance, tant s'en fallait. Au lieu de cela, les royaumes alentour s'étaient plu à exploiter leurs faiblesses pour en tirer avantage, leur envoyant toujours plus de criminels et de malades à l'agonie, se débarrassant de leurs éléments les plus viciés et défectueux sans une once de remords.

Eh bien, voilà ce qu'aujourd'hui leur égoïsme leur rapportait. Ils recevaient exactement ce qu'ils méritaient. Ni plus ni moins.

La rancœur de Rin était sans bornes, tout comme celle de ses compatriotes. Saori avait su comment canaliser ce sentiment commun à l'ensemble de ses sujets et le rendre constructif plutôt que nocif. Leur combat, leur grande Cause, était juste. Aucun d'entre eux n'avait de doute sur ce point.

Les Altérés de la Tour des Damnés allaient s'abattre sur *leur* monde.

Et tout y détruire... Mais pour mieux reconstruire.

Pas après pas, Rin s'enfonçait dans le sol à la surface meuble et luttait pour s'en extraire, haletant sous l'effort. Elle connaissait son rôle sur le bout des doigts. Tout avait été préparé en amont, leur plan d'action et ses différents embranchements selon la tournure des événements prévus dans les moindres détails.

La ligne des dompteurs Damnés – qui se trouvait en tête du bataillon – fondit sur le groupe des Thaumaturges ennemies, rassemblé à l'avant du cortège des voyageurs.

La stupéfaction empêcha les femmes-mages de réagir rapidement. Plusieurs secondes leur furent nécessaires pour lancer leur magie sur leurs assaillants. Ces derniers savaient pertinemment ce qui les attendait, mais continuèrent d'avancer. C'était leur atout majeur : aucun Damné ne craignait de mourir. Ils n'avaient rien à perdre, de toute façon – contrairement à leurs adversaires...

Les dompteurs ignorèrent les coulées de flammes, la privation d'oxygène et les jets de pics glacés et de sable fusant trop tardivement vers eux. Certains tombèrent cependant, brûlés vifs ou touchés par les missiles de givre. Beaucoup de Komovarans furent blessés également durant ce premier assaut. Néanmoins, les Damnés demeuraient plus nombreux. Et, très vite, les reptiles déchaînés eurent raison du petit groupe de Thaumaturges.

Rin se focalisa sur sa propre mission. Dans le long ruban que formait la procession des dignitaires, des quelques civils et des soldats du reinaume des Sables Dorés, elle repéra le carrosse royal.

Le luxe de cette boîte sur roues était aussi ridicule qu'écœurant. Qui avait besoin de parois rehaussées à la feuille d'or et de sculptures alambiquées de femmes et d'hommes dénudées pour voyager ? Cette voiture était du plus mauvais goût. Un tel étalage de richesses n'était-il pas proprement indécent ?

Pour Rin, il s'agissait d'une preuve supplémentaire de l'impudence et de la décadence de cette nation. Cela renforçait encore davantage sa haine et sa rancœur à son égard et justifiait le sort qu'elle et les siens lui réservaient.

Les lèvres serrées de détermination, elle ne dévia pas lorsque le premier soldat des Sables Dorés se jeta sur elle pour tenter de lui barrer la route. Elle ne marqua aucun temps d'arrêt. Elle se contenta de pivoter le haut de son corps pour éviter l'arme qui se précipitait sur elle. Et, d'un simple revers, elle planta son wakizashi – le plus petit de ses deux sabres – sous l'aisselle de son adversaire alors qu'il tendait le bras pour essayer de l'atteindre.

Sa lame teintée de sang, Rin poursuivit sa course sans même un regard pour sa victime.

Un deuxième guerrier s'élança devant elle. Elle dégaina d'un mouvement leste et bloqua l'épée à l'aide de la sienne. Puis elle s'abaissa souplement sur ses genoux afin d'attirer son adversaire vers le sol. Là, elle se redressa en faisant effectuer un large arc de cercle à son katana et égorgea l'homme d'un seul élan.

Son regard demeurait rivé sur le carrosse – son ultime destination – où s'étaient regroupés tous les gardes des Sables Dorés. Dos contre la voiture, ils espéraient protéger leur souveraine par cette grotesque manœuvre, mais ils ne le pourraient pas.

La monarque était condamnée. Quoi qu'il arrive, cette femme mourrait aujourd'hui, en ces lieux.

C'est écrit, je le sais. Je le sens jusqu'au plus profond de moi...

Rin accomplissait son destin. Pour le petit Aiko. Mais également pour la mémoire de son amant perdu...

Cet exploit, elle le lui devait.

Masato avait longtemps été son plus grand concurrent, l'un des meilleurs guerriers au sein de leur armée. Meilleur que Rin – quoique de très peu. Après des années de rivalité, elle et le jeune homme avaient fini par tomber dans les bras l'un de l'autre. Ensemble, ils avaient connu la passion. Une belle et intense histoire d'amour.

Si brève...

Comme Rin aujourd'hui, Masato avait été choisi treize mois plus tôt, lors de la précédente bataille, afin d'assassiner la reine des Brises. C'était en exécutant cette mission que le jeune homme avait trouvé la mort, abattu sitôt après être parvenu à ôter la vie à la monarque.

Peut-être, à l'instar de son amant, Rin périrait-elle aussi, à la suite du régicide, rattrapée par des soldats furieux. Toutefois, cela lui importait peu. Rien ne l'empêcherait d'aller jusqu'au bout. Elle avait avec elle la force du souvenir de cet homme qu'elle avait tant aimé. Elle avait avec elle toutes les souffrances endurées par son peuple…

Et l'espoir. Cette indicible conviction qui la poussait à croire que le futur serait forcément meilleur.

Rin se tailla un chemin sanglant pour arriver jusqu'au carrosse royal, ses compagnons de guerre l'assistant dans sa tâche. Leur chorégraphie semblait tellement harmonieuse, réglée comme du papier à musique, leurs battements de cœur en guise de rythme commun.

Si leurs mouvements étaient parfaitement coordonnés, ceux du camp adverse, en revanche, ne reflétaient que panique et désordre. Les soldats des Sables Dorés tombaient comme des mouches sous leurs coups, n'opposant plus qu'une pathétique résistance.

En était-il de même pour le second versant de la bataille ? Saori rencontrait-elle aussi peu de difficultés dans le siège de la Tour ?

Près de Rin, les ennemis paraissaient transis d'effroi, aussi stupéfaits par l'apparence de leurs assaillants que terrifiés par la menace des crocs des Komovarans. Les hurlements pleuvaient telle une puissante averse s'abattant sur les dunes, et le sang ennemi coulait à flots, maculant le sable tiède de la fin de journée.

— Bande de monstres dégénérés ! cracha l'un des gardes qui protégeaient la voiture de la reine – ses mains tremblant autour du pommeau de l'épée qu'il tentait de garder brandie.

Rin ne doutait pas que leur allure d'Altérés devait les faire passer pour des abominations aux yeux de ces humains aux corps intègres, épargnés par les épidémies et ne connaissant rien du syndrome des Failles. Probablement les cornes et les bois qui émergeaient des crânes des guerriers Damnés, ajoutés à leur peau grêlée d'écorces, de roche brute, de mousse verte ou d'écailles pour certains, épouvantaient-ils leurs ennemis.

Tant mieux !

Tout effet de surprise était bon à prendre.

L'injure la blessa tout de même. Mais cela ne fit qu'aiguiser sa volonté, la rendant plus froide encore face à l'épais tapis de cadavres qui s'étalaient à ses pieds.

Rin ne se laissa pas distraire de son objectif. Elle fonça tout droit, faisant virevolter son katana d'une main et maintenant son wakizashi à hauteur de poitrine en guise de garde de l'autre. En quelques lestes enjambées, elle franchit les derniers mètres qui la séparaient du carrosse, semant la mort sur son passage.

Les soldats des Sables Dorés postés près du véhicule royal levèrent leurs armes, prêts à en découdre. Ils étaient une quinzaine et semblaient plus courageux que le reste de leur régiment.

Rin était toutefois allée un peu vite en besogne en perçant aussi promptement les lignes adverses. Ses compagnons étaient occupés à se battre plusieurs mètres en arrière...

Tant pis, elle se passerait de leur soutien.

20

Rin

Elle n'eut besoin que d'un instant pour décider de la stratégie à employer.

Elle feinta le premier garde, lui faisant croire qu'elle allait l'affronter, juste afin de le forcer à avancer et ainsi quitter sa position. Puis elle profita de l'occasion pour se laisser tomber au sol et roula agilement sous le carrosse, prenant ses adversaires au dépourvu.

Une fois à l'abri sous la structure de bois, à demi enfouie dans le sable, Rin n'attendit pas que l'on tente de la déloger de sa cachette. Elle frappa méthodiquement le talon des bottes – assez férocement pour sectionner les tendons à l'arrière des jambes des soldats –, cherchant à en atteindre un maximum avant que le but de la manœuvre soit éventé.

Des épées se glissèrent à l'aveugle vers elle, tentant de la cueillir. Mais elle s'appliqua à trancher les mains et les doigts de ses agresseurs, les neutralisant aussi efficacement que les autres.

Lorsque la voie fut dégagée, Rin se fraya un chemin entre les cadavres et les blessés qui s'amoncelaient autour du véhicule et sortit de son refuge. Un dernier guerrier tenta de l'empêcher d'accéder à la portière, mais sa tentative se révéla totalement inutile.

De l'autre côté du carrosse, la reine, prise de panique, se précipita hors de la voiture en poussant de petits cris de terreur. Rin saisit le rebord d'une des sculptures ornant le carrosse et se propulsa sur le toit, qu'elle traversa d'un pas. De là, elle bondit sur sa proie, son katana pointé vers le bas, et plongea sa lame dans la nuque de la monarque.

Le corps sans vie de la femme s'effondra au sol tandis que Rin maintenait son sabre enfoncé jusqu'à la garde. Alors seulement, elle put inspirer à pleins poumons. Un sentiment de paix s'empara d'elle, débarrassant son esprit des images du chaos du combat.

Le vide. La brise rafraîchissante. Les battements de son cœur ralentissant à mesure qu'elle prenait conscience de son succès. Elle avait réussi. Elle avait accompli sa mission. Son destin...

Dans une exclamation rauque, Rin tira son arme de côté afin de trancher avec force et netteté la tête encore couronnée de celle qui avait été reine des Sables Dorés. Puis elle se redressa, agrippa les cheveux de la souveraine et leva haut le bras afin d'exposer son trophée.

Au-dessus d'elle, les corbeaux se rassemblèrent en cercle. Leurs croassements victorieux couvrirent soudain le fracas des affrontements.

La bataille sembla tout à coup comme suspendue. Tous les regards convergèrent vers Rin et sa terrifiante prise, chaque visage ennemi figé d'effarement.

C'était fini. Elle avait remporté cette manche, même si elle n'avait pas la sensation d'avoir véritablement livré de combat...

Aucun des Damnés ne l'acclama. Cela ne se faisait pas. Ils étaient peut-être de froids guerriers, mais ils n'étaient pas ce genre de barbares pour autant. Tous hochèrent néanmoins la tête dans sa direction en témoignage de leur respect.

Rin aurait pu profiter de l'instant, savourer cette déférence nouvelle qu'elle découvrait dans les yeux de ses compatriotes, mais cela n'avait pas la moindre saveur. Masato les avait toutes prises avec lui en quittant ce monde...

Les sombres volatiles s'agitèrent dans le ciel et devinrent plus bruyants encore, ramenant brusquement la jeune femme au présent. À sa grande surprise, elle avait survécu au régicide – contrairement à son défunt amant. Elle avait encore des tâches à exécuter. Et elle devait se dépêcher.

Rin courut en direction du dompteur le plus proche. Ce dernier, la voyant arriver, s'empressa de replacer la muselière sur la mâchoire du reptile. À peine eut-il bouclé la dernière attache que Rin sautait sur le dos de l'animal, son sanglant trophée toujours en main.

Autour d'elle, le chaos reprit et enfla peu à peu. Toutefois, la lutte était terminée. Leurs adversaires se rendaient les uns après les autres, terrifiées et désespérés. Une vaine tentative de reddition puisque le bataillon de Rin avait reçu pour consigne de ne faire aucun prisonnier...

Elle les abandonna sans un regard en arrière et lança sa monture à toute allure dans le sable. Elle devait atteindre la Tour au plus vite – minuscule silhouette en clair-obscur se détachant péniblement de l'horizon. À son grand étonnement, les corbeaux se mirent en formation au-dessus de sa tête, comme pour mieux la guider à travers les dunes.

La nuit était tombée quand, au terme d'une course effrénée au son des croassements, Rin parvint au pied de la citadelle où l'armée de Saori s'était massée. Les soldats s'écartèrent immédiatement devant la jeune femme, lui laissant la voie libre jusqu'à la souveraine.

Rin constata alors – non sans une certaine satisfaction – que le siège était bien avancé. Déjà, des guerriers Damnés bataillaient sur les plus bas balcons de l'édifice. Ces derniers s'efforçaient d'ouvrir la voie aux soldats suivants, cramponnés au dos de leurs Komovarans. Immobiles sur leurs montures, les cavaliers attendaient patiemment, suspendus aux remparts à des hauteurs impressionnantes – ces reptiles ayant également l'avantage de pouvoir escalader n'importe quelle paroi de pierre ou même de métal.

— Ma très chère Rin ! s'exclama Saori en se tournant vers elle, ses sombres oiseaux la rejoignant dans un concert de craillements et de battements d'ailes. Tu ne cesseras donc jamais de te rendre indispensable...

La Reine des Corbeaux en imposait dans son armure aux nuances onyx, les trois fragments de la Relique de Pouvoir ornant son front, ses oiseaux virevoltant tout autour d'elle. Des éclaboussures de sang tachaient les traits délicats de son visage. Preuve qu'elle n'avait pas fait que superviser les affrontements, mais avait participé également – et de bon cœur, à en croire la quantité de traces rouges et luisantes qui la couvraient.

Rin lui tendit son macabre butin et se prit à apprécier le sourire de soulagement et d'admiration mêlés qui étira alors les lèvres de la monarque. Saori s'empara de la tête de la reine des Sables Dorés, glissant les doigts entre les tresses mauves alambiquées de sa coiffure, sans montrer le moindre signe de dégoût. La couronne de la défunte se dressait toujours fièrement sur son crâne, comme indéboulonnable, certainement fixée à sa chevelure par des centaines de pinces.

Encore un accessoire des plus ostentatoires, d'une taille disproportionnée, entièrement constitué d'or pur et serti d'une indécente profusion de Pierres d'Abymes. Sans doute ces précieuses gemmes auraient-elles été plus utiles aux Thaumaturges des Sables Dorés afin qu'ils soient plus à même de se défendre, mais peu importait…

La vanité et l'inconséquence de ce peuple avaient permis aux Damnés de l'emporter facilement, avec très peu de pertes au sein de leurs rangs. C'était là tout ce qui comptait.

Saori avança parmi ses troupes, les soldats s'écartant au fur et à mesure devant elle, ses corbeaux formant une corolle sombre et mouvante dans son sillage.

— Peuple des Sables Dorés ! interpella-t-elle d'une voix puissante tandis que les volatiles se plaçaient au-dessus d'elle. Votre souveraine n'est plus !

Là-dessus, elle brandit la tête tranchée de la défunte reine, encore aisément identifiable grâce à son imposante couronne.

Un silence de mort tomba brusquement sur les lieux. Puis des cris de déchirement fusèrent de part et d'autre. Des tas de civils se précipitèrent à leurs balcons, incrédules, tenant, au péril de leur vie, à s'assurer de la véracité de l'annonce.

À plusieurs centaines de mètres de là, sur l'une des loggias aux balustrades plus finement ciselées que les autres, deux petites silhouettes se ruèrent, se penchant vers le vide pour observer la scène également. Des soldats des Sables Dorés fusèrent du bâtiment pour tenter de les rattraper, mais c'était trop tard.

Le sifflement des corbeaux de Saori devint subitement plus aigu. Sur un simple geste de leur maîtresse, les volatiles s'élancèrent dans les airs et fondirent sur leurs cibles, qu'ils encerclèrent.

Rin eut à peine le temps de comprendre ce qui se passait que, déjà, les deux inconnus étaient précipités dans le vide sous les coups de becs féroces des oiseaux de la reine. Leurs corps atterrirent au sol dans un bruit mat, s'échouant au milieu des soldats et des combats.

Horrifiée, Rin baissa les yeux en direction des cadavres. Un garçon et une fillette, de peut-être cinq et huit ans. Deux innocents, qui, bien malgré elle, lui évoquèrent Aiko...

— Le prince et la princesse sont morts ! hurla l'un des gardes des Sables Dorés en pointant un index rageur sur Saori. C'est cette espèce de sorcière. Elle les a tués !

Des larmes de désespoir coulant le long de ses joues, l'homme fit un pas vers la monarque et s'étrangla :

— Vous n'avez donc aucun honneur, pour assassiner de manière aussi cruelle de pauvres enfants sans défense ?

La pointe argentée d'un katana Damné émergea soudain de la gorge de l'homme, qui s'effondra dans un gargouillis morbide. Derrière lui se tenait un guerrier de l'armée de la Reine des Corbeaux.

Alors le silence revint, s'abattant en une seconde vague sur l'édifice. Alentour, les affrontements cessèrent peu à peu. Le peuple des Sables Dorés n'avait plus ni reine ni lignée royale à sauver. Aussi leurs soldats se rendirent-ils les uns après les autres...

Saori renifla froidement, puis déclara, à l'attention de tous :

— L'honneur est un luxe que seuls ceux qui possèdent déjà tout le reste peuvent se permettre.

Là-dessus, elle se dirigea vers les portes principales de la Tour des Sables Dorés, que ses guerriers étaient occupés à ouvrir en grand pour elle. Rin lui emboîta le pas, à défaut de savoir quoi faire d'autre. Un curieux sentiment de malaise semblait prendre naissance au creux de sa poitrine...

— Tu verras, mon amie, bientôt tout le continent ne portera plus qu'une seule et même bannière, ajouta Saori à l'adresse de la jeune femme. Celle d'un peuple trop longtemps ignoré, abandonné à son sort, que ces fous ont eu le tort de mésestimer.

— Oui, ils paieront, conclut Rin en regardant droit devant elle.

Ces mots, si souvent répétés, lui paraissaient tout à coup différents. Comme s'ils venaient de perdre une partie de leur sens, sans qu'elle comprenne vraiment pourquoi...

21

Rozarian

À bout de forces, Rozarian n'avait pu s'empêcher de foncer jusqu'à son lit dès son arrivée à la Tour, craignant de s'écrouler avant d'y être parvenu. Il avait sombré dans le sommeil à une vitesse impressionnante dès l'instant où sa tête avait rencontré un oreiller…

La douleur qui pulsait avec acharnement de son genou jusqu'en haut de sa cuisse et qu'il s'efforçait d'ignorer depuis la veille remporta cependant la bataille et le rattrapa. Devenant de plus en plus vive, elle le tira peu à peu des vapes de la torpeur.

Étendu tout habillé au-dessus des couvertures, Rozarian porta la main à son front. Il poussa un lourd soupir et changea de position dans l'espoir de trouver le soulagement. En vain…

Cela le révoltait de devoir l'admettre, mais son père avait raison. Ce bref voyage à dos d'élanthère l'avait éreinté, vidé de toute énergie, ne lui laissant que fatigue et crampes atroces.

Décidément, je ne serai jamais bon à rien…

Ces mots tournaient en boucle dans son esprit, comme une litanie obsédante le condamnant de manière irrévocable.

Comment pourrait-il accomplir ce destin dont il rêvait depuis l'enfance – aux antipodes de celui, tout tracé, qui l'attendait – s'il n'était pas fichu d'effectuer un simple aller-retour jusqu'à la Citadelle-Relais sans finir cloué au lit à cause de la faiblesse de sa jambe ? Comment arriverait-il à justifier de se détourner de ses devoirs d'héritier s'il était incapable de mener à bien ce pour quoi il était pourtant persuadé d'être né ?

Ce plan élaboré avec sa tante lui semblait maintenant totalement illusoire...

Irréalisable, à tout le moins.

Qu'avait-il donc cru ? Il apparaissait désormais évident que leur projet était voué à l'échec. Rozarian devait se montrer raisonnable et abandonner une bonne fois pour toutes ce but qu'il s'était autrefois fixé. Malgré cette intime conviction qui le tenaillait depuis toujours, il n'était clairement pas fait pour l'extérieur, un point c'est tout.

Son ultime chance venait de s'envoler en fumée, lui glissant entre les doigts au dernier moment...

Il se sentait si vide, à présent, tellement inutile. S'il n'avait plus cette douce illusion – l'unique objectif de toute une vie – pour l'aider à avancer, alors il n'avait plus rien.

Rozarian se mordit la langue, réprimant les sanglots de rage, de désespoir et de douleur qui s'accumulaient au fond de sa gorge. Il ne devait pas se lamenter sur son sort. Il ne l'avait que trop fait par le passé...

Mais dans ce cas, puisque tout était perdu, pour quelle raison aurait-il dû fournir le moindre effort ? N'avait-il pas, de toute façon, commencé à renoncer à ses folles ambitions dès l'instant où il avait aperçu la jeune femme entrer dans l'arène ?

Il éprouvait à la fois une aigre culpabilité et une sombre colère. Un cocktail détonant qu'il connaissait par cœur.

Rozarian entrouvrit les paupières, les mâchoires fermement serrées afin de réprimer les gémissements de souffrance et de frustration mêlées qu'il sentait monter en lui. Il ne pouvait pas laisser ses tourments s'exprimer librement. Il n'était pas seul dans sa chambre, il ne l'avait pas oublié…

Comment aurait-il pu ?

Son extrême fatigue conjuguée au vif élancement dans sa jambe l'avait peut-être obligé à rejoindre son lit sans délai, mais il se rappelait parfaitement que la jeune femme l'avait suivi jusqu'à son appartement – où elle était d'ailleurs censée s'établir avec lui, quand bien même ne lui avait-il attribué aucun espace spécifique. Juste avant d'être vaincu par l'épuisement, il l'avait vue s'installer sur le sofa.

S'y trouvait-elle encore ?

Il n'avait aucune idée de l'heure qu'il était. Ni de ce que la princesse avait fait durant tout le temps où il avait dormi…

Inquiet, Rozarian se redressa, obligeant Fouineur à s'écarter pour aller se coucher un peu plus loin sur la courtepointe. À la lueur de l'unique chandelle allumée, il distingua la silhouette drapée de blanc de la jeune femme, pelotonnée contre l'accoudoir du sofa.

Ouf, elle est toujours là…

Elle aurait très bien encore pu essayer de lui fausser compagnie – même si, avec la garde alentour, toute tentative aurait clairement été vaine. Il n'empêche qu'un tel incident, devant témoins cette fois, aurait été extrêmement fâcheux, pour lui comme pour elle…

Rozarian pivota afin de s'asseoir sur le bord du lit, manœuvrant sa jambe appareillée avec une grande prudence – de sorte à limiter à la fois l'intensité de la brûlure et le bruit. Il ne tenait pas à réveiller la jeune femme. C'était même la dernière chose qu'il souhaitait...

Au moins, quand elle dormait, ils ne se disputaient pas.

Comment les choses avaient-elles d'ailleurs pu déraper à ce point entre eux ? Dire qu'ils partaient sur de mauvaises bases était un doux euphémisme ! La duchesse serait furieuse si elle apprenait comment leur première soirée de couple princier s'était déroulée...

À cause de son entêtement et de son mauvais caractère, Rozarian était en passe de ruiner tout ce que sa grand-tante et lui avaient mis tant de temps à préparer, sans même avoir eu l'occasion de tenter quoi que ce soit.

Mais à quoi bon, puisque cela ne sert plus à rien ?

Il n'avait pas pu se retenir. Il avait fallu qu'il se montre irascible et désagréable – avec elle comme avec n'importe qui d'autre –, surenchérissant chaque fois – ou presque – qu'elle répliquait.

À sa décharge, la princesse n'était pas du tout comme il s'y était attendu... Les femmes n'étaient-elles pas censées être douces, gentilles, humbles et compréhensives en toutes circonstances ? Du moins était-ce ainsi que celles du royaume de Givre devaient se comporter.

Rozarian n'avait que peu d'expérience avec la gent féminine, n'ayant été entouré que d'hommes tout au long de son enfance et de son adolescence. En outre, les jeunes filles de son âge avaient toujours eu pour habitude de demeurer à bonne distance de lui – et ce pour des tas de raisons. Seules quelques-unes d'entre elles avaient osé, en de rares occasions, l'aborder, déployant des trésors d'énergie et de charme ainsi qu'une extrême prévenance – et toutes avaient fini par le regretter...

Il avait bien entendu reçu également une certaine éducation dans les bras de la veuve du vicomte de Sérac. Missionnée par le roi, cette dernière avait pris sur elle d'enseigner à Rozarian les arts voluptueux – probablement dans le but non avoué de rassurer le monarque quant aux aptitudes de son aîné à fournir de nouveaux héritiers à la lignée royale. Cette expérience lui avait laissé un goût amer ainsi qu'une dérangeante impression de test et de contrainte. Plus jamais il ne voulait y songer...

Quoi qu'il en soit, son épouse était très différente des autres femmes vivant à la Tour de Givre. Sa position plutôt bancale au sein du royaume aurait dû l'inciter à filer doux et à faire preuve de complaisance envers son nouveau mari – si défectueux et rebutant puisse-t-il être. Pourtant, la princesse ne semblait nullement se soucier de lui plaire. Elle n'était ni patiente, ni affable et encore moins indulgente, bien au contraire.

À aucun moment la jeune femme n'avait épargné Rozarian... Elle avait été dure et acerbe avec lui, ripostant à chacune de ses attaques, lui renvoyant aussi sec la moindre de ses piques. Elle avait également montré une certaine cruauté en ne cessant d'appuyer précisément à l'endroit où cela faisait mal...

Elle et lui avaient beau ne pas se connaître, la jeune femme avait décelé avec une impressionnante vivacité d'esprit les failles les plus profondes de Rozarian. À la suite de quoi, elle avait allègrement exploité toutes ses faiblesses.

Sans l'ombre d'un remords, elle s'était acharnée à tourner encore et encore le couteau dans cette plaie ancienne et néanmoins toujours cuisante qu'il portait, se plaisant à lui rappeler combien son frère était un meilleur parti qu'il ne le serait jamais – quand bien même était-ce lui l'héritier du trône.

Comme si quiconque pouvait ignorer à quel point Erann m'est supérieur...

En vérité, il ne s'agissait jamais que d'un simple constat. Une opinion que tous, à la Tour de Givre, partageaient. C'était cependant quelque chose qui ne se disait pas. Personne n'avait jamais eu l'audace de le formuler à haute voix devant lui et encore moins de le lui jeter aussi crûment et méchamment au visage...

Il aurait dû la détester – pour cela comme pour le reste, d'ailleurs. Après tout, qui était-elle pour se permettre de pareils jugements ?

Elle n'était qu'une femme, issue d'un reinaume faible et en détresse. Une Marquée qui plus est, arborant les reflets du démon dans ses cheveux. Cette nuance maudite qui donnait la nausée à Rozarian et faisait inévitablement remonter à la surface de trop pénibles souvenirs...

Décidant de se passer du précieux soutien de sa canne, il prit mille précautions afin de n'émettre aucun bruit et avança péniblement en direction de la silhouette féminine blottie sur le canapé. Il se tint d'abord au montant du lit, chaque pas déclenchant un vif élancement dans sa jambe qui l'obligeait à contracter un peu plus férocement les mâchoires. Puis il s'appuya au dossier d'un fauteuil et s'interrompit.

C'était tellement étrange de la voir là.

À travers la pénombre, il distingua peu à peu les formes de son corps sous les multiples couches de voiles blancs de sa robe. La jeune femme se tenait recroquevillée dans le coin du sofa, les coudes serrés autour de ses genoux pour les maintenir pressés contre sa poitrine, comme pour chercher à retenir sa propre chaleur.

Elle semblait frigorifiée. La peau de ses bras à demi dénudés – véritable affront à la pudeur qu'observaient scrupuleusement toutes les résidentes de la Tour de Givre – paraissait plus pâle qu'auparavant. Ses paupières closes s'agitaient dans son sommeil, ses longs cils argentés – d'une élégance rare, presque émouvante – balayant doucement ses pommettes.

Sans doute passait-elle la pire nuit de sa vie, elle qui était habituée à la clémence d'un climat printanier et au luxe réservé à son statut particulier au sein de son reinaume d'origine.

Elle porte le mal en elle. Elle ne mérite guère mieux...

Mais, déjà, Rozarian se rendait compte que ces mots se vidaient progressivement de leur substance, perdant peu à peu leur véritable sens.

Qui était-elle, au-delà de la simple marionnette offerte par la reine du Printemps ? Et pourquoi, tout à coup, cela l'intriguait-il ? Il y avait chez cette jeune femme quelque chose qui lui paraissait bizarrement... *familier* ? Mais de quoi pouvait-il bien s'agir ?

22

Rozarian

Poussé par un inexplicable besoin, Rozarian se pencha pour saisir le coin de la cape qu'il avait abandonnée au pied du lit et la fit lentement glisser vers lui. Puis, avec autant de délicatesse que possible afin de ne pas troubler davantage le sommeil de la jeune femme, il s'approcha et la recouvrit du large carré de laine bleue.

Elle avait beau porter la chevelure caractéristique des démones qu'il exécrait, avoir déjà tenté de le trahir et s'être montrée particulièrement mauvaise et irrévérencieuse envers lui, curieusement, il ne ressentait pas une once de haine à son encontre.

Un brin d'aversion, oui – elle restait issue de cette maudite engeance, après tout. De l'exaspération aussi. Ainsi qu'un fort arrière-goût de dépit.

Mais cela s'arrêtait là.

Finalement, n'avait-elle pas raison de vouloir le fuir, lui et son royaume d'hommes froids et autoritaires ? Il n'y avait rien de bon pour elle ici, et peut-être Rozarian regrettait-il à présent quelque peu de l'avoir attirée bien inutilement dans cet odieux traquenard...

Soudain, quelqu'un frappa à la porte de la chambre, le heurt contre le panneau de bois massif déchirant le silence paisible de la nuit.

— Altesse, puis-je entrer ? hasarda le valet de l'autre côté du battant. Votre père vous réclame de toute urgence en salle du conseil !

Pris de court, Rozarian s'éloigna d'un pas mais trébucha contre la table basse derrière lui. Déséquilibré, il se rattrapa au dossier du sofa, manquant de peu s'écrouler sur le tapis.

Alertée par le bruit et la secousse du sofa, la jeune femme se redressa d'un bond, faisant glisser la cape à ses pieds. Elle et Rozarian se retrouvèrent alors nez à nez tandis qu'il se tenait incliné au-dessus de la banquette, cherchant à récupérer son aplomb.

Elle cligna des yeux, d'abord hagarde, puis émit un petit cri de surprise en découvrant le jeune homme si près. Elle baissa ensuite le regard sur le morceau de tissu gisant à ses pieds, puis revint à Rozarian en fronçant les sourcils, l'air de plus en plus hébétée.

— Tu ronflais atrocement fort, prétexta-t-il aussitôt en guise de défense – de crainte de passer pour un pervers dont l'obsession serait d'épier les gens durant leur sommeil. Je cherchais simplement un moyen de te faire taire, voilà tout.

Le valet n'attendit pas davantage et finit par ouvrir la porte pour pénétrer dans la pièce.

— Prince, Dieu merci vous êtes encore éveillé ! s'exclama-t-il, entre embarras et inquiétude.

Sans doute avait-il redouté d'interrompre une nuit de noces en bonne et due forme. Heureusement, il n'en était rien. Mais le fait que le domestique trouve Rozarian aussi proche de son épouse – et non seul dans son lit, à l'autre bout de la salle – éviterait toute propagation d'indésirables rumeurs au sein du royaume…

Le mensonge de notre union reste sauf, du moins pour l'instant...

Le jeune homme se releva tant bien que mal, puis il s'obligea à se détourner de son épouse – dont la profuse chevelure était maintenant en pagaille, les tresses et les fleurs de sa complexe coiffure s'étant méchamment affaissées. Était-ce la fatigue, ou ses boucles mauves formaient-elles réellement une charmante cascade sur ses gracieuses épaules ?

Rozarian secoua la tête pour chasser de son esprit cette idée saugrenue. Il considéra ensuite le valet et croisa les bras, agacé d'être ainsi dérangé au beau milieu de la nuit. En théorie, personne d'autre que lui n'était autorisé à franchir le seuil de sa chambre, et l'intrus en avait parfaitement conscience.

— Son Altesse est attendue pour un conseil exceptionnel, se justifia ce dernier en reculant lentement. Votre père le roi vous prie de bien vouloir vous hâter de le rejoindre...

Le regard du domestique se porta sur la canne de son maître – accessoire indispensable au prince héritier pour tout déplacement excédant les trois mètres. L'objet était resté posé contre le chevet, et tous deux savaient que Rozarian n'avait pas le temps d'aller le récupérer – à plus forte raison dans l'état dans lequel le voyage l'avait laissé...

Le valet hésita, redoutant manifestement de s'aventurer trop loin dans la chambre. Mais, avant même qu'il ait eu le loisir de se décider, la jeune femme se leva et, en quelques lestes enjambées, alla chercher la canne. Elle revint ensuite auprès de son époux et la lui tendit aimablement.

Suspicieux, Rozarian saisit avec prudence le pommeau d'argent. Il eut alors la surprise de voir la main de son épouse se refermer sur la sienne pour le retenir près d'elle.

Subitement, le souffle lui manqua.

Les doigts de la jeune femme étaient glacés, et pourtant ils diffusaient comme une étrange chaleur sur sa peau. Son contact était aussi doux qu'électrique, lui évoquant une rose aux pétales veloutés, mais aux épines inévitables.

Rozarian déglutit avec peine, brusquement désorienté. Suspendu à l'instant, il demeurait incapable de décider s'il devait s'écarter ou rester immobile et prolonger l'étreinte – aussi inattendue et incongrue puisse-t-elle être…

La jeune femme jeta un coup d'œil au domestique, s'assurant qu'ils avaient bien un public, et se pencha davantage vers Rozarian. Totalement déstabilisé, il demeura figé, attendant son prochain geste avec une étrange avidité.

L'haleine chaude de la jeune femme effleura ses cheveux lorsqu'elle chuchota tout bas :

— Navrée si j'ai fait du bruit lorsque je me suis assoupie, mais il ne s'agissait là que d'un réflexe de survie. Vois-tu, respirer par la bouche est devenu une absolue nécessité. Une vilaine odeur de sueur empeste la chambre depuis que tu as retiré ta veste.

Un brusque soupir, entre ironie et embarras, échappa à Rozarian comme il comprenait qu'il s'était laissé prendre au piège. Bon sang, il avait vraiment cru que…

Mais quel abruti je fais !

Comme s'il y avait une seule chance pour que la jeune femme puisse lui témoigner la moindre marque d'affection après tout ce qu'ils s'étaient jeté à la figure…

Elle s'éloigna, rétablissant une distance respectable entre eux, et Rozarian ne put s'empêcher d'en concevoir une certaine déception. Malgré lui, il sentit ses joues s'empourprer tandis qu'il s'éclaircissait la gorge, tâchant de recouvrir ses esprits.

Bon sang ! Et si... et si c'était vrai ?

Il n'avait même pas eu la force de se rendre au cabinet de toilette en arrivant. Elle avait probablement raison, sans doute ne sentait-il pas exactement la rose après tous les efforts que lui avait coûtés le trajet de retour...

Et alors ? Je m'en fiche, non ? Qu'elle me trouve répugnant si elle le souhaite, qu'est-ce que cela peut bien faire ?

Un curieux sentiment de malaise l'envahissait néanmoins, le laissant sans voix et rouge de honte.

La jeune femme sembla à peine s'en rendre compte tant cela lui était égal. Elle se baissa pour ramasser la cape bleue de Givre au sol et la passa sur ses épaules sous le regard médusé de Rozarian. Puis elle avança vers le valet et s'enquit, comme s'il était parfaitement normal qu'elle soit également mise au courant :

— Que se passe-t-il ? Pourquoi la famille royale doit-elle se réunir à une heure aussi tardive ? La Tour du Printemps a-t-elle été attaquée ?

— Je... eh bien... euh..., bafouilla le domestique, hésitant.

Des bruits de pas hâtifs se firent entendre de l'autre côté de la porte, dont le battant fut ensuite ouvert en grand. Dans l'encadrement se tenait à présent Erann, vêtu d'habits propres et soigneusement coiffé, tiré à quatre épingles, comme à son habitude.

— De graves événements sont survenus au reinaume des Sables Dorés, expliqua ce dernier depuis le seuil de la chambre, avant de se tourner vers son frère aîné : La citadelle est tombée aux mains de l'ennemi. Père requiert notre présence afin de décider ensemble de la marche à suivre.

— Par la Déesse ! s'étrangla la jeune femme en plaquant la paume contre sa bouche.

Elle s'apprêtait à rejoindre Erann quand celui-ci l'arrêta d'un geste.

— Je suis désolé, princesse, mais vous n'êtes pas conviée.

— Mais... Enfin...

La jeune femme paraissait étonnée et plutôt contrariée. Ce qui était vraiment étrange. Comment avait-elle pu imaginer que ce genre de conseil se tenait en présence des épouses ?

Ah, oui, bien sûr : les choses fonctionnent différemment dans les reinaumes...

Pris d'un soudain élan, Rozarian s'approcha d'elle et posa la main sur son épaule. Elle semblait si petite, ainsi emmitouflée dans sa cape – le vêtement ne devait d'ailleurs pas sentir si mauvais pour qu'elle se le soit attribué aussi promptement...

Elle leva vers lui un regard anxieux, l'air à la fois choquée et méfiante, et fournit un effort manifeste pour ne pas reculer afin de se soustraire à son étreinte. Il l'impressionnait – voire l'effrayait un peu –, il pouvait le lire sur son visage.

Hors de question de la laisser avoir le dessus. Elle ne remportera pas cette manche, je ne le permettrai pas !

Elle l'avait peut-être déstabilisé un peu plus tôt, mais il n'avait pas dit son dernier mot. Elle avait voulu instaurer un nouveau type de jeu entre eux, eh bien, soit ! Il se prêterait lui aussi à la comédie du couple énamouré, et ils verraient qui d'elle ou de lui céderait devant l'autre. Après réflexion, cette idée ne lui déplaisait plus tant que cela...

— Je te raconterai tout à mon retour, Astre de mes jours, lui souffla-t-il en s'inclinant vers elle, soucieux d'être le plus démonstratif possible devant son frère et le valet. Je te le promets…

Il pressa entre ses doigts le bras à la chair tendre de la jeune femme et déposa un délicat baiser sur le sommet de son crâne. Un puissant parfum de jasmin et de vanille emplit alors ses narines, lui montant brusquement à la tête. L'odeur était vraiment délicieuse – aux antipodes de celle qui devait émaner de lui…

À nouveau, Rozarian se racla bruyamment la gorge. Bon sang, il n'allait quand même pas tomber dans son propre piège !

Éloigne-toi, espèce de crétin ! Es-tu donc devenu complètement fou pour embrasser sa fichue tignasse de démone ?

Il sentit la jeune femme se raidir sous ses phalanges, tentant probablement de contenir son dégoût.

Tant mieux !

C'était exactement l'effet qu'il souhaitait obtenir… Mais dans ce cas, pourquoi son estomac se tordait-il aussi douloureusement ?

La faim. Oui, c'était forcément ça. Il n'avait pas dîné la veille, il ne fallait pas chercher davantage d'explications au phénomène.

Elle non plus n'a rien avalé, d'ailleurs…

Rozarian se redressa et fit aussitôt volte-face, préférant ne pas voir dans les yeux de la jeune femme la répugnance que son geste lui avait inspirée. Cela aurait dû être son prix pour avoir remporté cette manche dans leur petite guerre privée. Pourtant, la victoire lui restait en travers de la gorge.

Au moins, cela lui apprendra. Elle ne recommencera pas de sitôt à feindre la tendresse, c'était tout ce que je voulais…

Rozarian quitta la chambre aussi vite qu'il lui était possible tandis que, tout à coup, la brûlure revenait, plus vive que jamais, lui mordre la jambe.

23

Rozarian

Rozarian attendit de s'être suffisamment éloigné de la chambre – soucieux que la jeune femme ne puisse l'entendre – pour réclamer au valet qui l'accompagnait :

— Faites immédiatement apporter un repas chaud et copieux à la princesse. Je me moque de savoir que les cuisines sont fermées. Débrouillez-vous, c'est compris ?

— Bien sûr, ce sera fait, Votre Altesse, acquiesça le domestique avant de se précipiter vers un de ses collègues, posté devant l'appartement, afin de lui transmettre l'ordre.

— Tu n'as donc même pas pris la peine de proposer à ton épouse un dîner digne de ce nom hier soir ? en déduisit aussitôt Erann d'un ton étonnamment sévère.

S'il savait à combien de devoirs élémentaires l'héritier du trône avait manqué envers son épouse, le jeune homme s'en étoufferait…

Rozarian plissa les paupières, irrité, et jeta un coup d'œil soupçonneux à son frère.

— En quoi cela te regarde-t-il, tu peux me le dire ?

Erann haussa les épaules et accéléra le pas, dépassant sans difficulté son aîné tandis qu'ils cheminaient à travers les couloirs du quartier des princes, se dirigeant vers l'ascenseur. Rozarian aurait aimé ne pas se laisser aussi facilement distancer par ce petit morveux prétentieux qui lui tenait lieu de frère, mais il était incapable de marcher plus vite.

Malgré ce bref moment d'assoupissement, il était toujours épuisé et peinait à avancer tant la douleur irradiait vivement sa jambe. Il avait besoin de calme et de repos, pas de crapahuter à travers toute la citadelle pour un fichu conseil nocturne...

D'un geste las, Rozarian retira le bandeau qui lui masquait la moitié du visage et cligna des yeux, peinant à ajuster sa vision depuis tant de temps ainsi entravée. De toute façon, son père ne lui avait demandé de le porter que durant les premiers jours de sa vie de jeune marié, et seulement en présence de la princesse...

Tout le monde au royaume de Givre savait ce que le morceau de tissu cachait. Rozarian n'avait d'ailleurs jamais cherché à en faire mystère. Loin de son épouse, il pouvait donc se permettre de s'en passer.

— Que père espère-t-il donc avec cette stupide réunion ? maugréa Rozarian une fois dans la cabine d'ascenseur en compagnie de son frère, du valet ainsi que du capitaine Inlandsis, l'un des plus importants chefs militaires du royaume, qui les y avait attendus. Comme si nous allions pouvoir faire quoi que ce soit pour aider les citoyens des Sables Dorés à récupérer leur Tour...

— Sauf votre respect, Altesse, nous en avons les moyens, assura Inlandsis. Il nous suffirait d'envoyer dès à présent nos armées sur place, et ces dégénérés de Damnés seraient obligés de fuir séance tenante face à notre évidente supériorité. Nos soldats sont bien mieux équipés que ces sauvages. Nous avons une avance technologique considérable sur le reste du monde grâce à nos armures en écailles de Vyverne.

Rozarian hocha mollement la tête, se sentant assez peu concerné. Tout ce qu'il voulait, c'était manger un morceau en vitesse et aller se recoucher...

Ah, et prendre un bain également, avant toute autre chose.

Ils arrivèrent enfin à la salle du conseil, dans laquelle le roi et ses ministres se trouvaient déjà installés, tous assis autour d'une longue table rectangulaire au plateau de marbre noir. Le monarque se tenait seul à l'extrémité opposée, droit sur son fauteuil au dais de bois sculpté, les bras calés sur les larges accoudoirs et les mains jointes devant lui, dominant l'assemblée.

— Crois bien que je suis navré d'avoir dû interrompre ta nuit de noces, fiston, lança-t-il dès l'instant où Rozarian franchit le seuil de la pièce. J'espère que ta jeune épouse et toi aurez néanmoins eu le temps d'entériner comme il se doit votre union...

De petits rires de gorge égrillards se firent entendre ici et là tandis que le roi examinait son fils d'un air sérieux, à la fois interrogateur et autoritaire, exigeant une réponse.

Agacé d'être maintenant contraint d'étaler publiquement les détails de sa vie privée, Rozarian soutint les regards goguenards et amusés de chacun des conseillers.

À la surprise de tous, Erann s'interposa, comme pour tenter de défendre son aîné :

— Père, le voyage a été éprouvant pour nous tous, et puis ce n'est certainement pas le moment de...

Cela ne fit qu'accroître l'exaspération de Rozarian. Il n'avait certainement pas besoin que son petit frère lui trouve des excuses ! Il coupa alors son cadet sans vergogne, préférant mentir :

— Je me suis bien entendu attelé à la tâche, et ce dès notre arrivée. La princesse s'est montrée de bonne composition et n'a pas rechigné à accomplir son devoir également. Elle est exténuée à présent, comme vous pouvez aisément l'imaginer. Toutefois, si Celui qui Dicte le veut, il est probable que votre héritier soit déjà en route, Père.

Une sortie grotesque, d'une obscène vantardise et d'une grossièreté crasse, mais qui ne manquerait certainement pas de produire son effet.

Au moins, après ça, me laissera-t-on tranquille...

Des murmures d'approbation virile ne tardèrent pas à s'élever autour de la table. Le roi, quant à lui, poussa un soupir soulagé, comme s'il s'était attendu à une tout autre réaction de la part de son fils. Un sourire fier et entendu aux lèvres, il salua de la tête la prétendue performance de son aîné, semblant se réjouir du fait que, pour une fois, celui-ci consente à lui donner satisfaction.

— Ah, la jeunesse ! souffla le capitaine Inlandsis avec une certaine admiration, déclenchant une nouvelle vague de rires égrillards.

Le valet conduisit Rozarian jusqu'à un siège vide, qu'il tira pour lui. Le prince héritier s'y effondra sans grâce, s'acharnant tant bien que mal à contenir sa douleur – mais aussi son écœurement tandis que des coups de coude salaces étaient échangés autour de la table...

Il n'était pas dupe. Il savait que si son père l'avait forcé à se marier dès qu'il en avait eu l'âge, c'était uniquement pour assurer le plus tôt possible la perpétuation de leur lignée – celle qu'il avait conçue avec sa défunte mère, la première épouse de Léandran, la seule femme que le roi ait jamais aimée...

— Sommes-nous ici pour commenter mes récents exploits horizontaux ou s'agit-il d'un fichu conseil de guerre ? grogna le jeune homme en s'accoudant au fauteuil, trop mal à l'aise en vérité pour ne pas perdre patience.

— Tu as raison, mon fils, admit le souverain, une expression sérieuse recouvrant peu à peu ses traits. L'heure n'est clairement pas à la distraction.

Plusieurs ministres se raclèrent la gorge et se redressèrent contre le dossier de leurs chaises, visiblement gênés de s'être laissés aller de la sorte. Erann, de son côté, ne cessait de fusiller son frère du regard, comme s'il avait deviné son mensonge – ou alors qu'il suspectait Rozarian d'un comportement plus douteux encore envers son épouse que celui évoqué...

Décidément, Erann semblait très préoccupé par le sort de la princesse. Un constat des plus désagréables, qui commençait à foncièrement taper sur les nerfs de Rozarian.

— Faites entrer le rescapé, ordonna Léandran en faisant signe à l'un des domestiques. Ainsi, ce soldat des Sables Dorés pourra tous nous éclairer de son témoignage.

Un homme en armure de plates gondolée par trop de coups pénétra dans la salle. Du sang maculait son plastron et son visage – probablement celui de ses adversaires, car lui semblait indemne. Il s'avança prudemment et s'arrêta à l'extrémité libre de la table, faisant face au roi.

— Je vous en prie, l'invita ce dernier, racontez-nous comment s'est déroulé le massacre auquel vous venez d'échapper.

Des larmes d'effroi et de désespoir roulèrent sur les joues de l'étranger lorsqu'il prit la parole :

— Ce sont des monstres, messire ! Ils ressemblent à peine à des humains tant leur malédiction les a transformés... Ils tuent avec cruauté et sans aucun discernement. Ils se battent tels des forcenés et ne craignent nullement la mort ! Les forces armées du peuple des Damnés ont attaqué par surprise le carrosse de notre reine et l'ont décapitée comme une vulgaire pièce de bétail alors qu'elle se trouvait seulement à quelques lieues de la citadelle. Les Damnés avaient avec eux des créatures abominables, semblables à des Vyvernes, mais dépourvues d'ailes, qui dévorent leurs victimes, rampent au sol et s'accrochent aux murs. Ils ont pris la Tour en moins de deux heures, leurs bêtes ignobles leur permettant d'escalader jusqu'au plus haut de nos remparts ! Le jeune prince et la princesse ont été tués, les pauvres enfants jetés des hauteurs par des corbeaux ensorcelés ! J'ai pu m'enfuir grâce à la chance et à la rapidité de mon destrier afin de venir quérir votre aide. L'armée du royaume de Givre est la seule au monde à pouvoir s'opposer à d'aussi redoutables ennemis. Ils sont tellement puissants, nous ne sommes rien face à pareille folie...

L'homme s'interrompit soudain, pris de violents sanglots. L'horreur de ce qu'il venait de vivre marquait ses traits comme son corps, dont les tremblements s'étaient accentués à mesure qu'il déroulait son récit.

D'ordinaire, ce genre d'événement ne préoccupait guère Rozarian. La chute de la Tour des Brises et celle de la Tour du Ponant, quelques années plus tôt, avaient certes été fâcheuses, mais cela ne l'avait pas empêché de dormir la nuit. Sans doute était-ce parce que ces reinaumes se trouvaient loin et que leur population lui était totalement étrangère.

Pourtant, cette fois c'était différent. Rozarian se sentit étrangement impliqué. Le poignant témoignage du soldat rescapé l'avait troublé plus qu'il ne l'aurait cru. Il pouvait imaginer l'abomination du massacre rien qu'aux reflets qui hantaient les yeux de l'homme. Cela rendait les choses tellement plus concrètes...

Le survivant, trop choqué pour continuer à s'exprimer clairement, fut raccompagné hors de la salle. Il serait probablement interrogé plus tard, afin d'obtenir davantage de détails au sujet du terrible adversaire qui paraissait désormais tous les menacer.

Rozarian se redressa et se surprit à affirmer avec une conviction qu'il ignorait jusqu'alors posséder :

— Nous devons agir immédiatement ! Nous ne pouvons pas laisser les Damnés terrifier les autres populations de la sorte et attaquer n'importe qui impunément !

Léandran fronça les sourcils, stupéfait de voir son fils aîné prendre le premier la parole – quand, d'habitude, il fallait lui arracher la plus frileuse des opinions.

— Je suis du même avis que le prince héritier ! s'exclama le capitaine Inlandsis, tapant du poing sur la table afin d'appuyer son propos. Il faut mater cette garce de Reine des Corbeaux avant que la situation nous échappe. Envoyons nos troupes sur place et reprenons la Tour des Sables Dorés !

— Et pour rétablir quelle lignée sur le trône ? opposa Erann d'un ton absurdement calme et posé. Vous avez entendu le survivant : l'intégralité de la famille royale a été décimée. Notre intervention – et je ne suis vraiment pas sûr que cela soit nécessaire ni judicieux – doit être soigneusement planifiée et mûrie si nous ne voulons pas engendrer de graves querelles. Voire créer de nouvelles guerres. Sans quoi notre action passera également pour une annexion en bonne et due forme auprès des autres reinaumes du continent. En outre, les Damnés semblent extrêmement téméraires et agressifs. Ils ne se rendront pas sans se battre. Il y aura des pertes des deux côtés, quand bien même finirions-nous par avoir le dessus. Ce qui, dans la mesure de nos informations actuelles, ne saurait être tout à fait certain.

— Tu n'es quand même pas sérieux ? s'indigna Rozarian en serrant les poings. Tu as vu ce pauvre homme comme moi, non ? Que vont faire les Damnés au peuple des Sables Dorés maintenant qu'ils détiennent leur Tour ?

— Sans doute la même chose qu'avec celui du Ponant et des Brises, rétorqua Erann avec une sérénité à toute épreuve. Du peu que nous en savons, la Reine des Corbeaux se contente de soumettre les populations à son autorité et s'attribue les ressources des vaincus.

— Et cela convient à tout le monde ? se récria Rozarian en faisant des yeux le tour de la table.

— Jusqu'à maintenant, nous ne t'avions guère entendu te prononcer sur le sujet, fit remarquer le roi dans un reniflement peu amène.

Ce n'était pas parce que le jeune homme avait toujours refusé de prendre activement part à la politique du royaume que cela le laissait complètement indifférent pour autant. Il était évident que la situation était grave. L'heure n'était plus aux reproches – et encore moins aux sous-entendus vaseux !

Furieux de voir qu'il était le seul – à l'exception du capitaine Inlandsis – à se soucier du destin du reinaume des Sables Dorés, Rozarian ne put s'empêcher de protester :

— Peut-être était-ce parce qu'avant aujourd'hui, l'ennemi ne semblait pas avoir pour intention de conquérir le monde !

24

Rozarian

— Voyons, voyons, Altesse, il faut raison garder, intervint l'un des ministres, dont les longs doigts maigres formaient un triangle devant lui. Une telle entreprise serait totalement impossible. La Reine des Corbeaux ne s'est d'ailleurs attaquée qu'aux territoires les plus petits et les plus faibles du continent. Elle ne désire à l'évidence que reloger sa propre population en des lieux plus confortables et s'approprier de nouvelles ressources. N'oublions pas, du reste, que les Sables Dorés n'ont jamais été nos alliés, bien au contraire. Plusieurs fois leurs espions ont été surpris à tenter d'infiltrer nos forges et jamais ils n'ont daigné s'en expliquer. Pourquoi donc devrions-nous à présent voler à leur secours ?

— Pour ma part, je préconiserai effectivement la prudence, Votre Majesté, ajouta un deuxième ministre, au cou arrondi par un double menton. Le plus grave dans tout cela est que la Reine des Corbeaux vient d'ajouter un nouveau fragment de la Couronne Céleste à sa collection. Il n'en reste pas moins que nous venons de sacrifier une partie de nos armées dans les tractations avec la Tour du Printemps afin d'en obtenir un, nous aussi. Il nous faudra plusieurs années avant de pouvoir reconstituer tout à fait nos troupes avec des hommes correctement formés et de nouvelles armures. D'ici là, mieux vaut s'abstenir d'engager quelque bataille que ce soit.

— Dans ce cas, unissons nos forces avec d'autres puissances, tout simplement, proposa encore Rozarian, comme s'il s'agissait d'une évidence. Les reinaumes les plus proches accepteront forcément de se joindre à nous. N'en va-t-il pas de notre sécurité à tous ?

Il avait espéré qu'Inlandsis le suivrait, mais le commandant se contenta de garder le silence. À la place, le conseiller au corps sec et décharné lui répondit d'un ton professoral :

— Je n'en suis pas si sûr, Votre Altesse. Nous n'avons pas que des amis autour de nous. Chaque reinaume voudra s'approprier la Relique du Pouvoir à l'issue du combat, ce qui déclenchera de nouveaux conflits en chaîne. Il est impératif que nous renforcions notre armée auparavant, afin d'être sûrs de remporter l'avantage quoi qu'il arrive. De plus, c'est la première fois que nous parviennent de pareils détails concernant les méthodes de combat employées par les Damnés. Notre royaume est pour l'heure hors de tout danger. Notre territoire est beaucoup trop éloigné de leurs frontières et probablement trop froid et austère pour éveiller leur intérêt. Il serait clairement préférable d'attendre d'en savoir davantage sur ce peuple aux velléités obscures avant de nous engager dans un conflit qu'il ne nous appartient peut-être pas de résoudre.

De dépit, Rozarian flanqua un coup de sa jambe valide dans le pied de la table, faisant sursauter toute l'assemblée.

— Il n'y a donc ici que des pleutres ? grogna-t-il, prenant conscience que finalement tous étaient pour l'inaction.

Le soldat survivant avait de peu échappé au massacre, puis affronté les périls extérieurs pour venir quérir leur aide. Et tout ce qu'il lui serait offert serait une couverture et un plat chaud ?

Son père le toisa d'un œil sévère et, achevant de l'humilier devant l'ensemble du conseil, assena sèchement :

— Il s'agit de politique, prince Rozarian, non d'un vulgaire concours de billes sans conséquence dans lequel les mauvais perdants peuvent à l'envi laisser éclater leur colère ! Se jeter sur un coup de tête dans une bataille susceptible d'entraîner une guerre continentale est rarement la meilleure solution, sache-le. Seule la sauvegarde du peuple de Givre compte. Cela devra toujours primer sur toute autre considération. Mais sans doute es-tu encore trop jeune et ne pourras-tu vraiment le comprendre que lorsque tu auras gagné en expérience et en sagesse ?

Rozarian prit une longue inspiration, luttant pour faire refluer la vague de rage qui venait d'exploser en lui.

— Puisque vous ne désirez pas entendre mon avis, je crois que je n'ai plus rien à faire ici, maugréa-t-il en se relevant péniblement, avant de s'incliner et d'articuler avec une emphase qu'il voulait ironique : *Votre Majesté...*

La douleur était toujours aussi vibrante dans sa jambe. Il aurait dû se faire porter pâle et refuser de se rendre à cette absurde réunion – dans la mesure où le débat n'y avait guère sa place et où tous les partis étaient d'avance d'accord pour rester simples spectateurs des crimes commis par le reinaume des Damnés…

— Assieds-toi et tais-toi, maintenant, jeune insolent ! tonna Léandran, la fureur faisant rougir son visage sous sa barbe grise. N'oublie pas que c'est à ton roi que tu t'adresses ! Je veux que tu restes jusqu'à la fin, que tu écoutes et que tu apprennes. Ensuite, nous aurons tous deux une petite conversation afin de mettre certaines choses au clair. Me suis-je bien fait comprendre, prince héritier ?

Bordel ! Une semonce en public, à présent ? Vraiment ?

Il y avait longtemps qu'il ne s'était fait aussi rudement remettre à sa place par son paternel – et cela ne lui avait guère manqué…

Soutenant le regard dur de Léandran, Rozarian s'obligea à laisser passer trois battements de cœur avant de réagir. Il avait tellement envie de hurler, de renverser cette satanée table où se tenaient réunis les membres les plus calculateurs, couards et corrompus de ce maudit royaume…

Voilà exactement pourquoi il n'avait jamais pris la peine de s'intéresser aux pseudo-sciences de la gouvernance. En réalité, tout n'était que stratégie, intérêt personnel et jeu pour ceux qui détenaient les rênes du pouvoir. Du point de vue de Rozarian, la politique n'avait de sens que pour les plus crédules, convaincus que leurs ministres œuvraient pour le bien commun…

En dépit du feu qui le dévorait de l'intérieur, le jeune homme se laissa de nouveau tomber dans le fauteuil. Il avait déjà tenu tête à son père quelques heures plus tôt. Une seconde rébellion devant témoins ne lui apporterait rien de bon. Il n'avait clairement pas besoin de ça.

Pas en ce moment. Pas après avoir tout juste pris conscience de l'échec programmé du premier au dernier de ses projets...

Rozarian s'accouda au siège et planta son menton au creux de sa paume, la tête penchée sur le côté et les jambes allongées devant lui – sa position préférée pour tout ce qui était leçon, séance officielle et autres cérémonies idiotes, idéale pour piquer un somme au cas où l'occasion s'en présentait.

Son père ne cessait de le foudroyer de ses yeux bleu glacier, mais le jeune homme n'en avait cure. Il esquissa un geste las de sa main libre et lança de ce ton blasé qui était habituellement le sien – et dont il n'aurait jamais dû se départir :

— Eh bien, messieurs, qu'attendez-vous donc ? Continuez, je vous en prie. C'est tellement passionnant de vous entendre déblatérer à propos des différentes raisons qui obligent ce royaume censément si puissant qui est le nôtre à demeurer en retrait, la queue entre les jambes...

Le visage de Léandran vira alors carrément au violet. Le roi parvint pourtant à se détourner de son fils, ignorant sa dernière sortie pour se concentrer sur le reste de l'assemblée. Le souverain souffla par le nez et reprit, comme si de rien n'était :

— Si d'autres réfugiés des Sables Dorés viennent à se présenter à nos portes, devrions-nous les accueillir ou serait-il plus avisé de les refouler tout bonnement ?

Comme si cela devait vraiment être sujet à débat...

Rozarian décrocha, dépité et las, dès l'instant où il entendit le conseiller aux multiples mentons évoquer un possible problème de ressources, trop justes selon lui pour être partagées avec des étrangers. L'homme plaida par conséquent en faveur d'un rejet systématique de tout éventuel rescapé – un cas de figure qui restait de toute façon peu probable dans la mesure où, avant le soldat survivant entendu plus tôt, la Reine des Corbeaux n'avait jamais laissé aucun sujet des reinaumes qu'elle avait conquis se soustraire à son joug...

Une bonne heure plus tard – alors que les paupières de Rozarian s'étaient méchamment alourdies –, les ministres du roi finirent par quitter la salle. Erann les suivit de près.

Léandran s'éclaircit bruyamment la gorge. Le jeune homme demeura néanmoins immobile et stoïque, peu enclin à faire face au roi pour écouter un autre sermon...

Après quelques secondes d'un lourd silence, le monarque grommela :

— Cette fois, tu m'as vraiment fait honte, mon garçon.

— Oh, mais j'en ai à peu près autant à votre service, Père.

Rozarian finit par se redresser, les reproches du roi l'écorchant plus vivement qu'il ne l'aurait souhaité.

— J'ai été beaucoup trop permissif avec toi, poursuivit le souverain, faisant mine de pas avoir entendu la repartie de son fils. Cela paraît tellement flagrant, à présent. J'espérais qu'avec l'âge, tu prendrais un peu de plomb dans la tête. Mais en vérité, tu es devenu totalement incontrôlable. Tu ne cesses de me manquer de respect, à moi, ton *père et roi*. Et tes affronts ne font qu'empirer, toujours plus impertinents et graves. Comment pourrais-je tolérer une telle attitude plus longtemps ?

Rozarian croisa les bras et pinça les lèvres, préférant observer la table plutôt que la déception qui marquait les traits de son père.

— Comptez-vous restreindre davantage mes libertés en guise de punition ? railla-t-il avec une indifférence feinte. Parce qu'à part m'obliger à emménager dans des appartements plus petits, je ne vois pas vraiment comment vous pourriez vous y prendre. Un cachot en sous-sol, peut-être ? Pauvre princesse, si jeune et déjà condamnée à passer ses jours cloîtrée aux côtés d'un taulard...

La plaisanterie n'amusa guère Léandran, qui poussa un soupir découragé et s'accouda à la table, le front entre ses mains.

— J'attendais avec tellement d'impatience que mon cher et précieux héritier commence enfin à s'impliquer dans les affaires du royaume, déclara-t-il d'une voix aux inflexions accablées. Je n'imaginais cependant pas que cela se passerait de cette manière, que tu réagirais avec autant d'impulsivité et que tu te laisserais aussi naïvement prendre au piège des émotions...

— S'indigner du massacre et de la prise en otage de tout un peuple par un autre revient donc à faire preuve d'un excès d'émotivité, selon vous ?

— Arrête un peu d'essayer de jouer au plus fin. Tu sais très bien où je veux en venir.

— De la même manière que vous savez pertinemment où tout cela nous mène, rétorqua Rozarian, se tournant finalement vers son père. Je ne suis pas fait pour vous succéder au trône. Cela n'aurait jamais dû tomber sur moi. Pourquoi vous entêtez-vous à ce point à nier ce qui pourtant saute aux yeux de tous ? Je n'ai ni la trempe, ni les épaules pour gouverner ce royaume.

Tout à coup, Léandran se redressa, serra les poings et tonna :

— Il suffit ! J'en ai plus qu'assez de t'entendre répéter à longueur de temps ces inepties ! La prochaine fois que tu oses me débiter une pareille énormité, je fais détruire tous les ridicules appareils que tu essaies de fabriquer dans le secret de ta chambre !

— Je vois, grinça Rozarian en regardant sombrement la cage métallique fixée autour de sa jambe handicapée – le plus douloureux, mais aussi le plus utile, des objets qu'il avait réussi à concevoir jusqu'à maintenant. Si tel est votre bon plaisir, Père…

Léandran se leva, manquant de peu renverser son imposant siège de bois massif dans sa brusquerie. Il pointa un index furieux sur son fils et gronda :

— Tu n'es certes probablement pas fait pour régner, mais sois réaliste une seconde : tu l'es bien moins encore pour mener quelque expédition que ce soit à l'extérieur ! Lorsque tu te seras enfoncé ça dans le crâne et que tu auras oublié tous ces stupides rêves de voyage, alors peut-être parviendras-tu à acquérir les bases qui feront de toi un dirigeant décent !

Rozarian sentit la boule de rage qui brûlait dans sa poitrine se déliter pour se transformer peu à peu en désespoir, se répandant comme de la glace huileuse en lui. Il déglutit avec peine, bataillant pour refouler les sanglots d'amertume qui lui montaient dans la gorge, et articula :

— Il n'empêche qu'Erann serait nettement plus apte que…

— Erann n'est *pas* l'héritier ! le coupa Léandran, hors de lui. Tu n'es qu'un gamin capricieux et pleurnichard qui se borne à réclamer la seule chose qu'on lui ait jamais refusée ! Tu reproches à mes ministres leur prétendue couardise, mais tu ferais mieux de te regarder, mon garçon. Tu es un lâche qui ne songe qu'à prendre la fuite, terrifié à l'idée d'assumer ses propres responsabilités !

Non, c'est faux ! C'est faux. C'est... c'est faux, n'est-ce pas ?

Rozarian encaissa en silence, préférant cette fois ne pas répondre. Son père avait tort. Son désir de quitter la Tour de Givre et de partir en exploration n'avait rien à voir avec la peur du trône et des devoirs qui lui incombaient.

Enfin, du moins pas complètement...

Quoi qu'il en soit, jamais il ne pourrait expliquer à son père les véritables raisons qui le poussaient à tant désirer découvrir le monde au-delà des murailles de la citadelle. Cet appel de l'horizon qui le tenaillait depuis l'enfance, s'infiltrant jusque dans ses songes...

Le roi rirait à en perdre haleine si Rozarian lui exposait cette intime conviction qu'il avait toujours portée au plus profond de son être – et ne manquerait certainement pas de la considérer comme un vulgaire fantasme de la part d'un jeune homme disposant de trop de temps libre...

À bout de nerfs, Léandran secoua la tête et se dirigea d'un pas abrupt vers la porte. Avant de s'arrêter sur le seuil et d'ajouter sèchement, en guise de conclusion :

— Continue de *t'atteler à la tâche* avec ton épouse, si tant est qu'il y ait eu quoi que ce soit de vrai dans ton petit numéro de tout à l'heure. Quand tu auras toi-même produit un fils capable de se plier à mes enseignements et de porter la couronne à ta place, alors peut-être en attendrai-je un peu moins de ta part.

25

Auréa

Auréa se tenait pelotonnée sur le canapé de la chambre du prince – soit son nouveau lit apparemment. Puisqu'elle n'avait droit qu'à cette minuscule place, elle s'en contenterait – pour le moment, en tout cas...

La jeune femme n'avait pu trouver le repos depuis que Rozarian l'avait abandonnée là. Elle serrait contre elle l'épaisse cape de laine dont son époux avait tenté de se servir afin d'étouffer ses prétendus ronflements. Les yeux dans le vague, elle attendait que le petit morceau de chandelle finisse de se consumer tandis qu'au-dehors, une pâle lueur grisâtre tentait laborieusement de chasser les ténèbres glaciales de cette longue nuit.

Auréa contemplait les restes de sa vie brisée, trop hagarde pour se tourner vers l'avenir. Ces barreaux de mensonge et de pierre froide et terne, dans un monde où son sexe la reléguait au rang de simple décoration et où ses pouvoirs étaient susceptibles de l'envoyer rejoindre le groupe des esclaves.

Un serviteur lui avait apporté de quoi se sustenter après le départ du prince, mais le plateau était en grande partie garni de viandes. Auréa avait donc avalé tout ce qui, caché au fond des assiettes, ressemblait à un légume, ne sachant quand elle aurait l'occasion de prendre un nouveau repas – ni si celui-ci serait plus à son goût...

L'appartement étant vide, elle en avait profité pour faire le tour des lieux. Elle avait sauté dans la baignoire dès l'instant où elle avait découvert le cabinet de toilette. Elle s'était cependant lavée en vitesse, craignant continuellement d'être surprise dans une position délicate – sa Pierre d'Abyme exposée – par le retour de son détestable époux.

Une fois à peu près propre – faute de savoir où se trouvaient les malles contenant les affaires de Lyssaris –, elle avait renfilé sa tenue de mariée. Ensuite, elle était retournée se blottir sur le confortable sofa – son unique îlot de sécurité dorénavant.

La flamme de la chandelle mourut, laissant Auréa dans la pénombre, l'aube tardant déraisonnablement à se lever. La jeune femme tira la cape au-dessus de ses lèvres pour mieux s'en envelopper, toujours transie de froid. Elle avait beau s'être totalement enroulée dans le long carré de laine bleue, elle ne parvenait pas à se réchauffer.

Comment les habitants de la Tour de Givre faisaient-ils pour survivre dans de telles conditions ? Fallait-il perpétuellement porter plusieurs couches de tissus, un manteau ainsi qu'une écharpe, même en intérieur ?

Auréa inspira profondément, exhortant les muscles de son corps à se détendre, quand elle se surprit à fermer les yeux pour mieux humer l'odeur du vêtement qui couvrait son nez. Un savant mélange de lessive, d'épices chaudes, de lotion de rasage et de fragrance virile, indéfinissable.

Cela lui rappelait le baiser forcé – et toutefois manqué – de la cérémonie. Ainsi que cet étrange instant durant lequel Rozarian l'avait étreinte, embrassant ses cheveux en feignant l'affection. La jeune femme pouvait encore sentir son souffle bouillant sur elle, le contact léger, et pourtant tellement troublant, de ses lèvres sur le sommet de son crâne.

Songer à cette fausse marque de tendresse prodiguée en guise de vengeance la plongeait dans un état bizarre, qu'elle n'aurait su expliquer. Elle ne parvenait pas à décider si cela l'avait mise en colère, dégoûtée ou...

Ou elle n'en savait rien, en fait. Mais sans doute était-ce son manque d'expérience avec la gent masculine qui la rendait trop impressionnable. Comment justifier cela autrement ? Probablement était-elle aussi particulièrement vulnérable et sensible, après tous ces énormes bouleversements qu'elle venait de subir...

Je vais devoir passer le restant de mes jours aux côtés de ce sale type ! Jamais plus je ne pourrai sortir librement. Et jamais plus je ne devrai utiliser l'Elementum, sous peine d'être démasquée...

Comment parviendrait-elle à accepter une telle situation ? Pour l'heure, elle n'en possédait tout bonnement pas la force. Il faudrait qu'elle trouve un moyen sinon de fuir, au moins d'essayer un tant soit peu de changer les choses...

Mais comment ? Par quels biais ?

Guidée par un profond besoin – celui de se rappeler qui elle était vraiment et serait toujours –, Auréa déboutonna son décolleté pour glisser la main jusqu'à la Pierre fichée au centre de son sternum. Le contact de la gemme était lisse, tiède et réconfortant.

Sans qu'elle s'en rende réellement compte, elle invoqua l'Elementum. Le chant de l'Ancien Monde se mit à vibrer à travers elle, ses murmures lointains bourdonnant à ses tympans. Son souffle se bloqua dans ses poumons. L'air qui s'y trouvait disparut alors pour se transformer en une bouffée de vent délicieusement brûlant remontant le long de son corps. Elle sentit même la laine de la cape se réchauffer sous ses doigts.

Après quoi, Auréa inspira vivement. Elle rouvrit les yeux et, penaude, inspecta la pièce, s'assurant que personne n'avait pu la voir exercer ses talents de Thaumaturge. Fouineur, le pandermine du prince, resté sur le lit, avait relevé la tête, seul témoin de son incartade aux ordres de Chryséis.

Enfin, Auréa ne souffrait plus du froid. Enfin, ses muscles se relâchaient, cessant de trembler. Comment renoncer à tout cela quand l'usage de ses capacités était ni plus ni moins qu'une nécessité proche du réflexe pour elle ?

Tout à coup, le bruit d'un pas alerte et rapide fit craquer le parquet au-delà de la porte, brisant le silence maussade du petit matin. Une unique salve de coups – ni trop brusques, ni trop timides – fut frappée, puis le battant s'ouvrit.

Cela ne pouvait être son époux. Auréa connaissait déjà le rythme de sa marche, le cliquetis métallique qui l'accompagnait continuellement. En outre, jamais il ne se serait donné la peine de l'avertir de son arrivée...

La jeune femme se retourna, interloquée, pour faire face au valet qui les avait déjà dérangés au beau milieu de la nuit, Rozarian et elle.

— La duchesse de Givre demande à être reçue, Princesse, annonça-t-il placidement, se moquant bien de l'inquiétude que cette étrange et subite requête suscitait. Elle affirme qu'elle doit vous voir de toute urgence.

Auréa se leva, tenant fermés les pans de la cape contre elle.

— Moi ? Maintenant ? Mais… mais pourquoi ?

Elle portait les mêmes vêtements que la veille – et que l'avant-veille également, à la réflexion – sous un manteau qu'elle s'était attribué, mais qui appartenait à Rozarian. Ses cheveux étaient libres, pas vraiment coiffés – seulement débarrassés des ornements de la cérémonie – et encore humides de son bain rapide. Mais surtout, elle était seule et ignorait complètement ce qu'il convenait de dire ou de faire pour recevoir une personne de ce rang…

— Dites-lui… hem, dites-lui que je dors encore !

— Elle a réclamé que l'on vous réveille, opposa stoïquement le valet. Ce qu'elle veut vous remettre ne peut souffrir de délai, selon elle.

Auréa fit d'un bref regard le tour de la chambre. Fouineur avait profité de l'absence de son maître pour déranger les couvertures et l'observait à présent, la tête à demi cachée sous les draps. Il était hors de question de rencontrer la duchesse de Givre dans ce capharnaüm…

— D'accord, j'arrive, céda la jeune femme. Faites-la patienter au salon, je vous prie.

C'était probablement ce qu'aurait répondu une véritable princesse, non ?

— La duchesse vous y attend déjà, Altesse, répondit le valet, sans quitter le pas de la porte.

Elle n'aurait donc même pas droit à quelques instants pour se préparer ? Si elle comprenait bien, une parfaite inconnue s'était invitée chez elle à l'aube, investissant ses appartements, et Auréa était tenue de la recevoir immédiatement ?

Dire que le peuple de Givre manquait de savoir-vivre était décidément un sacré euphémisme ! Jamais Lyssaris n'aurait toléré d'être traitée de la sorte…

Auréa laissa sa mauvaise humeur se peindre avec évidence sur ses traits – après tout, elle était censée coller au plus près au caractère de la princesse du Printemps. Et, résolument emmitouflée dans la grande cape bleue, elle rejoignit le valet.

Celui-ci lui fit traverser un corridor, puis la conduisit dans la salle de séjour, où patientait une femme d'une soixantaine d'années, postée devant une fenêtre. Vêtue d'une longue robe bleu marine au col montant et aux manches longues ornés de dentelle de la même teinte, elle était occupée à admirer la vue lorsqu'elle fit volte-face.

Un sourire se dessina spontanément sur les lèvres de la duchesse. Son visage, marqué par les années et néanmoins d'une grande délicatesse, rayonna soudain quand elle vit la jeune fille. Ses yeux d'un bleu pâle liquide soulignés de fard sombre et irisé parcoururent brièvement Auréa, avant de refléter un certain embarras.

— Ma chère, je suis vraiment navrée de vous prendre ainsi au saut du lit, mais j'ai pensé que je devais tout de suite vous rapporter ceci, déclara-t-elle en désignant d'un geste gracieux plusieurs malles entassées dans le coin de la pièce. Vos affaires ont par erreur été déposées dans mes appartements, voyez-vous ? Je me suis dit que cela vous manquerait très rapidement. Après tout, quelle jeune mariée aimerait se retrouver sans rechange ni le moindre produit de beauté au matin de ses noces ?

La morosité d'Auréa s'estompa alors quelque peu. Elle n'avait plus le cœur à se montrer froide, trop heureuse d'avoir enfin affaire à quelqu'un de bienveillant – du moins en apparence – et un minimum soucieux de son confort.

— Merci, madame, marmotta-t-elle, ravie d'avoir désormais de quoi se vêtir plus chaudement.

— Appelez-moi Minerviane. Je suis votre grand-tante à vous aussi, à présent.

— Bien sûr.

Auréa s'apprêtait à retourner la politesse à son interlocutrice, mais elle s'interrompit juste avant de commettre une terrible bévue. Elle avait failli mentionner son véritable prénom…

La duchesse retira ses gants de soie pervenche et reprit :

— Ah, j'oubliais le plus important : j'ai également veillé à remédier au plus vite au problème de votre dame de compagnie !

Elle se pencha vers la porte restée entrouverte donnant sur le vestibule et, d'un ton plus ferme, appela :

— Invidia ? Venez, s'il vous plaît ! Il est temps pour vous de rejoindre votre maîtresse.

Auréa retint tout à coup sa respiration. Elle avait cessé d'espérer la libération de sa sœur de l'Ordre – son unique complice ici, au royaume de Givre…

De l'autre côté du battant de bois provinrent de curieux chuchotements. Il y eut ensuite des sanglots étouffés, le bruissement de longues robes et, pour terminer, le claquement brutal d'une porte. Après quoi, la Thaumaturge censée être la dame de compagnie d'Auréa sortit de la pénombre. Elle s'arrêta sur le seuil, les mains jointes et le regard rivé au sol.

26

Auréa

Les épaules basses, les cheveux emmêlés, les yeux rouges et les paupières gonflées, Invidia n'avait pas fière allure...

— Princesse, marmonna-t-elle d'une voix chevrotante avant d'exécuter une révérence bancale.

Auréa poussa un lourd soupir, soulagée d'un horrible poids. Elle ne put néanmoins s'empêcher de remarquer que la précieuse tunique de mousseline blanche de la jeune femme était déchirée par endroits. Ses poignets étaient écorchés, portant les meurtrissures des fers qu'on avait dû lui passer. Et, autour de son cou, se trouvait encore accroché l'engin de métal dont l'odieux mécanisme menaçait en permanence sa Pierre – et donc sa vie...

— Rozarian m'a fait savoir combien la privation de votre suivante vous chagrinait, poursuivit Minerviane d'un ton égal, comme si aucun incident grave ne s'était produit. Aussi me suis-je arrangée pour qu'elle vous soit rendue. Bien entendu, il faudra qu'elle garde constamment sur elle le collier de sécurité, mais j'imagine que vous le comprenez. Chez nous, les femmes qui frayent avec les Abymes représentent un danger que l'expérience nous interdit d'ignorer.

Auréa s'approcha d'Invidia et posa la main sur son bras en signe de compassion. Elle ne savait comment la rassurer ; leur situation à toutes deux paraissait tellement périlleuse...

La Thaumaturge laissa échapper un hoquet, et d'épaisses larmes vinrent ajouter de nouveaux sillons à ceux qui maculaient déjà ses joues.

— Hmm, un peu de tenue, mademoiselle, voyons, la rabroua la duchesse, toujours l'air gênée. Commencez donc plutôt à ranger les affaires de la princesse, voulez-vous ?

Invidia opina muettement du chef et s'empressa d'obéir. Elle se dirigea vers le tas de malles et en choisit une qu'elle saisit tant bien que mal. Puis, sur l'indication discrète du valet, la jeune femme se dirigea vers le corridor avec son lourd chargement et s'éloigna jusqu'à disparaître du champ de vision d'Auréa.

Cette dernière était heureuse de retrouver la Thaumartuge saine et sauve – et libre surtout –, mais elle ne comprenait pas plus qu'avant ce qui s'était passé. Pour quelle raison les femmes comme Invidia – et elle-même – étaient-elles persécutées et réduites en esclavage au royaume de Givre ?

Incapable de contenir plus longtemps son indignation, Auréa oublia toute politesse et s'emporta :

— Quel mal a donc été fait à ma dame de compagnie pour qu'elle soit aussi choquée ? Et pourquoi diable serait-elle obligée de porter cette horreur autour du cou ? Comment pouvez-vous justifier de traiter une personne innocente de la sorte ?

Minerviane agita ses fins cils peints de noir, surprise du changement d'attitude d'Auréa. La duchesse posa la paume contre son cœur et souffla avec tristesse :

— Oh, ma pauvre enfant… J'en déduis que mon neveu ne vous a rien expliqué. Où est-il, d'ailleurs ? Pourquoi ne nous a-t-il pas encore rejointes ?

Auréa se mordit la langue, se demandant à quel énième devoir envers elle son cher époux avait encore manqué, quand un cliquetis caractéristique se fit entendre au loin…

— Me voici, ma tante, annonça Rozarian en franchissant la porte du salon d'un pas atrocement raide. Mais dites-moi, que nous vaut l'honneur de votre visite d'aussi bon matin ?

Le bandeau qui lui masquait la moitié du visage était desserré et un peu de travers. Ses traits étaient tirés, ses cernes plus creux, d'une teinte violacée, et ses lèvres blafardes serrées en un rictus grimaçant. Auréa avait beau ne pas savoir grand-chose de son époux, il lui apparaissait néanmoins évident que le conseil s'était mal passé. Et que le jeune homme souffrait le martyre à rester ainsi trop longtemps debout…

Ce dont je me moque éperdument ! N'a-t-il pas précisément ce qu'il mérite ? Ce type n'est qu'un abruti qui prend activement part à un système criminel qui fait des Thaumaturges des esclaves et des femmes en général des individus de second plan…

Mais d'après la duchesse, c'était à la demande de Rozarian qu'elle avait agi afin que soit libérée Invidia. N'était-ce qu'un détail sans importance ou le jeune homme avait-il essayé de faire un pas vers Auréa en accédant à la plus importante de ses requêtes ? Un drapeau blanc avait-il été dressé entre eux sans qu'elle en soit avertie ?

— Par Celui qui Dicte, tu as une mine affreuse ! constata sans détour Minerviane. Que faisais-tu donc à crapahuter hors de tes appartements aux aurores ? N'avais-tu pas une nuit de noces sur le feu ?

Rozarian jeta un bref coup d'œil à Auréa et parut hésiter l'espace d'un instant. Puis, après un reniflement peu distingué, il répondit d'un ton qu'il voulait à l'évidence détaché :

— Père a jugé plus utile de m'avoir pour figurant à la table de sa stupide réunion nocturne surprise. La Tour des Sables Dorées vient de tomber aux mains de la Reine des Corbeaux, et il a été décidé que...

La voix de Rozarian s'éteignit dans sa gorge. Une moue amère incurva la commissure de ses lèvres tandis que la duchesse plaquait la paume contre sa bouche, saisie de stupéfaction.

— Eh bien, que... *rien*, finit par compléter le prince. Nous n'allons strictement *rien* faire.

Minerviane hocha pensivement la tête, digérant l'information. Elle croisa les bras dans un geste élégant, conservant en toutes circonstances son flegme guindé. Puis elle commenta :

— À la réflexion, ce n'est guère étonnant, dans la mesure où aucune action n'a été entreprise lorsque les reinaumes du Ponant et des Brises sont tombés.

— Certes, convint Rozarian de mauvaise grâce, le front plissé. Nous n'avions cependant appris leurs chutes que des semaines plus tard, alors que le mal était fait et leurs capitulations entérinées. Cette fois, l'attaque vient juste de se produire, et nous avons un témoin, capable de nous instruire sur les méthodes des guerriers Damnés. Enfin, peu importe. Tout cela n'est que politique obscure et je suis manifestement trop idiot pour en saisir les subtilités. Contrairement à Erann, bien entendu...

Là-dessus, Rozarian adressa un nouveau regard à Auréa, plus sombre que le précédent. Et la lueur de rancœur se raviva brusquement au fond de son unique prunelle visible.

— Si personne n'intervient, la Tour du Printemps sera la prochaine sur la liste de la Reine des Corbeaux, présagea Auréa, l'angoisse la poussant à penser à voix haute.

Rozarian se détourna et haussa les épaules avec désinvolture.

— J'espère que tu as pu faire tes adieux à tes proches.

Auréa en resta sans voix. Comment ce sale type pouvait-il lui dire de façon aussi indolente une chose pareille ? Elle n'attendait pas de réconfort de sa part – évidemment ! –, mais de là à retourner ainsi le couteau dans la plaie…

Finalement, il n'y avait pas l'ombre du plus petit morceau d'un drapeau blanc à l'horizon entre eux.

Minerviane fit claquer ses mains dans l'espoir de rompre la tension qui grimpait en flèche entre Auréa et son neveu. Elle joignit ensuite ses doigts devant sa poitrine et s'exclama avec une légèreté assez incongrue – compte tenu de la gravité des sujets évoqués :

— Enfin, tout de même, nous n'en sommes pas encore là, les enfants ! Que de lugubres propos pour votre premier jour en tant qu'époux… Haut les cœurs, voyons !

Auréa songea à Phèdre, à Dione, à toutes ces femmes – ses sœurs, voire ses mères d'adoption pour beaucoup d'entre elles – qu'elle avait laissées derrière elle alors que la menace du peuple des Damnés venait de monter d'un nouveau cran, se faisant plus palpable que jamais. Rozarian n'avait cure de ce qu'elle pouvait ressentir en cet instant, monstre d'égoïsme qu'il était…

— Vous avez raison, Minerviane, feignit d'approuver Auréa, une sinistre envie de vengeance s'imposant soudain à elle. Le prince et moi devons avant tout nous concentrer sur notre relation et profiter de cette merveilleuse journée de jeunes mariés.

Portée par l'aigreur, elle plaqua un faux sourire sur son visage et avança vers le prince, maintenant toujours d'une main la cape fermée autour de ses épaules. Rozarian l'observa d'un air circonspect mais ne recula pas, ni ne protesta lorsqu'elle passa un bras hors du vêtement pour le tendre vers lui. De sa paume, elle couvrit les doigts du jeune homme, crispés sur le pommeau de sa canne.

Sa peau était lisse et chaude au contact de la sienne, presque agréable…

Tout à coup, la duchesse – pourtant unique spectatrice de cette grotesque mascarade – s'évapora des pensées d'Auréa. Il n'y avait plus qu'elle et le prince dans la pièce. Rien que leur guerre et ces éclairs qui saturaient l'atmosphère entre eux.

L'animosité rendait Auréa très audacieuse, car elle se surprit à s'approcher encore. Elle alla même jusqu'à se mettre sur la pointe des pieds, prenant appui sur le bras de son époux, pour effleurer de ses lèvres sa joue creuse et piquante de barbe. Avant d'atteindre son véritable but et planter un baiser appuyé au coin de sa bouche.

Rozarian poussa un étrange grognement – qu'un spectateur non averti aurait facilement pu prendre pour du ravissement, mais qui exprimait en fait une profonde exaspération.

Cette fois, c'était elle qui remportait la bataille ! À son tour, elle l'avait mis mal à l'aise, c'était évident – même si, par la même occasion, elle se trouvait également confuse et un peu désorientée.

La température de la pièce semblait s'être brutalement réchauffée, et l'air s'était comme raréfié – à moins qu'il ne s'agisse d'un effet de son imagination ?

Auréa s'obligea à rompre cette fallacieuse étreinte. Elle s'écarta d'un pas et tâcha de recouvrer au plus vite ses esprits. Rozarian, quant à lui, fronça les sourcils et frotta nerveusement le tissu noir qui cachait son œil droit.

— Ma foi, vous formez un bien joli couple, se réjouit Minerviane, le petit numéro d'Auréa ayant visiblement porté ses fruits. Je vais d'ailleurs de ce pas vous laisser un peu tranquilles, tous les deux. Il est naturel que vous ayez besoin d'intimité après cette nuit de noces gâchée...

La duchesse s'éloigna en direction de la porte mais s'arrêta dans l'encadrement pour se tourner vers son neveu et ajouter :

— Ne penses-tu pas qu'il serait temps de retirer cet immonde bandeau ? Si ton épouvantable caractère n'a pas encore fait fuir ton épouse, crois-moi, ce n'est pas ce qu'il y a sous ce foulard qui le fera.

Là-dessus, elle partit pour de bon, faisant claquer ses talons sur le parquet lustré du couloir.

Auréa demeura immobile devant le prince, le mettant au défi d'un simple regard. Regard qu'il s'appliqua à soutenir, manifestement furieux d'être ainsi mis à l'épreuve. Les secondes s'étirèrent tandis qu'ils se jaugeaient mutuellement.

À présent, ils étaient seuls dans le salon. Et il y avait toujours cette électricité entre eux, alourdissant l'air comme avant l'explosion d'un violent orage...

Rozarian remua la mâchoire, indécis. Puis, alors qu'Auréa pensait qu'il allait abandonner, le jeune homme leva le bras d'un mouvement leste et repoussa le tissu noir. Il le fit glisser le long de sa tempe et le laissa tomber au sol.

— Si cela n'avait tenu qu'à moi, je me serai pointé à cette fichue cérémonie à visage découvert, maugréa-t-il sans cesser pour autant de guetter ses réactions. Que ce soit clair, je me contrefous que ça puisse te dégoûter ou même t'effrayer.

Les yeux du prince démentaient ses affirmations. L'un était bleu, d'une nuance de lagune, et l'autre – celui jusqu'à présent caché sous le bandeau – était d'un rouge sombre, inquiétant, luisant telle la lave en fusion. Auréa prit alors conscience que cette teinte était parfaitement assortie à l'étrange mèche écarlate qui lui tombait sur le front, seule tache de couleur dans l'océan noir d'encre de sa longue chevelure.

Sur sa peau pâle et lisse, trois profondes balafres zébraient la moitié de son visage, s'étalant du haut de son arcade sourcilière jusqu'au bas de sa joue. La chair paraissait mal cicatrisée, comme si la blessure était récente, prête à saigner à n'importe quel moment.

Auréa ouvrit la bouche, un millier de questions lui brûlant les lèvres. Mais le prince ne lui permit guère de les poser, prenant la parole avant qu'elle en ait eu le loisir :

— Tu m'excuses, mais j'ai grand besoin d'un bain. Je suis sûr que tu en conviendras. Fais ce que tu veux dans l'appartement, cela m'est égal. Je suis obligé de le partager avec toi, de toute façon, que cela me plaise ou non. Quoi qu'il en soit, débrouille-toi pour ne plus traîner dans mes pattes à l'avenir. En dehors de nos rares apparitions publiques obligatoires, je refuse que tu m'imposes ta compagnie, c'est compris ?

Sur ces mots, Rozarian l'abandonna, sa haute silhouette s'éloignant en boitant jusqu'au corridor, la laissant plantée comme une idiote au milieu du salon.

27

Auréa

Après la visite de la duchesse, le prince demeura longuement dans le cabinet de toilette et n'en sortit que pour s'enfermer dans la chambre. Auréa l'ignora et chercha Invidia dans l'appartement. Elle la trouva dans la lingerie, occupée à ranger dans des armoires au hasard des affaires ayant appartenu à Lyssaris – Rozarian ne leur ayant donné aucune consigne quant aux tiroirs et aux armoires auxquels son épouse avait droit.

La Thaumaturge paraissait extrêmement choquée. Elle ne cessait de pleurer silencieusement tandis qu'elle tassait tant bien que mal des piles de vêtements au fond d'un placard déjà à demi plein.

— Que s'est-il passé ? s'inquiéta Auréa. Que t'ont-ils fait pour que tu sois dans cet état ?

Invidia se passa une main tremblante sur les joues pour essuyer ses larmes.

— Ce n'est pas si grave, je vous assure. Ça va aller, maintenant. Le problème est résolu, n'est-ce pas ? Je suis de nouveau libre... ou presque... Souciez-vous plutôt de vous. Votre rôle risque d'être de plus en plus difficile à tenir...

— Qu'est-ce que tu veux dire ? Pourquoi ne m'expliques-tu pas ce qu'il t'est arrivé durant le voyage ?

— Je... je n'ai aucune envie d'en parler, excusez-moi.

Invidia étouffa un nouveau sanglot du dos de la main. Elle inspira un grand coup, puis referma la porte de l'armoire.

— Le plus urgent est de vous habiller correctement, déclara-t-elle en hochant la tête, comme pour se convaincre elle-même. Je dois effectuer mon travail, à présent. Votre Altesse ne peut pas rester plus longtemps dans cette tenue. Vous devez mourir de froid. Si vous le voulez bien, je me retirerai ensuite. On m'a dit qu'une chambre avait été préparée pour moi à cet étage.

Une fois la tâche accomplie et Auréa enfin revêtue d'une robe propre en tissu crème et d'un casaquin de velours grenat – fermé jusqu'au ras du menton, et cependant encore un peu trop léger compte tenu du climat régnant à la Tour de Givre –, la suivante la quitta. Invidia, épuisée et accablée, suivit un valet qui la mena aux quartiers des domestiques, où une petite pièce lui était désormais réservée.

Auréa ne revit pas la jeune femme de la journée – qu'elle passa cloîtrée dans les appartements du prince, à tourner en rond tel en lion en cage.

Le soir venu, les choses se déroulèrent à peu près de la même manière que la veille. L'obscurité tombée, Auréa se rendit à la chambre. Elle trouva Rozarian en chemise, étendu sous les couvertures au centre de son lit, occupé à lire un livre, le pandermine à ses côtés.

Le prince se contenta d'ignorer sa présence, ne lui adressant pas même un regard lorsque, de son propre chef, elle se réinstalla sur le canapé. Il éteignit la chandelle à peine quelques minutes plus tard, s'appliquant à laisser planer entre eux un silence de mort. Silence qu'Auréa s'obstina également à maintenir, refusant d'être la première à céder face à l'autre.

Elle avait décidé de tenir tête à cet imbécile qui lui tenait lieu d'époux, quoi qu'il lui en coûte. Puisque le jeune homme n'était pas son ami – à défaut d'être véritablement son mari – et puisqu'il se montrait résolument hostile par-dessus le marché, alors elle ferait de même ! Hors de question d'esquisser le moindre pas vers lui. Et peu importait qu'il semble si exténué, en proie à une intense souffrance et atrocement morose. Les problèmes du prince héritier n'étaient pas les siens, et elle mettrait un point d'honneur à s'en désintéresser !

Ayant été – par un concours de circonstances particulièrement hasardeux – promue au rang de princesse dauphine du royaume de Givre, Auréa s'était attendue à ce que sa vie prenne un tour effréné et devienne aussi superficielle que frivole. Elle avait cru que son emploi du temps serait bourré de dîners mondains, d'événements publics, d'entretiens avec des personnalités éminentes de la Tour, de visites de couturiers et d'artisans en tout genre. Bref, le type d'activités censées occuper toute épouse de prince qui se respecte.

Cette perspective n'était certes pas des plus réjouissantes pour elle qui aimait plus que tout la compagnie de son renard-feu et leurs promenades en extérieur. Mais cela aurait tout de même été préférable…

Car, en une semaine passée dans cette nouvelle contrée devenue désormais la sienne, Auréa n'en vit que les murs de ce maudit appartement. Elle ne rencontra qu'une poignée de domestiques anonymes peu aimables, une Invidia traumatisée, peu encline à la discussion – constamment affublée d'une grosse écharpe masquant la machine de mort qu'elle était contrainte de porter –, ainsi que, bien entendu, son mari mutique et son écrasante mauvaise humeur…

Tous deux avaient beau vivre ensemble et partager une chambre la nuit venue, Rozarian s'employait perpétuellement à l'éviter – avec une étonnante habileté, il fallait le reconnaître. Il faisait en sorte de prendre ses repas seul, la laissant se nourrir des plateaux que daignait lui servir le valet – lequel avait pris l'habitude de déposer sans prévenir les plats qui lui étaient destinés sur un coin de la table du séjour, bien avant les heures conventionnelles.

Sept jours durant, le prince resta muré dans sa chambre – cloué au fond de son lit plus précisément. Et sept jours durant, Auréa demeura plongée dans l'angoisse d'une potentielle attaque sur la Tour du Printemps, se contentant des quelques pièces de l'appartement pour tout décor.

Des soldats postés devant la porte d'entrée lui avaient interdit toute sortie sans escorte. Et pas une âme, dans toute la citadelle, ne semblait se soucier de l'absence prolongée du nouveau couple princier…

En vérité, Rozarian devait probablement être souffrant. Auréa n'imaginait pas qu'il soit normal pour l'héritier du trône de rester ainsi enfermé à ne rien faire, sans voir aucun des membres de sa famille, sans jamais recevoir ni visite amicale ou protocolaire ni convocation de quelque nature que ce soit. Mais puisque personne ne la tenait au courant de rien, il ne s'agissait que de simples suppositions…

Pendant tout ce temps, Auréa tâcha de s'occuper en couchant sur des bouts de papier qui traînaient les souvenirs du périple qui l'avait conduite en ces lieux mornes et glacés. Elle dessina ainsi sous plusieurs angles des élanthères – ces fameuses montures qu'utilisait le peuple de Givre –, divers paysages aperçus tandis qu'elle se trouvait dans le carrosse de Chryséis, puis dans celui du prince. Elle avait également réalisé des esquisses des étrangers rencontrés lors de la cérémonie, tentant de se remémorer la variété bigarrée des tenues, les différents maquillages, tatouages et autres ornements dont chaque peuple était paré pour l'occasion. Néanmoins, cette activité – qu'elle avait pourtant jusqu'à maintenant toujours adorée – commençait à sérieusement la lasser…

Au matin du huitième jour de cet insensé confinement, Auréa ne tenait plus. Elle s'ennuyait ferme, et cela ne pouvait durer davantage !

Tant pis pour la guerre du silence…

Fraîchement habillée et lavée, vêtue d'une longue tunique beige et d'une pèlerine de laine incarnate, elle congédia Invidia et retourna dans la chambre qu'elle avait quittée à peine deux heures plus tôt. Trop agacée par la situation, elle décida de ne pas frapper – après tout, elle était chez elle aussi !

Comme à son habitude, Rozarian était assis sur son lit et bricolait on ne savait quoi à l'aide d'un tournevis. Il releva brusquement la tête à son arrivée et afficha un air surpris. Puis il s'empressa de rabattre les couvertures sur sa jambe handicapée.

Auréa comprit alors que c'était l'appareil étrange – presque semblable à une pièce d'armure emprisonnant son mollet jusqu'à atteindre le haut de sa cuisse – qu'il était occupé à trafiquer.

La jeune femme faillit lui demander s'il ne valait tout de même pas mieux recourir aux services d'un professionnel, mais s'abstint finalement.

Je me contrefiche de sa santé comme de tout ce qui le concerne. Je ne dois pas l'oublier !

La consternation céda vite la place au mécontentement sur les traits du prince. Il plissa les paupières et fusilla Auréa de son regard désaccordé. Cette dernière ne put s'empêcher d'observer le rouge brûlant de son iris ainsi que l'empreinte sanglante gravée sur sa peau, en travers de son visage.

Tous deux ne s'étaient pas fait face de la sorte depuis le matin où, devant elle, il s'était résolu à enlever le bandeau qui masquait ces mystérieuses singularités.

Enfin, cette fois, au moins, il ne l'ignorait pas...

Puisque Rozarian ne paraissait toujours pas disposé à entamer une quelconque conversation avec elle, Auréa craqua et brisa le pacte de mutisme qu'ils avaient tacitement conclu.

— Ça suffit, j'en ai assez ! lâcha-t-elle, à bout, plantant les mains sur les hanches. J'ai besoin de prendre l'air. Je veux *sortir,* tu entends ?

Le jeune homme la contempla un instant. Il cligna des yeux pensivement avant de repousser les draps et de reprendre son ouvrage comme s'il n'avait jamais été interrompu.

Auréa serra les poings, prête à hurler. Mais Rozarian lui coupa l'herbe sous le pied, se décidant finalement à répondre dans un soupir désabusé :

— Et moi donc... Toutefois, tu n'es certainement pas sans savoir que l'on obtient rarement ce que l'on souhaite, dans la vie.

— Ah oui, sans rire ?

Pour appuyer sa repartie, Auréa leva la main devant son nez, paume tournée vers elle, et exposa cette saleté de bague de mariage d'or blanc à son annulaire. Rozarian lui jeta un nouveau coup d'œil et pinça les lèvres à la vue du petit objet symbolisant leur union.

— Voilà, c'est exactement ce que je veux dire...

Tout à coup, dans un fracas métallique assourdissant, Fouineur émergea de sous une pile de pièces mécaniques abandonnées en tas au milieu du tapis et s'élança vers Auréa. La jeune femme ne sursauta pas cette fois, étant devenue familière des facéties de l'animal. Au lieu de cela, elle se baissa et caressa le museau et le front du pandermine. En réaction, celui-ci se leva sur ses pattes arrière pour faciliter la manœuvre.

— Quel petit traître, grogna Rozarian comme pour lui-même avant de resserrer un des écrous de l'armature qui maintenait sa jambe.

Auréa avait remarqué combien le fait qu'elle sympathise avec le compagnon à fourrure du prince agaçait ce dernier. Aussi avait-elle travaillé à renforcer sa relation avec Fouineur, n'oubliant jamais de lui donner la viande à laquelle elle ne touchait pas durant ses repas et ne laissant passer aucune occasion de flatter son doux pelage noir et blanc.

En outre, la présence du pandermine lui redonnait un peu de baume au cœur. Cela comblait une infime partie du manque dont elle souffrait, vivant toujours l'absence d'Ignis à ses côtés comme un horrible déchirement.

Afin d'enfoncer le clou – mais également parce qu'elle en avait très envie –, Auréa attrapa l'animal sous les aisselles et se redressa pour le serrer contre sa poitrine. Fouineur en parut ravi. Il s'installa sur son épaule, cala sa truffe contre son cou et se mit à ronronner de plaisir. Parallèlement, l'expression de Rozarian s'assombrit encore – si tant est que cela fût possible…

— J'aimerais tout de même bien connaître les raisons qui font que, *toi*, tu ne peux pas sortir lorsque tu le souhaites, marmonna Auréa, se posant réellement la question.

Rozarian releva péniblement son genou cerclé de métal et tenta de faire jouer son articulation. Une grimace de douleur s'inscrivit peu à peu sur ses traits.

— Hmm, parce que les princesses héritières se baladent à l'extérieur comme elles l'entendent à la Tour du Printemps, peut-être ?

— Évidemment, confirma Auréa, avant de rectifier – songeant que ce n'était pas vraiment de son ancien quotidien qu'il s'agissait, mais de celui de Lyssaris : Enfin, toujours accompagnée d'une Protectrice, cela va sans dire.

— Oui, c'est ça, une *Protectrice*...

La façon dont Rozarian répéta le terme, crachant presque le mot, heurta Auréa, ravivant ses peurs et sa colère.

— Vous avez un sérieux problème ici avec les Thaumaturges ! Qu'est-ce que...

Soudain, Rozarian s'empara d'un marteau et se mit à frapper comme un sourd sur le montant extérieur de l'appareil qui cerclait sa jambe dans une cacophonie retentissante, interrompant grossièrement la jeune femme.

— Bon sang ! pesta-t-il entre ses dents serrées.

Le prince était tellement déstabilisant... Il pouvait passer en un éclair du stoïcisme le plus froid à une impressionnante explosion de rage.

— Pourquoi t'obstines-tu comme ça ? ne put se retenir de demander Auréa. Pour quelle raison ne fais-tu pas venir une guérisseuse, ou n'importe qui de compétent dans le domaine, plutôt que de rester avec un appareil défectueux et douloureux ?

Haletant, le maillet encore levé au-dessus de son genou, le prince braqua sur elle un regard empli de fureur. La jeune femme ne recula pas pour autant et examina avec la même intensité ses yeux aux reflets perturbants.

Dans l'attente d'une justification, elle croisa les bras et renchérit :

— C'est complètement stupide.

À son grand étonnement, Rozarian abandonna l'outil sur le meuble de chevet et baissa la tête, laissant sa mèche écarlate retomber sur la moitié abîmée de son visage.

— Ce qui serait vraiment stupide, ce serait d'imaginer pouvoir concevoir soi-même un objet permettant de tenir debout quand tout le monde vous répète que c'est peine perdue et préférerait vous voir coincé dans une saloperie de fauteuil roulant pour le restant de vos jours...

Auréa battit des paupières, abasourdie. Non seulement le jeune homme n'avait pas riposté, mais il venait de lui livrer des informations extrêmement sensibles et personnelles à son sujet...

Elle était tellement déroutée qu'elle ne sut quoi répondre.

Fouineur choisit cet instant pour sauter au sol et traverser la chambre en quelques bonds agiles, allant rejoindre son maître sur le lit.

Rozarian lui tapota machinalement le front. Après quoi, il fit passer ses jambes de l'autre côté du matelas, de manière à s'asseoir sur le bord. Il saisit sa canne et se leva. Il ne portait qu'un pantalon de lin gris et une chemise blanche, dont les pans étaient à demi rentrés dans sa ceinture, soulignant l'étroitesse de ses hanches.

— Tu as besoin de changer d'air, et moi de faire un peu d'exercice, résuma-t-il en récupérant de sa main libre un pourpoint de velours cobalt sur un coin de fauteuil. Toute sortie à l'extérieur reste malheureusement à exclure. Cependant, nous pourrions faire une trêve le temps d'une modeste balade sous le couvert de la Tour, qu'en dis-tu ?

Auréa pianota de l'index sur son coude. Après avoir feint quelques secondes de réflexion, elle concéda :

— C'est envisageable, en effet...

28

Auréa

Auréa suivit Rozarian dans cette cabine métallique inquiétante qu'il appelait *ascenseur* et qui – de ce qu'elle en avait compris – permettait uniquement de monter ou de descendre à travers les étages de la citadelle. Un valet les y accompagna – à croire qu'en dehors de sa chambre, le prince ne pouvait jamais être seul – et attendit que Rozarian lui donne ses ordres pour activer le mécanisme.

Auréa ne se fit pas avoir cette fois et s'agrippa immédiatement à la barre dorée, prête à sentir son estomac chuter dans ses talons. Comme le jeune homme n'avait rien dit de l'endroit où il comptait la conduire, elle fut surprise de voir l'engin s'élever dans l'étroit couloir de fer. Étant donné la durée de leur précédent trajet pour arriver jusqu'aux appartements princiers, elle avait cru déjà se trouver dans les parties les plus hautes de la Tour…

Quelques instants plus tard – beaucoup trop longs au goût d'Auréa –, l'ascenseur stoppa sa course dans une désagréable secousse. Les portes s'ouvrirent, et le prince sortit de la cabine en boitant, les mouvements toujours très raides.

Auréa lui emboîta le pas, pressée de s'extraire de l'inquiétante cage mobile. De plus en plus étonnée, elle leva le nez, pour apercevoir au-dessus d'elle un énorme dôme de verre soutenu par une armature d'acier, formant une espèce de cathédrale transparente plantée au sommet du bastion.

La vue était renversante, à donner le vertige au plus chevronné des amateurs d'escalade. Toute la chaîne montagneuse encadrant la Tour s'étendait autour d'eux. De leur point de vue, ils pouvaient admirer chaque cime, chaque mont coiffé de neige. Tous les reliefs d'un décor aussi beau que lugubre...

Au pied des élévations rocheuses, après plusieurs centaines de mètres d'une terre noire en grande partie recouverte de glace, une sombre forêt de sapins d'un vert profond dessinait l'horizon. L'autre côté n'était qu'un immense désert blanc, apparemment sans fin.

Auréa eut alors l'impression d'avoir atteint l'orée du monde. Le dernier endroit avant la fin du continent...

— J'ai souvent essayé d'imaginer ce qui pouvait se trouver au-delà, chuchota Rozarian, la tirant subitement de ses pensées.

Elle leva les yeux et se rendit compte qu'il avait suivi son regard et observait lui aussi les étendues glacées situées derrière les montagnes, et dont les limites se confondaient avec le firmament.

— Personne ne le sait ?

Rozarian secoua la tête, l'air songeur.

— Trois nouvelles failles sont apparues à proximité depuis ma naissance, libérant leur compte de monstres sur le royaume. En outre, il y a bien longtemps que le peuple de Givre a renoncé à envoyer des expéditions de chercheurs affronter les dangers de l'extérieur.

Auréa n'en était pas vraiment surprise. Il aurait fallu des Thaumaturges puissantes et en bonne forme pour mener de telles missions. Quant aux fissures de l'Abyme, leur nombre grandissait de manière préoccupante au reinaume du Printemps également...

Un pli barra le front de Rozarian lorsqu'il désigna de l'index un point au loin, entre les bois obscurs et les vastes plaines neigeuses.

— Vois-tu les espèces de pics noirs tout là-bas, semblables à une main crochue tendue vers le ciel ?

Auréa se tourna dans la direction indiquée et plissa les paupières. Après une longue observation, elle distingua une forme sinistre découpant le paysage, qui ne pouvait être naturelle.

— Qu'est-ce donc ?

— L'ancienne Tour Boréale. Le Dévoreur a provoqué son effondrement alors que j'étais seulement âgé de deux ans. Personne ne semble avoir survécu à la tragédie. Tous ont péri, écrasés sous les décombres, engloutis dans les Abymes ou tués par les créatures qui en ont surgi...

Le jeune homme pivota derechef et pointa un autre endroit du doigt.

— On ne peut évidemment pas la voir d'ici car elle se situe à plus de quatre cents lieues, mais il y a également la Tour de l'Équinoxe, dont les terres appartiennent désormais au reinaume Sylvestre. Cette citadelle était la plus grande de toutes, selon les livres d'histoire. Elle s'est écroulée quinze ans avant que je vienne au monde et, de ce que j'en sais, aucun membre de ce peuple n'a réchappé aux mâchoires voraces du Dévoreur de Monde. Deux civilisations perdues du jour au lendemain et dont il ne subsiste rien...

Auréa connaissait le destin tragique de ces Tours. Elle l'avait appris durant les leçons d'histoire dispensées au cours de son noviciat – comme elle avait appris la chute, avant elles, de bien d'autres citadelles au fil des siècles.

Les choses étaient ainsi : les édifices les plus fragiles et mal entretenus étaient souvent pris pour cible par le titan, seigneur de tous les monstres, et personne ne pouvait rien y faire. Cela lui avait néanmoins toujours paru lointain, autant géographiquement que dans le temps…

Mais apercevoir les ruines et les emplacements de pareils désastres rendait ces drames nettement plus concrets, tout à coup.

— Pourquoi me montrer cela ?

Rozarian baissa son regard dépareillé sur elle, les sourcils froncés. Il l'observa fixement, comme s'il cherchait une réponse à une question extrêmement complexe, espérant la trouver au fond de ses prunelles.

La jeune femme aurait aimé mettre un terme à ce moment d'intense silence à l'aide d'une repartie bien sentie, mais rien ne lui vint. Elle était happée, fascinée par les mystères d'un univers aux nuances paradoxales, les teintes mélancoliques de l'aigue-marine le disputant à celles, révoltées, du cœur d'un terrible brasier.

— Votre Altesse ?

Rozarian ferma les paupières et poussa un soupir las, s'étant manifestement attendu à être dérangé.

À quelques mètres de là, un prêtre en robe bleu cardinal richement ornementée s'avançait vers eux. Il émergeait d'un petit bâtiment composé presque entièrement de vitraux colorés, supportés par une poignée d'arches et de colonnes de pierre grise.

Les bras croisés sur sa poitrine et les mains fourrées dans ses manches, l'homme paraissait extrêmement solennel. Derrière lui, au fond de la salle sous la coupole, plusieurs femmes arborant de grandes coiffes aux voiles céruléens étaient affairées à ordonner des statuettes autour d'un autel. Des bancs de bois finement ouvragés étaient disposés de part et d'autre à l'intérieur – probablement prévus pour les fidèles assistant aux cérémonies de cet étrange culte dont Auréa ignorait tout.

— Votre Altesse ! répéta le prêtre une fois devant eux. J'étais très inquiet. Nous ne vous avons pas vu de la semaine aux offices quotidiens. Votre dévotion n'est pourtant pas censée pâtir de vos récentes noces, vous le savez bien...

L'homme jeta un coup d'œil à Auréa. Il la salua d'un discret hochement de tête – un brin méprisant –, puis reprit :

— Nul ne peut se soustraire aux exigences de Celui qui Dicte. Surtout pas le prince héritier.

— Oui, eh bien, justement, en tant que *prince héritier*, je m'efforce d'être à la hauteur de mes responsabilités, répliqua du tac au tac Rozarian. C'est la raison d'État qui m'a retenu dans mes appartements ces derniers jours, voyez-vous ? Je suis sûr que Dieu approuvera cette brève pause. N'en est-il pas à l'origine, après tout ? C'est devant lui que vous nous avez unis...

Auréa ne saisit pas immédiatement le sens de ces mots, mais ne put s'empêcher de rougir.

— Celui qui Dicte peut certes se montrer conciliant, mais il ne saurait en revanche tout tolérer, contesta le prêtre, une moue contrariée aux lèvres. Certains compromis ont besoin de davantage de piété pour être mieux acceptés. Votre père et vous, plus que n'importe qui d'autre en ce royaume, avez le devoir de le servir.

Rozarian leva les yeux au ciel, déjà las de cette absurde joute verbale avec un homme d'Église. Il allait s'emporter, Auréa pouvait déjà le sentir. Aussi décida-t-elle de prendre le relais.

— Mon époux et moi viendrons dès demain matin pour le premier office de la journée, c'est promis.

C'était peut-être une religion stupide, mais il était capital qu'Auréa fasse mine de s'y intéresser. Les lois du culte semblaient régir toute la société, et aucune autre religion n'était apparemment en vigueur à la Tour de Givre.

Le prêtre haussa les sourcils, décontenancé. Il posa un regard empreint de dégoût sur elle, s'attardant sur ses cheveux fermement tressés en couronne autour de sa tête - ainsi que, selon Invidia, l'exigeaient les coutumes locales.

— Enfin, princesse, nulles femmes autres que les Vierges-Servantes ne sont autorisées à pénétrer dans la très sainte chapelle royale. Et encore moins une profane telle que vous, pour ne pas employer d'autres termes…

— D'autres… *termes* ?

Auréa eut un mouvement de recul.

Sans doute n'aurait-elle pas dû s'étonner d'être traitée de la sorte. À l'instar de toutes les femmes issues des lignées de reines-mages, elle portait les stigmates des Thaumaturges. Ses cheveux étaient d'un mauve cendré, révélant son affinité naturelle - censément inexploitée dans le cas des monarques - avec les Pierres des Abymes. C'était d'ailleurs l'une des principales raisons pour lesquelles elle avait été choisie afin de remplacer Lyssaris.

Mais si, au reinaume du printemps, ses particularités faisaient d'elle une élue digne d'entrer dans l'Ordre, ici elles étaient extrêmement mal vues. Pire : elles étaient synonymes de corruption démoniaque…

— Bah, j'avais déjà très envie de raser cette vilaine chapelle, repartit Rozarian avec désinvolture. Elle m'a toujours évoqué une grosse verrue gâchant une magnifique vue. Du coup, je pense que ce sera la première chose que j'entreprendrai une fois mon séant posé sur le trône.

Le prêtre écarquilla les yeux, proprement terrifié devant cette menace que le prince n'avait même pas pris la peine de déguiser. L'homme serra davantage ses manches contre lui et s'inclina respectueusement.

— Je… Votre Altesse, il s'agit pourtant d'une véritable œuvre d'art qui date du…

— Oui, oui, je sais, le coupa Rozarian en prenant de sa main libre celle d'Auréa – lui infligeant par la même occasion un étrange frisson. Viens, mon Astre, poursuivons notre balade.

Il glissa les doigts de la jeune femme au creux de son coude et l'entraîna vers l'autre extrémité du dôme.

Auréa le laissa faire et adopta son rythme, marchant à ses côtés, tout près de lui, comme une épouse aimante l'aurait fait. Ils étaient en public, la comédie reprenait donc. Pourtant, même en considérant ces rôles de jeunes mariés énamourés que, d'un commun accord, ils avaient décidé de tenir, elle ne pouvait se retenir de trouver la réponse de Rozarian un brin excessive.

Avait-elle rêvé ou le comportement du prêtre envers elle avait agacé le prince ?

Elle secoua la tête pour chasser ces idées idiotes de son esprit. Rozarian faisait semblant, c'était évident. Il la détestait et, à l'instar de l'homme d'Église, devait, lui aussi, considérer les signes de Thaumaturgie comme maléfiques…

29

Auréa

Le jeune homme lui fit traverser l'immense esplanade décorée de bancs de pierre, de fontaines dentelées et d'arbustes au feuillage sombre. Au centre, sur une plate-forme surélevée, trônait un imposant télescope doré. Plusieurs autres appareils du même genre l'entouraient, tous d'une incroyable complexité, telle qu'Auréa n'en avait jamais vu.

En dehors d'une poignée de domestiques occupées à balayer et à nettoyer – uniquement des femmes, contrairement aux valets croisés dans les appartements princiers dont les fonctions devaient être plus prestigieuses –, l'endroit était désert.

En contrebas, des centaines d'autres terrasses couvertes de verre coiffaient les sommets des différentes tours intérieures de la citadelle. Auréa devina, aux carrés de terre fraîchement retournée et aux limites marquées, qu'il s'agissait de potagers – sûrement installés sur les hauteurs afin de profiter au maximum des timides rayons de soleil qu'offraient les journées en ces lieux. De nombreuses personnes s'activaient dans ces cultures, travaillant avec acharnement.

Était-ce d'ailleurs un effet de son imagination ou toutes les silhouettes se tenant debout et donnant les ordres – et non agenouillées au sol, le dos ployé et les mains dans l'engrais – portaient des pantalons ?

Le chant d'un oiseau tout proche détourna son attention, qu'elle reporta vers le ciel. Un unique serpentaigle gris pâle planait juste au-dessus d'eux, de l'autre côté des vitres.

Auréa admira son magnifique plumage et ses larges ailes, s'imaginant déjà le dessiner dans ses carnets...

La vertigineuse esplanade était un endroit plutôt charmant, en comparaison du paysage froid et morose qui l'encadrait. Il n'empêche que, sous la gigantesque verrière, Auréa continuait d'étouffer.

Elle déplorait de ne pouvoir emplir ses poumons de l'air pur de l'extérieur et sentir le vent jouer dans ses vêtements. Elle éprouvait une vive frustration à l'idée d'être ainsi empêchée d'établir un quelconque contact avec l'oiseau qui voletait dans leur sillage. Mais, plus que tout, elle regrettait la douceur de la fourrure d'Ignis. La sagesse que lui inspirait son regard lui manquait tant...

Maintenant qu'elle en était privée, elle prenait conscience de l'exceptionnelle liberté dont elle avait si longtemps bénéficié.

Sa main toujours logée au creux du bras de Rozarian, elle renversa la nuque en arrière, sans parvenir à déterminer si la proximité brûlante du prince était agréable – compte tenu de la faible température ambiante – ou non. Elle examina la colossale armature maintenant les plaques de verre entre elles.

La jeune femme saisissait la nécessité de la protection qu'offrait le dôme. Dans cette espèce de jardin d'agrément, il était permis de profiter du paysage sans être pour autant exposé aux risques des Wyrms et des

Vyvernes. Ce qu'elle comprenait moins, en revanche, c'était pourquoi l'héritier de la lignée de Givre ne pouvait vraisemblablement jouir d'aucun autre moyen de goûter à l'extérieur...

Puisqu'elle et Rozarian avaient mis en pause leur guerre personnelle et que ce dernier paraissait disposé à parler, elle se décida à le questionner sur l'un des sujets qui la préoccupaient le plus :

— Les femmes d'ici ont-elles parfois voix au chapitre, ont-elles le droit de faire des choses importantes, ou est-ce seulement parce que je suis étrangère que l'on me refuse l'accès à tout ce qui semble crucial ?

Rozarian lui jeta un vague coup d'œil. Puis il haussa les épaules avec indifférence, comme si le problème ne l'avait jamais vraiment effleuré. D'un ton de docte récitation, il expliqua :

— Les habitantes de la Tour sont chargées de la plus essentielle des tâches : le maintien d'un rythme soutenu de naissances. En ces lieux inhospitaliers, où toute ressource est comptée, rien ne saurait être plus important. Le royaume de Givre tient par-dessus tout à perpétuer les traditions sacrées. Celles des anciens temps, lorsque les reinaumes n'existaient pas, que seuls les hommes gouvernaient entre eux et que chacun se conformait au rôle que la nature lui a attribué.

— Tu veux dire lorsque les femmes n'avaient pas encore découvert l'Elementum et qu'elles n'avaient d'autre choix que de plier face aux violences qu'exerçaient impunément les hommes sur elles pour mieux les réduire au silence et les soumettre ?

Auréa retira sa main du bras du prince et s'écarta d'un pas. Aussitôt, un grand froid la saisit – pas seulement dû à son éloignement soudain de cette source de chaleur étonnante que représentait Rozarian.

Chryséis l'avait mise en garde à ce propos. Il était cependant impossible que la reine du Printemps ait pu mesurer à quel point la gent féminine tout entière était méprisée et discriminée au sein de ce peuple d'arriérés. Le royaume de Givre était la dernière nation en place sur le continent à avoir pour souverain un homme et non une reine issue d'une lignée de femmes-mages. Dans de telles conditions, comment ce gouvernement pouvait-il encore croire que son système était légitime et efficace ?

Il le peut parce qu'il terrorise sa population en proclamant la magie des Abymes démoniaque et tient ses femmes les plus puissantes à l'état d'esclaves, voilà comment !

En outre, la Tour du Printemps venait plus ou moins de s'incliner devant eux en leur remettant son unique fragment de la Couronne Céleste ainsi que son héritière – ou plutôt celle qui en tenait lieu – en échange de leurs soldats et de leurs exceptionnelles armures...

Rozarian s'arrêta et arqua un sourcil narquois.

— Cette description paraît à peine exagérée.

Auréa croisa les bras sur sa poitrine, exaspérée qu'il se moque d'elle et prenne avec une telle légèreté un sujet aussi grave.

— Cela te semble donc normal que les femmes soient exclues du cercle des décisions ? Tu penses peut-être que ta tante, du fait de son sexe, est trop sotte pour assister à un conseil gouvernemental et en comprendre les subtilités ?

Le jeune homme pencha la tête de côté, ses paupières se réduisant à deux fentes.

— Je n'ai jamais dit une chose pareille.

— Je regrette, mais en approuvant ces méthodes, c'est tout comme. Que feras-tu quand tu seras roi, en dehors des destructions de chapelles poussiéreuses ?

Y as-tu seulement déjà réfléchi ? Agiras-tu de manière à enfin établir l'égalité entre les hommes et les femmes au sein du royaume ? Ou te contenteras-tu, comme ton père, de te cacher derrière des traditions archaïques prétendument sacrées pour ne surtout rien changer à un système à l'évidence oppressif et dépassé ?

La lave en fusion et l'océan déchaîné s'abattirent conjointement sur elle. Auréa commençait toutefois à s'habituer à ce regard insolite, comme à la colère qui couvait sans cesse derrière. Elle n'avait plus envie de s'effacer et de faire profil bas, c'était fini.

Tant pis pour les conséquences...

— Tu ne devrais pas songer à cela, lui reprocha-t-il, avant de décréter dans un grognement sans appel : Je ne serai pas roi. Jamais je ne monterai sur le trône de Givre et jamais je ne porterai cette saloperie de couronne ! Ce n'est pas ce qui était prévu...

Là-dessus, Rozarian pivota et, faisant claquer sa canne contre les pavés avec humeur, s'éloigna pour rejoindre la cage d'ascenseur, laissant Auréa totalement ébranlée.

— Attends... quoi ? Qu'est-ce que ça signifie, au juste ? Ça n'a aucun sens... Qu'est-il prévu dans ce cas, je peux savoir ?

Le jeune homme ne daigna même pas s'arrêter pour lui répondre. À la place, il décida :

— Rentrons.

Auréa serra les poings. Elle n'en pouvait plus du sale caractère du prince, de son silence buté, de son indifférence envers tout et des grotesques énigmes qu'il se plaisait parfois à glisser dans ses rares discours.

— Non ! refusa-t-elle avec une fermeté qu'elle ignorait posséder.

Cette fois, Rozarian se retourna et lui adressa un regard encore plus courroucé.

— Comment ça, *non* ?

— Je veux visiter les quartiers des Thaumaturges. Je veux que tu me montres comment *vous*, un peuple prétendument civilisé, traitez les femmes qui possèdent le pouvoir des Abymes. Je veux voir de mes yeux comment vous les tenez enchaînées, asservies au quotidien, telles de vulgaires esclaves.

Rozarian la rejoignit en quelques enjambées. Il s'approcha si près qu'elle put sentir sa chaleur se diffuser dans l'air qui flottait entre eux. Il se pencha sur elle et siffla tout bas, comme s'il lui faisait quelque confidence :

— Elles ne sont pas nos esclaves, elles sont nos *prisonnières*. Toutes condamnées à mort du simple fait de leur lien avec les Abymes. Nous n'attendons qu'un mot, qu'un signe d'insoumission de leur part pour mettre la sentence qui pèse sur chacune d'elles à exécution. Cela arrive bien plus souvent que tu ne peux l'imaginer, crois-moi.

Épouvantée, Auréa fit un pas en arrière.

C'était donc pire encore que ce qu'elle avait cru. Ses sœurs Thaumaturges ne risquaient pas seulement en permanence de perdre la vie, elles étaient en sursis. Toutes étaient vouées à connaître une fin brutale et misérable à un moment ou un autre, uniquement à cause de leur nature…

Et Invidia, dans tout cela ? Était-elle condamnée, elle aussi ?

Plus déterminée que jamais, Auréa répéta :

— J'exige d'être immédiatement conduite auprès d'elles. Si tu refuses, je cesserai de me prêter à cette lamentable mise en scène qu'est notre mariage. Tout le monde saura qu'aucun héritier royal ne résultera jamais de cette ridicule union qu'est la nôtre.

Un pli d'incrédulité se dessina entre les sourcils du prince. Puis il contracta durement les mâchoires, la haine prenant visiblement le dessus face aux menaces de la jeune femme.

Soudain, il leva la main et, avant même qu'elle ait pu l'en empêcher, posa un l'index au centre de son sternum.

Pile sur sa Pierre...

Sidérée par le geste, Auréa resta immobile une brève seconde. Comment avait-il pu viser aussi juste ? C'était impossible...

Les réflexes de la jeune femme ne réapparurent qu'une fois sa stupéfaction légèrement retombée. Elle s'empara du poignet de son époux pour tenter de le repousser. Mais il tint bon, opposant une ferme résistance. La force du prince surpassait de loin la sienne.

Il garda le doigt appuyé sur elle. Sur son secret...

Le regard de Rozarian reflétait autant la férocité qu'une sourde panique. La gemme avait beau être couverte de plusieurs couches de vêtements, il était impossible que le prince héritier ne sente pas sa dureté, sa surface lisse et si différente de la texture de la chair censée se trouver à cet endroit.

— Tu joueras la comédie, garantit-il dans un murmure rauque. Tu le feras comme si ta vie en dépendait, c'est clair ? Parce que je sais ce que tu es. Ce que tu es *véritablement*. Et que si mon père, ou n'importe qui d'autre, découvre ta réelle nature et ton identité, non seulement le reinaume du Printemps aura de graves soucis à se faire, mais tu connaîtras un sort plus terrible que la mort.

Auréa lâcha prise et laissa ses bras retomber le long de son corps, tout à coup pétrifiée de terreur.

Il sait...

Les promesses du prince n'étaient pas à prendre à la légère. Elle ignorait de quelle manière il avait pu deviner qu'elle n'était pas Lyssaris, mais une Thaumaturge envoyée à sa place. Elle avait dû commettre une erreur pendant cette longue et pénible semaine de cohabitation. Mais laquelle ? Elle n'avait aucune idée du moment précis de son inattention, du détail qui l'avait trahie.

Quoi qu'il en soit, c'était ainsi. Rozarian avait tout compris. À son insu, le prince l'avait démasquée...

— Comment... comment l'as-tu appris ? bredouilla-t-elle, un vertige terrible la saisissant.

Le jeune homme fronça les sourcils, hésita un instant, puis souffla :

— Tes yeux. Ils sont d'un vert presque jaune, avec des nuances dorées, très différents de ceux du portrait de la princesse Lyssaris que l'on m'a montré.

— C-ce n'est pas ce que tu crois... Il n'y a pas de complot, je...

— Bien sûr que si. Mais peu m'importe...

Les tympans d'Auréa se mirent à bourdonner, et son champ de vision s'assombrit, se chargeant de petites mouches sombres en périphérie. Les griffes de l'angoisse se refermèrent sur sa gorge, l'asphyxiant lentement.

Elle n'osait même pas imaginer quel type de châtiments ces barbares lui infligeraient s'ils apprenaient ce qu'elle était... Elle songea aux dangers de l'intenable position dans laquelle elle venait brusquement de basculer. À ce que cela impliquait – pour elle comme pour le reinaume du Printemps.

Elle pouvait encore remédier à la situation. Ce ne serait pas si difficile...

Elle et Rozarian étaient quasiment seuls sur l'esplanade. Le prêtre et ses Vierges-Servantes étaient partis, et la poignée de domestiques occupée à entretenir le jardin était suffisamment éloignée.

Plutôt que de se plier à l'odieux chantage du prince, elle pourrait...

Je pourrais le tuer.

Elle n'avait qu'à glisser les doigts sous ses vêtements pour toucher sa Pierre et la faire chanter, convoquant ainsi le don des Abymes. Elle avalerait l'oxygène contenu dans les poumons du jeune homme jusqu'à ce qu'ils soient vides et garderait son air le temps qu'il s'étouffe. Elle prétendrait ensuite que son époux avait eu un malaise, une crise cardiaque, n'importe quoi. Vu son état de santé, les gens seraient forcément enclins à croire son cœur fragile et susceptible de lâcher soudainement.

— Vas-y, haleta-t-il, la prenant de court en devinant le cheminement de ses pensées. Fais-le et tu nous soulageras tous les deux...

Il retira son index, lui laissant le champ libre, demeurant résolument penché sur elle, leurs visages à quelques centimètres l'un de l'autre. Il paraissait la mettre au défi d'exercer sur lui ses talents potentiellement létaux de Thaumaturge. Toutefois, une note de peur luisait au fond de ses yeux dépareillés, démentant la sincérité de sa provocation.

Rozarian savait ce qu'elle était et, à l'instar du peuple du royaume de Givre, la craignait pour cela. Souhaitait-il vraiment qu'elle le tue, ainsi qu'il le laissait entendre ? Ou n'était-ce qu'un coup de bluff, un grotesque accès de témérité ? Était-ce un test visant à connaître ses intentions ? Ou peut-être cherchait-il simplement à la pousser à bout, la forcer à dévoiler ses capacités devant quelques témoins subtilement cachés ?

Pourtant, il n'avait rien dit du tour lamentable qu'elle et Chryséis leur avaient joué, à sa famille et à lui. Il n'en avait encore parlé à personne...

Le prince était peut-être détestable, mais il ne méritait pas de mourir. En outre, Auréa n'était pas une meurtrière. Elle n'avait jamais fauché de vies autres que celles des Wyrms et des Vyvernes qui menaçaient les habitants de son ancienne Tour. Elle n'allait pas commencer à s'en prendre à ses semblables.

Sa vocation était de protéger l'humanité des créatures dangereuses, pas d'en devenir une... Et puis, Rozarian avait beau se comporter comme tel, il n'était pas véritablement son ennemi. À l'en croire, il avait eu maintes fois l'occasion de la dénoncer. Mais il ne l'avait pas fait.

Sans doute attendait-il quelque chose d'elle...

Quoi, dans ce cas ?

Tout homme – à plus forte raison dans cette citadelle – convoitait le pouvoir pour lui-même. Rozarian était pourtant différent. Aussi aberrant que cela paraisse, ni le trône ni la puissance ne semblaient l'intéresser.

— Que désires-tu si ce n'est pas la couronne ?

Le prince se rembrunit davantage. Il fronça le nez et, finalement, se redressa.

— Rien. Rien que quiconque puisse me donner.

Sur cette nouvelle énigme obscure, il fit volte-face et, lui tournant le dos, réclama avec un calme qu'elle sentait n'être qu'une façade :

— Rentrons à présent, si tu le veux bien, Astre de mes jours.

Ne sachant quelle attitude adopter après de pareilles révélations, Auréa se borna à le suivre sans un mot.

Une fois de retour à l'appartement, Rozarian fila s'enfermer dans sa chambre, comme à son habitude.

Il ne voulait pas discuter davantage, c'était très clair. Et il aurait été idiot d'essayer de le contraindre. Son ascendant sur elle venait de grimper de plusieurs crans et atteignait dorénavant des sommets. Si Auréa et lui n'étaient pas des adversaires prêts à tout pour faire tomber l'autre, ils n'en étaient pas pour autant des alliés…

L'esprit en ébullition, la jeune fille demeura longtemps figée devant les rares fenêtres du logement princier qui donnaient sur une petite portion de l'extérieur. Perdue dans ses réflexions, elle contempla songeusement le serpentaigle aperçu au dôme. L'oiseau décrivait d'élégantes boucles de l'autre côté des vitres, dédiant une ode merveilleuse à la liberté…

30

Auréa

Après deux longues et pénibles journées supplémentaires de réclusion dans les appartements princiers – Rozarian et Auréa se guettant avec une méfiance égale dès qu'il leur arrivait de se croiser –, la jeune femme se sentait de nouveau à bout.

Si le prince avait gardé le silence quant à sa véritable nature jusqu'à présent, pourquoi la dénoncerait-il maintenant ? Sans doute se fichait-il comme d'une guigne des conséquences d'un possible complot ourdi par le reinaume du Printemps. Peut-être même, après tout, que cela l'arrangeait de ne pas avoir affaire à une vraie princesse. En outre, il savait qu'Auréa n'avait pas infiltré la Tour de Givre pour le tuer – lui ou un membre de la famille royale –, sans quoi cela aurait déjà été fait.

Tout ce que Rozarian semblait attendre d'elle était qu'elle joue le rôle d'une épouse satisfaite de son mariage en public et qu'elle lui fiche la paix en privé.

Cela n'était pas réellement un problème pour la jeune femme. Cependant, elle ne pouvait vivre enfermée et esseulée dans l'immense appartement, à ne rien faire d'autre que se prélasser, pendant que ses sœurs Thaumaturges subissaient l'enfer à quelques étages d'elle…

Auréa était occupée à dessiner dans un carnet vierge, déniché au hasard de ses recherches au fond d'un tiroir de bureau. Assise à la table du salon, elle tenait son crayon d'une main molle et peu motivée, perdue dans ses réflexions, lorsqu'un mouvement à l'extérieur vint la distraire.

Intriguée, elle se leva et rejoignit la baie vitrée derrière laquelle le serpentaigle virevoltait. Il était déjà étrange que l'oiseau l'ait suivie de l'esplanade jusqu'ici, quelques jours plus tôt. Mais à présent, il semblait ne plus vouloir partir, revenant chaque matin s'ébattre devant les appartements princiers.

Auréa s'assura d'un rapide coup d'œil qu'elle était seule dans la pièce, puis ouvrit la fenêtre. Aussitôt, le rapace fondit sur elle, comme si, durant tout ce temps, il n'avait attendu que cela. Il ralentit à la dernière seconde, de manière à atterrir directement sur le rebord de pierre, juste devant elle.

Auréa flatta d'une caresse prudente les plumes blanches et duveteuses qui recouvraient la nuque de l'animal. Celui-ci émit une sorte de roucoulement satisfait, puis tendit l'une de ses pattes vers l'avant.

Une fine capsule – visible uniquement de près – était accrochée le long de sa patte gauche. Un éclat de Pierre d'Abyme scellait le tube, que la jeune femme déverrouilla en effleurant du doigt sa propre gemme, faisant brièvement appel à l'Elementum.

À l'intérieur, Auréa trouva un courrier portant un sceau qu'elle ne connaissait pas ainsi qu'un autre fragment de joyau mauve, probablement destiné à fermer la cartouche après y avoir glissé une réponse.

Elle rompit le cachet de cire, puis défroissa le papier. Le message était rédigé dans le code de l'Ordre. Un langage qu'aucun citoyen de la Tour de Givre ne devait maîtriser. Auréa n'eut alors plus aucun doute. Ces quelques mots griffonnés à la hâte lui étaient bel et bien adressés...

La mère de l'Égarée renouvelle ici ses sincères remerciements à votre égard. Elle aimerait savoir comment se porte sa précieuse Chasseresse. Elle espère également que votre place vous sied et que vous saurez profiter des privilèges ainsi offerts pour la tenir informée des choses du quotidien au sein de cette autre société.

Il n'y avait pas de signature, bien entendu. Il était toutefois évident que Chryséis était l'autrice de la lettre et qu'elle cherchait, par ces curieux sous-entendus, à exprimer son souhait de faire d'Auréa son espionne...

Une mission plus périlleuse encore que celle initialement prévue et que la jeune femme aurait beaucoup de mal à accomplir étant donné sa position actuelle. Auréa était cependant prête à relever le défi.

Elle ignorait de quelle façon elle allait s'y prendre, mais elle devait absolument faire quelque chose pour ses sœurs prisonnières. Elle était certaine que Chryséis, une fois au courant des atrocités commises ici, partagerait ses priorités et s'emploierait à l'aider depuis la Tour du Printemps.

Auréa s'empressa de retourner la feuille sur laquelle elle avait ébauché le croquis d'un renard-feu et y inscrivit son rapport pour sa reine. Après quoi, elle roula le papier, puis le plaça dans la capsule fixée à la patte du serpentaigle. L'oiseau s'envola dès qu'elle eut fini de sceller la cartouche et s'éloigna à toute allure dans le ciel.

Le cœur battant à tout rompre, Auréa referma en hâte la fenêtre et fit le tour de la pièce, vérifiant les portes et couloirs à proximité afin d'être certaine que personne n'avait pu la surprendre. Elle signait là une fois pour toutes sa traîtrise envers le royaume de Givre...

Mais peu lui importait. Jamais elle ne trouverait sa place au sein de ce peuple aux mœurs et aux traditions ignobles. Alors autant agir, faire tout son possible pour bouleverser l'ordre établi.

L'échange de messages avec Chryséis lui donna tout à coup une nouvelle idée. Elle allait tout bonnement contourner ces règles intenables que le prince lui avait imposées. Pour cela, il lui faudrait ruser, quitte à risquer de provoquer quelque peu la colère de Rozarian – quoiqu'en veillant cependant à ne pas non plus s'attirer ses foudres...

Après avoir fait appeler Invidia, Auréa replia la seconde lettre qu'elle venait d'écrire.

— Porte ceci au prince Erann, je te prie, ordonna-t-elle en confiant le papier à sa suivante.

Cette dernière parut d'abord un peu surprise, puis carrément effrayée, mais obtempéra malgré tout. Elle fourra le message dans ses jupes – saisissant d'elle-même la nécessité de se montrer discrète – et fila aussi sec.

À peine une heure plus tard, un valet traversait la salle de séjour. Il se rendit directement à la chambre et annonça à Rozarian la visite de son frère cadet.

— Dites-lui que mon épouse et moi profitons toujours de notre lune de miel et que nous ne voulons recevoir personne, entendit-elle le prince maugréer, encore de méchante humeur manifestement.

Il n'en fallut guère plus à Auréa pour agir. Craignant que le prince cadet ne soit refoulé sans même avoir eu l'occasion de lui parler, elle se précipita sans attendre jusqu'au vestibule.

Elle trouva Erann les bras croisés et la mine préoccupée. Son beau visage aux traits parfaits s'illumina d'un magnifique sourire dès l'instant où leurs regards se croisèrent.

— Princesse ! Je suis ravi de vous revoir enfin. Mes parents et moi-même commencions sérieusement à nous inquiéter de ne jamais vous avoir à notre table lors des repas familiaux, et ce malgré nos nombreuses sollicitations. Tant de personnes à la cour souhaitent faire votre connaissance !

Première nouvelle…

Dans ce cas, pourquoi n'en avait-elle pas eu vent plus tôt ?

Auréa se sentit toutefois un peu soulagée. Peut-être que les gens d'ici ne se fichaient pas complètement de son existence, après tout ? En tout cas, il existait au moins une personne qui paraissait un tant soit peu se soucier d'elle…

— C'est avec plaisir que j'assisterai au prochain dîner, répondit-elle aimablement.

Un cliquetis caractéristique retentit en écho derrière elle, annonçant l'arrivée de son acariâtre époux.

Depuis le seuil du vestibule, Rozarian grinça :

— Ce sera sans moi, merci bien.

Auréa se tourna pour le voir appuyer une épaule au chambranle, coinçant sa canne au creux de son coude afin de croiser les bras. Son expression était encore plus fermée que d'ordinaire – si tant est que ce fût possible…

— Qu'est-ce que tu fiches ici, on peut savoir ? ajouta-t-il dans un grognement à l'adresse de son frère.

J'ai pourtant dit que je voulais que personne ne nous dérange jusqu'à nouvel ordre.

— Père en a assez que tu restes dans ton coin à bouder, rétorqua Erann sans se démonter avant de néanmoins tempérer : Ce sont ses mots, pas les miens. Toutefois, il s'impatiente. Tu ne peux te soustraire éternellement à tes obligations. Tu n'es pas censé manquer autant de cours et de conseils d'État. De plus, la princesse m'a écrit pour me demander de lui faire visiter plus amplement la Tour. Je comprends que tu ne puisses t'en charger toi-même, alors c'est volontiers que j'accepte de prendre le relais.

— Bah voyons, soupira Rozarian en jetant un regard noir à Auréa. Eh bien, vas-y, fais danser mon épouse, emmène-la se promener où bon te semble et rends-toi à ces maudits repas familiaux avec elle à ton bras. Qu'est-ce que ça peut faire, de toute façon ?

Rozarian posa sa canne au sol dans un claquement sec, prêt à les laisser seuls. Mais Auréa se précipita sur lui et saisit son bras pour le retenir.

— Ne le prends pas mal, cher époux, minauda-t-elle, commençant à prendre le coup. Je ne serai absente que quelques heures, pas plus.

Elle caressa l'arrondi de son biceps à travers sa veste, feignant la tendresse, mais le regretta presque aussitôt. Elle sentait sa chaleur sous le vêtement, l'impressionnante fermeté de ses muscles, nettement plus développés qu'elle ne l'avait imaginé.

Ce simple geste était en fait beaucoup plus intime que ce à quoi elle s'était attendue…

Il était cependant capital qu'elle tienne son rôle. Non seulement c'était ce que Rozarian souhaitait, mais c'était également le meilleur moyen de garantir sa sécurité. Le prince héritier ne pourrait faire annuler leur mariage et aurait nettement plus de mal à la dénoncer si tout le monde pensait leur union déjà consommée…

Rozarian cilla, laissant un instant paraître sa stupéfaction, mais se ressaisit très vite. Un faux sourire étira ses lèvres, et il couvrit sa main de la sienne, pressant sa paume brûlante sur ses phalanges.

— Bien sûr, mon Astre, concéda-t-il, se prêtant lui aussi à la comédie. Profite donc de cette belle balade.

Il se pencha sur elle et repoussa avec une surprenante délicatesse une mèche de ses cheveux. Puis il l'embrassa sur la joue.

Auréa tressaillit à ce contact étonnamment doux, perdue entre angoisse et confusion. Les lèvres du prince s'attardèrent déraisonnablement sur sa peau, marquant la zone au fer rouge. S'agissait-il d'une espèce de menace déguisée ? Ou Rozarian s'amusait-il juste à la déstabiliser, testant continuellement ses limites ?

Il se redressa d'un mouvement un peu brusque. Dans ses yeux, une espèce de douleur étrange se refléta fugacement.

Sans vraiment savoir pourquoi, Auréa hasarda :

— J'espère sincèrement que tu te joindras à ta famille et moi pour le dîner.

Rozarian esquissa un geste las, comme pour lui faire comprendre qu'il ne fallait pas trop lui en demander. Puis, sans rien ajouter, il se retira.

L'après-midi touchait à sa fin, les faibles rayons du soleil déclinaient lentement à travers les vitraux colorés de la Tour. Cela faisait plus de trois heures qu'Auréa et Erann déambulaient dans l'édifice, passant de salles d'apparat désertes et froides en galeries commerçantes bondées et chaleureuses, de halls d'exposition ludiques en hauts lieux militaires et historiques.

Cette visite confirmait les premières impressions d'Auréa. L'intérieur de la citadelle était bien plus intéressant et remarquable – avec ses tentures chatoyantes, ses boiseries peintes et ses nombreuses sculptures de marbre – que les mornes pierres grises qui en composaient l'extérieur.

Elle avait croisé des tas de gens différents, allant des jeunes hommes de l'aristocratie richement vêtus flânant sur les balcons aux artisans et commerçants occupés à la tâche. Néanmoins, partout où se portait son regard, le constat était le même : les femmes étaient soit absentes du tableau, soit travaillaient sous supervision masculine...

— J'aimerais voir les quartiers des Thaumaturges, maintenant, réclama-t-elle, se voulant ferme sans être pressante.

Quitter les appartements princiers, au moins pour un moment, avait été une nécessité – ne serait-ce que pour sa santé mentale. Auréa n'en oubliait pas pour autant ses objectifs...

Erann avait été charmant jusqu'à présent, lui faisant le récit explicatif et détaillé de chaque endroit où il l'avait conduite. Toutefois, elle décela les signes d'une profonde contrariété sur son visage.

— Je ne suis pas certain que cela soit approprié...

— Pour quelle raison ?

Erann grimaça d'embarras.

— Vous êtes la fille d'une reine. Je ne crois pas que je devrais vous montrer les endroits les plus sordides de notre Tour. Les choses sont ici très différentes de ce que vous connaissez. Le peuple de Givre ne partage ni l'admiration ni la dévotion des autres reinaumes à l'égard des personnes capables de manipuler les Pierres des Abymes.

— Très bien, alors je m'adresserai plutôt à votre frère, rétorqua-t-elle, misant sur leur flagrante rivalité pour parvenir à ses fins. Je ne pense pas que Rozarian aura autant de scrupules à l'idée de me confronter à votre réalité. Après tout, je ne pourrai m'intégrer totalement si j'ignore ce que chacun sait dans ce royaume.

Erann se frotta la mâchoire, l'air pensif.

— Dans ce cas, mieux vaut que ce soit moi qui vous y accompagne. Mon frère n'a pas accès à cette partie de la Tour. De plus, il serait préférable de ne pas relancer certains vieux débats...

Le jeune prince s'engagea dans un long couloir étroit et peu éclairé.

— Comment cela ? s'enquit Auréa, circonspecte, tout en s'employant à le suivre. Pourquoi donc l'héritier du trône ne peut-il circuler chez lui librement ?

Erann s'interrompit un instant et lui lança un regard navré avant de reprendre sa route et d'expliquer :

— Pour des raisons de mobilité en premier lieu. Nous n'avons encore que très peu d'ascenseurs à la citadelle. Père refuse d'en faire une priorité, les chantiers d'entretien des fondations sont déjà tellement coûteux en main-d'œuvre et en matériel. De surcroît, Père préfère garder mon frère le plus éloigné possible de ces femmes.

Arrivé au bout de la galerie, Erann prit un escalier aux marches de pierre brute, de forme hélicoïdale, s'enfonçant dans les profondeurs de la terre.

— Il y a eu d'innombrables complots et de terribles trahisons par le passé, poursuivit-il d'un ton détaché. Les Thaumaturges ont plusieurs fois tenté de renverser notre famille, voyez-vous. C'est pourquoi nous n'avons d'autre choix que de les tenir prisonnières, en permanence sous bonne garde.

C'était la première fois qu'Auréa entendait ce genre d'histoires à propos de ses sœurs. À la Tour du Printemps, l'Ordre et la couronne étaient liés par serment et exerçaient conjointement le pouvoir. Aucun conflit ne pouvait les opposer puisque seul l'intérêt du peuple guidait leurs décisions. Mais peut-être était-ce une vision un peu naïve, superficielle et édulcorée de leur système ?

Quoi qu'il en soit, cela fonctionnait de la même manière dans tous les autres reinaumes. Il n'y avait bien qu'au royaume de Givre que l'on opprimait les Thaumaturges. Ce n'était donc pas si étonnant d'apprendre que ces dernières avaient déjà plusieurs fois tenté de se rebeller…

Tandis que l'idée naissait subitement dans son esprit, elle s'entendit demander :

— Existe-t-il un lien entre l'accident qui a laissé ces affreuses séquelles à Rozarian et les trahisons dont tu parles ?

Elle avait tutoyé le prince cadet sans y réfléchir. Elle espérait néanmoins qu'il n'en prendrait pas ombrage – à plus forte raison qu'elle était elle-même un peu plus âgée que lui…

Erann secoua la tête mais ne s'interrompit pas. Il continua de dévaler les marches irrégulières et marquées par l'usure.

— Il ne m'appartient pas de te dévoiler cela. Si mon frère et toi vous entendez aussi bien que vous en avez finalement l'air, il se confiera de son propre chef.

— Bien sûr, feignit-elle d'acquiescer – dépitée à la perspective de ne jamais obtenir de réponse à cette question.

Une énorme fissure entaillait le mur près d'Auréa, ne cessant de s'agrandir à mesure qu'elle en suivait le contour dans l'escalier. Plus elle et Erann progressaient dans les souterrains, plus les lézardes se multipliaient, épaisses et inquiétantes.

Enfin, ils débouchèrent sur un palier et tournèrent en direction d'une galerie voûtée particulièrement mal éclairée. Puis ils arrivèrent devant un poste de garde où plusieurs soldats en armure d'écailles de Vyverne se tenaient.

— Prince Erann, saluèrent-ils respectueusement – sans toutefois cacher leur surprise de le voir en ces lieux.

Auréa avait beau s'être préparée, elle fut tout de même choquée par ce qu'elle découvrit au fond de ces labyrinthiques sous-sols.

De chaque côté du long couloir, d'épais barreaux corrodés fermaient des geôles humides, dépourvues de tout confort, où s'entassaient un nombre incalculable de ses sœurs. Leurs corps faméliques étaient à peine couverts des morceaux de toile de jute sales qu'on avait bien voulu leur laisser. Toutes portaient cependant l'immonde dispositif de ferraille qui cerclait leur gorge et descendait jusqu'au centre de leur poitrine. L'odeur était pestilentielle, et la pénombre ambiante empêchait de distinguer toutes les prisonnières.

Les larmes aux yeux, Auréa dut se mordre la langue et planter ses ongles dans ses paumes pour se retenir de convoquer l'Elementum et tenter de faire voler en éclats ces cachots immondes.

— Certaines réalités sont vraiment laides, déplora Erann, la tête baissée et le regard rivé au sol. Elles sont pourtant nécessaires pour maintenir la paix et la cohésion au sein du royaume. J'espère que tu le comprendras avant d'émettre un quelconque jugement…

31

Rozarian

Rozarian tournait comme un lion en cage dans l'appartement, guettant impatiemment le retour de cette jeune femme étrange qui lui tenait lieu d'épouse. La nuit tombait au-dehors, et elle n'était toujours pas rentrée.

L'imaginer en compagnie d'Erann, à s'amuser, faisant déraisonnablement durer leur promenade, le mettait hors de lui sans qu'il comprenne vraiment pourquoi…

En même temps, n'était-ce pas sa faute si la jeune femme s'était sentie obligée de passer par son frère pour découvrir la vie à la Tour de Givre ? En dehors d'une brève sortie sur l'unique terrasse à laquelle Rozarian avait accès, lui n'avait rien fait pour permettre à son épouse de se familiariser avec son nouvel environnement.

Au contraire, il avait même tout mis en œuvre pour l'en tenir à l'écart, redoutant…

Redoutant quoi exactement ? Il ne s'inquiétait pas pour elle, en tout cas. Cette fille pouvait tuer quiconque la regardait de travers si elle le souhaitait. Elle était extrêmement dangereuse. Mais fragile également, à cause de son secret...

Rozarian leva le bras et observa sa main.

Il avait osé... Il avait enfreint ses propres règles pour toucher la source de tous les maux.

Il regrettait ce geste – essentiellement pour son caractère totalement déplacé. Mais il avait fallu qu'il vérifie. À travers le tissu de ses vêtements, il avait senti la Pierre. Ce petit fragment des Abymes aux propriétés maléfiques fiché en elle, fusionné avec sa chair de Thaumaturge. L'essence même des ténèbres, qu'il avait fait entrer chez lui...

Rozarian ferma le poing et serra les doigts jusqu'à ce que ses jointures blanchissent sous la pression. Songer à ce qu'elle était, à tout ce qu'il avait espéré et qui partait maintenant en fumée lui était tellement pénible...

Il devait absolument aller de l'avant, se concentrer sur autre chose. Il s'agissait d'une question de survie, ni plus ni moins. La situation était ainsi désormais, et il ne pouvait plus rien y changer – pas sans déclencher de dramatiques crises diplomatiques et nombre de tragédies, en tout cas...

Aussi exaspérant soit-il, Erann avait néanmoins raison sur un point : Rozarian ne pouvait rester plus longtemps à s'apitoyer sur son sort et à ruminer, profitant de l'excuse d'une pseudo-lune de miel pour demeurer cloîtré dans sa chambre. Il ignorait ce que l'avenir lui réservait, à présent qu'il avait abandonné ses rêves. Sa vie lui échappait encore. Le sens qu'il avait cru pouvoir lui donner s'évaporait progressivement avec ses envies d'horizon.

Il devait à tout prix se reprendre, ne pas se laisser sombrer pour autant !

Il trouverait un autre but, d'autres objectifs, quoi que cela puisse être. Après tout, il avait dorénavant une épouse secrètement Thaumaturge et un frère capable de porter la couronne à sa place. Sans doute, à la mort du roi, Rozarian pourrait-il enfin jouir d'un semblant de liberté, sortir parfois à l'extérieur afin de découvrir au moins les abords de la Tour, comme il l'avait toujours désiré ?

Ses plans d'abdication en faveur de son cadet n'avaient pas changé. Il demeurait résolu à ne jamais monter sur le trône, peu importaient les velléités absurdes de son père. Léandran avait beau refuser d'en démordre et feindre de ne pas s'en rendre compte, c'était pourtant ce que tout le monde – y compris Erann lui-même – souhaitait pour l'avenir du royaume...

— Vous m'avez fait appeler, Votre Altesse ? lança Lesthias, son valet personnel, l'arrachant brusquement à ses pensées.

— Je dois me rendre présentable pour l'un de ces stupides dîners de famille, expliqua Rozarian, fronçant le nez rien qu'à l'idée. J'aimerais paraître un peu moins négligé que d'ordinaire. Tu penses pouvoir faire quelque chose ou est-ce sans espoir, selon toi ?

Comme il l'avait présagé, il retrouva son épouse dans la grande salle d'apparat où étaient servis les repas du roi et de ses proches. Assise à table à côté d'Erann, la jeune femme semblait d'humeur morose et fixait sur son assiette encore vide un regard soucieux – preuve que la balade n'avait pas été aussi agréable que cela, en fin de compte...

Elle releva la tête à son entrée et battit des paupières, l'air surprise de le voir.

— Enfin, le nouveau couple princier daigne se joindre à nous ! s'exclama Léandran, pénétrant au même moment dans la pièce par une porte située à l'opposé – tandis que le reste de la famille attendait patiemment, déjà installé pour le dîner. J'étais prêt à envoyer une escouade de secours à vos appartements !

La reine Déline – mère d'Erann et belle-mère de Rozarian – se leva d'un mouvement gracieux à l'arrivée de son époux, et tous l'imitèrent. Elle joignit les mains dans son giron et inclina respectueusement la nuque, observant un silence quasi religieux.

Comme chaque jour, elle était apprêtée avec grand soin. Elle portait une robe bleu nuit pailletée, au col montant et aux manches évasées, fermée dans le dos par une centaine de petits boutons ronds et dorés. Ses cheveux étaient tirés vers l'arrière et ornaient son crâne d'un enchevêtrement de tresses complexe. Son visage sans expression était fardé de poudre claire, sa bouche peinte d'un rouge sombre et ses yeux soulignés de traits de khôl, comme à son habitude. Jamais Rozarian ne l'avait vue arborer un maquillage moins sophistiqué.

Étaient présentes également ses deux cousines, presque aussi majestueusement vêtues, sa grand-tante, trois des membres du conseil ainsi que le chapelain royal.

— Fort heureusement, Erann est venu avant que vous ayez besoin de missionner vos soldats, Père, répliqua Rozarian. Mon frère avait à cœur de s'assurer du bien-être de mon épouse, ce dont je lui suis extrêmement reconnaissant.

Ce dernier lui adressa un coup d'œil prudent avant de pincer les lèvres, saisissant le sarcasme. Erann aurait tout de même pu se douter que son aîné verrait d'un mauvais œil le fait qu'il passe autant de temps seul avec la princesse. Après tout, Rozarian n'avait guère besoin de cela pour encourager les rumeurs et autres commérages au sujet de son mariage avec une étrangère au physique irréprochable, aux antipodes du sien...

Un siège était resté libre à droite de son épouse, aussi le jeune homme s'empressa-t-il de la rejoindre. Il devina, à son regard trop brillant et à la pâleur inhabituelle de son visage, qu'elle avait finalement obtenu d'Erann ce que lui avait refusé.

La jeune femme avait vu les quartiers des Thaumaturges... Et elle en ressortait bouleversée, c'était évident.

Rozarian tenta d'imaginer à quoi l'endroit pouvait ressembler. En vérité, il n'y avait jamais vraiment songé avant cela. Était-ce aussi terrible que l'expression choquée de son épouse le laissait supposer ?

Il ne devait cependant pas oublier qu'elle était une des leurs. Il était donc probablement naturel qu'elle éprouve autant de compassion pour celles qu'elle devait considérer comme ses semblables. Ces femmes qui, entre elles, s'appelaient *sœurs*, et dont la religion – commune à leur congrégation à travers tout le continent – différait tant de celle qui unifiait le reste du peuple de Givre.

Il en savait si peu au sujet de cette jeune fille à laquelle il avait été marié...

Et je m'en fiche ! C'est très bien ainsi.

Soudain, Rozarian prit conscience que ne même pas connaître le véritable prénom de son épouse le dérangeait plus qu'il n'était prêt à l'admettre.

Le roi prit place à l'extrémité de la table et s'installa dans un siège à haut dossier, plus imposant et plus finement sculpté que les autres. Alors, seulement, les autres purent s'asseoir.

Les domestiques s'empressèrent de servir Léandran en hydromel et en hors-d'œuvre, et tous patientèrent à nouveau, attendant que le monarque les autorise d'un geste à entamer leur repas.

Rozarian trouvait tout ce protocole d'un ridicule consommé, mais il s'y soumettait – du moins lorsqu'il était bien luné...

Léandran esquissa un bref sourire, faisant mine de s'amuser de la repartie de son fils aîné. Puis il pointa l'index vers lui et déclara d'un ton de dérision – mais dans lequel perçaient les accents de la vexation :

— J'ai cru que tu m'en voulais pour notre désaccord de la dernière fois et que tu faisais encore ta mauvaise tête.

— Ma mauvaise tête, dites-vous ? répéta Rozarian, affectant l'étonnement – conscient cependant de l'affront et de la condescendance de l'accusation. Ma foi, je ne crois pourtant pas en posséder d'autre...

Méliante, l'une de ses cousines, pouffa de rire et se hâta d'étouffer le bruit dans sa serviette. Aussitôt, les regards outrés du chapelain et des conseillers lui tombèrent dessus, et elle baissa la tête, honteuse.

De l'autre côté de la table, la duchesse adressa un coup d'œil discret, mais complice, à son neveu. Jamais elle ne s'y serait risquée – et jamais non plus elle ne le reconnaîtrait –, mais sa grand-tante goûtait particulièrement ses plaisanteries lorsqu'elles avaient pour but de se payer un tant soit peu la tête de Léandran. Rozarian avait d'ailleurs souvent à cœur de lui offrir ce plaisir...

Le monarque l'ignora tout bonnement et se tourna vers sa nouvelle belle-fille.

— Ma chère enfant, j'espère que tu te plais dans ton nouveau foyer.

La jeune femme releva le nez en battant des paupières, s'arrachant péniblement à son assiette pour répondre d'une voix chevrotante :

— J'avoue avoir un peu de mal à m'accoutumer au climat ainsi qu'aux… aux *traditions* qui ont cours ici, à la Tour de Givre.

— Avec le temps, on s'habitue à tout, décréta Léandran avant de se détourner, se moquant bien de savoir quel était le problème.

La jeune Thaumaturge grimaça, peu convaincue. Elle n'insista pas, comprenant sans doute que ce n'était pas dans son intérêt.

Le roi renifla, puis s'adressa à l'un de ses conseillers, préférant changer de sujet – comme d'interlocuteur :

— Où en sont les projets d'expansion du marquis de Lonelle ? Va-t-il prendre à sa charge l'agrandissement du donjon nord-ouest ?

Erann intervint alors, ayant des éclaircissements à apporter à ce propos. Et comme toujours, Rozarian se désintéressa de la conversation. Le thème politique était lancé, et savoir qui désirait quoi et quel conflit cela risquait d'engendrer l'ennuyait au possible.

Il ne put néanmoins s'empêcher de remarquer que seuls les hommes présents à la table menaient les discussions. Il était d'usage que les femmes – même celles d'un rang aussi important par leur naissance que sa grand-tante – n'émettent aucun avis. Chacune d'entre elles veillait d'ailleurs à demeurer silencieuse et effacée et ne prenait la parole que lorsque le roi, le chapelain, un des conseillers, Erann ou même lui l'y invitait.

Les choses avaient toujours été ainsi, d'aussi loin que Rozarian s'en souvienne. Aujourd'hui, néanmoins, il commençait à se demander si ces règles tacites qui régissaient l'ensemble de leur société n'étaient pas finalement absurdes…

32

Rin

Rin ravala péniblement sa salive. Elle effleura du bout des doigts la vitre froide qui la séparait de la nurserie, le cœur à la fois empli de joie et atrocement lourd…

De l'autre côté de la cloison de verre, un soigneur tenait le petit Aiko dans ses bras. Il s'employait à le nourrir à l'aide d'une fine cuillère d'argent – rapportée de leur dernier pillage. Pour la toute première fois, le nourrisson goûtait à de la marmelade d'oranges. Il fronçait le nez devant le goût étrange – entre acidité et notes sucrées – de ce mets précieux, impossible à se procurer en temps ordinaire.

Les fruits ne poussaient quasiment pas dans la région environnant la Tour des Damnés. De plus, les Prêtresses avaient bien mieux à faire au quotidien – guettant inlassablement toutes créatures qui émergeaient de la Faille Primordiale afin de les abattre ou, tout du moins, de les repousser loin de la citadelle – que d'aller récolter les rares pommes chétives qui parvenaient à éclosion dans le coin.

Le peuple de Rin n'avait découvert cet incomparable luxe qu'était celui de déguster des agrumes et autres saveurs délicates que très récemment, grâce aux conquêtes des Tours des Brises, du Ponant, et maintenant celle des Sables Dorés.

La jeune femme avait reçu, en récompense de ses récents actes de bravoure, des tas de présents provenant des citadelles conquises. Elle n'aurait probablement pas dû, mais elle n'avait pu s'empêcher de demander au personnel de la nurserie de donner ce pot de marmelade à son fils.

Rin rêvait d'entrer dans la salle et d'offrir elle-même ce doux cadeau à son ange, ultime lueur illuminant sa vie. Jamais la souffrance de la séparation n'avait été aussi aiguë et cuisante...

Presque insupportable.

Elle éprouvait comme un manque physique. Le besoin pressant de toucher son bébé, de le presser contre elle et sentir sa chaleur...

Soudain, les images des corps du jeune prince et de la princesse des Sables Dorés dégringolant le long des remparts pour se fracasser au sol surgirent dans son esprit. Elle ferma les yeux et se mordit la langue, tâchant de se concentrer sur la douleur afin de les faire disparaître.

Aucun de ces deux enfants n'était le sien. Ils n'avaient même pas le moindre point commun. Aiko ne possédait strictement rien, et eux, fils et fille de reine, avaient tout eu de leur vivant. Ces héritiers de la lignée royale représentaient un danger qu'il avait été nécessaire d'éliminer. Elle le comprenait parfaitement.

Pour la Cause. Pour que mon peuple enfin se relève et gagne cette dignité dont il a si longtemps été privé...

Jamais Rin n'aurait dû éprouver cette absurde culpabilité, ces doutes insidieux qui ressemblaient beaucoup trop à des remords. Elle s'en voulait pour cela.

Tous ses espoirs reposaient sur les ambitions de Saori, la seule capable de guider les Damnés vers un avenir meilleur. La monarque avait son entière confiance, et cela ne changerait pas.

Non, jamais. Quoi qu'il advienne, je resterai fidèle à ma reine.

La mort dans l'âme, Rin s'obligea à s'éloigner. Elle ne pouvait endosser son rôle de mère. C'était ainsi, et il ne servait à rien de le regretter. Son choix était fait, et elle ne reviendrait pas dessus, peu importaient les atermoiements de son cœur.

Seul comptait le combat. Rien ne devait la détourner des objectifs fixés par Saori. Leurs plans se déroulaient comme attendu – à quelques menus détails près. Les Damnés ne cessaient d'accumuler les victoires et de gagner du terrain. Ce n'était pas maintenant qu'ils allaient ralentir l'allure, bien au contraire…

Leur dernière prise de guerre avait confirmé certains soupçons que nourrissait Saori quant à l'état de décrépitude avancée de l'ensemble des citadelles du continent. À l'instar de la Tour des Damnés – comme de toutes celles dont la Reine des Corbeaux s'était précédemment emparée –, le bastion des Sables Dorés possédait des fondations vétustes, rongées par l'usure du temps et couvertes de profondes fissures, probablement irréparables.

Les architectes de l'Ancien Monde étaient peut-être des génies qu'aucun membre de leur civilisation ne pourrait jamais égaler, mais ils n'étaient pas des dieux pour autant. Leurs constructions ne sauraient être éternelles, leur durée d'utilisation semblant arriver peu à peu à échéance…

Il était donc urgent d'agir, de poursuivre leurs desseins, s'ils désiraient un jour vivre libres et en paix quelque part.

Rin dévala les marches de l'escalier pour se rendre au camp d'entraînement où elle était attendue pour d'importantes manœuvres. Comme après chaque conquête, la Reine des Corbeaux avait laissé une partie de son armée dans la citadelle défaite et envoyé plusieurs groupes de volontaires coloniser les lieux. Les natifs de la Tour des Sables Dorés avaient tous dû lui prêter serment d'allégeance. Ceux qui s'y étaient refusés avaient connu une fin rapide – suivie d'une crémation plus expéditive encore sur un gigantesque bûcher.

La monarque avait également choisi de nouveaux soldats à enrôler parmi les sujets vaincus les plus vaillants. Ceux-là avaient voyagé avec le reste des troupes Damnées, rentrant directement au reinaume en emportant avec eux autant de vivres et de ressources arrachés aux survivants que possible.

Rin se hâta de se rendre au terrain qui jouxtait le flanc sud de la citadelle. L'endroit était intégralement recouvert d'un haut plafond grillagé – le ciel se devinant à peine sous le voile métallique. Des précautions nécessaires afin de préserver les séances d'entraînement de l'armée de toute éventuelle attaque des créatures des Abymes.

Mais aujourd'hui, les monstres se trouvaient de leur côté de la barrière, sous ces mêmes clôtures censées les protéger d'eux…

Après le succès qu'avait été le domptage des Komovarans, des œufs de Vyvernes et de Wyrms avaient été – au prix de nombreuses vies – subtilisés dans des nids. Plusieurs d'entre eux avaient fini par éclore à force de chaleur constante et de soins. Les petits qui en étaient sortis étaient restés enfermés dans les sous-sols de la Tour, où des dresseurs tentaient de les éduquer en vue de leur apprendre, dans un premier temps, à ne pas dévorer leurs maîtres.

Ce matin, pour la toute première fois, trois jeunes Vyvernes avaient été conduites hors de leurs enclos souterrains. Une séance de dressage cruciale était prévue en compagnie des plus éminents membres de l'armée ainsi que d'une poignée de soldats – dont Rin faisait partie. Un exercice à l'issue duquel les Damnés seraient fixés et sauraient si, oui ou non, il était possible de soumettre ces dangereux reptiles ailés à leur volonté afin d'en faire de nouvelles armes – déterminantes pour la suite des opérations…

Rin rejoignit ses camarades postés à l'extrémité du long parvis. Elle arrivait juste à temps, pile au moment où les portes s'ouvraient sur les dresseurs, tirant derrière eux des bêtes affolées, qui renâclaient à sortir.

Les Vyvernes n'avaient que six mois, et leurs corps n'avaient pas encore atteint leur plein potentiel, faisant à peine la taille de deux hommes au garrot. Elles se mouvaient avec une certaine maladresse et semblaient avoir du mal à s'acclimater à l'intensité de la lumière du jour.

Par sécurité, chacune d'elles avait été muselée par une armature de fer tandis que les maîtres arboraient tous à leurs ceintures sabres et fouets. Les crocs d'albâtre de ces monstres, en partie masqués par les grilles des harnais, se détachaient nettement, offrant un contraste saisissant avec la teinte d'un noir d'encre de leurs écailles luisantes.

Sur leurs dos avaient été placées des selles de cuir – initialement prévues pour les Komovarans, mais dont les sangles avaient été rallongées afin de s'adapter à ce nouveau type de monture.

À leur suite, un groupe de Prêtresses Thaumaturges fermaient la marche. Ces femmes impressionnaient toujours autant Rin. Elles avançaient avec solennité, graves et concentrées. Leurs visages étaient couverts de runes et de tatouages religieux. Elles portaient des crânes de Vyvernes en couronne, leurs os en colliers, ainsi qu'une pèlerine de plumes noir bleuté sur les épaules. La main droite posée sur les pierres couvrant l'ensemble de leurs corps, elles usaient de l'Elementum afin de contraindre les créatures à progresser sur le terrain.

Rin pouvait distinguer, d'où elle se trouvait, les minuscules pics de glace que certaines envoyaient sur les croupes des reptiles tandis que d'autres utilisaient l'air et de petits jets de terre pour éperonner les monstres.

Les Vyvernes furent ainsi traînées à travers l'aire d'entraînement, leurs redoutables serres griffues s'enfonçant dans la terre en signe de protestation. Puis les dresseurs arrêtèrent les reptiles au centre, face à la tribune où patientaient la Reine des Corbeaux et ses plus fidèles conseillers.

Entourée de ses volatiles, la souveraine se leva. Sa haute couronne d'or, posée sur plusieurs étages de chignons aux formes complexes, était à présent enrichie d'un nouveau fragment des reliques Célestes.

L'heure était grave.

Aussi, lorsque furent réclamés des volontaires, Rin s'avança, les mains jointes dans le dos et le menton haut, résolue à participer à cette expérience décisive pour la suite des affrontements. D'autres soldats l'imitèrent, impatients, eux aussi, d'apporter leur contribution à ces exceptionnels exercices.

Trois d'entre eux furent appelés par les Prêtresses. Rin n'en faisait pas partie. Elle éprouva une vive déception, mais sans doute y avait-il une bonne raison à ce qu'elle ne soit pas choisie.

Le premier guerrier s'approcha de la plus petite des Vyvernes. Le monstre gronda, puis déploya brusquement ses ailes pour le repousser. Après quoi, il le faucha d'un puissant coup de sa queue hérissée de pics sombres.

Une Prêtresse se posta en hâte face à la créature et effectua une série de gestes aux effets invisibles tandis que ses longs cheveux mauves étaient soulevés par un souffle étrange.

Le reptile se mit soudain à suffoquer et agita son long cou en tous sens dans un inquiétant sifflement, à la recherche d'oxygène. Il vacilla dangereusement pendant que la femme à ses pieds s'acharnait à le priver de son air. Puis il s'écroula à demi, plantant un genou dans la terre. Alors seulement, sa cage thoracique se gonfla de nouveau, la prêtresse relâchant peu à peu la pression exercée sur lui.

Ainsi sonné, l'animal n'opposa plus guère de résistance lorsque le soldat se releva et revint à la charge pour se hisser agilement sur son dos. L'homme s'empara des rênes que le dresseur lui confia et tenta ensuite de faire avancer sa monture.

Celle-ci se rebiffa derechef. Elle bondit sur place, mettant à mal l'équilibre du soldat. Mais, une fois encore, la Prêtresse intervint et l'étourdit en lui subtilisant le contenu de ses poumons.

Les autres volontaires prirent exemple sur le premier et, bientôt, les trois Vyvernes se dispersèrent sur le terrain, luttant contre leurs cavaliers et les Prêtresses qui s'acharnaient conjointement à les maîtriser.

Il y eut plusieurs chutes, et l'un des soldats, grièvement blessé, dut être évacué et remplacé. Ainsi mises à l'épreuve, les forces des deux partis s'épuisèrent rapidement. La séance s'acheva lorsque les créatures commencèrent à montrer des signes de faiblesse, trébuchant lourdement, sans doute trop privées d'oxygène.

Il y aurait beaucoup de travail avant d'obtenir des résultats vraiment probants. Néanmoins, le domptage de ces monstres que jusqu'ici tous avaient toujours craints se révélait finalement possible. À voir si, plus tard, ils réussiraient ou non à les faire voler avec un combattant en armure sur le dos – puisque c'était là le but de toute cette opération...

Sur un signe de Saori, les soldats descendirent de leurs destriers. Ils les confièrent aux dresseurs, qui les entraînèrent ensuite vers la porte des écuries.

Tout à coup, la reine se leva.

Rin supposait qu'elle et ses conseillers allaient applaudir les exploits accomplis par les trois courageux volontaires, mais il n'en fut rien. Au lieu de cela, la souveraine approcha de la rambarde de la tribune. Ses corbeaux voletant dans son sillage, elle clama :

— La Tueuse des monarques peut s'avancer ! Nous avons un présent plus spécial encore pour elle.

Rin mit un instant à comprendre qu'il s'agissait d'elle. C'était vrai : elle avait acquis le titre de bourreau de têtes couronnées, désormais...

La jeune femme s'exécuta de bonne grâce et se détacha du groupe de guerriers pour rejoindre le centre du terrain, curieuse de découvrir quelle surprise Saori lui réservait.

Derrière les portes de la Tour, plusieurs personnes s'agitaient dans la pénombre. Puis, subitement, un nouveau monstre, aux dimensions nettement plus impressionnantes et aux écailles rouge sombre, surgit hors du bâtiment.

Deux dresseurs tentaient de le retenir, tirant sur les rênes de toutes leurs forces. Les Prêtresses Thaumaturges encerclaient l'animal et faisaient pleuvoir sur lui autant de fins pics glacés que de mottes de terre – évitant malgré tout de le blesser.

Le reptile semblait s'en moquer. Sa tête, entièrement cerclée de métal, ses mâchoires maintenues closes, faisait la largeur de deux hommes. Une multitude de cornes noires torsadées se dressaient à l'arrière de son crâne, et une crête écarlate en coiffait le sommet, s'étendant le long de son dos jusqu'à l'extrémité de sa queue.

Un Wyrm.

La plus dangereuse des créatures des Abymes – après le Destructeur, cela allait sans dire...

Rin jeta un coup d'œil hésitant en direction de Saori, pas certaine de saisir ce qu'elle attendait d'elle. La reine avait-elle pour intention de lui offrir ce monstre ? Et dans ce cas, qu'était-elle supposée en faire ? Chevaucher pareil colosse lui paraissait totalement impensable...

Saori l'invita d'un geste à rejoindre l'animal. Alors Rin obéit. Sa vie appartenait à sa reine, de toute façon. Si cette dernière voulait la voir mourir maintenant, elle se plierait à sa volonté.

Le Wyrm mugit de rage et déplia brutalement ses immenses ailes aux membranes transparentes, dont le réseau veineux était visible par endroits. La jeune femme se voyait déjà empalée par les longs pics ornant l'extrémité de la queue de la bête, finissant projetée contre le grillage au-dessus d'elle.

Puis elle aperçut un halo rougeoyant qui transperçait son abdomen, à l'intérieur duquel un brasier couvait. Et elle s'imagina brûlée vive, comme tant de leurs Prêtresses avant elle...

La lueur remonta le long de la gorge du monstre, mais mourut entre ses puissantes mâchoires, étouffée faute de ne pouvoir être crachée. À la place des terribles flammes, une épaisse fumée sombre s'échappa de sa gueule – heureusement maintenue fermée par une solide muselière métallique.

En partie rassurée, Rin fit un pas mesuré vers le Wyrm. Puis un autre, jusqu'à parvenir devant lui. Spontanément, elle émit une série de claquements de langue, modulant le bruit obtenu de façon à former un ordre dont le sens lui échappait.

L'animal se redressa et l'observa de ses yeux jaunes pailletés d'or, à la pupille fendue. Plus elle approchait, plus elle usait de ce langage étrange et plus il semblait s'apaiser…

Guidée par l'instinct, elle tendit la main vers lui, puis posa la paume sur son poitrail. Elle s'étonna de trouver sous ses doigts des écailles chaudes, à la texture lisse et dure comme l'acier.

Le monstre baissa la tête pour renifler son odeur, et elle ne fit rien pour l'en empêcher.

Il ne lui ferait pas de mal. Elle ignorait pourquoi, mais elle en avait l'intime conviction…

Lentement, à grand renfort de gestes prudents, Rin prit appui sur le creux de sa patte avant et se hissa sur son dos. Une fois stabilisée, elle se redressa fièrement et s'empara des rênes avec une assurance qu'elle-même ne s'expliquait pas.

Soudain, la jeune femme prit conscience qu'elle connaissait déjà ces sensations. Après tout, dans ses rêves, elle partageait un lien unique avec un Dragon-Tempête, une espèce certes légendaire, mais extrêmement proche des Wyrms…

Saori avait espéré que son aisance avec ces créatures acquises en songe l'aiderait, et elle avait eu raison.

— Ma chère Tueuse, mon bras armé, montre-leur la voie ! proclama alors la reine. Montre-leur comme nous sommes puissants dorénavant ! Bientôt, nous disposerons de toutes les ressources nécessaires pour trouver la Cité de Nacre, le seul avenir possible pour l'humanité. Et bientôt, oui, très bientôt, nous récupérerons les ultimes fragments de la Couronne Céleste et mettrons à genoux le monde entier !

Saori leva le bras en direction du portail à l'extrémité du terrain. Les dresseurs se regardèrent, interloqués, mais allèrent ouvrir les grilles sans poser de questions.

Rin sentit son cœur cogner plus fort contre ses côtes – comme elle sentait celui de la créature sur laquelle elle se tenait redoubler de vigueur également. D'un geste, elle lui intima de s'engager par l'ouverture. Et le monstre s'y précipita, prenant de l'élan pour ensuite déployer ses ailes et décoller dans les airs, entraînant sa cavalière avec lui, tous deux suivis d'une volée de corbeaux.

33

Auréa

Après tout ce temps, Auréa retrouvait enfin un endroit familier, où elle ne se sentait ni comme un imposteur ni comme une étrangère.

Ici, dans le songe, elle était chez elle.

Perchée sur le dos du Dragon-Tempête, elle filait à toute allure dans les airs. Sa proximité avec l'animal la rassurait également. Aussi chimérique puisse-t-il être, il était son ami. Un lien indescriptible les unissait. Un lien tellement intense qu'elle ne parvenait pas accepter qu'il soit seulement le produit d'un rêve…

La pluie fusait dans leur sillage tandis qu'ensemble ils survolaient des océans, des plaines et des forêts. Puis ils parvinrent au cercle de montagnes laiteuses – aux reliefs différents, nettement moins escarpés, que ceux du royaume de Givre. Le massif encadrait une oasis de verdure, au milieu de laquelle se cachait la Cité de Nacre.

Avant même d'en avoir aperçu les bâtiments, Auréa leva les yeux, son attention attirée par de nouveaux détails.

Au loin, à l'autre bout du bassin rocheux, un deuxième Dragon-Tempête planait au-dessus des nuages. Un cavalier – minuscule silhouette de son point de vue, mais que la chevelure blanche rendait reconnaissable – se tenait assis sur la nuque du colossal reptile. L'inconnue ne cessait de s'agiter et faisait de grands gestes avec ses bras, comme pour chasser quelque chose.

Le regard d'Auréa courut le long du corps de l'immense dragon aux écailles scintillantes d'eau afin d'observer la traînée de tempête qui la suivait. Au cœur de la puissante averse, juste derrière le titan, un Wyrm rouge sombre luttait contre la pluie qui s'abattait furieusement sur ses larges ailes.

Brusquement stoppé par une force mystérieuse, le monstre écarlate interrompit sa poursuite avant d'avoir franchi la limite du massif. La créature des Abymes poussa un cri rageur et se dressa dans les airs, face à la barrière invisible qui l'empêchait d'atteindre sa proie. Lorsqu'il rouvrit ses mâchoires, un inquiétant jet de flammes fusa à plusieurs mètres de là. Le brasier fut toutefois rapidement étouffé par les giboulées sous lesquelles le Wyrm se trouvait encore.

Auréa cligna des yeux, troublée. Elle avait fait ce même songe des centaines de fois, et jamais encore un tel événement ne s'était produit. D'ordinaire, tout se déroulait toujours de manière identique – exception faite du jour où l'un des trois autres cavaliers lui avait parlé, bien entendu…

Que se passait-il, exactement ? Pourquoi ce rêve, au schéma qu'elle avait cru invariable, se modifiait-il peu à peu ?

Le Dragon-Tempête et son inconnue à la chevelure blanche atterrirent aux abords sud de la cité tandis que celui d'Auréa entamait sa descente, se dirigeant vers le nord.

Sa titanesque monture la déposa sur les dalles blanches et brillantes de soleil en périphérie de la ville, comme à son habitude. La jeune femme se hâta de rejoindre le parvis central, où elle savait que les autres se rendraient également – du moins était-ce ainsi que les choses étaient supposées s'enchaîner...

Auréa arriva à la grande place hors d'haleine. Elle tomba alors nez à nez avec la silhouette aux cornes et aux longs cheveux couleur de neige aperçue un peu plus tôt. La fumée qui entourait l'inconnue se dissipa peu à peu, et les traits de son visage devinrent presque perceptibles. Elle serrait les poings et semblait terriblement en colère, prête à frapper Auréa pour la chasser de ces lieux.

— Pars ! hurla la silhouette à demi visible sous la brume. Hors de ma vue ! Il s'agit de *ma* cité, c'est clair ?

Auréa recula d'instinct. Elle refusait de l'affronter sans savoir qui elle était et ce que tout cela signifiait. Il ne s'agissait que d'un rêve, d'une ville fantasmée. Personne n'avait à se battre pour une chose qui n'avait aucune réalité...

À quelques pas de là, les deux autres individus aux contours vaporeux se tenaient figés, hésitant visiblement à réagir. L'un d'eux apparaissait de manière légèrement différente également. Une espèce de halo de poussière dorée s'était formé au-dessus de sa tête tandis que deux yeux bleus perçaient l'écran de brouillard censé le cacher...

Auréa se réveilla en sursaut, brusquement arrachée au rêve par un bruit sec et répété.

Quelqu'un frappait à la porte de la chambre, et Rozarian claudiquait péniblement, en chemise et sans canne, pour se dépêcher d'aller ouvrir.

Tout juste éveillée, la jeune femme quitta d'un bond le sofa sur lequel elle était allongée, soucieuse de ne pas être vue loin du lit de son époux. Elle s'empara de la couverture et s'en drapa d'un geste maladroit.

— Bon sang ! pesta le prince, entrebâillant le battant de sorte qu'elle ne puisse être vue de l'intrus. Le soleil n'est même pas encore levé ! Qu'y a-t-il, à la fin ? Un nouveau fichu conseil ?

De l'autre côté du panneau de bois sombre, un valet lui répondit d'un ton mal assuré :

— La... la duchesse de Givre souhaite accompagner la princesse chez le tailleur royal, Votre Altesse. Votre père... Hem, le roi a estimé qu'il était temps que votre épouse porte du bleu. Il veut que les nouveaux vêtements soient réalisés dans les plus brefs délais afin que la princesse puisse se rendre au dîner de ce soir dans une tenue adéquate. D'où l'heure matinale...

— Et ça le prend comme ça ? fulmina Rozarian, particulièrement mal luné après un tel réveil. Eh bien, dites-lui qu'il aille se faire v...

Auréa maintint la porte, empêchant le jeune homme de la claquer au nez du domestique.

— Prévenez la duchesse que j'arrive, répondit-elle à la place – coupant son époux avant qu'il ait prononcé des mots malheureux. Je n'en ai que pour quelques minutes.

Surtout, pas de vagues. Je dois à tout prix éviter de déplaire au roi pour le moment...

Rozarian baissa les yeux sur elle et l'examina d'un air surpris. Après quoi, il se racla la gorge, haussa les épaules avec indifférence et s'éloigna.

À peine un quart d'heure plus tard, Auréa quittait la chambre après être allée se rafraîchir en vitesse au cabinet de toilette. Elle avait rassemblé ses cheveux en une natte épaisse – puisque les laisser libres était considéré comme vulgaire à la Tour de Givre. Elle avait enfilé une robe grenat ainsi qu'une courte veste de laine beige, choisies à la hâte parmi ses affaires.

Cela faisait bientôt un mois qu'Auréa avait emménagé avec le prince dans cet appartement certes spacieux et luxueux, mais où aucun espace ne lui appartenait vraiment. Elle et son époux avaient trouvé une espèce d'équilibre, un accord implicite de non-agression, du moment que l'un ne nuisait pas à la tranquillité de l'autre. Ils se parlaient peu – voire quasiment jamais – et ne faisaient que se croiser le plus souvent – soit dans la chambre qu'ils partageaient pour la nuit, soit lors des repas officiels de la famille royale.

Rozarian était d'ailleurs désormais moins présent. Du jour au lendemain, il s'était décidé à reprendre le chemin des cours, des conseils d'État et autres audiences auxquelles son statut l'obligeait à assister – même s'il était flagrant que tout cela lui déplaisait au plus haut point…

De son côté, une fois un peu atténué le choc de la visite des quartiers des Thaumaturges, Auréa avait de nouveau écrit à Erann pour requérir sa compagnie. Elle appréciait beaucoup le jeune prince. Au-delà de son inépuisable conversation, il était le seul à lui témoigner autre chose qu'hostilité ou froide indifférence. En outre, les balades qu'il lui faisait faire à travers la citadelle étaient toujours aussi charmantes qu'intéressantes.

Cette nouvelle habitude ne semblait pas vraiment du goût de Rozarian – toutefois, si tel était le cas, le jeune homme avait la décence de garder son opinion pour lui. Auréa avait besoin de connaître ce nouveau royaume censé devenir le sien – ne serait-ce que pour les rapports détaillés qu'elle prenait soin d'envoyer régulièrement à Chryséis…

Cette dernière avait répondu quelques jours seulement après qu'Auréa lui avait écrit une première lettre. Dans l'attente d'un plan visant à aider d'une manière ou d'une autre les Thaumaturges-esclaves de la Tour de Givre, la reine du Printemps lui avait recommandé de faire profil bas. Aussi Auréa s'appliquait-elle à suivre à la lettre ces conseils, tenant par-dessus tout à pouvoir agir le moment venu.

Par conséquent, si son roi de beau-père la voulait dorénavant vêtue de bleu, alors elle se conformerait à ses désirs…

Ce fut donc peu apprêtée et les yeux encore bouffis de sommeil qu'elle remonta le couloir menant au salon où l'attendait la duchesse. Auréa s'apprêtait à franchir la porte lorsqu'elle entendit la voix de Minerviane. Curieuse, la jeune femme s'arrêta et tenta d'écouter la conversation à travers le battant.

— Mais enfin, pourquoi ? Après tout ce que nous avons fait… Vraiment, ton entêtement n'a aucun sens…

— Il en a pour moi, rétorqua Rozarian d'un ton faible. J'ai changé d'avis. Je me suis rendu compte de mes erreurs. De mes faiblesses surtout. Je me suis bercé d'illusions durant tout ce temps et je l'ai compris, à présent. Jamais je n'aurais dû vous mêler à cela, c'était stupide et irresponsable de ma part, et j'en suis navré.

— Roz, tu dois au moins *essayer*, insista la duchesse. Tu ne m'as mêlée à rien du tout, j'ai choisi de t'aider. En mémoire de ma meilleure amie. Et parce que je le sais : il s'agit de ta destinée. C'est écrit. Ta défunte mère l'avait vu…

— Je n'ai pas cessé de croire en elle ni en ses visions. Néanmoins, elle n'avait pu prévoir… Enfin, vous savez bien... Tant de choses ont changé après sa mort. Votre jugement en ce qui me concerne est altéré par votre extrême bienveillance à mon égard. Il est déraisonnable de s'accrocher à des prémonitions datant d'avant l'accident. Le cours du destin qu'elle avait aperçu a été modifié ce jour-là, voilà tout.

— Je ne pense pas, non. Il me semble plutôt que c'est l'appréhension qui te retient maintenant que tu es tout proche d'accomplir ton véritable devoir.

Rozarian poussa un lourd soupir, sans infirmer ni confirmer les allégations de sa tante.

— Depuis quand ne t'es-tu pas rendu à la forge ? reprit Minerviane, changeant brusquement de sujet. Avec un peu de chance, de nouvelles pièces pourraient permettre d'améliorer ton appareil.

— Vous savez combien Père déteste me voir traîner là-bas. Il juge cette activité indigne d'un fils de roi. En outre, ces lieux sont particulièrement éloignés de mes appartements, et j'évite les longs trajets, ces derniers temps. Ils me sont de plus en plus pénibles...

Un silence morose retomba alors entre les deux interlocuteurs.

Auréa n'avait pas saisi un traître mot de tout l'échange. Il était cependant évident qu'un lourd secret liait son époux et la duchesse. Quelque chose d'important, aux conséquences déterminantes pour le royaume...

Se rappelant subitement qu'elle était attendue, Auréa choisit ce moment pour entrer. Elle trouva Minerviane assise à table en face de son neveu.

La duchesse tenait une tasse de thé entre ses doigts délicats tandis que le prince était penché au-dessus d'un bol de café fumant, un rideau de cheveux noirs entremêlés de mèches carmin masquant la partie abîmée de son visage.

Tout à coup, Rozarian se leva. Les lèvres pincées de dépit, il déclara :

— Je vous laisse entre femmes. Je ne serai d'aucune utilité, de toute façon.

Là-dessus, il quitta le salon, abandonnant sa boisson à laquelle il avait à peine touché.

Minerviane porta sa tasse à ses lèvres et prit une gorgée, l'auriculaire élégamment dressé. Après quoi, elle se tourna vers Auréa.

— Ma chère, vous me voyez bien navrée de venir encore vous déranger de si bon matin. Je suis néanmoins heureuse que vous acceptiez ma compagnie pour cette séance d'essayage impromptue réclamée par le roi. Il est vrai que nous n'avions guère eu l'occasion de faire vraiment connaissance depuis votre arrivée à la Tour.

Auréa se retint de la contredire, même si la duchesse et elle se côtoyaient chaque soir à la table de Léandran depuis près de trois semaines...

— J'en suis ravie, moi aussi, répondit la jeune femme, ses lèvres s'étirant en un sourire timide.

Si la reine éblouissait par sa beauté, la duchesse en imposait par sa prestance. Rarement Auréa avait été aussi impressionnée par l'assurance qui se dégageait d'une personne. Cependant, dès lors qu'elle se trouvait en présence d'autres hommes, Minerviane adoptait l'attitude de toutes les femmes de la cour. Elle se taisait et se contentait d'écouter, sans jamais intervenir, à moins, bien sûr, d'y avoir été conviée...

— Ne faisons pas attendre le tailleur plus longtemps, décréta la duchesse en quittant sa chaise, sa grande robe de soie cobalt bruissant doucement. Le pauvre a été réveillé aux aurores pour préparer notre venue à son établissement.

La jeune femme suivit la duchesse jusqu'à la porte des appartements princiers. Une fois dans la galerie, au lieu de prendre à droite vers la cabine d'ascenseur, Minerviane s'engagea à gauche.

Elles croisèrent alors deux jeunes filles humblement vêtues, à moitié cachées sous la pénombre d'une arche de pierre. Elles discutaient à voix basse et se tenaient particulièrement proches l'une de l'autre.

La première se retourna brusquement à leur arrivée, puis se raidit en les apercevant. Il s'agissait d'Invidia, qui paraissait toujours aussi inquiète et mal à l'aise...

La jeune femme s'était-elle fait une amie à la Tour de Givre ? Ou bien était-ce son amante ? Quoi qu'il en soit, le comportement de la Thaumaturge était extrêmement étrange.

— Votre Altesse, bredouilla Invidia en s'inclinant hâtivement. Madame la duchesse...

Derrière elle, une inconnue aux yeux vert émeraude et aux cheveux brun terne, coupés au carré, baissa le nez et rentra la tête dans les épaules, honteuse.

Soudain, Minerviane s'emporta :

— Oh, pas encore ! Bon sang, mais à quoi pensez-vous donc, jeune demoiselle ? Je vous avais pourtant dit de ne pas sortir !

— P-pardonnez-moi, madame, bégaya l'inconnue en se ratatinant davantage sur elle-même...

Avant de faire volte-face et filer en courant.

La duchesse esquissa un geste pour congédier Invidia également. Elle se tourna ensuite vers Auréa. Prenant une expression outrée – qui sonnait curieusement faux –, elle se plaignit :

— Ces servantes, vraiment ! Jamais où elles devraient être ! La domesticité, de nos jours, ce n'est plus ce que c'était...

34

Auréa

— Il lui faut impérativement un corset, prescrivit Minerviane une fois chez le tailleur royal. La pauvre ne peut rester ainsi plus longtemps, sans rien pour cacher ni contraindre ses formes ! Une chance que mon frère se soit enfin décidé à agir, puisque l'on ne peut visiblement pas compter sur mon neveu pour prendre l'initiative…

Auréa se trouvait perchée sur une estrade ronde au milieu de l'arrière-boutique tandis que trois jeunes femmes s'affairaient auprès d'elle, un mètre de couture à la main, prenant toutes les mesures possibles de son corps. Dépouillée de presque tous ses vêtements, Auréa n'avait plus sur le dos que sa culotte et sa chemise – dont elle s'efforçait de tenir le col serré contre son cou, espérant que l'épaisseur du tissu était suffisante pour ne rien dévoiler des contours de sa Pierre. Outre cette angoisse, elle se sentait extrêmement mal à l'aise de se voir exposée de la sorte devant autant d'inconnus…

— Oui, bien entendu, convint le tailleur. Dans ce cas, je comprends l'urgence. La princesse en aura un à disposition dès ce soir, cela va de soi.

— Pourquoi est-ce si problématique ? hasarda Auréa avec la désagréable sensation de paraître naïve. De quoi s'agit-il exactement ?

— Comment donc ? s'étonna Minerviane, une main choquée appuyée sur la base de sa gorge. Les femmes ne portent pas de lingerie gainante à la Tour du Printemps ?

Auréa secoua la tête, n'ayant jamais entendu parler de pareil vêtement.

Le tailleur fouilla dans le tiroir de l'une des énormes commodes jouxtant l'enfilade de cabines d'essayage et en sortit une pièce étrange qu'il apporta ensuite à Auréa. Composée d'une toile singulièrement raide dans laquelle étaient cousus des bâtonnets rigides, la pièce formait les contours d'un buste féminin.

— Celui-ci devrait convenir à vos mensurations le temps de l'essayage, allégua l'homme en confiant ensuite l'objet à l'une des couturières afin qu'elle le fasse enfiler à Auréa.

— Est-ce vraiment indispensable ? haleta celle-ci, le souffle court, lorsque sa poitrine et son abdomen furent emprisonnés dans l'inconfortable carcan au laçage excessivement serré.

— Évidemment, ma chère, assura la duchesse. Au royaume de Givre, nous accordons une grande attention à l'apparence, celle des femmes en particulier. Il est important que chacune d'entre nous veille à donner le meilleur d'elle-même pour satisfaire au mieux aux exigences des critères de beauté féminine. Aller à l'encontre de ces règles serait considéré comme de la négligence pure et simple. Voire de la vulgarité…

— Il est donc vulgaire, selon vous, d'afficher sa silhouette au naturel, sans artifice pour en modifier la forme ? questionna Auréa, troublée par ces aberrants concepts.

À la Tour du Printemps, on appréciait certes les tenues soignées et joliment ornementées, mais la simplicité et le charme étaient préférés à l'ostentatoire et à la superficialité. En outre, aucune véritable convention ne dictait ce qu'il convenait de juger beau ou non.

Auréa n'avait d'ailleurs pas la moindre idée de sa propre situation sur cette prétendue échelle de la perfection physique. Jamais auparavant elle n'avait même songé à cela...

Et si j'étais affreusement laide, selon les normes – apparemment ultra-restrictives – en vigueur au royaume de Givre ? Et si c'était précisément la raison pour laquelle Rozarian répugne à consommer notre union ?

Auréa déglutit péniblement, le malaise qu'elle éprouvait s'amplifiant d'un coup. Elle s'observa d'un œil critique dans le miroir en pied posé devant elle. Son corps modelé par le corset était maintenant complètement différent. Ses seins étaient rehaussés, sa taille nettement plus fine et marquée, et le renflement de ses hanches pratiquement gommé.

Elle ressemblait effectivement davantage aux femmes qu'elle avait rencontrées à la Tour de Givre. Elle ignorait toutefois s'il lui plaisait de voir ainsi disparaître les spécificités de ses propres courbes au profit d'une silhouette plus conforme aux attentes des autres. Ces contraintes valaient-elles vraiment la peine, se sentirait-elle mieux acceptée au sein de ce peuple qui n'était pas le sien ?

— Il s'agit avant tout d'une marque de respect, expliqua posément la duchesse. Envers la société comme envers soi-même. Ici, on ne se présente pas devant autrui comme au saut du lit. Il est d'ailleurs également d'usage de lisser sa peau sous une couche de poudre pâle, de rehausser ses lèvres de rouge et de souligner ses yeux de fard. Je vous montrerai cela après, si vous le voulez bien.

Auréa acquiesça en silence, le regard résolument rivé à l'image que lui renvoyait la psyché, s'examinant avec une attention redoublée.

Curieusement, la perspective d'apprendre à se maquiller comme les femmes de la Tour l'enthousiasmait à peu près autant que cela la perturbait. Découvrir comment magnifier son visage et le parer de couleurs lui faisait plutôt envie. Néanmoins, si elle suivait le raisonnement de Minerviane, des cheveux tressés à la mode du royaume ne suffisaient pas pour se fondre dans cette société. Quitter le couvert de sa chambre en toute simplicité, sans une longue séance de préparation, était donc non seulement une faute de goût, mais aussi une offense faite aux autres...

Le tailleur montra à Auréa et à la duchesse plusieurs livrets aux pages remplies de gravures en vue de définir les modèles qui composeraient la future garde-robe de la jeune femme. Après quoi, les couturières sortirent des réserves différents tissus.

Elles drapèrent un magnifique coupon de soie bleu pastel autour de la taille d'Auréa et passèrent une pelisse de velours indigo chatoyant sur ses épaules.

— Les hommes portent-ils, eux aussi, ce type de contentions ? se renseigna la jeune femme en tirant sur le bord du corset plaqué contre sa poitrine, peinant à respirer correctement. Arborent-ils également un masque de poudre ?

Elle n'avait rien remarqué de semblable chez le souverain, le prince héritier, son frère cadet ou même les conseillers royaux. Mais peut-être ces artifices étaient-ils sur eux trop discrets pour être détectés.

— Bien sûr que non, voyons ! s'esclaffa la duchesse, l'hilarité contaminant le tailleur et les assistantes. Par Celui qui Dicte, voilà une drôle d'idée ! Des hommes corsetés et fardés, comme ce serait ridicule !

Auréa regarda les autres autour d'elle rire de bon cœur, sans parvenir à saisir ce que ses propos avaient de comique.

— Si je comprends bien, seules les femmes sont tenues de retoucher leur apparence ? déduisit-elle après réflexion.

Minerviane essuya délicatement une larme au coin de son œil, puis se pencha avec empressement vers le miroir pour vérifier l'état de son maquillage. Elle poussa un soupir d'aise, comme après une bonne plaisanterie, et répondit :

— C'est cela. Les hommes, eux, sont tenus de... eh bien, d'observer un minimum d'hygiène et... et de rester virils, cela va sans dire. En toutes circonstances.

— *Virils* ?

Auréa fronça les sourcils, cette notion lui échappant également.

— Forts, tenta d'expliciter la duchesse, arquant les bras de manière à faire gonfler ses épaules dans une attitude des plus burlesques. Grands. Puissants. Invulnérables. Enfin, les caractéristiques masculines. Elles sont universelles, non ?

Les lèvres d'Auréa s'incurvèrent en une moue sceptique. Elle se garda bien toutefois de contester ces assertions.

Après le choix des tissus pour la confection d'un trousseau complet de robes, de lingerie et de manteaux, Minerviane conduisit Auréa chez une modiste, où elle passa commande pour plusieurs chapeaux. Elles se rendirent ensuite dans une boutique de chaussures, où Auréa essaya des modèles élégants mais aux talons hauts et fins, atrocement handicapants pour la marche.

— Vous et mon neveu semblez heureux ensemble, souffla la duchesse tandis qu'elles remontaient une vaste galerie bondée, des domestiques portant leurs paquets à leur suite. Vous ne pouvez pas savoir combien cela me fait plaisir. J'étais tellement inquiète au sujet de ce mariage. Je craignais que cela ne se passe mal...

Minerviane l'observa à la dérobée, à l'affût de ses réactions. Auréa veilla alors à se composer une mine réjouie, se prêtant consciencieusement au jeu de la jeune mariée comblée.

— Rozarian peut parfois se montrer un tantinet revêche, tempéra-t-elle afin d'être tout de même crédible – après tout, c'était l'évidence même. Mais il a bon cœur. Et puis, il possède un charme tellement singulier qu'il en devient fascinant...

La duchesse hocha la tête, l'air ravie.

Sans vraiment savoir pourquoi, Auréa se mit à rougir. Elle fabulait désormais si bien qu'elle commençait presque à croire à ce qu'elle racontait...

Peu à peu, cependant, le regard céruléen de Minerviane s'altéra et se couvrit d'un voile de tristesse, la joie quittant ses traits. Elle battit des cils, comme pour dissiper les ombres du secret qui affleuraient soudain à la surface de ses prunelles.

D'une voix tout à coup empreinte de gravité, elle déclara :

— Vous vous êtes sûrement rendu compte du caractère excessivement renfermé du prince héritier. Il faut dire que le pauvre enfant a perdu sa mère si jeune... Puis il y a eu le décès tragique de... Ah, mais ce n'est pas à moi de vous rapporter cela... Bon sang, que me prend-il ?

Il était flagrant que la duchesse brûlait d'envie de lui confier ces informations hautement sensibles qu'Erann s'était refusé à lui donner.

— Pourquoi ? demanda spontanément Auréa, sa curiosité piquée au vif. De quoi, de qui ne pouvez-vous pas me parler ?

C'était tellement frustrant de ne rien pouvoir apprendre du passé de son propre époux !

— Prononcer ce nom est interdit, voyez-vous, chuchota Minerviane en lui jetant un coup d'œil sombre, ne faisant que l'intriguer plus encore. Cela ne fait que semer le trouble, aiguise la mélancolie et décuple une rancœur déjà beaucoup trop vive. Quoi qu'il en soit, Rozarian a dû surmonter bien des épreuves, vous savez. Avec beaucoup de patience, je suis certaine qu'il finira par s'ouvrir tout à fait à vous. Jamais encore je n'avais vu ce jeune homme ombrageux et solitaire qu'est mon neveu montrer de tels signes d'affection envers quelqu'un. Il a déjà des sentiments pour vous, cela saute aux yeux.

Prise au dépourvu, Auréa bredouilla :

— Ils… ils sont partagés.

Le mensonge lui coûtait davantage, cette fois. Mais ce n'en était pas vraiment un, en réalité. Après tout, Rozarian et elle se détestaient froidement, à un degré équivalent. En cela, elle disait la vérité…

Le prince joue-t-il si bien la comédie qu'il a réussi à duper la parente qui lui est la plus proche ou sa grand-tante a-t-elle vu une chose que je suis incapable de percevoir ? Non… Bon sang, c'est ridicule ! Non seulement c'est improbable, mais en plus je m'en moque !

À la suite de la duchesse, Auréa s'engagea dans un couloir plus étroit et moins fréquenté. Elle s'étonna de déboucher devant une porte vitrée donnant sur un étroit balcon dépourvu, cette fois, de plafond de verre protecteur.

— Hier matin, les gardes ont dû chasser un renard-feu qui avait emprunté cet escalier de service, connu pourtant des seuls habitants de la Tour, rapporta Minerviane sur le ton de la simple anecdote, pointant le doigt en direction de l'issue. C'est la première fois qu'un animal vient rôder aussi près de la citadelle. Cela a effrayé beaucoup de gens.

Le sang se mit à battre sourdement contre les tempes de la jeune femme. Elle se figea, ses jambes devenues aussi molles que du coton.

— Aucun... aucun mal ne lui a été fait, n'est-ce pas ?

— Il s'est enfui avant que les gardes aient eu l'occasion de l'approcher. Il n'était pas agressif, apparemment. Mais tout de même, dommage qu'un tel spécimen ait échappé à nos hommes. Sa fourrure était, paraît-il, magnifique. D'un blanc de nacre strié par endroits de filaments rouges, à ce que l'on raconte. Enfin, peu importe. Et si nous allions déjeuner ? Vous semblez bien pâle, tout à coup. Mince ! J'oubliais que je vous avais obligée à sauter le petit déjeuner !

— Je... hmm, oui, je meurs de faim, mentit encore Auréa.

Son estomac s'était transformé en un morceau de plomb. La joie à l'idée qu'Ignis l'ait retrouvée et la panique à la perspective qu'il puisse se mettre en danger pour la rejoindre formaient en elle un cocktail détonant, qui lui donnait la nausée.

35

Auréa

Après un repas – frugal faute d'appétit – pris dans le meilleur restaurant de tout le royaume, la duchesse invita Auréa dans ses magnifiques appartements pour une séance de maquillage. Malgré la persistance de certaines réticences, la jeune femme prit plaisir à l'apprentissage de ces techniques sophistiquées permettant de « sublimer les traits féminins » – selon Minerviane.

Le teint poudré et les yeux fardés, Auréa étudia à nouveau son reflet dans le miroir de la coiffeuse délicatement sculptée devant laquelle la duchesse l'avait installée. Elle n'avait pas encore de corset à elle, ni de robe bleue, mais elle était à présent maquillée et coiffée comme la reine et les cousines de Rozarian. Et elle devait reconnaître que l'image renvoyée par la glace ne lui déplaisait pas…

— Vous étiez déjà jolie au naturel, la complimenta Minerviane lorsque sa domestique en eut terminé avec les cheveux mauves d'Auréa – tressés à présent en une couronne complexe autour de sa tête. Vous voilà désormais transformée en une véritable beauté, ma chère.

— Vous trouvez ?

Auréa répondit d'un sourire un peu forcé. Elle ne parvint pas toutefois à remercier avec sincérité son interlocutrice.

Ladite transformation avait tout de même pris plusieurs heures. Fallait-il vraiment en éprouver de la fierté, après tous ces efforts fournis pour une chose aussi superficielle ? Y avait-il réellement un intérêt à se démener autant pour se préparer, cela dans l'unique but d'orner agréablement une table au côté de ces messieurs ? Parce que, au bout du compte, quelle était la véritable finalité de toute cette entreprise sinon celle-ci ?

La duchesse convia ensuite la jeune femme à se rendre avec elle au salon de thé où, chaque après-midi, elle retrouvait ses amies. Auréa accepta avec plaisir de se joindre à elle, heureuse de rencontrer enfin de nouvelles personnes et de ne plus – pour un moment, du moins – se sentir seule et désœuvrée derrière les murs des appartements princiers.

L'établissement était charmant. Les murs étaient couverts de tapisseries magnifiques représentant diverses scènes fantastiques, remplies de créatures féeriques, et le mobilier tout de bois précieux finement ouvragé. Une large cheminée aux chenets de fer forgé sur lesquelles brûlaient d'épaisses bûches trônait au fond de la pièce principale, réchauffant l'atmosphère.

Une domestique se chargea de conduire Minerviane et Auréa dans une petite salle attenante, privatisée pour l'occasion. Au centre, une table ronde était occupée par une quinzaine de femmes d'âges divers, issues des plus hautes sphères de l'aristocratie du royaume.

Elles se tenaient assises sur d'imposants fauteuils capitonnés de velours. Toutes étaient vêtues et maquillées comme pour un bal, arborant des robes amples aux tons chatoyants et une impressionnante collection de perles, de diamants et de saphirs.

Auréa reconnut les cousines de Rozarian ainsi, bien sûr, que la reine Déline, qui présidait la petite assemblée.

La souveraine se leva à leur arrivée et s'exclama, la mine réjouie :

— Par Celui qui Dicte, mon enfant, vous êtes méconnaissable ! Il ne manque plus qu'une tenue à la coupe adéquate et on vous croirait sortie de nos plus belles gravures de mode !

Auréa s'empourpra, prise au dépourvu. À aucun moment elle ne s'était attendue à ce que la reine la complimente, encore moins de façon aussi spontanée et chaleureuse...

En outre, même si ce type de commentaires était agréable à entendre, cela restait assez étrange pour elle qui venait d'une contrée où personne ne faisait jamais la moindre remarque sur le physique de quiconque. Comment s'attribuer quelque mérite que ce soit du simple fait d'être né grand ou petit, mince ou charnu ?

— Toute une troupe d'artisans s'affairent en ce moment même à la confection d'un trousseau complet de vêtements choisis ce matin spécifiquement pour la princesse, annonça Minerviane.

— J'en suis fort aise, approuva Déline en se rasseyant, prenant soin de répartir élégamment les plis de sa longue robe de velours bleu nuit. Il aura néanmoins fallu que je fasse moi-même remarquer à Léandran, hier soir après le dîner, que rien n'avait été encore fait pour vêtir l'épouse de son héritier suffisamment chaudement et aux couleurs de notre maison. Sans quoi, je le crains, cette pauvre enfant attendrait toujours sagement qu'on le lui propose...

— Je vous remercie, Votre Majesté, s'empressa de bredouiller timidement Auréa, se fendant d'une révérence qu'elle tâcha de rendre aussi gracieuse que possible.

— Je vous en prie, princesse, trêve de ronds de jambe ! se récria la reine. Installez-vous ici, vous voulez bien ? Je suis tellement heureuse de vous voir rejoindre notre petit cercle !

Auréa eut un instant d'hésitation, stupéfaite de découvrir la souveraine sous un jour complètement différent, s'exprimant haut et fort, souriant franchement. Sa surprise passée, la jeune femme s'exécuta et prit place au côté de Déline, Minerviane à sa gauche.

Des présentations furent alors rapidement faites, mais sans protocole ni manières excessives.

— Rozarian aurait quand même pu faire le nécessaire, fit observer Méliante, la plus âgée des cousines du prince. C'est vrai, vous êtes *son* épouse, après tout. Comment a-t-il pu oublier à quel point les tenues sont importantes pour nous, à plus forte raison lorsque l'on est princesse ?

— Les jeunes hommes ont bien du mal à se soucier de ce genre de choses, vous savez, soupira Minerviane.

— Ah, mais les vieux aussi, croyez-moi ! repartit la comtesse de Lonelle, une femme petite et menue, d'une soixantaine d'années. Ils adorent nous voir porter de belles robes. Mais songer au travail d'imagination nécessaire au renouvellement des modèles et toute leur conception leur passe au-dessus de la tête. Les jeunes comme les plus âgés ont cela de commun qu'ils détestent nous entendre discuter chiffons...

— J'aimerais savoir, puisque apparemment le prince et vous vous entendez plutôt bien, s'enquit Alériante, la seconde cousine du prince – celle aux cheveux d'un châtain cuivré presque roux –, en se penchant vers Auréa. Lui arrive-t-il parfois de sourire en privé ou son visage reste-t-il figé dans cette expression austère et désagréable qu'il affiche en permanence ?

Plusieurs personnes se mirent à rire autour de la table, mais pas la duchesse.

Auréa ignorait comment répondre. D'un côté, elle trouvait la remarque drôle et se serait bien moquée de son mari, elle aussi. D'un autre, elle comprenait que Rozarian n'était pas devenu l'homme froid et morose qu'il était sans raison – lesquelles, en revanche, ne devaient rien avoir de comique...

— Le prince n'est pas toujours ainsi, réfuta-t-elle d'un ton neutre, sans entrer dans les détails.

Il pouvait se mettre en colère, devenir menaçant aussi, parfois. Et jeter de fines piques bien senties, aussi désarmantes qu'hilarantes, si on se donnait la peine de l'écouter vraiment...

— Oh, je vois, opina la jeune femme rousse en hochant la tête, remuant les sourcils d'un air entendu.

Une servante interrompit la conversation pour leur servir du thé ainsi qu'une montagne de petites pâtisseries aux couleurs pétillantes et à la brillance gourmande. La conversation reprit une fois que toute l'assemblée eut une tasse de porcelaine en main, revenant au sujet – extrêmement sérieux, à en croire ces dames – des vêtures féminines. Avant de s'orienter vers l'art du maquillage, puis de dériver aux dernières modes en matière de bijoux.

À leur arrivée, Auréa n'avait pu s'empêcher de lorgner avec envie les gâteaux et autres confiseries qui débordaient des plateaux d'argent à étages disposés sur la table. Mais, après une bonne heure de discussion futile et frivole, elle commença à les considérer avec un certain embarras. Le chou à la crème et la tartelette à la poire à peine entamés dans son assiette n'avaient plus aussi bon goût qu'un peu plus tôt.

Sans qu'elle s'en aperçoive, Auréa avait failli oublier que, plusieurs étages plus bas, des femmes – *ses sœurs* – se mouraient, affamées et obligées de vivre dans l'immondice, derrière les barreaux d'horribles geôles...

Elle prit peu à peu conscience qu'elle n'était pas à sa place parmi les aristocrates de la Tour. Elle avait eu beau essayer – ne serait-ce que pour occuper ses longues journées à l'emploi du temps vide –, finalement, elle n'avait absolument rien de commun avec les habitantes du royaume de Givre...

— Vous êtes-vous déjà rendues dans les quartiers des Thaumaturges ? lança-t-elle tout à trac, la question lui échappant à force de l'obséder.

Toutes les femmes autour de la table se turent d'un coup, et un étrange silence tomba sur la salle. Minerviane baissa la tête, comme si elle s'était attendue à ce type d'intervention de sa part, et se racla la gorge avec une gêne flagrante.

— Non, jamais, finit par reconnaître d'une voix faible Déline au bout d'un moment. Nous n'en avons pas le droit. Aucune d'entre nous. La gestion du problème incombe aux gouvernants. Nous ne sommes donc guère habilitées, ni même légitimes, à nous en mêler, que ce soit de près comme de loin.

— Aux *gouvernants* ? répéta Auréa – atterrée d'entendre une reine s'exclure d'elle-même et avec autant de naturel du groupe des décisionnaires du royaume. Aux *hommes* donc...

Minerviane lui prit subitement la main et la lui serra délicatement. Il s'agissait d'un geste chaleureux, de réconfort, non une invitation à se taire.

D'un ton étonnamment doux, la duchesse murmura :

— Les différences culturelles entre nos deux Tours sont très difficiles à surmonter pour vous. Nous pouvons tout à fait le comprendre, ma chère.

— Moi, je les ai vues, renchérit Auréa, incapable de retenir plus longtemps ses mots. Les Thaumaturges sont entassées dans la crasse de cachots humides et sombres et n'ont que la peau sur les os. Elles ne sont pas uniquement traitées comme des criminelles, mais comme des esclaves, torturées en permanence par la faim et la menace de l'engin de mort autour de leurs gorges. C'est inhumain de faire subir pareilles atrocités à ses sujets !

La comtesse de Lonelle s'éventa d'un geste exaspéré, l'air mécontente d'avoir à écouter un tel discours. Les cousines de Rozarian froncèrent les sourcils, perplexes, tandis que la reine secouait la tête, une expression de profond abattement s'inscrivant sur ses traits.

— La première épouse de Léandran avait fait beaucoup afin que soient assouplies les mesures prises à l'époque des précédents monarques à l'encontre des Thaumaturges, expliqua-t-elle. Elle avait de l'influence sur le roi. Après sa maladie, puis son décès, ce dernier s'est totalement désintéressé du problème. Puis est survenu ce terrible accident, le prince héritier a... Enfin, tout s'est emballé. Léandran était tellement furieux. Il a bien failli faire brûler sur un bûcher toutes les femmes portant la Pierre en punition de cette erreur, commise pourtant par une seule d'entre elles... Les conseillers du roi ont réussi à tempérer sa rage et son désespoir, afin de garder tout de même nos Thaumaturges en vie. Mais il est impossible de revenir en arrière, à présent.

— Qu'a-t-il bien pu se passer ? s'enquit Auréa, de plus en plus frustrée d'être ainsi tenue dans l'ignorance.

Cet accident dont personne ne semble pouvoir parler, il s'agit de celui qui a rendu Rozarian handicapé, n'est-ce pas ?

— Si seulement ce monstre s'en était tenu à cela, souffla Minerviane, les yeux tout à coup brillants de larmes.

— Le sujet est tabou ! rappela rudement la comtesse de Lonelle, un pli de colère marquant son front. Même ici, même entre nous, nous ne pouvons nous permettre de l'évoquer.

Minerviane opina muettement du chef et s'adossa à son fauteuil comme pour s'éloigner de cette discussion et de tout ce que cela impliquait. L'ambiance s'était foncièrement assombrie à la suite de l'intervention inopinée d'Auréa.

— Mais enfin..., ajouta Méliante avec hésitation, baissant le ton en se penchant au-dessus de la table. Que ces femmes capables de manipuler la magie soient maléfiques ou non, elles restent un atout militaire non négligeable. À l'heure où les Tours tombent les unes après les autres aux mains de la Reine des Corbeaux, est-il raisonnable de nous passer d'un groupe de Thaumaturges qui serait entraîné et volontaire, sincèrement engagé dans la défense du royaume ?

Auréa battit des paupières, surprise d'entendre la cousine de Rozarian s'exprimer sur un sujet aussi grave et pointu, relevant exclusivement – selon les croyances du peuple de Givre du moins – de la compétence des hommes.

— J'ai peur, moi aussi, admit Alériante. Ne le prenez pas mal, princesse, mais était-il vraiment judicieux d'amputer ainsi notre armée d'une partie de ses forces, tout cela pour un mariage de prestige et un bout de métal corrodé – si ancien et légendaire soit-il ? Qui nous dit que nous ne serons pas les prochains à être assaillis par les cohortes des Damnés ?

— Je suis également terrifiée à cette idée, confia une femme d'une trentaine d'années, dont Auréa avait oublié le nom et le titre. Je n'en dors plus la nuit depuis que j'ai appris pour la tragédie des Sables Dorés. Si l'agresseur parvenait à assiéger notre Tour, nos maris pourraient encore se défendre avec leurs épées. Mais nous, que ferons-nous ? Nous devrons nous cacher avec les enfants et attendre que le destin soit tranché, incapables de faire quoi que ce soit pour nous protéger.

— C'est notre lot, en tant que femmes, conclut tristement Déline. Dans une telle situation, nous devrons tenir bon, coûte que coûte, et affronter notre sort, peu importe ce qu'il se passe. Notre puissance réside dans notre patience, notre habileté à conserver notre sang-froid en toutes circonstances et, surtout, notre résilience.

La reine aurait pu se montrer rassurante et faire en sorte de chasser les doutes et les craintes de ses amies concernant ces hypothétiques invasions. Au lieu de cela, elle se montrait honnête... Et reconnaissait humblement leur totale impuissance.

L'humeur avait encore dégringolé, et chacune méditait sombrement les paroles de la souveraine.

Auréa, consciente de l'ambiguïté d'un tel projet, se décida néanmoins à proposer :

— Ou alors, je pourrais vous apprendre le maniement des armes blanches.

Toute l'assemblée l'observa avec des yeux ronds, comme si elle était subitement devenue folle et s'était mise à danser nue sur la table.

Auréa – à l'instar de la véritable princesse Lyssaris – avait appris à se battre de plusieurs manières, pas uniquement grâce à l'Elementum. Le pouvoir des Abymes était versatile et coûteux, aussi convenait-il, pour les sœurs de l'Ordre, de savoir lutter autrement, avec des moyens plus directs et toujours à disposition.

— J'ai reçu une formation dans l'art de l'autodéfense, continua-t-elle malgré tout. Je pourrais vous transmettre ce savoir à l'abri des regards, sans que les hommes de notre entourage soient au courant. Ce n'est certes pas grand-chose, mais cela vous permettrait au moins de ne plus vous sentir aussi démunies et vulnérables. Et, peut-être, ainsi, de mieux dormir la nuit…

36

Rozarian

Rozarian s'arrêta sur le seuil de la salle de réception où avaient lieu chaque soir les dîners familiaux. Curieusement, son épouse ne s'y trouvait pas. Il hésita à rebrousser chemin tandis que, devant la table, étaient réunis Erann, le chapelain royal et deux paires de conseillers en grande conversation.

Léandran mettait toujours un point d'honneur à être le dernier à se joindre à la petite assemblée, respectant scrupuleusement le protocole. Il était toutefois étonnant que les cousines de Rozarian, la reine et la princesse soient en retard. Les femmes conviées aux repas officiels se devaient – selon les règles de la bienséance – d'être déjà présentes lorsque arrivaient ces messieurs. Jamais encore sa belle-mère n'avait failli à cette convention…

Rozarian s'apprêtait à opérer un repli stratégique lorsqu'il vit son frère venir vers lui.

— Maître Eldor et moi étions fort déçus de ne pas te voir cet après-midi au cours d'escrime, lança le jeune homme, un pli d'inquiétude entre les sourcils. J'espère que ce n'est pas encore l'une de ces crises qui t'aura retenu dans tes appartements.

Rozarian haussa les épaules sans parvenir à savoir si son frère se préoccupait réellement de sa santé ou s'il désirait seulement retourner le couteau dans la plaie...

Ces leçons avaient beau intéresser Rozarian plus que les autres, son handicap l'empêchait d'atteindre un niveau décent. En général, ces séances consistaient pour lui à regarder son frère et leur professeur s'échanger des passes sophistiquées tout en demeurant en retrait, assis sur un banc, à s'efforcer de cacher son profond dépit derrière un masque d'ennui.

— J'avais simplement mieux à faire ailleurs, répondit finalement le prince héritier, refusant de s'expliquer davantage. Je vais très bien. Tu n'as pas de souci à te faire sur ce point.

Et c'était la vérité.

Après le départ de son épouse et de sa grand-tante pour les essayages chez le tailleur, Rozarian avait réfléchi. Il avait finalement décidé de suivre les conseils de la duchesse et s'était rendu à la forge – et tant pis si cela contrariait encore son père.

Le maître des lieux avait aussitôt tout interrompu pour traiter en priorité sa requête. Grâce à son expertise, le forgeron était parvenu, en l'espace de seulement quelques heures, à façonner la pièce que le jeune homme avait esquissée en guise de plan sur un bout de papier.

Une fois refroidie, la tige métallique à la légère incurvation s'était parfaitement emboîtée dans les charnières de l'appareil de Rozarian, remplaçant l'ancienne, probablement défectueuse, qui l'avait tant fait souffrir ces dernières semaines.

La douleur dans sa jambe – quasi permanente depuis son retour de la cérémonie de l'Échange – semblait avoir tout à coup disparu. Le prince avait même l'impression de se déplacer avec davantage d'aisance, comme si l'infime modification dans la forme de l'objet faisait en fin de compte toute la différence...

Erann croisa les bras et observa son aîné avec scepticisme. Il s'approcha et, baissant la voix, insista :

— J'ai néanmoins la sensation que tu n'es plus tout à fait le même. Quelque chose s'est rompu après ta dispute avec notre père durant la réunion au sujet de la prise de la Tour des Sables Dorés...

Rozarian eut un mouvement de recul, pris au dépourvu. Son frère avait vu juste. Jamais ils n'avaient été proches, tous les deux, et pourtant Erann avait réussi à deviner son trouble.

Depuis toujours, son cadet s'acharnait à lui tendre la main, et depuis toujours, Rozarian le repoussait. Même s'il était de meilleure humeur que d'ordinaire, ce n'était pas maintenant que cela allait changer...

— Mêle-toi donc de tes affaires, l'avorton, grogna-t-il en réponse.

Là-dessus, Rozarian avança et, d'un mouvement de canne menaçant, obligea son frère à libérer le passage. Il se rendit jusqu'à la table, se trouvant désormais tout proche de ces conseillers qu'il détestait tous autant que les autres.

Le plus ventru d'entre eux fit mine de se tourner dans sa direction. Mais, heureusement, à l'instant même où l'homme au double menton allait s'adresser à lui, la reine et la duchesse firent leur entrée, suivies de près par les cousines de Rozarian, puis vint enfin son épouse, fermant la marche.

Le prince héritier pivota et resta bouche bée face à cette dernière tant sa transformation était saisissante.

La jeune femme portait une robe de soie bleu pastel, aux couleurs de la famille de Givre. Le corsage du vêtement était fermé jusqu'au menton par une rangée de petits boutons d'argent. Sa coupe ultra-ajustée épousait une taille exagérément réduite au moyen d'un corps à baleines. L'habit s'évasait à partir de sa taille pour retomber en corolle au niveau de ses pieds. Ses cheveux avaient été relevés et fermement tressés afin de former une construction complexe et rigide autour de sa tête. Son visage, ainsi maquillé, ressemblait à celui d'une fragile poupée de porcelaine, sa peau blanchie à la poudre et ses yeux démesurément agrandis par une couche de fard et des cils allongés de mascara.

Apprêtée de la sorte, son épouse avait l'air de la parfaite fleur des délicats salons de l'aristocratie... et plus du tout de la Thaumaturge éprise de justice et de liberté, aux dangereux pouvoirs contenus, qu'il la savait être en réalité.

Elle lui lança un regard prudent, se méfiant visiblement de ses réactions. Mais il n'en eut aucune, sa métamorphose le plongeant dans la plus grande perplexité.

— Ta chère femme n'est-elle pas magnifique ? l'interrogea la duchesse, le tirant brusquement de ses réflexions. La mode de la Tour ne lui va-t-elle pas à ravir ?

Toute l'attention se concentra alors sur lui, chacun attendant son approbation. Mais Rozarian n'était pas d'accord avec sa tante. Tant s'en fallait...

D'un coup, il prit conscience qu'il aimait le charme simple et évident qui émanait de cette jeune femme mystérieuse. Sans s'en rendre compte, il avait développé un penchant pour ses robes fluides et sobres qui laissaient deviner ses formes pleines. Il appréciait également ses boucles sauvages lâchement nattées, sont teint de miel et ses paupières naturellement rosées, contrastant avec ses yeux d'or clair aux filaments de jade.

— Mon épouse est sublime, peu importe la manière dont elle s'habille ou se coiffe, répliqua-t-il, soudain incapable de mentir.

La reine effleura son cœur de ses longs doigts graciles dans un geste ému. La duchesse hocha la tête – même si ce n'était vraisemblablement pas tout à fait la réponse qu'elle avait espérée...

La jeune femme, quant à elle, l'observa attentivement, les sourcils froncés, comme pour tenter de déceler un piège. Sous la poudre, ses joues se colorèrent peu à peu tandis que l'assemblée l'examinait, tous s'entretenant allègrement de la nouvelle allure de la princesse.

Enfin, le roi arriva, ce qui mit immédiatement un terme à cette gênante séance de commentaires.

La jeune femme calqua alors ses gestes sur ceux de Déline. Elle baissa humblement la tête devant Léandran et exécuta en même temps que la reine – à la seconde près – une profonde et gracieuse révérence. Puis elle s'installa à table sans un mot, un sourire pudique – ni trop expansif ni trop figé – sur les lèvres.

Le dîner se déroula à l'image des précédents. Le roi et ses conseillers discutèrent entre eux. Erann et le chapelain intervinrent par moments, mais aucune des femmes présentes ne prit la parole. Ce qui avait toujours paru normal à Rozarian lui semblait maintenant dérangeant...

Son épouse s'appliquait jour après jour à se conformer au mieux à ces stupides usages en vigueur au royaume, et ce constat le rendait malade. Tout ce qui faisait la personnalité et le caractère tellement à part de la jeune femme allait s'effacer si elle laissait ainsi les désirs des autres modeler son apparence et ses comportements.

Une colère nouvelle, d'une nature inédite, lui tordit l'estomac. Il ne devait pas laisser cela se produire. Il la perdrait pour de bon s'il n'agissait pas... Mais que pouvait-il faire ?

Chaque mot qu'il parvenait en de rares occasions à échanger avec la Thaumaturge lui coûtait déjà tant. Comment réussirait-il à lui expliquer ? Comment exprimer ses craintes sans pour autant laisser transparaître ce trouble étrange et sans cesse grandissant que, depuis l'instant de leur rencontre, elle éveillait en lui ?

37

Rozarian

Ils étaient seuls dans la chambre tandis qu'au-dehors le givre dessinait d'élégantes figures blanches sur fond noir s'étirant depuis le coin des carreaux de la fenêtre. La jeune femme ferma derrière elle la porte du cabinet de toilette – où elle avait passé bien plus de temps qu'à l'ordinaire. Son épaisse chevelure libérée, elle avait revêtu une longue et ample chemise de coton. Elle avait retiré toute trace de fard de son visage, et Rozarian fut soudain captivé par la grâce et le charme de ses traits, heureux de les retrouver au naturel.

Elle s'apprêtait à rejoindre le sofa, où un oreiller et une épaisse couverture l'attendaient, lorsqu'il hasarda :

— Tu ne devrais pas les écouter, tu sais…

La Thaumaturge s'arrêta une brève seconde, puis, sans se retourner, continua son chemin. Elle s'assit et retira ses fines ballerines de velours bleu dans un silence tendu. Après quoi, elle replaça l'édredon, renifla sèchement et, concentrée sur sa tâche, répliqua :

— Ne pas écouter qui ? Les personnes qui me complimentent ? Je ne devrais pas croire les mots gentils que les autres m'adressent ? C'est bien ce que tu essaies de me dire ? Je me doutais que tu n'étais pas vraiment sincère, tout à l'heure. Comment ai-je pu être assez sotte pour imaginer que tu puisses avoir la moindre attention aimable envers moi ?

Rozarian poussa un lourd soupir. Quoi qu'il tente de faire, quoi qu'il se passe, tout finissait invariablement en dispute entre eux...

À son tour, il se laissa tomber sur le bord du lit. Il se frotta le front, las des faux-semblants et des non-dits qui flottaient constamment entre la jeune femme et lui, comme de cette relation sans queue ni tête qu'ils entretenaient.

— J'ai fait beaucoup d'efforts aujourd'hui, reprit-elle en croisant les bras sur sa poitrine, ses longs cheveux aux reflets mauve cendré tombant en cascade sur ses épaules. Je me plie en quatre pour faire en sorte que ça fonctionne, pour me ménager une petite place dans votre société. Et cela ne te convient toujours pas. Rien ne te convient jamais, de toute façon. Je ne comprends pas ce que tu attends de moi. Ça n'a pas de sens, Rozarian...

À son prénom, le jeune homme releva la tête, interpellé malgré lui. Elle l'employait si rarement que cela sonnait de manière singulière dans sa bouche.

Il se trouva alors happé par ce fascinant regard oscillant entre des teintes d'ocre et d'amande. Les yeux de la Thaumaturge étaient si différents du vert sapin uniforme figurant sur le portrait de la véritable princesse qui lui avait été initialement présenté. Il avait tellement envie de lui demander son nom, de connaître davantage la personne qu'elle était en réalité...

Pourtant, il s'abstint. À la place, il serra les dents.

La jeune femme voulait savoir ce qu'il souhaitait obtenir de leur union. Là encore, Rozarian était incapable de lui répondre. Il n'avait pas la moindre idée de ce qu'il désirait, à présent. À ceci près qu'il refusait de voir disparaître la fille qu'il avait rencontrée lors des festivités de l'Échange. Celle qui lui avait tenu tête et lui renvoyait chacune de ses piques avec davantage de force et d'esprit...

— Je te l'ai dit, marmonna-t-il. J'attends simplement que tu fasses semblant de m'apprécier en public. Je ne te demande aucun autre effort que celui-ci.

Elle plissa les paupières et secoua la tête, de plus en plus en colère. Elle ne le croyait pas, certaine qu'il lui cachait ses véritables intentions.

Mais si elle avait su...

Il aurait pu en rester là, éteindre la lampe de chevet et décider qu'il en avait assez de cette conversation sans issue. Mais non. La curiosité prenant finalement le dessus sur le reste, il lui retourna :

— Et toi, attends-tu autre chose de ma part ?

Désires-tu toujours t'enfuir loin de moi, qui n'ai rien de bon à t'offrir, et de ce royaume si dangereux pour celle que tu es vraiment ?

Elle haussa les sourcils, décontenancée par la question. Puis, après un court moment de réflexion, elle s'indigna :

— Comme si tu pouvais réellement l'ignorer !

— Les Thaumaturges...

Il savait pourtant qu'elle relancerait le sujet dès qu'elle en aurait l'occasion. Et il la lui avait servie sur un plateau d'argent. Pourquoi avait-il posé une question aussi idiote, dont il connaissait d'avance la réponse ? Bon sang, pour quelle raison ne s'était-il pas contenté de garder pour lui ses pensées, comme il le faisait toujours ?

— *Mes sœurs*, précisa-t-elle en dressant fièrement le menton. Ce que je veux, c'est que tu descendes avec moi jusqu'à leur prison pour te rendre compte par toi-même de ce que ton peuple leur fait endurer. Et je veux...

Elle s'interrompit, les mots mourant dans sa gorge, et elle se détourna. Elle examina le parquet sous ses pieds nus et prit quelques instants de réflexion.

— Écoute, reprit-elle d'une voix plus posée – mais également plus ferme. Si tu me conduis à elles, si tu me laisses leur apporter de quoi se nourrir décemment, alors je te ferai sortir de la Tour. Je suis Thaumaturge, et très bonne, qui plus est. J'étais Chasseresse au reinaume du Printemps, spécialisée dans la défense contre les créatures des Abymes. Je peux t'accompagner à l'extérieur sans que tu sois exposé au danger. Je peux anéantir n'importe quelle Vyverne avant qu'elle ait eu le temps de t'approcher. Je pourrais même venir seule à bout d'un Wyrm pour peu que je ne sois pas épuisée.

Rozarian cilla à l'évocation des compétences extraordinaires de son épouse. Elle avait été formée pour être le meilleur des boucliers, elle était parfaitement en mesure de lui offrir la protection que son père lui avait toujours refusée...

Le prince se rembrunit rapidement. La proposition était belle, terriblement alléchante, mais irréaliste.

— Tu l'ignores sans doute, mais le roi a interdit que je mette le moindre orteil hors des murs de la citadelle, avec ou sans escorte de quelque nature que ce soit. En outre, personne ici ne soupçonne que tu possèdes ces talents. Ce qui, tu en conviendras, doit demeurer ainsi. Sans quoi nous serons deux à avoir des ennuis. Et tu sais d'avance que les tiens seront bien pires que les miens...

La jeune femme leva les yeux au ciel.

— Nous nous éclipserons de nuit. Personne ne nous verra sortir. Personne ne le découvrira jamais.

Rozarian la dévisagea, de plus en plus perplexe. Cela était-il seulement possible ?

— Je ne saurai même pas par où passer, songea-t-il à voix haute. Je n'ai pas la moindre idée du chemin qu'il conviendrait d'emprunter pour quitter la Tour sans se faire repérer.

— Moi, je sais. Il y a un escalier de service près des cuisines. Il donne un accès direct sur l'extérieur.

Un petit sourire satisfait retroussa le coin des lèvres de la jeune femme. Elle avait donc tout prévu...

Le prince réfléchit un instant. Il refusait de laisser l'excitation le gagner trop vite. Si cela avait été aussi simple, pourquoi n'y avait-il jamais pensé avant ? Mais, évidemment, c'était sans compter son handicap et sa faible liberté de mouvement...

— Une fois dehors, je ne pourrai parcourir que quelques centaines de mètres tout au plus, opposa-t-il sombrement tandis que la conclusion – douloureuse et cuisante – s'imposait à lui. Je reste un infirme, au cas où tu aurais réussi, par on ne sait quel miracle, à l'oublier.

Curieusement, le sourire de la jeune femme s'étira davantage. Son expression se fit aussi complice que chaleureuse, illuminant tout à coup son visage.

Par tous les Enfers, pourquoi faut-il qu'elle soit aussi belle ?

— J'ai, moi aussi, un compagnon à fourrure à la fidélité sans faille, expliqua-t-elle. Mon renard-feu peut supporter de grosses charges. Il fera une parfaite monture pour nous deux. À condition, bien sûr, que tu te montres un tant soit peu aimable avec lui...

— Un renard-feu ?

Rozarian se sentit tout à coup idiot. Jamais il n'avait entendu parler de ce genre d'animal.

— Il s'appelle Ignis, poursuivit la jeune femme en se levant. Il m'a suivie depuis la Tour du Printemps. Je n'ai pas encore eu l'occasion de le revoir, mais je sais qu'il se trouve actuellement aux abords de la citadelle. Il viendra si je l'appelle.

Les mains jointes, elle attendait avec une impatience manifeste qu'il lui donne son accord. Elle savait qu'il s'agissait d'une offre à laquelle il était incapable de résister.

Rozarian ne connaissait rien de son épouse, mais elle était parvenue à deviner la nature de ses rêves les plus profondément enfouis. Et elle se proposait de réaliser l'un d'eux...

— Très bien. Je te conduirai dès demain aux quartiers des Thaumaturges. Nous leur apporterons ensemble des provisions, je t'en fais la promesse.

Son père verrait forcément cela d'un très mauvais œil. Rozarian allait au-devant de graves ennuis, entre le risque de se faire surprendre à quitter la Tour, bravant les interdits du roi, et les disputes qui ne manqueraient pas d'éclater à la suite de sa visite aux condamnées. Mais peu importait. Il était prêt à bien des sacrifices pour profiter ne serait-ce que de quelques heures de répit hors des remparts étouffants de la citadelle.

— Marché conclu, entérina la jeune femme avant de se lever pour retourner dans le cabinet de toilette, décrétant sans se retourner : Cette nuit sera donc celle de notre première escapade. Hâte-toi d'enfiler des vêtements chauds, nous partirons dès que je serai prête.

Là-dessus, elle s'enferma de nouveau dans la petite pièce, le laissant seul dans la chambre, le cœur battant à coups sourds contre ses côtes.

Ce plan est de la pure folie !

La dernière fois que Rozarian avait tenté de fuguer, un terrible malheur s'était abattu sur tout le royaume... Il aurait dû apprendre de ses erreurs, ne jamais refaire confiance à une femme possédant le pouvoir des Abymes. Elles n'étaient pas fiables, l'histoire l'avait de trop nombreuses fois démontré.

Pourtant, il ne pouvait renoncer...

38

Rozarian

— Par ici, le guida la Thaumaturge à travers un nouveau corridor obscur et désert, une chandelle à la lueur timide à la main.

Rozarian était déjà en sueur à force de déambuler à travers les galeries de la Tour.

— C'est encore loin ? haleta-t-il, s'efforçant à chaque pas de déplacer l'armature métallique qui soutenait sa jambe handicapée sans causer de vacarme dans le silence de la nuit.

— Non, nous y sommes presque.

Il avait dû expliquer aux gardes postés devant la porte de ses appartements qu'il désirait se promener seul avec son épouse – à grand renfort d'insinuations douteuses, dans l'unique but de leur faire comprendre qu'il ne souhaitait pas être accompagné. Contre toute attente, cela avait fonctionné. Les soldats avaient échangé un regard égrillard, puis les avaient laissés partir sans poser plus de questions.

À présent, le prince se demandait si cela en valait vraiment la peine, craignant de ne même pas réussir à atteindre l'accès mentionné par son épouse. La brûlure dans son genou s'était réveillée et s'affirmait davantage à mesure qu'il s'enfonçait à la suite de la jeune femme dans le dédale des couloirs de la citadelle.

— Voilà, c'est ici !

Elle indiqua une porte au bout du corridor, se précipita vers le battant aux vitres assombries par la nuit et se hâta de tirer les énormes loquets qui le bardaient. Elle entrouvrit délicatement le panneau de bois, et une expression ravie se peignit sur ses traits.

— Cela paraît tellement... *facile,* chuchota Rozarian, stupéfait de se trouver face à l'air pur et frais de l'extérieur.

— C'est parce qu'en dehors de toi, personne n'est confiné de force. À moins d'y être obligés, les gens n'éprouvent tout bonnement pas l'envie de sortir. Les verrous ne se trouvent d'ailleurs qu'à l'intérieur. Il faut juste espérer qu'il ne viendra pas à l'idée d'un membre de la Tour de refermer derrière nous...

Rozarian haussa les épaules, prêt à courir le risque. Il rassembla ses forces pour franchir le seuil, pressé de sentir le vent sur son visage.

Une fois devant le long et tortueux escalier de pierre usée, il prit une profonde inspiration, emplissant ses poumons d'un oxygène glacé mais tellement bon... Le ciel était dégagé, d'un bleu presque noir, piqueté de petits éclats lumineux. Une brise légère faisait mollement virevolter une poignée de flocons dans l'atmosphère tandis que la lune, presque pleine, éclairait de sa lueur argentée les roches sombres et pailletées de givre ainsi que les scintillantes étendues neigeuses.

Passant la première dans l'escalier, la Thaumaturge se retourna afin de surveiller ses mouvements.

— Fais attention, les marches sont raides et glissantes, le prévint-elle, la main tendue dans sa direction.

Depuis quand son épouse était-elle devenue aussi prévenante ? Rozarian ne put alors s'empêcher de se demander si elle craignait réellement qu'il ne se blesse ou si elle désirait seulement éviter qu'une malencontreuse chute n'alerte la garde...

— Je suis invalide, pas imbécile, se sentit-il obligé de préciser – conscient néanmoins de sa mauvaise foi. Je sais que beaucoup font la confusion et se plaisent à me prêter ces deux tares, mais j'apprécierais assez que ce ne soit pas ton cas.

— Tu es surtout d'une rare susceptibilité, si tu veux mon avis.

À nouveau, un sourire étira les lèvres à l'ourlet délicat de la jeune femme, la rendant plus radieuse que jamais.

Elle le taquinait, non ? C'était une première, si ses souvenirs étaient exacts...

— Peut-être, grogna-t-il, luttant pour ne pas laisser les émotions bizarres qui l'envahissaient le dominer. Il n'empêche que je préfère me montrer susceptible plutôt que naïf.

La Thaumaturge hocha la tête, et le sérieux revint peu à peu marquer ses traits.

Rozarian s'en voulut un peu de la rudesse de sa réponse. Il aurait aimé pouvoir admirer plus longtemps ce merveilleux sourire sur le visage de son épouse. C'était tellement rare de la voir ainsi, insouciante, légère, faisant presque preuve de familiarité avec lui. C'était aussi étrangement agréable...

— Je comprends, marmonna-t-elle gravement. C'est une façon comme une autre de se prémunir de potentielles blessures. Je me demande tout de même si le prix à payer n'est pas trop élevé ?

Rozarian pinça les lèvres et, par pudeur, préféra laisser sa réponse en suspens. La conversation prenait un tour intime, qu'il ne pouvait se permettre d'entretenir plus longtemps.

Mais la jeune femme ne venait-elle pas de mettre le doigt sur quelque chose d'important le concernant ? À bien y réfléchir, n'était-ce pas là le seul moyen qu'il avait trouvé afin de toujours maintenir les autres à distance ?

Le prince dut fournir un réel effort pour s'arracher à sa contemplation comme à ses réflexions. Non sans regret, il reporta son attention sur les marches de pierre et avança prudemment – prenant soin de ne poser sa canne et ses pieds qu'aux endroits qui n'étaient pas luisants de verglas.

L'exercice fut long et périlleux. Si la jeune femme s'en sortait sans souci, agile comme un ratachat, Rozarian, en revanche, trébucha à plusieurs reprises. Il éprouvait, évidemment, une vive angoisse à l'idée de s'effondrer sur la pierre dure. Il était toutefois hors de question de rebrousser chemin. Aussi pénible que pouvait être la descente de ce vieil et tortueux escalier, pour rien au monde le prince n'aurait voulu être ailleurs...

Après un moment qui lui sembla durer une éternité, ils parvinrent au bout. En nage, Rozarian enjamba la dernière marche et foula le tapis velouté de neige qui recouvrait les environs.

Il y était...

Dehors, enfin !

Et aucun garde, aucun convoi qu'il serait contraint de suivre. Juste lui. Elle. Et le monde devant eux...

Il était peut-être épuisé, mais cela ne comptait pas.

— Ça va aller ? s'enquit la jeune femme tandis que Rozarian se tenait courbé, les mains appuyées aux genoux, cherchant péniblement son souffle.

Cette fois, pas de doute, elle s'inquiétait pour lui.

Il fronça les sourcils, réellement étonné – et un peu touché également, bien malgré lui. D'un coup de menton bourru, il lui fit comprendre qu'il se remettrait vite de leur périple, qu'elle n'avait pas à s'en faire.

Une moue sceptique incurva la bouche de la Thaumaturge. Elle garda néanmoins pour elle ses éventuelles remarques. Elle se détourna de lui pour déposer la chandelle sous une arcade de pierre et la souffla. Elle se dirigea ensuite vers un maigre bosquet, dédaignant la route principale qui permettait de descendre le haut promontoire rocheux, où s'élevaient les remparts de la citadelle.

Dès qu'il eut recouvré sa respiration, Rozarian lui emboîta le pas. De douloureux souvenirs tentèrent de s'imposer à lui, mais il les repoussa aussi sec. Rien ne gâcherait ce moment.

Et puis, ces images, il les avait si souvent refoulées. Il savait comment s'y prendre pour les faire rapidement disparaître et redevenir maître de son esprit…

L'endroit était complètement désert. En temps ordinaire, peu de gens sortaient – pour des raisons évidentes de sécurité. À l'heure où la lune se tenait au plus haut sur le tableau sombre du firmament, plus aucune vie ne semblait animer les lieux.

Il devait être minuit passé, et tous les habitants de la Tour – ou presque – sommeillaient. Cachés sous d'épaisses couvertures, ils se terraient au fond de leurs appartements, luttant contre la froideur perçante de la saison.

Le prince leva la tête en direction des vertigineuses tours de garde et des créneaux qui longeaient le chemin de ronde. Des soldats devaient probablement surveiller les environs. Ils ne pourraient toutefois guère repérer deux silhouettes esseulées et sans lumière, à plus forte raison si la Thaumaturge et lui progressaient sous le couvert des arbres.

— Oh, par la Déesse ! s'exclama brusquement la jeune femme. Ignis, enfin !

Entre les troncs à l'écorce noire se profilèrent les contours d'une énorme bête au pelage blanc finement strié de filaments écarlates. L'animal accourut d'un bond vers la jeune femme et manqua de peu la renverser.

Avant même que Rozarian ait pu reculer, le gigantesque renard frottait son front contre le cou de la Thaumaturge – prenant garde toutefois à tenir loin d'elle les longs bois qui ornaient son crâne.

La jeune femme serra avec émotions la tête du mammifère contre elle et murmura :

— Si tu savais comme tu m'as manqué, mon ami.

Les yeux brillants de larmes, elle paraissait bouleversée, comme si cette séparation de quelques semaines avec l'animal avait été extrêmement pénible.

Le prince essaya alors d'imaginer combien son épouse devait se sentir seule et abandonnée à la Tour de Givre. Son cœur se serra à cette pensée, écrasé par ce qui ressemblait fortement à des remords.

La jeune femme s'apprêtait à rompre son étreinte avec le renard-feu quand celui-ci s'écarta brusquement et poussa un grognement sourd et caverneux. Il agita vivement sa longue queue, dont le panache se terminait par d'étranges flammèches blanchâtres. Les babines retroussées sur d'impressionnants crocs acérés, la bête toisait Rozarian de ses yeux noirs, dans une attitude clairement menaçante.

Ce dernier recula d'un pas et leva les mains devant lui, paumes ouvertes, pour montrer qu'il ne lui voulait aucun mal.

— Ignis, voyons ! le réprimanda la Thaumaturge d'un ton absurdement doux. Le prince est un ami aussi.

— Il ne m'apprécie pas beaucoup, on dirait…

Rozarian plaisantait, mais en vérité, face à l'animosité du colosse, il ne faisait pas vraiment le fier.

La jeune femme gratta vigoureusement l'arrière des oreilles de son compagnon, et celui-ci s'apaisa aussitôt, tendant le cou pour lui faciliter la manœuvre.

— Lui aussi montre souvent les dents, expliqua-t-elle, un sourire malicieux aux lèvres. Mais, comme toi, il ne mord que très rarement.

— En voilà, une comparaison flatteuse ! Tu n'as jamais essayé de me frictionner la nuque cependant…

La Thaumaturge écarquilla les yeux devant sa remarque. Puis elle pouffa de rire, prenant Rozarian de court. Avec un naturel désarmant, elle repartit :

— Il faudrait que j'essaie, à l'occasion. Sait-on jamais, peut-être cela t'aiderait-il à être de meilleure humeur, en particulier le matin !

Le prince battit des paupières, peinant à chasser de son esprit l'image de son épouse en train de promener les doigts dans son cou…

— Tu peux approcher à présent, l'invita-t-elle.

Il s'exécuta, choisissant de lui faire confiance.

Le renard-feu pivota et se mit à renifler Rozarian des pieds à la tête. Le prince attendit patiemment, se prêtant sans broncher à l'examen. Après quoi, la Thaumaturge esquissa un geste bref, montrant le sol du doigt, et Ignis se coucha devant eux.

— Je monte devant, ce sera plus simple, déclara-t-elle tout en se hissant sur le dos de l'animal. Allez, viens, maintenant. Évite les mouvements brusques, et tout se passera bien.

Le prince obéit et, un peu anxieux – pour de nombreux motifs –, saisit la main de son épouse afin d'enjamber le flanc du renard géant.

— Tiens-toi à moi, lui ordonna-t-elle une fois qu'il fut en place, sa canne coincée dans l'armature soutenant sa jambe. Accroche-toi bien. La course d'Ignis risque de secouer un peu plus que celle d'un élanthère.

Comme il hésitait, elle lui saisit d'autorité les poignets et les disposa autour de sa taille, l'obligeant à se tenir collé à elle, son bassin plaqué contre ses reins.

Elle l'avait peut-être totalement oublié depuis le temps qu'ils passaient leurs nuits ensemble, chacun de leur côté de la chambre, mais il n'était pas fait de bois, tant s'en fallait. Et cette promiscuité nouvelle avec son épouse ne manquait pas de plonger le prince dans la plus grande confusion...

— Je... hmm, je suis prêt, bafouilla-t-il, les cheveux de la Thaumaturge voletant contre son visage.

Elle fit claquer sa langue, et le renard-feu bondit brusquement. Il s'élança à travers le bosquet et dévala la pente de la montagne, sautant de dépression rocheuse en escarpement.

Rozarian n'eut d'autre choix que de serrer fermement entre ses bras la jeune femme inconnue à laquelle le destin l'avait uni. Le vent sifflait à ses oreilles et fouettait ses joues. Le décor, silhouettes d'arbres noirs sur fond blanc, défilait à toute allure devant eux, et...

Et il se sentait vivant. Comme jamais encore auparavant.

Il avait atrocement chaud – et pas seulement à cause des efforts physiques qu'il avait dû fournir pour quitter la Tour. L'air était glacé, presque douloureux dans ses poumons. En outre, la peur de voir un monstre des Abymes surgir au-dessus d'eux le tenaillait sans cesse...

Pourtant, à cette seconde précise, il était heureux comme rarement il l'avait été. La Thaumaturge lui avait fait le plus beau des cadeaux en lui offrant cette sortie inopinée.

Sur sa langue se diffusait à la fois le délicieux goût de la liberté, de l'aventure et de la découverte. Et dans sa poitrine – accompagnant les battements furieux de son cœur – pulsait comme en écho l'appel de l'horizon, se faisant plus prégnant et irrésistible que jamais…

39

Auréa

Il y avait si longtemps qu'Auréa n'avait plus ressenti cela… Ce lien si précieux. Cette complicité incomparable qui la liait à Ignis. Et le bonheur simple – et pourtant tellement puissant – de galoper avec lui à travers plaines et forêts.

Comment avait-elle pu rester toutes ces semaines sans le voir, sans éprouver cette profonde et indéfectible connexion entre eux ? Elle était si soulagée que son compagnon ait trouvé le moyen de la rejoindre ! Plus jamais elle ne laisserait quoi que ce soit la séparer du renard-feu, son unique ami en ce monde.

Une chose avait néanmoins changé en l'espace de cette soirée. Subitement, Auréa ne se sentait plus tout à fait aussi seule…

Grâce à quelques mots, qu'une audace insensée l'avait poussée à prononcer, elle semblait avoir fait un pas de géant en direction de son époux. Une folle proposition, un petit jeu de cache-cache aussi angoissant qu'excitant, et voilà que, soudain, elle et Rozarian s'étaient rapprochés comme jamais encore depuis le début de leur mariage…

Derrière elle, perché lui aussi sur le dos de l'animal, se tenait le prince. Son grand corps étroitement pressé contre le sien lui donnait atrocement chaud tandis que le vent glacé lui cinglait le visage. Sa bouche était tout près de son oreille, et elle s'amusait de l'entendre régulièrement hoqueter de surprise et émettre de temps à autre de petites exclamations étouffées, entre panique et plaisir.

C'était la première fois qu'elle autorisait quelqu'un à monter Ignis avec elle. La première fois qu'elle partageait cette expérience, son activité préférée entre toutes. La première fois également qu'elle laissait un homme se trouver aussi près d'elle...

Ils débouchèrent sur une vaste plaine au doux revêtement neigeux, la montagne et la citadelle au loin dans leur dos. Ignis accéléra l'allure, sa foulée se faisant plus ample et brusque. Il se rua comme un forcené vers les collines à l'horizon, ventre à terre et le museau au vent. C'était sa manière à lui de manifester sa joie d'avoir enfin retrouvé la jeune femme...

Un cri de ravissement et d'encouragement mêlés échappa tout à coup à Auréa. Auquel répondit aussitôt Rozarian, exultant dans une clameur inarticulée, la déconcertant par sa spontanéité et sa sincérité. Ignis gronda et glapit à son tour, se joignant à leur enthousiasme bruyant et débordant.

Ils éclatèrent alors d'un rire fébrile tandis que le renard-feu redoublait d'efforts pour gagner encore de la vitesse, projetant des guirlandes de poudre blanche luisante dans leur sillage.

Le décor autour d'eux paraissait irréel, tout de nacre et d'argent, froid mais puissant. Terrible et beau à la fois.

Au bout d'un moment, Ignis ralentit, épuisé par cette course effrénée, sans véritable but ni destination.

Auréa lui indiqua un bosquet sur le côté, et il s'y engouffra au petit trot. Avant de passer au pas lorsque l'obscurité sous les frondaisons devint trop pesante.

Plongée dans la pénombre des hauts pins, Auréa eut la soudaine impression que ses sensations s'amplifiaient déraisonnablement. Peu à peu, les mains de Rozarian sur sa taille se mirent à la brûler. Son souffle dans son cou lui fit l'effet d'une flamme dévorant l'épaisse laine de son manteau pour atteindre sa peau. En parallèle naissaient en elle, de chaque endroit où leurs corps se trouvaient en contact, d'incessantes et irradiantes vagues de frissons.

Elle se sentait soudain extrêmement bizarre. Tous les sens en alerte et en même temps comme fiévreuse. Elle se demanda un instant si ces quelques minutes à l'extérieur avaient suffi à lui faire attraper froid.

Elle savait pourtant qu'il ne s'agissait pas de cela. Ces étranges symptômes ne devaient rien à une quelconque grippe, mais plutôt à son époux, dont la présence se faisait de plus en plus envahissante dans son dos, aussi insupportable que…

Qu'agréable ?

Grisante et enivrante.

Mais sans doute était-ce juste l'effet de la course. Une illusion due à ce moment fabuleux qu'ils venaient de vivre et qu'ils avaient autant aimé l'un que l'autre…

Cela ne signifie rien du tout. Calme-toi. Rozarian n'est pas plus ton allié qu'avant. Il reste la personne dont tu dois le plus te méfier au royaume de Givre !

À sa décharge, jamais encore un homme ne l'avait tenue de cette façon. Jamais non plus elle n'avait eu l'occasion de connaître un tel degré d'intimité avec quelqu'un. Était-ce suffisant pour justifier le tour inattendu que prenaient ses pensées, ces inavouables envies qui émergeaient subitement dans son esprit confus ?

Auréa s'éclaircit la gorge et bredouilla, tentant de rompre le silence et ainsi d'atténuer l'inexplicable sentiment d'embarras qui grandissait en elle :

— Nous… hmm, nous allons devoir rebrousser chemin si nous voulons être de retour à la citadelle avant que le jour se lève.

— Ce serait préférable, en effet, chuchota Rozarian, son haleine se transformant en panaches de vapeur.

Il inspira profondément, comme s'il désirait s'imprégner au maximum de l'atmosphère et mémoriser ainsi tout ce qui l'entourait. Ses doigts se crispèrent contre le ventre de la jeune femme, ajoutant à son trouble. Il se pencha ensuite légèrement sur elle et son nez effleura le dessus de son crâne.

À nouveau, elle frissonna, de plus en plus déconcertée.

Puis, de son souffle brûlant, Rozarian chuchota doucement :

— Merci… merci de m'avoir offert cela. Tu ne peux pas savoir ce que cette seule sortie représente. À quel point c'est… c'est important pour moi.

Pour elle aussi, cela l'était. Qu'elle le veuille ou non, il y avait quelque chose entre son époux et elle. Une espèce de fil ténu, peu évident à distinguer, mais tenace, plus solide qu'il n'y paraissait.

— Je ne le sais peut-être pas, admit-elle, figée entre ses grands bras fermes. Mais je peux tout de même le deviner, Rozarian.

Il émit un faible grognement, puis murmura :

— Je… Tu… tu ne m'as jamais dit ton véritable prénom.

Elle pivota vers lui, non pour s'écarter – elle n'en avait aucune envie –, mais parce qu'elle avait besoin de le voir.

Ils étaient maintenant aux abords d'une clairière, et des rayons de lune scintillants tombaient entre les arbres, éclairant partiellement les lieux. Le teint pâle du prince paraissait presque laiteux, sa peau au grain fin et velouté semblait comme irisée à la lueur de l'astre nocturne.

Dans l'esprit d'Auréa, la raison sembla s'effilocher, et le monde autour disparaître, tout entier absorbé par l'aura époustouflante qui émanait du jeune homme.

Tandis qu'ils s'observaient, leurs visages à seulement quelques centimètres l'un de l'autre, Auréa rappela d'une voix éraillée :

— Sans doute est-ce parce que tu ne me l'as jamais demandé.

Il fronça les sourcils, et sa longue mèche pourpre retomba sur ses cicatrices. Ses yeux vairons se verrouillèrent aux siens et l'aspirèrent dans l'immensité de flots aux nuances turquoise et écarlates.

— À présent, j'aimerais savoir. Dis-moi, s'il te plaît, quel est ton nom…

Elle ravala sa salive, incapable de s'arracher à l'intensité de ce regard.

— Auréa.

Rozarian cilla. Puis il répéta d'un ton faible, comme pour en goûter la sonorité sur sa langue :

— Auréa…

Ses mains, sur elle, devinrent plus légères. Son pouce remua au creux de sa taille, entre geste réflexe et caresse. Et elle se mit à trembler, sans que le froid y soit pour rien.

— Tu veux bien…, reprit-il, un éclat grave faisant luire ses prunelles. Tu veux bien que je t'embrasse, Auréa ? Pour de vrai, cette fois…

S'il te plaît, oui…

Elle se contenta de hocher la tête, incapable de formuler son approbation avec des mots tant sa gorge était serrée. Il fallait qu'elle sache, qu'elle vérifie si cette attirance à présent si violente était réelle ou tenait du simple mirage.

Le pas souple et lent d'Ignis les balançait doucement, à un rythme hypnotisant, leur faisant presque oublier où ils se trouvaient.

Rozarian s'inclina sur elle et leva un bras pour prendre sa joue en coupe. Il appuya son front contre le sien, leurs nez se touchant presque, et chuchota :

— Je ne sais rien de toi, et pourtant, j'ai l'impression de te connaître déjà.

Ces propos la perturbèrent. Parce que, curieusement, elle ressentait exactement la même chose…

De ses longs doigts déliés, il lui fit délicatement basculer la nuque vers lui. Alors leurs lèvres se trouvèrent, dans un contact d'abord léger, timide et hésitant, mais bouillant d'un désir trop longtemps contenu.

Le pouls d'Auréa se mit à cogner à la base de sa gorge, pulsant sourdement, et les battements de son cœur s'accélérèrent. Son odeur d'après-rasage, de lessive fraîche et d'homme lui monta tout à coup à la tête.

Rozarian entrouvrit la bouche pour mieux happer la sienne, et elle haleta de stupéfaction, cueillie par une myriade de petites décharges électriques. Elle se surprit à passer à son tour la main sur le visage du jeune homme, s'enhardissant à mesure que leur rapprochement s'intensifiait. D'un geste délicat, elle écarta la mèche carmin de son visage et, dans la manœuvre, frôla malencontreusement les cicatrices qui lui balafraient la joue.

Rozarian s'interrompit alors, suspendant un moment leur étreinte.

Auréa craignit d'avoir commis une erreur en oubliant ainsi les traces de ces anciennes blessures, encore si prégnantes et vivaces.

Le prince battit des paupières, dérouté et indécis. Il poussa un soupir haché et, finalement, décida de lui accorder sa confiance. La laissant le toucher à sa guise, il revint à la charge et l'embrassa de nouveau.

Leur baiser devint plus appuyé, plus profond aussi, comme leurs langues se cherchaient réciproquement pour s'unir dans une valse éperdue, où rien n'avait plus ni sens ni logique. Le bras de Rozarian se resserra autour de la jeune femme afin de mieux la presser contre son torse. Un grognement sourd roula dans sa large poitrine aux muscles d'une saisissante fermeté, et elle se sentit fondre sous l'intense chaleur qu'il dégageait.

Elle détestait le prince blasé, indifférent et hautain. Mais elle éprouvait un indéniable penchant pour le jeune homme brisé et atrocement solitaire, reclus derrière des murailles de désillusion et de cynisme. Elle avait tellement envie d'en savoir plus sur lui, sur cet amant passionné qu'elle découvrait en cet instant... Il était tellement différent de ce qu'elle s'était initialement représenté de lui...

Les doigts de Rozarian glissèrent dans son cou et descendirent peu à peu le long de sa gorge. Avant de s'arrêter sur son sternum, juste sur sa Pierre d'Abyme. Il plaqua la paume à cet endroit, comme attiré malgré lui par les mystères de cette gemme considérée comme étant maléfique par son peuple.

Une brise étonnamment chaude les enveloppa alors et tourbillonna autour d'eux, agitant les longs cheveux d'Auréa. Rozarian prit une brusque inspiration, un peu désarçonné, mais continua de l'embrasser, s'accommodant du phénomène.

Ses lèvres quittèrent celles d'Auréa pour venir tracer un chemin de baisers humides et incandescents le long de l'arête de sa mâchoire, derrière son oreille et sous le col de sa robe.

Soudain, Rozarian se figea. Il hoqueta de consternation et s'écarta brutalement d'elle.

— Non, anhéla-t-il, encore pantelant. Bon sang, non ! Je ne peux pas... Pas comme ça.

Là-dessus, il passa sa jambe valide au-dessus des flancs d'Ignis et se laissa lourdement glisser au sol. Il se réceptionna péniblement et trébucha dans la neige.

Sonnée, les pensées encore embrumées par la magie du moment, Auréa ouvrit la bouche. Après plusieurs secondes de latence, elle bégaya :

— Q-quoi ?

Rozarian se passa la main sur le visage et maugréa comme pour lui-même :

— Je ne devrais pas faire cela. Ce n'est pas bien...

Un froid intense s'empara soudain d'Auréa, la glaçant jusqu'aux os. Cette abominable sensation lui rappelait les instants les plus sombres de son existence, ceux qu'elle avait connus à son arrivée en ces lieux hostiles, particulièrement dangereux pour elle...

— Comment cela ? se récria-t-elle en descendant d'un bond du dos de son compagnon. Ce que tu dis n'a pas de sens. Nous sommes mariés devant ton peuple et ton dieu ! Comment cela pourrait-il être mal ?

Le regard de Rozarian se promena alentour sans parvenir à atteindre le sien. Un déchirement nouveau semblait luire au fond de ses prunelles, d'une nature qu'elle était incapable de saisir.

Les yeux rivés sur les plaines dans le lointain, il se résolut à expliquer :

— Écoute, Auréa, je... Tu ne comprends pas. Il y a bel et bien une machination. Tu n'es pas arrivée ici, toi la plus jeune et la meilleure Chasseresse du reinaume du Printemps, par hasard. Tout cela obéit à un plan mûrement réfléchi. Stupide, mais réfléchi...

40

Auréa

Les tympans de la jeune femme se mirent à bourdonner. Une obscure panique était en passe de la submerger, se diffusant peu à peu dans ses veines tel un poison.

— Non ! se défendit-elle, croisant les bras sur sa poitrine dans l'espoir de se réchauffer. Non, il n'y a aucun complot, je t'assure. Je te supplie de me croire. Il ne s'agit que d'un malencontreux concours de circonstances. Lyssaris a…

D'un geste nerveux, Rozarian la fit taire. Les poings serrés, il rétorqua :

— Je sais que tu n'as rien à voir dans ce coup monté insensé. Je le sais parce que c'est Lyssaris et moi qui, ensemble, l'avons élaboré et mis en œuvre !

Lyssaris et Rozarian ? Mais… c'est absurde ! Comment ?

Auréa eut un mouvement de recul. Le monde sembla vaciller sous ses pieds. Quelque chose parut tout à coup se briser en elle. Son univers – ces fragments épars qui formaient sa vie depuis qu'elle avait dû quitter son foyer et qu'elle s'efforçait de recoller constamment – explosa, se brisant en mille morceaux. Pour finir en fine poussière s'écoulant entre ses mains.

Elle appuya ses doigts gelés contre ses lèvres, mais son haleine échoua à lui apporter une quelconque chaleur.

— Ce… ce n'est pas possible…, articula-t-elle, sous le choc.

Rozarian ne pouvait pas connaître la véritable princesse. Lyssaris et lui ne s'étaient jamais rencontrés. Ils avaient toujours vécu à des centaines de lieues l'un de l'autre.

Le prince n'avait vu de sa fiancée qu'un portrait. Auréa le savait parce que la reine Chryséis et ses conseillères le lui avaient affirmé…

Rozarian fit quelques pas fébriles, foulant le tapis immaculé de neige à ses pieds.

— Je suis désolé, lâcha-t-il d'un ton éteint. J'ai conscience que mes regrets n'excuseront jamais ce que, avec Lyssaris, nous avons fait. Nos manœuvres ont bouleversé le cours de ton existence, et je sais à présent que tu n'es pas de celles que le simple avancement social, que le rang de princesse, peut rendre heureuse.

— J'ai été dépossédée de ma vie ! rectifia-t-elle, aussi bouleversée que furieuse. J'ai été dépouillée de mon identité, de mon statut de Thaumaturge durement acquis ! J'ai perdu mes sœurs ! Et j'ai atterri dans un royaume où mes particularités, si elles viennent à être découvertes, feront de moi une esclave et une condamnée à mort !

— Jamais je ne laisserai une chose pareille se produire ! se récria-t-il, son regard remontant enfin jusqu'à elle. Il ne t'arrivera rien de tout cela, je te le promets, Auréa…

Il avait l'air sincère. Que pourrait-il faire cependant pour dissuader le roi de la détruire s'il le décidait ? En outre, jamais Auréa ne pourrait oublier que c'était Rozarian, avec le concours de Lyssaris, qui l'avait mise dans cette affreuse position. Tous deux s'étaient joués d'elle comme d'un vulgaire pantin, se moquant bien des conséquences sur sa vie...

Toutefois, Auréa n'arrivait pas à saisir la raison, les motivations qui avaient conduit les héritiers de deux Tours à agir de la sorte, à prendre tous ces risques insensés...

À bout de nerfs, elle s'étrangla :

— Enfin, pourquoi ? Pourquoi avoir fomenté un tel complot ? Dans quel but ? Et, bon sang, mais comment ?

Rozarian se détourna et se pinça l'arête du nez. Il hésita un moment, les sourcils froncés, cherchant manifestement ses mots.

Un sanglot roula dans la gorge d'Auréa, qu'elle étouffa du dos de la main, prise de court. Elle était si lasse de tout cela. Elle avait cru avoir trouvé un moyen de survivre dans son nouveau foyer. Elle avait cru qu'un lien s'était tissé entre elle et le prince. Mais elle s'était trompée...

Il l'avait trompée. Tout ce temps, elle n'avait été que sa marionnette !

D'un ton voilé par la culpabilité, Rozarian se décida finalement à avouer :

— À la base, je voulais seulement contacter Lyssaris. J'ai demandé à ma tante de m'aider parce qu'elle possède un oiseau spécial, qui peut transmettre du courrier d'une Tour à l'autre, d'une personne à une autre en toute discrétion. Je tenais à avertir la princesse avant que la cérémonie ait lieu. Mon père refusait d'informer la famille du Printemps de mon handicap, trop empressé de compter un nouveau fragment de la Couronne Céleste dans sa collection pour s'embarrasser de ce genre de considérations.

Il s'arrêta un instant tandis qu'une grimace tordait ses traits. Puis, la voix plus rauque, il reprit :

— Je trouvais cela déloyal. Et assez humiliant, aussi. De toute façon, je ne voulais pas de ce mariage. L'idée de servir de pion entre les mains de deux monarques avides de puissance me révulsait, et je supposais qu'il en allait de même pour cette fiancée à qui l'on m'avait pareillement imposé. J'ai pensé que ma mise en garde concernant mon état suffirait à dissuader Lyssaris et sa mère de mener à terme ce projet d'alliance entre nos peuples. J'ai donc envoyé une première lettre à la princesse, quelques mois seulement avant la cérémonie...

— Tu veux dire que... que vous vous êtes parlé ? s'indigna Auréa, un sentiment perçant de jalousie s'ajoutant soudain à celui – déjà cuisant et terriblement douloureux – de la trahison. Alors, vous... vous vous connaissez ?

Rozarian eut une moue contrite et acquiesça d'un hochement de tête.

— Le courrier lui est rapidement parvenu, mais elle a préféré ne mettre personne dans la confidence. Comme je m'y attendais, elle non plus ne désirait pas cette union, mais pour d'autres raisons. Elle...

Il s'interrompit et secoua la tête, comme s'il refusait de trop en dévoiler.

En trois pas, Auréa avait franchi la courte distance qui les séparait. Elle pointa un index rageur sous le nez du prince, une colère blanche vibrant en elle.

— Tu vas tout révéler, c'est compris ? Tu n'as pas intérêt à omettre de détails, je te préviens ! Je veux savoir pourquoi vous m'avez fait venir ! Pourquoi *moi*. *Ma* vie. Et pas celle d'une autre pauvre fille...

Sur ses joues rosies par la température hivernale et la fureur mêlées, deux sillons humides et glacés se dessinaient lentement.

Rozarian la contempla quelques secondes, semblant aussi navré que déstabilisé devant l'ampleur de sa rancœur.

— Lyssaris ne voulait pas m'épouser. Non pas à cause de mon infirmité et de mes singularités physiques, mais parce qu'elle avait déjà quelqu'un. Une relation de longue date qu'elle tenait secrète, sans quoi sa mère aurait tout fait pour la séparer de cette personne. J'ai cru comprendre que l'amour entre femmes n'est pas proscrit au reinaume du Printemps. Pour autant, Lyssaris ne pouvait vivre cette histoire au grand jour du fait de ses responsabilités de dernière héritière de sa lignée. Une telle union serait restée infertile, donc définitivement incompatible avec ses devoirs envers le trône. Perdre son statut de princesse lui était égal. Elle souhaitait juste pouvoir s'enfuir avec sa compagne sans craindre d'être recherchée. Afin de vivre une existence simple, n'importe où, mais au côté de celle qu'elle aime...

— Lyssaris avait une amante cachée ? répéta Auréa, les yeux plissés, la poitrine compressée par une folle amertume. Vous avez ourdi dans l'ombre tout un complot politique extrêmement risqué, aux enjeux délirants, juste pour... pour *ça* ?

Elle n'en croyait pas ses oreilles ! Non seulement Rozarian et la princesse avaient intrigué ensemble, manipulant leur entourage sans vergogne, mais en plus leurs plans idiots n'avaient pour objectif que de servir une idylle de jeunesse ?

Le prince haussa les épaules.

Il n'y avait pas que cela, évidemment…

— Et toi, qu'avais-tu à gagner dans la manœuvre ? l'interrogea-t-elle. Pourquoi ai-je dû remplacer Lyssaris si tu ne voulais pas non plus d'une épouse ?

Il ferma les yeux, visiblement conscient de s'enfoncer davantage, sans aucune possibilité de retour en arrière.

— Durant les échanges épistolaires que j'ai entretenus avec la princesse, j'ai évoqué mes projets d'expéditions, ces recherches que je rêve de mener et les barrières auxquelles je fais face au quotidien. C'est elle qui a suggéré d'envoyer une Thaumaturge à sa place afin de rendre possible l'entreprise. Ma tante, qui suivait nos discussions, y a vu une opportunité unique. En réussissant à introduire secrètement une Chasseresse libre à la Tour de Givre, je pourrais, par son entremise, obtenir les écailles de Wyrm indispensables à la confection de l'armure qui me permettrait de tenir le coup physiquement lors de ces potentiels voyages. La duchesse m'a convaincu de passer outre mes réticences, persuadée que cela en valait la peine, que cela m'aiderait à accomplir ce destin auquel elle…

Il s'arrêta encore et poussa un soupir étranglé. Puis il leva la tête et contempla les étoiles d'un air songeur.

— En fait, je n'ai agi que par égoïsme, concéda-t-il, comme s'il le réalisait seulement maintenant. Je me fiche pas mal de ma charge d'héritier et je me moquais bien, à ce moment-là, de la véritable identité de la femme qui serait devant moi durant la cérémonie. De toute façon, le plan n'a jamais été de faire un vrai mariage. La substitution de la princesse par une Thaumaturge infiltrée m'aidait également à me débarrasser des obligations que j'aurais eues envers une authentique épouse de sang royal tout en satisfaisant, en apparence du moins, mon père et toute sa foutue cour de conseillers. N'importe quel moyen me permettant d'échapper à tout ce bazar aurait été bon. Au bout du compte, je l'ai regretté dès la seconde où tu as pénétré dans l'arène, avant même d'avoir eu l'occasion de soulever ton voile.

Auréa refusait de lui demander pourquoi. Elle pressentait que ses raisons atténueraient en partie sa rage et elle ne voulait pas entendre cela. Elle était beaucoup trop écœurée pour le laisser débiter ses excuses à deux sous...

À son tour, elle esquissa quelques pas, autant pour se réchauffer que pour occuper ses jambes, tremblantes sous l'effet de la fureur et du froid. Elle essuya ses larmes d'un geste rageur et résuma, de plus en plus atterrée :

— Lyssaris s'est enfuie pour une amourette. Et toi, tu as accepté de trahir ton sang, ainsi que tout un royaume, dans l'unique espoir d'obtenir des matériaux pour fabriquer une stupide *armure* ?

Rozarian pinça les lèvres pour toute réponse, sans chercher à nier l'absurdité de la chose.

41

Auréa

Les bras tendus le long du corps, Auréa aboya :

— Jamais je n'ai entendu pire ineptie ! Non, mais tu réalises un peu l'ampleur des dégâts ? Tout ça parce que tu crains de dire à ton père ce que tu veux vraiment ? Tout ça parce que tu n'as pas le cran d'exiger que l'on te fabrique une satanée armure ?

— Il n'est pas question de peur ni de courage, expliqua-t-il d'un ton étonnamment calme. Le roi sait parfaitement ce que je désire. Il s'en fiche comme d'une guigne, voilà tout. Il a toujours refusé que j'entreprenne le moindre projet qui ne cadre pas avec les siens. À savoir me garder à la Tour, bien au chaud, dans l'attente de le remplacer sur le trône. Il se contrefout de mes aspirations comme de mes idées visant à m'affranchir de mon handicap. Pour lui, que je demeure boiteux, obligé de porter de la ferraille et de me déplacer avec une canne toute ma vie ou que je parvienne un jour à courir ne fait aucune différence. Après tout, gouverner un royaume se fait aussi bien assis que debout.

La jeune femme se griffa l'intérieur des paumes d'exaspération.

— Ton existence n'est peut-être pas très drôle, mais ce n'est pas une raison pour gâcher celle des autres !

— C'est vrai..., reconnut-il dans un murmure. Je te demande pardon, Auréa.

— Non ! Non, c'est hors de question ! Tu peux garder tes maudites excuses ! J'ignore pourquoi tu te décides subitement à tout me dire de cette manière, mais sache que jamais je n'affronterai ni ne tuerai de Wyrm pour toi. Jamais ! Je refuse de me mettre davantage en danger après ce que je viens de traverser, tout ça à cause de Lyssaris et toi ! À cause des caprices de deux enfants gâtés et inconscients !

Rozarian fronça le nez, blessé, mais ne releva pas l'injure. Les épaules basses, il répondit d'une voix faible, dans laquelle perçaient les accents d'un profond abattement :

— Je n'y comptais pas. Je n'y comptais *plus*, en vérité. Tu as raison. Ce n'était qu'une lubie idiote de ma part. Maintenant, le mal est fait, et je ne peux plus revenir en arrière.

Auréa songea aux sœurs qu'elle avait laissées derrière elle et qu'elle ne reverrait sans doute jamais plus. Aux balades paisibles à travers les forêts luxuriantes et ensoleillées du reinaume du Printemps. À ses carnets et à sa passion pour ses études de la faune environnante...

Sa vie, perdue pour rien...

— Si le plan initial était de me pousser à tuer un Wyrm afin de t'en remettre les écailles, tout cela dans le plus grand secret, j'imagine que tu étais censé me séduire, m'amener l'air de rien à accomplir cet exploit pour toi, n'est-ce pas ? Mais finalement, tu ne t'es même pas donné cette peine ! Au lieu de ça, tu m'as immédiatement rejetée comme une malpropre. J'étais à tes yeux si peu attrayante, si peu digne d'intérêt que tu as renoncé à tout ce que vous aviez mis en œuvre avec Lyssaris et ta tante. C'était en fin de compte trop cher payé, trop d'efforts à fournir pour l'accomplissement de ce qui était soi-disant ton « plus grand rêve » ? Tu as dû jubiler quand je t'ai proposé de mon propre chef cette escapade. Et cela a dû être tellement pénible de devoir prendre sur toi tout à l'heure, lorsque je me trouvais entre tes bras, naïve et vulnérable, sans me douter un instant que tu rebattais les cartes, qu'il ne s'agissait en fait que d'une nouvelle stratégie.

Bon sang, elle y avait cru ! Elle s'était vraiment imaginé que, l'espace d'un bref moment, Rozarian avait eu envie d'être plus proche d'elle. De donner un véritable sens à leur mariage…

Mais quelle idiote je fais !

— Non ! nia-t-il avec un brusque – et très inattendu – regain d'énergie. Non, cela n'a rien à voir. Tu te trompes ! Au contraire, c'est… c'est tout l'inverse…

Il se passa la main dans les cheveux d'un geste nerveux, une expression de souffrance s'inscrivant soudain sur ses traits.

— Tout l'inverse ? répéta-t-elle, dubitative.

Elle ne saisissait rien de ce qu'il essayait de lui dire. Où voulait-il en venir ?

Rozarian soupira, à la fois tendu et affligé. Puis il articula péniblement, ses aveux lui coûtant à l'évidence beaucoup :

— Je… J'ai renoncé en premier lieu parce qu'effectuer ce trajet jusqu'à la Citadelle-Relais m'a prouvé que j'étais de trop piètre constitution pour entreprendre quoi que ce soit de plus ambitieux que ce bref périple, armure d'écailles ou pas. Et ensuite… ensuite parce que, c'est vrai, je n'avais pas envie de te séduire. Ça m'a d'abord frappé lors de la cérémonie, sans que je le comprenne. Puis j'ai peu à peu pris conscience que te duper était la dernière chose que je souhaitais. Je me suis rendu compte que tout ce que je voulais, c'était que tu éprouves quelque chose à mon égard. Ne serait-ce qu'une fraction des sentiments que je me surprends de plus en plus à nourrir pour toi. Quand, tout à l'heure, je t'ai demandé un baiser, cela n'avait rien d'une nouvelle manœuvre tordue. Je… J'ai juste… juste cédé à une envie, obéi à une pulsion… Rien de tout ça n'était prévu, crois-moi…

— Co… Comment le pourrais-je ? balbutia-t-elle d'une voix blanche.

Le goût amer de la trahison s'était déjà largement répandu sur sa langue quand son cœur se serra brutalement dans sa poitrine. Et cela lui fit un mal de chien. Une douleur inédite, atrocement pénible. À l'origine indéfinissable.

— Tu n'as fait que me mentir ! assena-t-elle en levant les mains devant elle. Tu m'as fait venir, puis tu m'as traitée comme une moins que rien ! Tu as été ignoble avec moi, du début jusqu'à la fin !

Jusqu'à ce soir, en tout cas. Jusqu'à cette balade et ces quelques instants hors du temps que nous avons partagés…

Mais ce n'était qu'une illusion de plus. Les jolis mots prononcés par Rozarian pour clore son plaidoyer avaient forcément pour but de l'abuser. Elle ne devait pas se laisser manipuler à nouveau. Elle avait trop subi ses manigances. Plus jamais elle ne lui permettrait de se jouer d'elle !

— Ça suffit, j'en ai assez entendu comme ça, conclut-elle en lui tournant le dos, préférant ne plus avoir à soutenir son regard. Ignis va te raccompagner à la Tour.

D'un geste autoritaire, elle ordonna au renard-feu de rejoindre le prince. L'animal s'exécuta aussitôt.

Il trottina jusqu'à Rozarian et s'arrêta à sa hauteur. Docilement, il se coucha, le ventre dans la neige et les pattes avant étendues devant lui, dans l'attente que le cavalier qui lui avait d'office été attribué prenne place sur son dos.

Rozarian l'observa, médusé. Puis, lorsqu'il comprit ce que cela signifiait, il se redressa et protesta :

— Tu... tu n'y penses pas ! Tu ne vas pas rester dehors seule. Pas ici. Pas en pleine nuit. Et certainement pas par ces températures !

— Je refuse d'être plus longtemps ton otage, décréta-t-elle, croisant les bras sur sa poitrine, cette idée lui étant désormais devenue insupportable. C'est terminé. Je reprends ma liberté, peu importe ce qui arrivera. Je ne rentrerai pas avec toi.

Qu'elle le veuille ou non, le sort du royaume du Printemps la préoccupait malgré tout. Qu'adviendrait-il de Chryséis et de son peuple si les machinations de Lyssaris et de Rozarian étaient éventées ?

Une chose était certaine : ce ne serait bon pour aucune de leurs deux nations...

Auréa était néanmoins bien trop choquée, bien trop humiliée et désemparée pour continuer à jouer le jeu du mariage heureux une seconde de plus. Il n'en était pas question.

— Mais tu vas mourir si tu fais cela ! s'insurgea Rozarian, contournant Ignis pour avancer vers elle. J'ai peut-être été stupide, mais ça, c'est carrément suicidaire ! Tu sais pourtant que tu te trouves beaucoup trop loin du reinaume du Printemps pour être capable de t'y rendre par tes propres moyens. De plus, tu ne connais rien de la région. Il n'y a pas de baies sauvages dans le coin, aucun légume ni fruit ne pousse dans ces terres désolées. Tu vas finir perdue, gelée, épuisée et affamée...

Il avait raison, bien entendu. Mais Auréa était à bout, lasse de n'être plus qu'une marionnette de chiffon aux mains des puissants. Fatiguée de cette dispute comme de ce jeune homme perfide et calculateur, aux motivations obscures, que jamais elle ne pourrait comprendre…

Sans prévenir, Rozarian lui saisit la main pour la ramener vers lui. Comme par réflexe, Auréa se retourna et le gifla d'un même élan. Le claquement la surprit par sa puissance. C'était la première fois qu'elle frappait quelqu'un…

Aussitôt, le prince la relâcha et tendit les mains devant lui, paumes ouvertes, tentant de lui montrer qu'il n'avait pas de mauvaises intentions.

Peut-être était-ce vrai… mais c'était trop tard. Plus jamais elle ne lui accorderait sa confiance.

— Je suis désolé, réitéra-t-il, de plus en plus livide.

Dans ses yeux dépareillés se reflétaient une infinie tristesse ainsi qu'une peur sourde.

— Je ferai tout ce que tu veux pour essayer de me racheter, continua-t-il d'une voix mal assurée, aux inflexions chevrotantes, qu'elle ne lui connaissait pas. Je t'en supplie, rentre avec moi... Nous devons apporter un repas aux Thaumaturges demain, tu te souviens ? Qui les aidera si nous ne le faisons pas ?

Auréa émit un bruit étrange, entre le hoquet et le rire de gorge, étranglée par la rancœur et le dépit. Rozarian savait qu'il visait juste, qu'au fond d'elle, elle ne pouvait pas abandonner ses sœurs du royaume de Givre à leur abominable sort…

— Comment oses-tu te servir d'elles comme d'un argument en ta faveur ? Tu ne t'es jamais soucié de ces femmes !

— Pas autant que je l'aurais dû, c'est certain. Mais qui fera avancer les choses à la Tour si tu décides de partir ? Qui m'aidera à ouvrir les yeux sur les injustices de notre société ?

La réponse était « personne », évidemment. Le sang neuf apporté au sein de la population par la cérémonie de l'Échange était insuffisant, ne représentant qu'une portion trop négligeable de regards extérieurs pour questionner les règles en vigueur au royaume. Quelques minuscules gouttes d'eau dans un océan vicié…

De nouvelles larmes dévalèrent brusquement la pente de ses pommettes.

— Ne te moque pas de moi, tu l'as trop fait ! Tu n'en as plus le droit !

Un sillon grave se dessina entre les sourcils de Rozarian.

— Je t'assure que ce n'est pas le cas. Je te crois, à présent, lorsque tu affirmes que c'est tout notre système qui est délétère. J'ignore ce qu'il convient de faire pour l'améliorer. Mais ce qui est sûr, c'est que sans tes recommandations et ton soutien, seul face à mon père et ses conseillers, je n'ai pas la moindre chance d'y parvenir…

42

Auréa

Auréa se retourna d'un mouvement brusque sur l'épais matelas, ses jambes s'empêtrant dans les draps. L'aube se levait, et elle n'avait pas fermé l'œil de la nuit tant son esprit peinait à assimiler les aveux de Rozarian. Elle n'avait eu de cesse de se demander si elle avait bien fait d'accepter de rentrer à la Tour de Givre avec lui tandis qu'elle tenait enfin une occasion de s'enfuir…

Mais avait-elle vraiment eu le choix ? Écouter son cœur et sa colère plutôt que sa raison l'aurait menée droit à la mort. Même avec l'aide d'Ignis, elle aurait péri, seule dans ces contrées neigeuses et inconnues.

Le trajet de retour à la citadelle avait été beaucoup moins agréable que la première partie de leur escapade. Si Auréa s'était résolue à revenir avec Rozarian, elle s'était cependant murée dans un silence de plomb, qu'elle voulait lourd de reproches – si graves et nombreux qu'elle ne pouvait de toute façon tous les formuler.

À leur arrivée aux appartements princiers, le jeune homme avait offert de lui laisser pour cette fois la chambre – sans doute dans l'espoir de s'amender. Effort bien inutile, car il n'y avait absolument rien qu'il puisse faire désormais pour se racheter un tant soit peu après une telle duperie…

Cette avalanche de révélations, toutes ces émotions contradictoires éprouvées durant une seule et même soirée – de l'enchantement qu'avait été cette promenade, de la douceur et la fébrilité de leur rapprochement jusqu'à la violente dégringolade de la traîtrise – l'avaient laissée lessivée. À l'heure avancée à laquelle ils étaient rentrés, Auréa n'avait pas eu la patience d'attendre qu'un domestique vienne changer les draps. Aussi s'était-elle couchée dans un lit portant encore le parfum de Rozarian.

Elle avait cru que c'était sans importance, qu'elle se fichait pas mal de l'état de la literie du moment qu'elle n'était pas sale et qu'elle pouvait enfin en profiter seule. Mais cette odeur si spéciale, mélange de savon, d'après-rasage et de saveur épicée n'avait cessé de la ramener à ces instants tellement étranges durant lesquels le prince et elle avaient échangé un baiser…

Comment un jeune homme aussi insensible et méprisant pouvait-il tout à coup se révéler aussi enflammé et passionné ? Le puzzle que Rozarian représentait ne faisait que s'embrouiller un peu plus encore sous ses yeux.

D'un vif élan, Auréa plaqua ses mains contre ses tempes et secoua la tête, ses cheveux s'étalant sur l'oreiller de plumes.

Rozarian n'est qu'un abruti et un égoïste, irresponsable et malveillant de surcroît ! Par sa faute, je me retrouve enfermée à la place d'une autre dans cette maudite Tour ! Je ne dois plus penser à lui de cette manière-là. Ja-mais !

Elle le détestait avant la brève interruption qu'avait été leur fugue. Elle le haïssait dorénavant – ce qui revenait à peu près au même, mais elle aimait à penser qu'elle avait cette fois atteint le degré maximum de l'aversion.

Il ne fallait pas pour autant qu'elle laisse sa rancœur lui faire oublier le rôle majeur qu'avait également joué Lyssaris dans toute cette affaire. La princesse du Printemps était aussi coupable que le prince de Givre. À ceci près qu'elle avait elle-même choisi sa remplaçante, sachant pertinemment que ses manigances précipitaient sa doublure dans un odieux traquenard…

Une haine nouvelle prit naissance dans le cœur d'Auréa quand elle songea à la manière dont Lyssaris avait préparé son coup. L'héritière du Printemps l'avait sélectionné, *elle*, parmi toutes les autres Thaumaturges susceptibles de la remplacer. Une fille simple, sans histoires ni ennemi, à qui elle n'avait jamais pris la peine d'adresser le moindre mot.

Tout à coup, Auréa se demanda où pouvait bien se trouver la princesse en cet instant. Rozarian n'avait rien dit des détails de sa fuite, prenant probablement garde à ne pas trop en dévoiler au sujet de sa complice. Ce serait donc la première question qu'elle lui poserait ce matin. Et il avait intérêt d'y répondre. Il le lui *devait*. Il n'avait plus le droit de lui mentir désormais, ni de lui cacher quoi que ce soit.

Auréa voulait croire que Rozarian ne dominait plus la situation, qu'elle avait désormais l'ascendant dans leur prétendu couple – quand bien même était-elle rentrée avec lui ainsi qu'il l'en avait suppliée. Au fond, elle savait que les choses étaient beaucoup plus compliquées que cela. Malgré tout, plus jamais elle ne l'autoriserait à lui donner des ordres et la menacer. C'était terminé !

Elle se redressa pour s'asseoir dans le lit.

Il fallait se rendre à l'évidence, le jour étant levé, il n'y avait plus aucune chance qu'elle parvienne à trouver le sommeil. Elle observa la chambre en désordre, jonchées de livres, de vêtements et de pièces métalliques aux fonctions mystérieuses.

Elle s'était finalement habituée à dormir sur le sofa, juste en face du taciturne jeune homme. Être seule dans cette pièce où tout débordait de sa présence alors qu'il en était absent lui faisait un effet bizarre. Même Fouineur, le petit pandermine, avait déserté les lieux, préférant la compagnie de son maître.

Soudain, sans qu'Auréa en comprenne la raison, une image surgit dans son esprit. Celle d'une jeune domestique au comportement inhabituel et aux cheveux ternes, coupés au niveau de la mâchoire. Une servante croisée alors qu'elle s'entretenait avec Invidia à l'abri d'une alcôve au coin d'une galerie.

Auréa avait à peine pu apercevoir son visage. Toutefois, maintenant qu'elle y songeait, ses traits lui avaient paru étranges, comme familiers. Peut-être s'agissait-il simplement d'une des Échangées issues du reinaume du Printemps ?

À moins que… Une idée délirante émergea des brumes confuses de ses pensées.

— Par la Déesse ! Non, ce serait complètement fou… Cette sale peste n'aurait quand même pas osé…

Auréa rejeta les couvertures d'un geste vif. Elle bondit hors du lit et traversa la chambre en courant agilement entre les divers objets éparpillés au sol. Elle envoya la porte claquer contre le butoir et s'élança à travers le couloir, jusqu'à débouler dans le salon où Rozarian était occupé à prendre le café.

— Où est Invidia ? lança-t-elle sans préambule.

Le prince battit des paupières, des cernes sombres creusant ses joues.

— Comment le saurais-je ?

En pantalon de lin léger et chemise débraillée, à demi ouverte sur son torse, il se tenait assis à table, sa jambe cerclée de fer étendue devant lui – sans doute pour tenter de soulager ses douleurs après les efforts fournis la veille, lors de leur sortie secrète.

— Ce n'est pas le moment de jouer au plus fin avec moi ! Tu dois bien te douter que je ne suis pas d'humeur.

Il grimaça, comme si, subitement, tout lui revenait en mémoire. Son regard s'assombrit lorsqu'il souffla :

— Évidemment…

Elle posa les mains à plat sur la table pour se pencher vers lui, dans une attitude qu'elle voulait clairement menaçante.

— Tu ne m'as pas tout dit hier.

— J'ai répondu à tes questions, Auréa. Cela faisait déjà beaucoup à digérer, rappelle-toi.

Elle fronça le nez, goûtant assez peu l'ironie du prince de si bon matin. Elle plongea les yeux dans les siens, à l'affût de ses réactions, et conjectura :

— Lyssaris est à la Tour de Givre, n'est-ce pas ? Elle se cache ici même, parmi nous, en compagnie de celle qu'elle aime ?

Rozarian fit claquer sa langue et posa sa tasse. Après quoi, il se redressa sur son siège.

— Il ne m'appartient pas de te l'expliquer…

— Fais-les venir immédiatement, toutes les deux ! exigea-t-elle en tapant sur le plateau de merisier. Tu me le dois. Et *elles* me le doivent !

Rozarian hocha la tête. Puis, dans un soupir étranglé, il déplia lentement son grand corps.

— Très bien. Je vais voir ce que je peux faire.

Là-dessus, il quitta le salon, la laissant au comble de la colère.

Un tartan de laine était négligemment posé sur l'accoudoir d'une banquette adossée au mur. Auréa s'en empara et le drapa autour de ses épaules, tant pour se réchauffer que pour se couvrir un peu. Elle n'avait sur le dos que sa chemise de nuit de coton blanc et se trouvait par ailleurs encore pieds nus.

Mais peu importait.

Lyssaris avait perdu son rang de princesse. Elle ne lui était plus supérieure dorénavant. Aussi Auréa se moquait-elle bien d'apparaître devant elle dans une tenue respectable. Elle n'avait plus à fournir ce genre d'efforts en sa présence…

À nouveau, une bouffée de cette odeur caractéristique – qu'elle aurait reconnue entre mille – lui emplit les narines. Rozarian avait dû passer la nuit ici, pelotonné dans cette fine couverture… Avait-il seulement pu s'étendre, avec sa jambe et l'imposant appareil qui l'enserrait, dans ce sofa à l'assise étroite et dure ?

Auréa fit volte-face, s'arrachant à la contemplation de la banquette d'appoint. Puis, comme pour elle-même, elle s'exclama :

— Comme si j'en avais quelque chose à faire !

En fait, j'espère bien qu'il a passé une mauvaise nuit !

Quelques minutes plus tard, Rozarian reparut. Il était accompagné d'Invidia et de la domestique à la coupe au carré qu'avait vivement tancée Minerviane lorsqu'elle l'avait surprise à musarder dans la galerie.

Quoiqu'à la réflexion, il ne s'agissait pas tant de réprimande que de sermon. La duchesse n'avait pas blâmé la jeune femme pour avoir flemmardé en compagnie d'une autre servante, mais plutôt parce qu'elle ne se trouvait pas où elle l'aurait dû.

Avec le recul, cela paraissait évident. Lyssaris – même déguisée de la sorte – était censée se tenir aussi éloignée que possible de la société. À l'abri des regards, recluse au fin fond des appartements ducaux, évitant ainsi tout risque de se faire démasquer...

Invidia se plaça sur le côté et serra fébrilement sa grosse écharpe de laine autour de son cou – et l'horrible collier qui se trouvait dessous. Cette fois, la servante au comportement étrange fit face à Auréa et plongea ses yeux d'un vert foncé uniforme dans les siens.

Le doute n'était plus permis : il s'agissait bel et bien de Lyssaris...

Sa longue et profuse chevelure avait été coupée au-dessus des épaules et teinte – sans doute à base de quelque préparation au charbon, d'où son aspect singulièrement terne. Elle portait une humble robe de laine gris-bleu sur laquelle était noué un tablier de coton blanc et des chaussures au cuir tanné par l'usure, sans talons ni fioritures.

43

Auréa

— Oh, bon sang ! ne put se retenir de crier Auréa. Alors, tout ce temps, vous étiez là, à surveiller mes faits et gestes pendant que j'assumais à votre place vos devoirs envers le trône du Printemps et celui du Givre ?

Auréa avait beau avoir deviné les derniers détails de la supercherie – peut-être d'ailleurs les plus accablants –, elle était tout de même surprise, atterrée de se tenir face à la vraie princesse. Pour la reine du Printemps ainsi qu'une poignée de Thaumaturges et de conseillères, la jeune femme avait tout bonnement disparu de la surface de la terre...

— Ce n'est pas ce que tu crois, je t'assure, répliqua Lyssaris en s'avançant d'un pas, une main tendue vers elle.

Curieusement, la princesse ne semblait ni contrite ni même désolée. En fait, elle avait l'air parfaitement calme et à l'aise avec la situation – comme si elle n'avait jamais organisé de complot visant à duper deux royaumes et mis la vie d'un tas d'individus en danger sur un simple coup de tête.

Ce constat échauffa les sangs d'Auréa, qui n'en pouvait plus de toutes ces machinations. Elle franchit l'espace qui les séparait en un éclair et se dressa face à la véritable héritière de Chryséis, perdant subitement toute réserve.

— Ce que je crois, c'est que tu es une égoïste suffisante ! Tu penses que le monde te *doit* l'existence que tu désires et peu importe s'il faut sacrifier d'autres personnes pour cela. Les gens ne sont que de vulgaires pions pour toi !

Rozarian baissa la tête à ces mots. Il savait qu'ils lui étaient tout autant destinés.

Lyssaris planta les mains sur ses hanches et plissa les paupières sous l'effet de l'outrage.

— J'ai peut-être renoncé au statut de princesse, qu'au passage tu n'as pas rechigné à récupérer, mais ça ne signifie pas que je vais me laisser insulter sans...

— Lyss, je t'en supplie ! la coupa Invidia, les épaules basses et les joues humides de larmes. N'envenime pas les choses, s'il te plaît. Nous avons encore besoin de son aide, ne l'oublie pas.

Lyssaris haussa les épaules et pinça les lèvres.

— Invidia a raison, intervint Rozarian. Tu ne peux pas en vouloir à Auréa d'être en colère contre nous. Tu es bien placée pour savoir que le rang d'héritier du trône est loin d'être un gage d'inconditionnel bonheur. Auréa, comme nous, n'a jamais demandé à recevoir cette charge...

Lyssaris secoua la tête et finit par baisser le regard pour observer le tapis à ses pieds. D'un ton légèrement moins assuré, elle reprit :

— Ignores-tu donc tout de l'amour, Chasseresse ? Si tu n'as jamais aimé, alors tu ne peux pas comprendre, c'est certain. Aurais-je dû, selon toi, faire à jamais une croix sur mon âme sœur dans l'unique but de servir les projets politiques de ma mère ?

— Afin de servir ton reinaume ! corrigea Auréa. Pour ton peuple. Parce qu'il avait grand besoin de l'armée cédée en contrepartie par le roi de Givre pour assurer sa protection. À plus forte raison maintenant que la Reine des Corbeaux a conquis toutes les Tours voisines des territoires du Printemps !

— Tu parles comme un livre, Chasseresse. Seule la raison dicte tes mots. Moi, je ne suis pas ainsi, je n'ai pas cette force. Faire semblant me tuait à petit feu. Je n'en pouvais plus de nier les élans de mon cœur. Rien ne compte plus à mes yeux qu'Invidia. Même pour tout un peuple, même pour deux royaumes, je n'aurais pu renoncer à notre histoire.

Lyssaris fronça les sourcils, les yeux soudain brillants. Puis elle se tourna vers son amante et lui saisit la main, avant de la porter à ses lèvres pour en embrasser le dos.

— Jamais je n'aurais été capable de jouer cette comédie à laquelle toi, tu te prêtes pourtant si bien, poursuivit-elle, demeurant face à Invidia. Ma mère refusait de m'entendre. Elle se fichait de mes réticences à propos de cette alliance qu'elle souhaitait si désespérément conclure. Elle était obsédée par ces soldats aux armures d'écailles de Vyverne. Comme s'il n'y avait qu'eux, des hommes dotés d'une technologie qui nous échappe, qui soient capables de défendre sa Tour. Comme si nos Thaumaturges et nos soldates ne pouvaient faire le poids devant la menace. Comme si tout cela valait la peine de se séparer de notre plus grande richesse. Notre relique la plus ancienne et la plus sacrée de toutes. J'ai fait ce que je croyais être le mieux pour tout le monde. Ce plan n'était probablement pas le meilleur. Mais aujourd'hui, le reinaume du Printemps a renforcé ses effectifs militaires comme prévu, le royaume de Givre possède une princesse dont le sang reste malgré tout issu de l'antique lignée des femmes-mages, la paix règne et… et je peux *presque* vivre auprès de celle que j'aime.

— Nous… nous sommes tellement navrées de t'avoir joué ce mauvais tour, balbutia Invidia d'une voix aux accents contrits. Si nous avions pu faire autrement, si nous avions eu d'autres options…

Les mots moururent dans sa gorge, étouffés par un puissant sanglot. Aussitôt, Lyssaris l'enveloppa de ses bras pour lui susurrer à l'oreille :

— Ça va aller, mon amour, je te le promets. Nous finirons par nous en sortir. Tout ira bien, tu verras.

Par-dessus son épaule, la princesse adressa un coup d'œil à Auréa, cette fois dénué de toute trace de dédain. À présent, ses yeux n'exprimaient plus qu'une poignante détresse.

— Tu as parfaitement le droit d'être fâchée contre le prince et moi. Il n'empêche qu'au final, nous avons eu raison d'agir comme nous l'avons fait. Minerviane affirme que tu es exactement celle dont ce royaume d'hommes butés et de traditions vermoulues a besoin. Elle nous a même raconté que tu ambitionnais de donner des leçons secrètes d'autodéfense aux femmes de son cercle.

— Pardon ? s'interposa soudain Rozarian. Tu ambitionnes quoi ?

Auréa pivota vers lui, déstabilisée. Elle s'attendait à découvrir une expression outrée – voire écœurée – sur son visage. Au lieu de quoi, ce dernier la contemplait avec un regard nouveau, une étincelle d'admiration se reflétant dans ses yeux dépareillés.

— C'est… c'est encore en projet, souffla-t-elle. Cela ne te concerne pas, de toute façon.

Elle ne devait pas perdre de vue l'objet de cette conversation. Lyssaris tentait de détourner le sujet, de la flatter pour lui faire oublier sa rancœur. Mais elle ne s'en sortirait pas aussi facilement !

Auréa croisa les bras, veillant à conserver des traits fermés et une moue mauvaise. C'était à elle de poser les questions et de mener la discussion !

— Ce que je n'arrive pas à comprendre, c'est pourquoi Invidia et toi êtes venues au royaume de Givre, où les Thaumaturges sont si maltraitées ? Pourquoi ne pas vous être enfuies ailleurs, dans un reinaume où les femmes aux cheveux mauves ne risquent pas constamment la mort ? Et, bon sang, comment as-tu fait pour disparaître de la sorte, échapper aux recherches lancées par ta mère et parvenir seule jusqu'ici ?

Invidia essuya ses joues du revers de la main, puis elle et Lyssaris échangèrent un regard hésitant.

— C'est moi qui ai caché la princesse dans ma chambre à la Tour du Printemps, avoua la Thaumaturge. C'est aussi moi qui ai suggéré à la reine de recourir à une doublure pour remplacer sa fille lors de la cérémonie. Et, pour finir, c'est encore moi qui ai lancé l'idée que tu ressemblais beaucoup à Lyssaris, même si ce n'est pas tout à fait vrai. Il fallait que tu sois choisie, pas une autre. Le prince Rozarian avait demandé une sœur capable d'abattre un Wyrm, et tu étais la seule Chasseresse au sein de l'Ordre à avoir le même âge et à peu près la même stature que Lyssaris. Puis j'ai aidé la princesse à se cacher dans une de tes malles de voyage, que la duchesse devait s'arranger pour récupérer dès notre arrivée, au prétexte d'une erreur des domestiques. Tout cela faisait partie de notre plan.

— Ce qui s'est passé après n'en faisait en revanche pas partie, intervint Lyssaris dans une grimace entre dépit et amertume. Il fallait qu'Invidia et moi puissions quitter le reinaume du Printemps sans nous faire remarquer. C'est pourquoi nous avons cru bon de faire le trajet avec le convoi, moi dans les bagages, dissimulée entre des robes et quelques vivres, et elle en tant que ta dame de compagnie. Nous devions nous retrouver toutes deux à la Tour de Givre pour ensuite nous enfuir. J'ignorais complètement le traitement réservé aux Thaumaturges dans ce fichu royaume, et je ne pense pas que ma mère n'en ait jamais eu vent non plus. C'est pourquoi je n'avais pas précisé dans mes lettres à Rozarian que la femme qui m'accompagnait, et avec laquelle je devais me sauver, était l'une d'entre elles…

Lyssaris poussa un lourd soupir et esquissa un geste las, empreint de désespoir.

— La suite, tu la connais, reprit-elle. Dès qu'il a fallu quitter la Citadelle-Relais, Invidia s'est retrouvée aux mains de ces barbares. Ils lui ont passé cet engin de mort au cou et l'ont enfermée avec les autres Thaumaturges. La duchesse a dû fortement insister pour qu'elle soit libérée. Mais à présent, nous sommes bloquées. Le roi refuse que lui soit retiré ce maudit collier, et nous craignons trop que le mécanisme ne soit activé durant notre fuite pour avoir le cran de quitter cet endroit.

Rozarian ajouta, les sourcils froncés de contrariété :

— J'essaie encore de comprendre comment fonctionne exactement le dispositif pour pouvoir le déverrouiller moi-même, mais je n'ai guère obtenu de résultat probant pour le moment. J'ai réussi à me procurer un exemplaire du système de verrouillage que j'ai entièrement démonté. Même après des jours et des jours à tenter d'en percer les mystères, je ne suis pas parvenu à le saboter sans qu'il déclenche le ressort fatal…

Auréa sentit sa rancune perdre peu à peu en intensité. Elle aurait voulu rester fâchée contre le prince et la princesse, les abreuver d'injures et les morigéner jusqu'à l'épuisement. Leurs manœuvres avaient détruit sa vie, après tout.

Mais la détresse d'Invidia lui fendait le cœur. Savoir que Lyssaris, au bout du compte, avait agi par amour, atténuait malgré tout quelque peu sa colère. En outre, maintenant qu'elle voyait la princesse et la Thaumaturge ensemble, elle arrivait presque à comprendre pourquoi elles avaient pu en arriver à de telles extrémités.

Invidia replaça son écharpe autour de son cou, un voile de terreur assombrissant son regard.

— Nous allons trouver une solution, murmura Lyssaris en lui frottant le bras dans un geste de réconfort, avant de s'adresser à Auréa : D'ici là, je t'en prie, Chasseresse, surtout, ne dis rien à ma mère. Je ne veux pas qu'elle apprenne où je suis ni ce que j'ai fait...

Auréa resta un instant bouche bée. Elle n'y avait même pas encore songé. Elle n'était cependant pas certaine de pouvoir cacher à sa reine des informations d'une telle gravité... Même si Chryséis avait – dans le secret des membres restreints de son conseil –, décrété le bannissement de sa fille, Lyssaris n'en demeurait pas moins son unique enfant. Ne pas l'avertir que la véritable princesse était en vie et – à peu près – en sécurité était une forme de mensonge.

Voire de trahison...

— Je regrette, mais sur ce point, je ne peux rien promettre, rétorqua-t-elle, incapable de prendre une décision aussi importante sans y avoir mûrement réfléchi. Je suis avant tout loyale envers la reine du Printemps, c'est ainsi.

Loin de se douter de la vérité, Rozarian argua :

— Le problème ne se pose pas vraiment dans la mesure où tu ne disposes d'aucun moyen d'entrer en communication avec elle.

— Elle pourrait demander à utiliser l'oiseau de ta tante, conjectura Lyssaris d'un ton raffermi. Ou bien recourir au service de courrier réglementaire, ce qui serait pire que tout…

Rozarian cilla, puis haussa les épaules.

— Je pense qu'il est nécessaire que nous prenions tous un peu de recul. Peut-être devrions-nous en rediscuter plus tard, attendre que la tension soit retombée pour nous mettre d'accord quant à la marche à suivre. En outre, Auréa et moi avons des choses à faire, ce matin. J'ai vu avec les cuisines pour que soient préparés des vivres. Il ne faudrait pas trop tarder, les quartiers des Thaumaturges sont assez éloignés de l'appartement, et je ne me déplace pas franchement à la vitesse d'un renard-feu au galop…

Un pincement étrange serra la poitrine d'Auréa à l'évocation de ce moment si singulier partagé avec Rozarian. Ainsi, il avait respecté leur accord et fait le nécessaire afin d'apporter de la nourriture à ses sœurs enfermées, comme elle l'avait demandé.

Une brise légère, porteuse de doutes, souffla dans son cœur. Bien malgré elle, Auréa sentit la vigueur de sa haine pour le jeune homme s'altérer quelque peu…

44

Rozarian

Après plus de deux heures d'éprouvante déambulation à travers les couloirs et galeries de la Tour, Rozarian et Auréa touchaient enfin au but. Le prince inspira profondément avant de s'engager à la suite de la jeune femme dans l'escalier menant aux quartiers des Thaumaturges. Il n'était pas certain de parvenir à descendre toutes ces marches sans s'effondrer tant il se sentait épuisé, déjà vidé de ses forces.

Rozarian se garda toutefois d'en informer son épouse. La contraindre à marcher aussi lentement afin de s'adapter à son rythme pathétique était suffisamment humiliant comme cela...

Il n'avait pas le souvenir d'avoir jamais effectué de trajet aussi long et fastidieux. Il découvrait tout un pan de la citadelle jusqu'alors inconnu. Deux domestiques les accompagnaient dans leur périple, les bras chargés de paquets remplis de vivres. Ils les suivaient sans un mot, demeurant en retrait, à quelques degrés du prince.

Accroché d'une main à la rampe et de l'autre à sa canne, celui-ci se déplaçait plus péniblement encore – à une allure si restreinte qu'elle l'exaspérait lui-même –, peinant à enjamber ces marches de pierre humide, à demi effritées par la corrosion. En même temps qu'il pestait intérieurement sur son manque de souplesse et d'équilibre, Rozarian n'arrêtait pas de se demander pourquoi il faisait cela. Pourquoi se donnait-il autant de mal pour honorer une promesse dont il aurait dû se contreficher ?

Après tout, ce n'était pas comme si Auréa pouvait le dénoncer sans risquer d'être aussitôt emprisonnée – voire exécutée – pour avoir elle-même caché sa véritable nature. Quelle importance de respecter ou non sa part du marché quand, de toute façon, jamais il n'aurait la moindre chance de se faire pardonner ?

La jeune femme lui avait clairement fait comprendre à quel point elle lui en voulait de l'avoir manipulée tout ce temps. Elle n'était pas près de se remettre du choc qu'avaient été ses récentes révélations au sujet du piège qu'il lui avait tendu.

Auréa se moquait bien d'être devenue princesse grâce aux plans qu'avec Lyssaris il avait mis en œuvre. Tout ce qu'elle voyait était qu'il l'avait déracinée de force de son foyer, arrachée à une vie heureuse – peut-être même aux bras d'un jeune homme beau et bien portant – afin de la placer dans une position aussi frustrante que précaire et dangereuse.

Rozarian comprenait parfaitement sa colère et sa tristesse. Elle avait raison de le détester, évidemment... Il l'avait sacrifiée tel un pion sur un échiquier. Uniquement pour son profit personnel, parce qu'il avait cru que cela lui permettrait de résoudre ses propres problèmes. Il s'était fourvoyé, bien entendu, et ne l'avait réalisé que trop tard, et cela ne comptait pas.

— Tu tiens le coup ? s'inquiéta Auréa, se tournant vers lui pour l'observer.

Rozarian avait dû faire une pause. Il s'était arrêté sur une marche légèrement moins délabrée que les autres, perclus des douleurs que l'escapade de la veille, ajoutée à celle de la matinée, lui avait laissées.

Il hocha la tête en réponse, préférant ne pas desserrer les dents de crainte de lâcher malgré lui quelques dégradants gémissements.

Le fait que la jeune femme fasse mine de se préoccuper de lui l'agaça. Elle n'était pas censée se soucier de son bien-être, pas après ce qu'elle avait découvert sur son compte. Elle était fâchée contre lui, et il le méritait. L'irrépressible vague d'espoir que cela faisait naître en lui, semblable à une volée de papillons s'agitant soudain au creux de son estomac, était aussi stupide que ridicule.

Il pressa le poing sur le mur, rageant contre lui-même, et un morceau de plâtre se détacha tout à coup de la paroi. Le débris s'écrasa au sol dans un bruit mat, étouffé sous un nuage de poussière.

Rozarian examina d'un œil dépité l'énorme fissure qui lézardait la pierre près de sa main. Plus Auréa et lui s'enfonçaient dans les souterrains de la citadelle, pire c'était...

En vérité, ce constat ne le surprenait pas le moins du monde. Il savait l'état plus qu'alarmant des fondations de la Tour. Il entendait depuis des années les architectes du royaume rabâcher leurs avertissements. Ces derniers et les ingénieurs n'avaient de cesse de réclamer d'importants travaux de rénovation.

Léandran en validait certains, d'autres non. Il refusait souvent les plus coûteux et ambitieux projets au prétexte que les experts exagéraient. Si le roi admettait qu'un entretien assidu était nécessaire, il avait néanmoins tendance à rechigner sur les dépenses dès lors qu'il était question de très gros œuvre. Selon lui, il n'y avait aucune raison de douter de la solidité et de la pérennité d'un bastion qui abritait leur nation depuis plus de deux mille ans.

Le roi de Givre avait toujours préféré consacrer la plus grosse part du budget des caisses de l'État à l'armée, qu'il jugeait indispensable à la préservation de la paix. Comme si des soldats et des équipements dernier cri étaient plus importants qu'un toit stable au-dessus de la tête...

Un choix que Rozarian jugeait plus que contestable. Cela l'avait toujours heurté sans pour autant qu'il se risque à en débattre vraiment avec son père. Le prince savait par avance que c'était peine perdue, qu'en réalité même lui ne pouvait réellement discuter les décisions royales – surtout pas quand une tripotée de conseillers obséquieux et complaisants s'acharnait systématiquement à conforter le roi dans chacune de ses résolutions pour peu qu'ils en retirent un quelconque bénéfice...

Comme pour lui-même, Rozarian lâcha d'une voix sourde :

— Le Dévoreur n'aura probablement même pas besoin de venir ramper dans le coin. La Tour de Givre va s'écrouler toute seule d'ici quelques années sans le concours de personne.

— Que dis-tu ? s'étonna Auréa dans un battement de cils déconcerté.

— J'avais entendu parler de l'état de décrépitude de la citadelle, mais le voir de mes propres yeux, c'est autre chose...

La jeune femme fronça les sourcils et examina à son tour la profonde fissure qui creusait la pierre.

— Ces fêlures étaient sûrement déjà présentes avant ta naissance. Je me souviens en avoir aperçu de semblables à la Tour du Printemps quand j'étais enfant, même si j'avais rarement l'occasion d'aller explorer les entrailles de l'édifice. Tu penses qu'il faudrait commencer à s'en inquiéter ?

— Enfin, cela paraît évident, non ?

Rozarian se pinça l'arête du nez, se tançant intérieurement pour son emportement. C'était plus fort que lui, il ne supportait plus d'avoir affaire à cette absurde léthargie qui s'était emparée de tous. Personne ne semblait prendre conscience de l'urgence de la situation…

— J'ai lu de nombreux rapports sur le sujet, expliqua-t-il, s'efforçant de prendre un ton calme. Ils sont unanimes : toutes les citadelles du continent tombent en ruine. Cela fait plusieurs décennies déjà que le phénomène a été observé, mais personne n'a l'air de s'en soucier.

Auréa fit mine de se remettre en marche, n'ayant apparemment rien à ajouter. Finalement, elle s'interrompit dans son élan et croisa les bras. Puis elle s'adossa au mur, comme si elle se préparait à une longue conversation.

— Cela a-t-il quoi que ce soit à voir avec tes aspirations de voyages et d'expéditions ?

Dans un murmure, il reconnut :

— Cela a tout à voir, en vérité.

Enfant déjà, Rozarian rêvait de quitter la Tour pour aller visiter le monde. Cela s'était précisé avec le temps, jusqu'à devenir le but de toute son existence. Les visions de sa mère le concernant – rapportées par sa grand-tante – avaient fortement contribué à ce que s'affirme en lui cette conviction. Il *fallait* qu'il parte et trouve cet ailleurs…

Auréa l'examina avec patience, suspendant pour un temps sa colère afin de l'écouter. Elle attendait qu'il développe, aussi songea-t-il qu'il était temps de confier à quelqu'un ses croyances et ses craintes les plus intimes.

— Nos sociétés sont toutes vouées à bientôt s'effondrer. Les citadelles sont trop vieilles. Elles ont atteint leurs limites, cela devient de plus en plus flagrant. Aucun des peuples du continent ne possède la technologie des Anciens, ce savoir qui nous permettrait de restaurer correctement nos bastions protecteurs. J'ai consulté toutes les archives disponibles ici. D'après les informations que j'ai pu collecter, il semble que les attaques du Dévoreur se soient sérieusement accélérées au cours du dernier siècle.

Auréa serra ses coudes contre son corps et frissonna, la mine sombre. Elle jeta un coup d'œil aux domestiques qui se trouvaient en amont de l'escalier, quelques marches au-dessus d'eux. Probablement n'entendaient-ils rien de leur conversation. Elle baissa néanmoins la voix pour chuchoter :

— Je n'y avais jamais vraiment réfléchi jusqu'à présent.

— J'ai essayé de faire part de mes inquiétudes à mon père, mais autant s'entretenir de philosophie avec un bœuglier. Seules l'intéressent son armée et les querelles entre grandes familles. Il croit qu'il s'agit d'une lubie de ma part. Que je réclame de mener des recherches à l'extérieur juste pour l'irriter, afin de m'opposer à l'interdiction de sortie qu'il m'impose depuis mon plus jeune âge.

— Mais ce n'est pas le cas, compléta-t-elle en haussant les sourcils, comme si elle en prenait tout à coup conscience.

— Le monde est si vaste... Et nous en savons si peu ! Il y a forcément d'autres endroits, d'autres lieux moins dangereux où nous pourrions nous établir. Il ne t'est jamais venu à l'idée que si nous parvenions à nous éloigner davantage de la Faille Primordiale, nous trouverions peut-être des régions vierges de toute fissure, où les créatures des Abymes ne prolifèrent pas comme c'est le cas actuellement dans nos contrées ?

— Je... Non, cela ne m'a jamais traversé l'esprit, en fait.

Des plis de réflexion marquèrent le front de la jeune femme. Son regard glissa sur Rozarian pour se poser ensuite au sol et se faire lointain.

— Ou peut-être que si, reprit-elle après un instant de silence. Mais ce n'était pas aussi clair dans ma tête...

Auréa se tut et se perdit dans ses pensées, ses yeux se parant peu à peu d'un voile de profonde confusion.

Pour une fois, les paroles du prince paraissaient trouver un certain écho. Mieux : il était entendu. La jeune femme semblait prendre l'exacte mesure de ses propos. Elle ne le traitait ni de fou ni d'abruti capricieux.

Alors, elle me comprend ? Elle me comprend vraiment ?

Poussé par un sentiment de confiance qu'il n'avait encore jamais éprouvé, Rozarian décida de se jeter à l'eau. À voix basse, il confessa à Auréa l'un de ses secrets les plus profondément enfouis :

— Il y a en moi cette chose, une force indescriptible qui m'attire inexorablement vers l'horizon, qui m'appelle, toujours plus puissamment. J'ai cette intense conviction, je *sais* qu'il y a une solution et qu'il faut la chercher au-delà de nos murs et de nos frontières. Mais...

Il haussa les épaules et posa les yeux sur sa jambe et l'armature de métal qui la soutenait. Il s'était emballé et en avait trop dit. Auréa devait le prendre pour un illuminé, à présent. Un pauvre infirme qui se berçait d'absurdes illusions, incapable d'accepter les réalités de sa condition...

Se sentant maintenant ridicule, il marmonna :

— Mais ce n'est sans doute pas à moi qu'il revient de conduire de pareilles recherches, si tant est qu'elles soient réellement justifiées. Il est évident que je n'ai rien d'un aventurier, mon père n'a de cesse de me le répéter. Comment d'ailleurs le lui reprocher ?

En aucun cas cela n'aurait dû motiver les manigances auxquelles, avec la complicité de Lyssaris et l'aide de sa tante, il s'était adonné. Il ne voulait pas qu'Auréa imagine qu'il s'inventait des excuses pour rendre légitimes ses agissements. Ce n'était pas pour cette raison qu'il tentait de se confier à elle.

Il éprouvait simplement l'impérieux besoin de lui faire connaître son point de vue, de lui expliquer ce qui l'avait mené à monter cette duperie avec la véritable princesse...

45

Rozarian

À quelques pas de là, l'un des domestiques déposa au sol les lourds paquets qu'il tenait, sans doute exténué d'avoir dû transporter une pareille charge aussi longtemps.

— Nous devrions reprendre notre chemin, proposa Rozarian, un peu gêné. Plus tôt nous remettrons ces provisions aux Thaumaturges, mieux ce sera.

— Euh... oui, bien sûr.

Auréa se redressa d'un mouvement brusque, comme si elle sortait tout juste de quelque songe éveillé.

Cette pause avait été bienvenue pour le jeune homme. La douleur s'était légèrement atténuée dans sa jambe. Aussi réussit-il à descendre les dernières marches avec un peu plus d'aisance.

Ils parvinrent au bas de l'escalier et furent accueillis par deux gardes en armure, postés devant l'entrée des geôles. En les voyant arriver, ces derniers se placèrent d'un même mouvement en travers de l'allée, leurs lances croisées leur barrant le passage.

— Votre Altesse, v-vous..., bafouilla le premier. Vous n'êtes pas censé venir ici...

— Ah bon ? Et pour quelle raison, je vous prie ?

Rozarian joua la carte de l'ignorance, même s'il savait pertinemment pourquoi sa présence en ces lieux déconcertait à ce point les soldats.

D'une voix pleine d'autorité, Auréa intervint :

— Le prince et moi-même avons décidé d'apporter un repas aux Thaumaturges. Rien de plus.

Les deux hommes se jetèrent un coup d'œil perplexe, s'interrogeant silencieusement l'un l'autre.

— Vos ordres ne consistent tout de même pas à empêcher votre prince d'observer les préceptes de Celui qui Dicte ? fit mine de s'offusquer Rozarian. Il ne s'agit là que d'offrir une modeste aumône à de pauvres âmes en quête de rédemption. En tant qu'héritier du trône, je me dois d'accomplir certains actes de foi, et celui-ci est au sommet de la liste établie par le chapelain royal.

Il sentit le regard consterné d'Auréa lui piquer la nuque. Elle avait depuis longtemps compris qu'il n'était pas un croyant très dévoué – tant s'en fallait. Aussi son petit numéro avait-il de quoi la surprendre.

Les gardes réfléchirent encore un instant. Puis le premier replaça sa lance à son côté et recula d'un pas.

— Toutes mes excuses, Altesse, bredouilla-t-il, une expression entre contrition et incertitude se peignant sur ses traits en partie masqués par son casque d'écailles.

Le second garde cligna les yeux en étudiant son collègue d'un air inquiet. Après quoi, il abaissa sa lance également et s'inclina.

Auréa n'attendit pas qu'ils reviennent sur leur décision. Elle passa devant et s'engouffra dans le passage voûté.

Rozarian s'apprêtait à la suivre mais fut contraint de marquer une courte pause sur le seuil. Il considéra sa main sur le pommeau de sa canne et serra les doigts pour faire cesser leur tremblement. Il prit une grande inspiration, tentant de faire le vide en lui. Enfin, il se décida à pénétrer dans les quartiers des Thaumaturges. Les domestiques lui emboîtèrent le pas sans rien dire, s'efforçant de rester aussi discrets que possible.

Ce fut d'abord l'odeur qui le frappa... La puanteur caractéristique du manque d'hygiène mêlée à celles de la moisissure et de la peur le prit à la gorge. Il ne put se retenir de tousser, en quête d'un air pur dans un endroit où il n'y en avait aucun.

D'épaisses larmes vinrent brouiller sa vision, dues à l'asphyxie, mais pas uniquement. La pénombre empêchait de distinguer clairement l'intérieur des cellules, mais ce qu'il en devina suffit à le bouleverser.

Puis les images affluèrent en lui. Sanglantes et tragiques. Leurs couleurs et leurs détails plus vifs que jamais. Et il ne put les repousser...

Les tremblements de ses mains reprirent de plus belle et se communiquèrent à tout son corps. Rozarian resta immobile, statufié à l'entrée de l'abjecte prison.

À quelques mètres, Auréa s'activait déjà, récupérant les paquets pour les disposer au centre de l'allée avant d'en ouvrir les emballages. Elle paraissait familière des lieux et faisait nettement moins de manières que lui. Rozarian aurait dû en concevoir une certaine honte, mais le choc était bien trop puissant pour qu'il y songe...

Les silhouettes floues au fond des cellules remuèrent d'abord lentement. Elles abandonnèrent peu à peu leur torpeur pour se lever et s'approcher du faible halo de lumière que diffusait l'unique lampe au centre du couloir. Puis elles s'agitèrent plus rudement, comprenant l'objet de la visite.

— S'il vous plaît, madame..., gémit une voix éraillée tandis que des plaintes inarticulées montaient de toutes parts.

Des créatures osseuses, échevelées et en haillons se massèrent contre les barreaux, et des bras décharnés se tendirent vers eux, en un geste unanime de supplication.

— Bon, tu vas rester planté là encore longtemps ? s'exclama Auréa en se redressant, du fromage tranché à la main. Un peu d'aide ne serait pas de trop, au cas où tu ne t'en serais pas douté.

Rozarian tenta de s'arracher aux souvenirs de ce terrible jour où, âgé de seulement cinq ans, il avait réussi à convaincre l'être qu'il aimait et admirait le plus au monde de fuguer avec lui...

La pire chose qu'il avait jamais faite. Depuis lors, pas un jour ne s'était écoulé sans qu'il regrette de ne pas avoir péri, lui aussi, dans l'accident.

Ça aurait dû être moi... Bon sang, ça aurait dû être moi !

Un mouvement près de lui troubla le fil des images qui défilaient dans son esprit. Puis il perçut le contact lointain d'une main se posant avec prudence et délicatesse sur la sienne.

— Rozarian ? l'appela la jeune femme d'un ton perplexe, où perçait également l'inquiétude. Eh, reste avec moi, s'il te plaît !

Soudain, la réalité reprit ses droits, et la galerie voûtée et ses cellules obscures remplacèrent les scènes d'horreur qui se jouaient dans sa tête. Le visage d'Auréa apparut devant lui, à seulement quelques centimètres. Ses traits doux et purs l'aidèrent à s'ancrer dans le présent, chassant les derniers nuages sombres qui s'accrochaient encore à lui.

— Qu'y a-t-il ? insista-t-elle en lui pressant les phalanges.

Il battit furieusement des paupières et se força à observer les femmes affamées autour de lui, entassées dans ces geôles immondes. Il devait affronter les conséquences de ses actes. Toutes ces vies brisées à cause de lui…

Mortifié de sentir rouler d'épaisses larmes sur ses joues, il marmonna :

— Tout ça, c'est ma faute. Entièrement *ma* faute…

— J'en doute, répliqua-t-elle, jetant un coup d'œil soucieux autour d'elle avant de se concentrer de nouveau sur lui. Je ne vois pas comment tu pourrais être tenu pour responsable. Il s'agit des décisions de ton père, pas des tiennes.

Rozarian grimaça, les plaintes des Thaumaturges semblant s'amplifier pour saturer ses tympans.

— J'ai laissé faire. Je n'ai rien dit. Je me suis contenté de fermer les yeux…

— Si tu n'es jamais venu jusqu'ici, tu ne pouvais pas vraiment savoir.

Il plongea dans son regard d'or et d'amande, se demandant pour quelle raison elle se montrait tout à coup aussi indulgente avec lui, tentant même de lui trouver des excuses. Il n'en avait pourtant aucune…

Son cœur se serra dans sa poitrine, et une chaleur réconfortante, qu'il ne méritait pas, se diffusa en lui. Il aurait tellement aimé que les choses soient différentes. Il avait tout gâché avec Auréa et prenait peu à peu conscience de l'ampleur de son erreur. Les conséquences allaient bien au-delà de ce qu'il avait pu imaginer. Il avait perdu quelque chose de précieux, impossible à décrire, et qu'il ne retrouverait jamais…

Avec personne.

Elle garda le silence quelques secondes et l'examina avec une attention redoublée. Puis elle soupira, tant de résignation que de rage mal contenue. Elle pressa ses phalanges avec plus d'ardeur encore et se pencha vers lui pour chuchoter :

— Il *faut* que tu deviennes roi, Rozarian. Lorsqu'il sera temps, tu devras monter sur le trône, sans quoi rien ici ne changera jamais.

— Erann...

— Erann est la réplique quasi exacte de votre père. Ses avis semblent sans doute un peu moins tranchés de prime abord, mais au bout du compte, il pense de la même manière. Comme Léandran, Erann est persuadé que la fin justifie les moyens, que le mal est parfois nécessaire. Il ne saurait être un bon souverain. Il n'y a que toi qui puisses rendre ce système plus juste. Que toi qui sois véritablement conscient de l'urgence de la situation, de l'importance que revêt l'union entre les peuples.

— *Moi ?* répéta-t-il, entre consternation et hébétude.

Comment pouvait-elle le croire capable de pareils exploits ? L'avait-elle bien regardé ?

En temps ordinaire, il aurait éclaté de rire face à de tels propos. Mais il lui était désormais devenu impossible de réagir avec son indifférence coutumière. L'endroit où il se trouvait, les personnes qui l'entouraient l'en empêchaient. La femme qui se tenait devant lui également...

Elle prétendait qu'il y avait de l'espoir. Et elle voulait le placer en lui ? C'était totalement absurde. À plus forte raison après ce qu'il lui avait fait...

Pourtant, l'espace d'un bref instant, Rozarian se prit à songer qu'elle pouvait avoir raison. Qu'après réflexion, peut-être n'était-il pas si inapte que cela à porter la couronne. Peut-être même serait-il, sinon meilleur, du moins différent des rois traditionalistes et inflexibles qu'avaient été ses ancêtres...

Un brusque pincement lui vrilla l'estomac. Il n'avait pas le droit d'imaginer cela. Il ne devait pas être roi. Il avait renoncé à cet avenir longtemps auparavant. Son destin était autre. Même s'il ne pouvait l'accomplir, Rozarian était incapable de se résoudre à accepter cette charge qui n'était pas la sienne...

Le prince se détourna, le regard de la jeune femme devenant subitement trop douloureux à soutenir.

— Donnons aux Thaumaturges ce pour quoi nous sommes venus, lui enjoignit-il, s'efforçant de se ressaisir. C'est pire que tout de les faire attendre ainsi...

Auréa hocha la tête. Elle recula d'un pas et lâcha finalement sa main. Elle l'observa tandis qu'il s'essuyait le visage d'un revers de manche, l'air aussi perturbée et confuse que lui. Après quoi, elle revint vers le tas de provisions qu'elle avait disposé au centre de l'allée, et il la rejoignit pour l'aider au déballage.

Aidés ensuite des domestiques et sous la surveillance des deux gardes, ils commencèrent à distribuer les différentes denrées rapportées des cuisines aux prisonnières. Il y avait de grosses miches de pain fraîchement cuites, de la viande séchée, des galettes de pommes de terre, plusieurs pots de crème et des biscuits secs.

— Merci, prince, souffla l'une des Thaumaturges alors qu'il tendait un paquet de sablés à travers les barreaux. Nous n'oublierons pas ce geste, je vous le promets.

— Est-ce vraiment lui, le jeune prince maudit ? s'enquit une autre voix, provenant de l'arrière du groupe.

— Bien sûr que c'est lui. Tu ne le reconnais donc pas ?

L'un des gardes s'avança vers les cellules et gronda :

— Ça suffit ! Silence, femmes !

Une main plus vive que les autres s'extirpa alors du lot et s'empara du poignet de Rozarian pour le tirer vers le cachot.

— Nous ne voulions pas ce qui s'est passé, vous savez, reprit la première dans un sanglot. Cela n'aurait jamais dû se produire ! Jamais aucune d'entre nous n'a souhaité la mort de…

— Chut ! la coupa abruptement une autre. Mais tais-toi donc, pauvre folle ! Tu tiens à mourir aujourd'hui ?

La lance du soldat frappa violemment les barreaux en signe d'avertissement, et Rozarian fut aussitôt libéré. Il s'écarta, hagard, tandis que résonnait en lui ce prénom qui n'avait pu être prononcé…

— Éloignez-vous immédiatement ! rugit le soldat, menaçant d'un mouvement de son arme de trancher tout ce qui sortait d'entre les barreaux. C'est terminé, vous entendez ? Reculez ou nous reprendrons tout ce que vous venez de recevoir !

46

Auréa

Auréa se tenait assise face au miroir de la coiffeuse qu'elle avait récemment fait installer au fond de la chambre. Fouineur était couché sur le bout de son chausson, prenant presque toute la place sur le repose-pied matelassé. Un gros pinceau et un poudrier en main, la jeune femme s'appliquait à répondre aux exigences des usages en vigueur à la Tour de Givre.

Invidia était venue à l'aube pour l'aider à enfiler son corset ainsi que l'une de ses nouvelles robes aux boutons placés dans le dos, au col montant et au corsage ajusté à l'extrême. La Thaumaturge l'avait également coiffée, bâtissant autour de sa tête un entrelacement de tresses d'une rare complexité – comme les femmes d'ici aimaient à s'en parer. Après quoi, Auréa avait congédié sa dame de compagnie, préférant ajouter seule la dernière touche à son allure.

Elle ne savait pas trop pourquoi elle se prêtait chaque matin à ce rituel absurde et se donnait autant de mal afin de soigner son apparence. Ses efforts pour s'intégrer au sein de cette société, qui n'était pas – et ne serait jamais – la sienne, avaient perdu tout leur sens depuis qu'elle avait découvert les véritables raisons de sa présence en ces lieux.

Cela faisait déjà trois semaines que Rozarian et Lyssaris lui avaient fait leurs aveux. Et si, pour Auréa, tout en avait été bouleversé, dans les faits, rien n'avait vraiment changé. Dans la pratique, la situation de la jeune femme restait identique. Elle n'avait pas davantage le choix qu'auparavant : elle devait tenir son rôle, peu importait en réalité la manière dont il lui avait été échu.

Que le prince ait comploté pour se dégotter une épouse différente de celle qui lui était à l'origine destinée ne la libérait pas de ses engagements envers Chryséis. Pas plus que la fugue et les manigances alambiquées de la véritable princesse du Printemps n'annulaient le mariage célébré lors de la cérémonie de l'Échange…

Du coin de l'œil, Auréa aperçut Rozarian. Il sortait du cabinet de toilette et s'apprêtait à quitter la chambre. La main sur la poignée de la porte, il s'arrêta sur le seuil et se tourna vers elle.

Il l'observa un instant tandis qu'elle demeurait immobile, à contempler le reflet de la pièce dans le miroir. Elle le vit ouvrir la bouche et hésiter.

— Tu… tu es…

Il s'interrompit et secoua la tête d'un air dépité. Ses longs cheveux de jais retombèrent comme un rideau devant son visage, sa mèche carmin masquant ses cicatrices et son œil aux reflets de lave en fusion.

Il paraissait plus fatigué que jamais après toutes ces nuits qu'il avait décidé de passer au salon – se moquant désormais des rumeurs que feraient probablement circuler les domestiques concernant la santé de leur couple.

Leurs rapports avaient beaucoup évolué depuis leur visite commune des geôles des Thaumaturges. Rozarian était toujours aussi taciturne mais ne faisait plus montre d'aucune hostilité envers elle.

Au contraire, le prince s'efforçait dorénavant de lui être aussi agréable que possible, en lui laissant notamment le loisir d'occuper seule la chambre. Il s'appliquait également à être moins présent à l'appartement et passait davantage de temps à l'extérieur. Le plus remarquable de tous ses efforts était néanmoins l'arrangement qu'il avait obtenu afin qu'Auréa ait le droit d'apporter chaque jour des rations de nourriture à ses sœurs prisonnières. Le prince allait même jusqu'à l'accompagner parfois, lorsque son état lui permettait cette longue marche pour se rendre à l'autre bout de la Tour.

Grâce à lui, Auréa avait réussi à donner également des couvertures aux Thaumaturges, ainsi que des vêtements propres et quelques produits d'hygiène. Ce n'était pas grand-chose en considération de l'enfer que ces femmes devaient endurer au quotidien. Mais c'était déjà ça...

Rozarian déclara :

— Je dois assister à un conseil, puis à ce stupide cours de littérature ancienne en compagnie d'Erann. Je passerai peut-être à la forge également, si j'en ai le temps. J'aimerais tester une nouvelle méthode pour tenter de percer les mystères des colliers de Thaumaturges. J'espère te retrouver ce soir au dîner familial...

Auréa acquiesça d'un signe, et il poussa un discret soupir, visiblement soulagé. Il lui adressa un petit hochement de menton en guise de remerciement.

— Bien, à tout à l'heure, alors. Passe une bonne journée.

— Tâche d'essayer, toi aussi.

L'ombre d'un sourire étira prudemment les lèvres de Rozarian.

— Pourquoi pas... Du moment que je sais que tu seras encore...

Il s'arrêta de nouveau, préférant ne pas terminer sa phrase. Il fronça les sourcils et recouvra finalement son habituelle expression grave et fermée.

— Hmm, enfin bref, à ce soir.

Là-dessus, il s'éclipsa.

Auréa s'obligea à se concentrer sur l'image que lui renvoyait le miroir, toujours plus perplexe et confuse.

C'était devenu une sorte de convention entre eux. Chaque jour, Rozarian trouvait une nouvelle façon de lui demander si elle comptait rester à ses côtés, comme s'il craignait constamment qu'elle ne décide de tout abandonner et ne finisse par lui fausser compagnie – ainsi qu'elle avait déjà failli le faire à deux reprises.

Elle aurait tellement voulu continuer à le détester. Ressentir pour lui cette vive haine comme au jour de leur rencontre. Mais elle n'y arrivait plus...

Cela lui était devenu impossible depuis qu'elle avait compris que le prince n'avait pas monté ce plan avec Lyssaris uniquement pour assouvir un caprice. Depuis l'instant où elle l'avait vu si vulnérable, sincèrement choqué face à la vérité, lorsqu'il avait découvert de ses propres yeux le véritable traitement réservé aux Thaumaturges.

Rozarian ne voulait pas être roi, mais son indolence n'était qu'une façade. Cela ne l'empêchait pas de se sentir en réalité profondément concerné par le sort de son peuple. Il voyait les choses différemment, voilà tout. Il regardait plus loin, bien au-delà des limites auxquelles se bornait son père.

La jeune femme aurait préféré que ce ne soit pas le cas, mais elle comprenait les désirs et les motivations du prince.

Elle aussi rêvait souvent d'un ailleurs. D'une autre contrée, où il ferait bon vivre. Elle aussi ressentait l'appel de l'horizon – beaucoup plus puissamment et distinctement depuis qu'elle se trouvait recluse derrière les austères remparts de la Tour de Givre, privée de ces longues balades en extérieur qu'elle affectionnait tant…

En vérité, il lui arrivait encore parfois de songer à prendre la fuite. Elle s'était cependant rendue à l'évidence et avait définitivement renoncé à cette idée. Quand bien même parviendrait-elle à traverser le royaume de Givre sans encombre, ce n'était pas comme si elle pouvait rentrer chez elle après un long voyage. Ni Chryséis, ni Phèdre, ni aucune des responsables de l'Ordre mises dans la confidence n'accepterait qu'elle abandonne ainsi sa mission – pas même après leur avoir révélé l'implication de Lyssaris dans l'affaire.

Ce à quoi Auréa n'avait d'ailleurs pu se résoudre pour l'instant…

La princesse du Printemps l'avait suppliée de garder le silence à son sujet, et Auréa n'avait toujours pas réussi à trancher. Elle ignorait s'il était préférable qu'elle dénonce les machinations de Lyssaris auprès de la reine ou s'il valait mieux, pour leur bien à tous, que jamais elle n'évente le secret – puisque, de toute façon, le mal était fait.

Ces pensées la ramenèrent au présent.

Il lui semblait avoir aperçu le serpentaigle de Chryséis voler dans le ciel la veille. Elle n'avait pu vérifier sur le moment étant donné la présence de Rozarian dans l'appartement. Maintenant que son époux était parti, elle devait s'assurer qu'aucun courrier ne l'attendait.

Auréa rangea le petit pot de rouge à lèvres de couleur pêche dans le tiroir de la coiffeuse et se leva. Devant la porte de la chambre, elle attendit quelques minutes, l'oreille collée au panneau de bois, afin d'être sûre qu'elle était bien seule.

Après quoi, elle se rendit au salon – où Rozarian s'était établi, laissant traîner derrière lui couvertures, livres et objets mécaniques hétéroclites, les domestiques n'osant manifestement jamais toucher à son désordre…

— Je savais bien que je n'avais pas rêvé, constata-t-elle en se précipitant vers la fenêtre.

Derrière le carreau, un majestueux rapace au plumage blanc patientait, perché sur le rebord de pierre. Auréa lui ouvrit et se hâta de défaire les crochets retenant le tube à la patte de l'animal. Elle dévissa le couvercle et fit glisser sur la table une feuille roulée sur elle-même et scellée d'un cachet de cire grenat.

Elle rompit le sceau et s'empressa de lire la lettre que lui avait fait parvenir Chryséis.

Chère Chasseresse,

La mère de l'Égarée espère que ce courrier vous trouvera en bonne santé. Sachez néanmoins que la situation s'est terriblement complexifiée dans nos belles contrées fleuries.

La mère de l'Égarée s'inquiète des mouvements de plus en plus importants de l'armée adverse observés aux frontières du reinaume. La Reine des Corbeaux ose exiger une entrevue. Il se pourrait qu'il s'agisse de quelque piège.

Cette femme est désormais connue pour avoir éliminé toutes les monarques ayant eu le malheur de se tenir devant elle…

De nombreuses missives ont été envoyées aux Tours alentour ainsi qu'au roi de Givre afin de réclamer de l'aide. Toutes, à ce jour, sont restées sans réponse.

Il serait particulièrement appréciable que vous ayez, chère Chasseresse, l'amabilité d'intercéder en faveur de cette requête auprès de votre nouvelle famille. La nécessité et l'urgence d'agir se font vivement sentir…

47

Auréa

Auréa dut relire à plusieurs reprises le message, abasourdie par les informations qu'il contenait.

Alors, cette fois c'est certain : la menace est réelle, déjà aux portes du reinaume du Printemps ! Et Léandran, comme tous les autres souverains, fait la sourde oreille face aux sollicitations désespérées de Chryséis…

Les deux Tours n'avaient-elles pas récemment conclu une alliance grâce au mariage de leurs héritiers respectifs ? Chryséis avait donné sa fille – ou du moins celle qui en tenait le rôle – ainsi que sa plus précieuse relique en échange d'un soutien militaire. Celui-ci s'arrêtait donc au contingent de soldats cédé par Léandran durant la cérémonie ? Rien d'autre n'était donc censé unir leurs deux nations ?

Ce qu'attendait Chryséis de la part d'Auréa était toutefois ardu. Cette dernière ne savait comment aborder le sujet avec le roi. Lors des dîners familiaux – rares occasions où elle avait la possibilité d'adresser quelques mots à son beau-père –, aucune des femmes qui parvenait à obtenir la parole ne s'aventurait jamais sur le terrain de la politique.

Il faudrait pourtant bien qu'Auréa réussisse à intervenir. Elle devait au moins plaider en faveur d'une action visant à aider son peuple...

Peut-être pourrait-elle d'abord en discuter avec Rozarian et le convaincre de parler lui-même à son père ? Mais comment faire pour ne pas éventer le secret de sa correspondance avec Chryséis ? La chose s'avérait particulièrement périlleuse...

Après un long moment d'intense réflexion, Auréa se décida à rédiger une réponse. Dans sa lettre, elle expliqua qu'elle allait évidemment faire son possible pour accéder à la requête de Chryséis, comprenant à la fois l'urgence et la gravité de la situation.

Elle l'informa également de ses avancées dans l'assistance qu'elle essayait d'apporter au quotidien aux Thaumaturges prisonnières de la Tour de Givre. Elle lui dressa la liste de chaque progrès, chaque minuscule victoire qu'elle avait grappillée au fil des jours.

Auréa se garda cependant de parler de Lyssaris. Il ne servait à rien d'ajouter de l'huile sur le feu. La reine avait suffisamment de problèmes à gérer pour l'instant...

Quand elle eut terminé, la jeune femme plaça le courrier dans le tube, qu'elle referma précautionneusement avant de le fixer au harnais cerclant la patte du serpentaigle.

Auréa eut bien du mal à avaler quoi que ce soit au déjeuner tant elle était soucieuse.

Elle trouvait étrange que la Reine des Corbeaux souhaite parler à la reine du Printemps avant de lancer le moindre assaut. L'afflux des troupes Damnées à la frontière du reinaume était malgré tout sans équivoque. Une attaque se préparait forcément...

Auréa passa de longues heures à élaborer dans sa tête une stratégie pour amener Rozarian à lui confier ce qu'il savait de la situation de la Tour du Printemps. Ainsi, par la suite, elle pourrait le pousser à parler au roi.

Si le prince lançait le sujet durant le repas, peut-être Auréa pourrait-elle glisser dans la discussion quelques arguments en faveur d'un soutien supplémentaire à apporter au reinaume du Printemps...

Elle en était là de ses réflexions lorsqu'on frappa à la porte du salon. Invidia entra, suivie de Lyssaris.

— Professeure ! la salua cette dernière d'un ton plus enjoué qu'à l'ordinaire. La duchesse attend dans le vestibule pour une nouvelle leçon d'autodéfense. Elle a réussi à nous trouver une dizaine de bâtons de combat, discrètement empruntés dans la salle d'entraînement des aristocrates de la cour. Personne n'y met jamais les pieds, apparemment... Minerviane a hâte de poursuivre le cours.

— Oh, je... j'ai failli oublier ! s'exclama Auréa en se levant d'un bond.

Dernièrement, elle avait accompli l'exploit de persuader toutes les femmes du cercle de la reine de la nécessité d'apprendre à se défendre. Aussi, depuis une quinzaine de jours, se réunissaient-elles toutes en cachette en début d'après-midi – juste avant l'heure du traditionnel goûter au salon de thé. Elles se retrouvaient dans une ancienne salle de stockage en sous-sol actuellement vide, afin de s'entraîner.

Une fois debout face à la véritable princesse, Auréa hésita. Devait-elle lui parler dès maintenant de la situation du reinaume du Printemps ? Était-il vraiment utile de lui faire savoir qu'elle entretenait une correspondance secrète avec sa mère ?

Auréa avait fini par accepter son sort. Pour autant, cela ne signifiait pas qu'elle n'en voulait plus à Rozarian et à la princesse pour l'horrible tour qu'ils lui avaient joué. Elle ne pouvait avoir confiance en aucun d'eux. Elle fit donc le choix de ne rien dire pour le moment.

En silence, elle suivit les deux jeunes femmes en direction du vestibule.

— Veillez à rester plus souple sur vos appuis, ma reine, conseilla Auréa à Déline.

L'air quelque peu irrité, celle-ci protesta en se redressant :

— Le poids et l'ampleur de mes multiples couches de jupons me gênent !

— Peut-être, concéda Auréa en se plaçant devant la souveraine afin de lui montrer la position à adopter, brandissant son bâton en travers du corps. Quoi qu'il en soit, il ne serait pas judicieux de nous entraîner dans une tenue plus confortable. Nos adversaires n'attendront pas que nous nous soyons changées pour nous attaquer. Pliez davantage les genoux, Votre Majesté. Oui, voilà, comme ceci ! Très bien également, Méliante, continuez ainsi !

Auréa exécuta ensuite un nouvel enchaînement de mouvements, et Invidia passa dans les rangs pour corriger les erreurs, ainsi qu'elle en avait pris l'habitude. Lyssaris avait insisté pour venir également, et Minerviane avait accepté, n'osant probablement pas lui refuser cette brève escapade hors des appartements ducaux, où elle était consignée le reste du temps.

Même s'il était incongru qu'une inconnue – en apparence une domestique, qui plus est – se joigne à elles, aucune des femmes du groupe n'avait émis la moindre remarque à ce sujet. La présence de Lyssaris semblait d'ailleurs être devenue totalement normale.

— Ai-je la bonne posture ? s'enquit la duchesse en fendant l'air d'un puissant coup de bâton.

Auréa s'avança pour mieux l'observer et lui fit signe de répéter la manœuvre. Minerviane s'exécuta, hors d'haleine, des mèches folles dépassant de son chignon tressé.

— Vous y êtes presque, l'encouragea Auréa. Votre talon droit est légèrement trop en dedans, et il faudrait lever votre arme encore un peu plus haut. Mais l'énergie est la bonne.

Le visage aux traits délicats de la duchesse s'illumina d'un sourire fier. Puis elle adressa un clin d'œil amical à sa professeure.

Auréa et elle n'avaient guère eu l'occasion de s'entretenir en privé depuis les révélations de Rozarian et de Lyssaris. Il était néanmoins évident que Minerviane savait que sa complicité dans l'affaire lui avait été révélée. Auréa se demandait souvent si la grand-tante de son époux cherchait à éviter une confrontation avec elle ou si son emploi du temps l'avait simplement empêchée de se retrouver seule en sa compagnie.

Auréa se força à revenir au présent et observa les femmes autour d'elle. Toutes se donnaient à fond dans l'exercice, soucieuses d'apprendre un maximum de techniques. La reine commençait d'ailleurs à montrer des signes de fatigue, elle aussi, entre ses joues empourprées, ses tempes luisantes et sa coiffure vacillante…

— Bien, ce sera tout pour aujourd'hui, mesdames ! annonça Auréa en constatant que les deux heures que comptait leur séance quotidienne étaient déjà écoulées. Nous reprendrons demain. Nous verrons quelle méthode employer pour mettre à terre un ennemi plus lourd que soi dans un combat au corps à corps.

— Voilà qui pourra s'avérer utile en bien des circonstances ! s'exclama la comtesse de Lonelle, entraînant l'hilarité générale.

Auréa pouffa également avant de se rappeler pourquoi ses pensées persistaient à demeurer sombres…

Chryséis lui avait assigné une mission d'importance capitale : la jeune femme avait un prince, puis un roi à convaincre.

Méliante fut la première à se diriger vers la porte. Comme elles en avaient pris l'habitude, elles ne sortaient pas de la salle toutes en même temps, préférant ne prendre aucun risque d'éveiller les soupçons. Bientôt, ce fut au tour de la duchesse, accompagnée de sa fausse domestique, Lyssaris, puis d'Invidia et d'Auréa de quitter la pièce. Ensemble, elles prirent à gauche, évitant de suivre Déline, qui s'était engagée dans le couloir de droite peu avant.

Les quatre femmes remontèrent une galerie et croisèrent un groupe de prélats en pleine conversation. Elles venaient de les dépasser lorsque l'un d'eux s'arrêta brusquement.

Il opéra un demi-tour en catastrophe et se précipita vers Lyssaris. Sans prévenir, il leva le bras et la saisit violemment par les cheveux, empoignant ses mèches encore humides de sueur.

— Gardes, à moi, vite ! hurla-t-il à la cantonade. Une Thaumaturge sans collier est en liberté ! Par Celui qui Dicte, c'est un attentat !

48

Auréa

Lyssaris laissa échapper un cri strident, sa surprise et sa douleur fusant hors de ses lèvres grandes ouvertes. Les yeux écarquillés de terreur, elle se tortilla, cherchant spontanément à se soustraire à la poigne du prêtre. Mais celui-ci répondit à sa ruade en imprimant une cruelle secousse à sa chevelure, tirant ensuite sur sa prise pour la forcer à se baisser devant lui.

Lyssaris trébucha, les jambes tremblantes. Puis elle s'agenouilla, cédant sous la pression, captive et impuissante.

— Lâchez-la immédiatement ! s'indigna Invidia, la voix éraillée par les accents de la panique.

Auréa hésita à approcher, de crainte de provoquer davantage cette espèce de fou furieux qu'était manifestement le prélat. Les paumes en l'air, elle s'écria :

— Qu'est-ce qui vous prend, bon sang ? Cette femme est la domestique de la duchesse !

— Elle n'est pas Thaumaturge, enfin ! se scandalisa Minerviane, la mine décomposée, toute couleur ayant subitement déserté son visage.

— Ah oui ? Dans ce cas, comment expliquez-vous cela ? les interrogea l'ecclésiastique en levant la main pour montrer la mèche qu'il tenait serrée entre ses phalanges. Cette vipère vous a dupées ! Qui sait depuis combien de temps elle prépare son coup avec son acolyte ? Gardes ! Au secours, à l'attentat !

Entre les doigts de l'homme, les cheveux de Lyssaris révélaient par endroits leur véritable teinte mauve clair. Il frotta du pouce les boucles alourdies par la sueur. La teinture charbonneuse se transféra alors à sa peau, laissant une marque humide et noire, impossible à nier.

Aucune des femmes de leur groupe d'entraînement n'avait dû y prêter attention durant la séance, mais sous l'effet de la transpiration, certaines zones de la chevelure de Lyssaris avaient retrouvé leurs reflets violacés d'origine. Auréa ignorait à quel rythme la jeune femme était censée reteindre sa toison afin de garder caché sa véritable nuance. Sans doute, les jours passant, avait-elle dernièrement négligé l'entretien de l'astucieux camouflage. Quoi qu'il en soit, sa dernière coloration commençait à perdre de son pouvoir couvrant.

Une terrible erreur…

Un attroupement se forma autour d'eux. Les ecclésiastiques accompagnant le fanatique s'étaient arrêtés également. Ils restaient cependant à bonne distance, l'air tous aussi effrayés les uns que les autres.

Le bruit de pas précipités martelant le pavé retentit à travers la galerie. Auréa lut soudain dans les yeux de la duchesse que tout était perdu. Que leur sort était scellé et qu'il n'y avait plus aucune issue pour elles…

Invidia dut le ressentir, elle aussi. Portant instinctivement les doigts à sa poitrine – où, sous l'abominable collier, se trouvait sa Pierre d'Abyme –, elle aboya avec rage :

— Lâchez-la ou je vous tue !

Auréa perçut la rumeur du chant de l'Ancien Monde tandis qu'Invidia convoquait l'Elementum. Elle voulut empêcher la Thaumaturge d'user de ses pouvoirs mais n'eut guère le temps de réagir.

Déjà, des flammes jaillissaient de la main de sa dame de compagnie, qu'elle tendit en direction du prélat, le menaçant ouvertement.

L'homme poussa un geignement affolé. Il extirpa d'un mouvement brusque un poignard de l'échancrure de sa tunique. Avant même qu'Invidia ait eu le loisir de projeter son feu vers lui – ou bien de reculer et battre en retraite –, l'ecclésiastique frappa Lyssaris à la gorge, lui enfonçant son arme jusqu'à la garde dans la carotide.

— Non ! hurla Minerviane.

Invidia semblait pétrifiée d'épouvante. Son bras était figé, et un brasier miniature couvait en grésillant au creux de sa paume.

Un sang rouge sombre fusa de la plaie lorsque le prêtre retira la lame. L'épais liquide éclaboussa les dalles alors que Lyssaris s'affaissait sur elle-même. La jeune femme toussa, et des filaments de salive écarlate s'écoulèrent de sa bouche. Ses yeux roulèrent dans leurs orbites et se posèrent sur les trois soldats qui s'empressaient de remonter la galerie pour les rejoindre.

Horrifiée, prête à déchaîner les vents de la colère sur l'odieux meurtrier, Auréa s'étrangla :

— Vous ne vous en tirerez pas comme...

Mais la duchesse l'empêcha de poursuivre. Elle fondit sur Auréa, manquant tomber en glissant dans la flaque carmin qui se répandait sur le pavé. Elle se rattrapa de justesse et saisit les poignets d'Auréa afin de l'immobiliser.

Le corps de Lyssaris s'effondra mollement au sol comme la vie la fuyait. Le prélat fit quelques pas en arrière, prêt à laisser dorénavant les gardes s'occuper du reste. Invidia, sous le choc, l'expression hagarde, s'agenouilla au-dessus de sa bien-aimée, comme s'il y avait encore eu quelque espoir…

Puis la Thaumaturge dut se rendre à l'évidence et poussa un hurlement déchirant. De rage et de chagrin, elle fit croître en un éclair la boule de feu dans sa main. D'un geste expert, elle lança une coulée de flammes rougeoyantes en direction du prêtre.

Au même moment, l'un des soldats brandit un petit objet métallique vers la Thaumaturge. Une sorte de boîtier sur lequel se trouvait une manivelle. Il l'actionna, et le collier d'acier cerclant le cou d'Invidia s'activa automatiquement.

Le marteau fixé à son appareillage se déclencha et frappa d'un coup sec la Pierre sous ses vêtements. Un fracas cristallin se fit entendre, signant pour de bon le destin de la jeune femme.

En un quart de seconde, la gemme fichée dans sa chair et à travers laquelle elle pouvait puiser l'Elementum se trouva réduite en morceaux.

— Arrêtez ! s'écria Auréa dans un sanglot de détresse.

Elle se débattit pour que Minerviane la libère. Cette dernière la retenait toutefois avec la force du désespoir. La jeune femme aurait pu repousser plus énergiquement la duchesse, user de violence afin de lui échapper, mais elle savait qu'elle la blesserait inutilement en faisant cela.

De toute façon, c'était trop tard…

— Vous serez perdue si vous vous dévoilez maintenant, lui chuchota Minerviane à l'oreille. Je vous en supplie, ne faites rien d'inconsidéré, mon enfant.

— Mais... mais...

La voix d'Auréa s'éteignit dans sa gorge tandis que, devant elle, Invidia s'écroulait à son tour, secouée par de violentes convulsions.

La Thaumaturge se tordit au sol et se griffa la poitrine, comme pour tenter d'accéder aux débris de sa Pierre sans y parvenir. Elle déchira le coton de sa veste à grand renfort de mouvements fébriles.

Auréa se laissa tomber à genoux près d'elle mais n'osa la toucher, de peur d'aggraver la situation. Elle ignorait ce qu'elle pouvait faire pour l'aider. Ou ne serait-ce que la soulager...

— Mettez la princesse à l'abri ! ordonna l'un des gardes tandis que de plus en plus de gens affluaient, s'entassant dans le couloir afin de comprendre ce qu'il venait de se passer.

En quelques instants, ce fut terminé. Les yeux d'Invidia se révulsèrent. Elle se détendit d'un coup et poussa un long soupir. Ses membres soudain mous et inertes s'étendirent sur les dalles de pierre du couloir.

Auréa, choquée, ne pouvait détacher le regard des corps de Lyssaris et d'Invidia, gisant l'un à côté de l'autre. Ses tympans bourdonnaient sourdement, à tel point qu'elle ne parvenait que vaguement à percevoir la rumeur des vifs échanges entre les soldats ainsi que les étranges cris d'horreur d'un homme, à la provenance et à la raison inconnues.

Un garde en armure l'attrapa par-derrière et l'empoigna fermement. Il la souleva de terre comme si elle n'avait rien pesé pour ensuite l'emmener au loin.

Auréa n'opposa aucune résistance. Elle avait perdu le contrôle de ses gestes et n'était plus qu'une masse vide, sans volonté ni réaction. À travers le chaos, elle aperçut la duchesse, qu'un autre soldat conduisait hors de la galerie. Puis elle entrevit le prêtre qui était l'origine du drame.

Il se tenait curieusement agenouillé, le visage caché dans ses mains à la peau rougie, cloquée et luisante, son bel habit finement brodé en partie carbonisé.

C'était donc de lui qu'émanaient les hurlements de souffrance perçant la cacophonie ambiante...

Sur l'instant, Auréa ne put s'empêcher de ressentir une certaine satisfaction. Elle était presque déçue que les flammes d'Invidia n'aient pas tué sur le coup cette ordure de fanatique.

Après quoi, ses pensées se brouillèrent pour ne former qu'un amas de questions sans réponse, dépourvues de sens. Elle eut alors l'impression de n'être plus qu'une spectatrice, restée en retrait, loin de la scène où s'était jouée l'abjecte tragédie.

On lui fit traverser des portes dérobées, puis d'étroits corridors, la duchesse et toute une escorte de soldats derrière elle. Auréa se laissa porter sans rien dire jusqu'à des appartements où elle n'avait jamais mis les pieds auparavant, son esprit dérivant lentement.

Lyssaris est... morte ? Elle est morte. Sous mes yeux. Morte... La véritable princesse. L'unique enfant de la reine Chryséis a perdu la vie de la main d'un prêtre au culte stupide, à cause de croyances grotesques... Morte. De façon tout à fait absurde. Et Invidia... Oh, par la Déesse, mais comment une telle catastrophe a-t-elle pu se produire ? Comment ?

Le garde qui tenait Auréa entre ses bras la déposa dans un sofa au capitonnage de velours particulièrement confortable. La jeune femme s'étonna de pouvoir relever ce genre de détail ridicule en pareille circonstance.

Elle se rencogna contre le dossier, l'esprit toujours vide – ou trop plein, elle ne savait plus –, et releva les jambes pour serrer ses genoux contre sa poitrine.

— Votre Altesse, êtes-vous blessée ? s'inquiéta un soldat en s'agenouillant devant elle pour mieux l'examiner.

Auréa se contenta de secouer la tête, incapable de prononcer un mot.

— La princesse est indemne, confirma Minerviane, de l'autre côté de la pièce. Un miracle, compte tenu de la situation !

Le visage livide et les joues couvertes de larmes, la duchesse s'efforçait péniblement de rester debout. L'un des gardes la rattrapa par le coude comme elle vacillait. Puis il la plaça d'autorité devant une chaise afin qu'elle s'asseye. Minerviane obéit et pressa fébrilement son mouchoir contre sa bouche.

— Ainsi, vous ignoriez que votre domestique était une Thaumaturge cachée ? questionna un homme portant les galons de capitaine sur son pourpoint bleu nuit.

— Évidemment ! se défendit la duchesse, prenant un air choqué étonnamment crédible.

Ce n'était pas vraiment un mensonge. Après tout, si, avant de se les teindre, Lyssaris avait eu les cheveux de la couleur typique des femmes-mages, elle n'avait jamais – ainsi que sa condition de future reine l'exigeait – fusionné avec la Pierre d'Abyme.

— La dame de compagnie de la princesse était-elle complice de la Thaumaturge infiltrée ? se renseigna encore l'homme, se tournant ensuite vers Auréa en quête d'explications.

— Pas à ma connaissance, nia la duchesse avec encore plus de fermeté, se redressant pour donner davantage d'aplomb à son discours. Nous ne sommes malheureusement guère en mesure de vous fournir la plus petite explication. Ni la princesse ni moi n'avons la moindre idée de ce qu'il s'est passé...

— Vous avez de peu échappé à un nouvel attentat Thaumaturge, voilà ce qu'il s'est passé ! résuma le capitaine, la mine sombre et le ton catégorique, avant de pivoter en direction de ses soldats : Que tous les accès à la Tour soient immédiatement bloqués le temps que nous éclaircissions le mystère de la présence de cette criminelle parmi les serviteurs de la duchesse. Faites aussi vérifier au plus vite les geôles afin de s'assurer qu'aucune des prisonnières n'a pu s'évader. Renforcez la garde du roi ainsi que celle des princes et des appartements ducaux. Et interrogez les prélats et tous les témoins qui se trouvaient sur les lieux de l'incident.

Les soldats acquiescèrent, puis quittèrent le salon.

Auréa comprit peu à peu – à l'attitude de Minerviane et à la décoration particulièrement sophistiquée, riche, mais élégante de la pièce – qu'elle se trouvait chez elle.

La duchesse demeura assise, droite et rigide sur sa chaise, et se tamponna dignement le visage de son mouchoir de soie.

— Laissons-les croire ce qu'ils veulent, décréta-t-elle, ses doigts tremblant. Nous n'y pouvons plus grand-chose, à présent. Le mal est fait. Rien ne ramènera ces pauvres jeunes femmes, de toute façon...

La duchesse jeta un coup d'œil derrière son épaule pour tenter de capter le regard d'Auréa, mais celle-ci ne pouvait s'arracher à sa contemplation du vide devant elle. Elle hocha simplement la tête en signe d'assentiment.

Minerviane avait raison. Quel autre choix avait-elle sinon de taire tout ce qu'elle savait ?

— Il n'y a plus qu'une seule et unique princesse dorénavant, reprit la duchesse. Et c'est vous, mon enfant. Ce n'est plus seulement un rôle de remplacement que vous devez jouer. Vous comprenez ? Je sais que vous ne vouliez rien de tout cela, mais les enjeux sont trop importants. Et les conséquences, trop lourdes...

Un brusque sanglot roula dans la gorge de Minerviane, qu'elle étouffa à l'aide du précieux morceau de tissu qu'elle serrait dans sa main.

— Je lui avais pourtant dit que je préférais qu'elle reste à l'abri dans mes appartements, gémit-elle, accablée. Je lui avais dit ! Mais comment raisonner la fille d'une reine qui n'a jamais été préparée à connaître d'autres mœurs que celles de son peuple ? Si seulement je n'avais pas eu ces idées idiotes au départ ! Oh, comme je regrette ! Ma chère, si vous saviez...

Auréa prit soudain conscience qu'elle n'en voulait pas à la duchesse d'être l'instigatrice de sa venue contrainte au royaume de Givre. Une obscure colère couvait en elle, mais elle n'était pas dirigée contre cette femme qui tentait – à sa manière, à son échelle et avec le peu de moyens dont elle disposait – de faire un tant soit peu changer les choses.

— Ce n'était pas une vie, marmonna Auréa d'une voix rauque, à peine audible.

Lyssaris n'aurait jamais pu se contenter de demeurer pour le restant de ses jours cachée entre quatre murs, déguisée en servante, avec pour seule compagnie une femme suffisamment âgée pour être sa grand-mère. Son plan pour se construire une vie meilleure que celle à laquelle sa mère l'avait destinée avait échoué dans les grandes largeurs à la seconde où Invidia s'était trouvée affublée de ce collier meurtrier...

49

Rozarian

Rozarian sentait bien qu'il devait avoir l'air ridicule à tenter de courir avec sa jambe déficiente et son encombrant – et ô combien bruyant – appareil, mais il s'en moquait. Une peur panique lui broyait le ventre depuis qu'il avait appris qu'une Thaumaturge infiltrée et la dame de compagnie de sa propre épouse avaient dû être abattues par mesure de sécurité, afin d'éviter tout risque d'attentat…

En nage et hors d'haleine, il se précipita à la porte des appartements de la duchesse – où on lui avait dit qu'il trouverait sa grand-tante et sa femme, toutes deux témoins malencontreux de la scène. Quatre soldats en armure montaient la garde sur le palier lorsqu'il arriva. Les hommes le saluèrent respectueusement, puis s'écartèrent pour le laisser passer.

Son cœur faillit se décrocher à la seconde où il aperçut la jeune femme. Elle se tenait recroquevillée sur un canapé, le regard perdu, éteint, et l'air hagard, serrant ses jambes contre sa poitrine. Elle était pâle comme jamais il ne l'avait vue et semblait sous le choc, totalement traumatisée.

— Auréa ! s'exclama-t-il en pénétrant dans le salon. Dieu merci, tu es sauve !

Elle pressa plus vivement ses genoux contre elle mais demeura immobile, statufiée par la torpeur.

— Auréa, je suis là, balbutia-t-il, interdit face à l'absence de réaction de la jeune femme. Je t'en prie, regarde-moi…

Une intense douleur lui mordit la cuisse quand il s'agenouilla devant elle – rayant au passage le parquet de bois précieux avec le montant de fer cerclant son mollet. Il n'était pas censé prendre une telle position. L'appareil n'était pas conçu pour se plier de la sorte, mais cela lui importait peu.

Alors, seulement, il réussit à capter l'attention de son épouse. Elle l'observa quelques secondes, les reflets d'un sombre désespoir et d'une âcre fureur se succédant au fond de ses prunelles.

Rozarian lui effleura les doigts, frustré de son impuissance face à l'ampleur de sa détresse.

Peu à peu, les grands yeux vert amande aux filaments d'or clair de son épouse se mirent à briller, s'emplissant de larmes. Un hoquet de désespoir lui échappa, et elle se jeta sur lui, passant les bras autour de son cou pour mieux se blottir au creux de son épaule.

Rozarian resta un bref instant figé, déstabilisé, bouleversé par les sanglots fiévreux d'Auréa. Puis il laissa l'instinct le guider et oublia qu'ils ne formaient pas un vrai couple. Il oublia qu'il n'était pas censé aimer sa femme et que toutes leurs précédentes effusions publiques n'avaient jamais été que du spectacle.

Il l'étreignit puissamment et plongea une main dans ses cheveux pour lui soutenir la nuque tandis que, de l'autre, il caressait son dos. Il déposa de petits baisers sur le dessus de son crâne et murmura :

— C'est fini, tu es en sécurité, à présent. Il n'arrivera plus jamais rien de semblable, je te le promets. Jamais je ne laisserai quiconque te faire le moindre mal, je te le jure…

Auréa s'agrippa à lui avec une force redoublée et pleura librement contre son torse, mouillant sa veste de ses larmes. La souffrance de la jeune femme lui tordit l'estomac, et il sut que ce n'était pas anodin, qu'il éprouvait de vifs sentiments pour elle.

— Il… il les a tuées, cafouilla-t-elle, la voix hachée par le chagrin. Ce… ce monstre ignoble… Ce prêtre… Il les a tuées ! Comme ça ! Elles n'avaient pourtant rien fait de mal… Rien…

— Il en paiera le prix, assura-t-il spontanément – parce que cela lui paraissait indispensable, qu'il aurait été criminel de ne pas immédiatement placer l'assassin sous les verrous. Ce malade devra répondre de ses actes.

— Bien sûr que non, voyons, intervint Minerviane d'un ton profondément las, assise devant une table à quelques mètres de là.

Rozarian se tourna vers elle, interloqué de la trouver dans la pièce. Il ne s'était même pas rendu compte qu'il n'était pas seul avec son épouse.

Incrédule, il se récria :

— Que dites-vous ?

— Que veux-tu qu'il se passe, à présent ? continua la duchesse, poursuivant son raisonnement. Personne ne saura jamais que ce pauvre fou a assassiné une femme de sang royal. Nous n'avons aucun moyen de révéler la vérité sans déclencher aussitôt une crise diplomatique d'une envergure inimaginable. Sans compter que cela conduirait immédiatement Auréa dans les sous-sols de la Tour, le collier létal au cou. Et encore, dans le meilleur des cas ! Le prêtre pense avoir simplement accompli son devoir, et tout le monde en est déjà persuadé également. Au moins, Invidia l'aura puni avant de mourir. L'homme a été défiguré par le feu de la jeune Thaumaturge. J'ignore d'ailleurs s'il survivra à ses blessures, étant donné l'état dans lequel il se trouve...

Auréa se redressa et s'écarta d'un mouvement brusque, comme si, tout à coup, le contact de Rozarian l'avait brûlée. Elle plongea dans les siens ses yeux aux nuances uniques, aux longs cils pâles scintillants de petites perles humides. Elle battit des paupières et fronça les sourcils, une expression de dégoût s'inscrivant furtivement sur ses traits. Puis elle chuchota d'un ton si bas que lui seul put l'entendre :

— Tu ne devrais pas exploiter ma faiblesse pour jouer à cela. Crois-tu vraiment que je suis en état de faire semblant en un pareil moment ?

— Mais moi non plus, souffla-t-il, sa gorge se nouant subitement. Je ne joue pas, enfin ! Je ne joue plus...

Un pli sceptique et dur tordit les lèvres d'Auréa.

— Quel intérêt de continuer ainsi devant ta tante ?

Là-dessus, elle se détourna de lui, refusant de soutenir davantage son regard.

Rozarian récupéra la canne qu'il avait laissée tomber au sol et se releva dans un grognement sourd, peinant à redresser sa jambe invalide. Le temps qu'il parvienne à se mettre debout, la jeune femme s'était déjà éloignée pour se planter au milieu du salon.

— La duchesse a raison, convint-elle en séchant d'un geste aussi nerveux que résolu les larmes qui maculaient son visage. Lyssaris a été égorgée en place publique pour quelques reflets mauves dans ses cheveux. Invidia a été exécutée dans la foulée sans sommation. Et nous ne pouvons strictement rien faire.

Seulement prier pour que le roi ne durcisse pas encore les mesures prises contre les Thaumaturges…

— Je ne vois vraiment pas comment il accomplirait un tel exploit, grogna le prince. Que pourrait-il leur infliger de pire que ce qu'elles subissent déjà ?

Auréa leva la main en signe d'impuissance, comme s'il n'existait aucune limite en la matière.

— Ton père pourrait les éradiquer. Les faire toutes tuer, sur un simple caprice.

— Ne serait-ce pas finalement leur rendre service, étant donné ce qu'elles endurent déjà au quotidien ? opposa Rozarian.

Auréa lui jeta un coup d'œil outré avant de se détourner de nouveau. Et il regretta aussitôt son cynisme – clairement déplacé en la circonstance.

La jeune femme pivota vers l'autre coin de la pièce, où une imposante cage dorée occupait l'espace. Une fauconnelle grise au plumage tacheté de noir se tenait paisiblement perchée sur une petite balançoire derrière les fins barreaux.

Auréa prit une grande inspiration. Elle tendit l'index vers l'oiseau et déclara d'une voix raffermie :

— Je dois prévenir la reine. Chryséis doit être informée de la mort de sa fille. Il faut qu'elle sache ce que, avant d'y laisser la vie, Lyssaris a fait et pour quelles raisons.

— Vous n'y pensez pas ! se scandalisa Minerviane en se dressant brusquement, repoussant sa chaise dans un grincement désagréable.

— C'est mon devoir, insista Auréa d'un ton sans appel.

— C'est de la folie ! s'exclama la duchesse. Le Printemps entrera en guerre avec le Givre ! Vous…

— Le reinaume du Printemps n'a aucun moyen d'affronter le royaume de Givre, la coupa Auréa. La reine a bien d'autres problèmes. Elle est actuellement aux abois. Les troupes Damnées se tiennent déjà à ses frontières et se préparent à l'attaque. Chryséis a averti toutes les autres Tours. Pourtant, personne ne semble enclin à lui apporter le moindre soutien…

Rozarian la rejoignit et se plaça devant elle pour l'obliger à lui faire face. Les paupières plissées, il posa sur elle un regard nouveau.

— Comment peux-tu savoir cela ? Et… et, bon sang, si c'est vrai, alors pourquoi ne suis-je pas au courant ?

Auréa cilla et leva finalement les yeux. Elle lui jeta un coup d'œil aussi prudent que surpris.

— Léandran n'a peut-être pas cru bon d'en discuter devant tout son ministère, conjectura Minerviane. Le sujet est hautement sensible. Sans doute le roi ne s'en est-il entretenu qu'avec ses conseillers les plus proches…

Rozarian secoua la tête, de plus en plus en colère.

— En excluant son fils aîné ? Quoi de plus normal ?

Il serra les poings en se remémorant la dispute qu'il avait eue avec son père lors d'un conseil exceptionnel concernant la marche à suivre après la chute de la Tour des Sables Dorés. Léandran n'avait probablement pas voulu mettre Rozarian dans la confidence, cette fois-ci. Certainement redoutait-il que son aîné ne s'emporte encore et plaide en faveur de l'envoi de renforts militaires au reinaume du Printemps. Ce à quoi, manifestement, le souverain se refusait, peu importait l'avis de son héritier…

— Chryséis *doit* savoir pour sa fille, répéta Auréa, une lueur farouche brûlant dans ses prunelles. Avec le décès de Lyssaris, la lignée du Printemps s'est à jamais éteinte. Il est de mon devoir d'annoncer, d'une manière ou d'une autre, cette terrible nouvelle à ma reine.

Rozarian hésita. Malgré la situation, Minerviane n'avait pas complètement tort. Les retombées risquaient de se révéler catastrophiques. Pouvait-il toutefois réellement priver une mère d'informations aussi capitales à propos de sa fille unique ? Avait-il seulement le droit d'en décider ?

Il pivota vers sa grand-tante et effectua un bref rappel des faits :

— D'une certaine façon, même si elle n'en était pas à l'origine, la reine Chryséis a également pris part à nos manœuvres. Je suis sûr qu'elle ne fera rien qui puisse nuire à celle qu'elle a elle-même envoyée en remplacement de Lyssaris. À plus forte raison compte tenu de la position actuelle de son reinaume. Et puis, il est temps que cela cesse, que le Printemps sache comment les Thaumaturges vivent à la Tour de Givre. Cela ne devrait pas rester un secret. Il faudrait que tout le monde le sache...

Finalement, Rozarian avait pris sa décision.

La duchesse s'apprêtait à protester, mais il l'en empêcha.

— Je vous en prie, ma tante, permettez à mon épouse d'utiliser votre oiseau pour porter son message à sa reine.

Minerviane laissa retomber ses bras le long de son corps, soudain vaincue. Elle se dirigea vers la cage.

— Très bien, marmonna-t-elle à contrecœur. Tu sais que je ne peux rien te refuser, Roz. Je persiste néanmoins à penser qu'il s'agit d'une terrible erreur, que cela ne sera d'aucune utilité, si ce n'est d'accroître chagrins et tensions.

Le prince tendit la main en direction du bureau de la duchesse, où une plume et du papier étaient disposés. D'un geste, il invita son épouse à s'y installer afin d'écrire sa lettre.

50

Rozarian

Quelques heures plus tard, Auréa et Rozarian se rendirent à la grande salle d'apparat, où avait quotidiennement lieu le dîner du roi.

Le jeune homme baissa la tête pour examiner son épouse tandis qu'elle tenait son bras, visiblement déterminée à préserver malgré tout l'image d'un couple uni. C'était presque imperceptible, mais il la sentait trembler contre lui. Auréa était encore sous le choc des événements de l'après-midi. Quoi de plus normal, après avoir vu deux femmes de son entourage proche se faire assassiner au détour d'un couloir ?

Rozarian avait cru bon d'insister pour que, exceptionnellement, la jeune femme ne participe pas au traditionnel repas – maintenu en dépit du contexte. Lui ne pouvait s'y soustraire : il avait à parler à son père de toute urgence et n'avait guère d'autre occasion de le faire. Il était toutefois évident qu'Auréa, de son côté, avait grand besoin de repos et de calme.

La jeune femme n'avait cependant guère voulu entendre ses arguments. Elle était décidée à assister coûte que coûte à ce dîner – ce qui, il le devinait, ne laissait rien présager de bon…

Eu égard aux troubles survenus plus tôt – et puisque personne n'avait pu découvrir l'origine de la présence d'une prétendue Thaumaturge cachée parmi les serviteurs de la duchesse –, la garde avait été renforcée dans toute la Tour. Ainsi, une dizaine de soldats en armure, l'épée au poing, se tenaient devant les portes et barraient l'accès de la salle.

Ils reculèrent d'un même élan et s'inclinèrent dès que Rozarian et Auréa furent devant eux, puis poussèrent les hauts battants de bois sombre à leur passage – introduisant le couple princier à la place des domestiques dont c'était habituellement le rôle.

Une fois entré, le jeune homme repéra sa grand-tante qui se tenait près de la table dans une posture raide, le visage fermé. Elle sembla surprise de les voir, ayant probablement imaginé qu'ils déclineraient l'invitation et préféreraient la quiétude de leurs appartements.

Minerviane hocha prudemment la tête dans leur direction. Rozarian lui rendit son salut, mais Auréa n'eut aucune réaction.

La reine Déline arriva à son tour et, spontanément, se précipita vers la jeune femme.

— Oh, chère princesse, c'est terrible, quelle tragédie ! souffla-t-elle en posant une main légère sur son épaule. Comment ces jeunes femmes ont-elles pu…

— Le roi ! annoncèrent les gardes en frappant le sol de leurs lances, interrompant la souveraine.

Cette dernière renonça à terminer sa phrase. Au lieu de cela, elle baissa la tête et s'éloigna promptement. Elle s'inclina avec le reste des convives à l'entrée du monarque. Puis elle le suivit et se dirigea vers le siège qui lui était dévolu.

Léandran traversa la pièce d'un pas vif et alla directement prendre place sur sa chaise à haut dossier sans adresser un mot à quiconque. Il paraissait de fort mauvaise humeur, et personne – que ce soit parmi les trois conseillers qui se trouvaient là, le chapelain ou même les membres de sa famille – n'osa lancer la moindre discussion.

Chacun s'installa et commença à manger, respectant scrupuleusement le silence imposé par le souverain. Rozarian, confus et passablement perturbé, calqua d'abord son comportement sur celui des autres convives. Il percevait néanmoins, à côté de lui, la rage bouillonnante qui animait son épouse.

Auréa se borna à émietter les aliments dans son assiette sans rien avaler tout en fusillant résolument le monarque d'un regard sombre. Personne ne paraissait l'avoir remarquée pour l'instant, mais son attitude en révélait beaucoup sur ses pensées. Il était évident qu'elle tenait le roi pour responsable de la mort de Lyssaris et d'Invidia. Sa rancune se lisait sur son visage…

Au moment du dessert, Léandran se redressa. Et, comme s'il s'était retenu depuis des heures, il se tourna subitement vers la duchesse et s'exclama :

— Minerviane, j'aimerais quand même bien savoir comment vous avez pu, durant tout ce temps, héberger chez vous une espionne Thaumaturge inconnue de notre registre sans même vous en rendre compte ! Comment cela est-il seulement possible ? Il faudra vous en expliquer mieux que vous ne l'avez fait jusqu'à présent.

L'intéressée demeura parfaitement stoïque, s'étant probablement préparée à ce type d'éclat. Sans cesser de se tamponner la bouche de sa serviette, la duchesse rétorqua d'une voix égale :

— Cette jeune femme a toujours été exemp…

Rozarian vit alors les mains d'Auréa se crisper sur la table. Elle allait intervenir, mais il ne devait pas la laisser faire. La colère la dominait. Elle allait se mettre en très mauvaise posture – voire en danger. Il choisit donc cet instant pour interrompre grossièrement sa tante :

— Ce que, personnellement, j'aimerais plutôt savoir, c'est qui, ici, a décrété que l'on pouvait librement égorger nos concitoyens au motif d'un stupide reflet dans les cheveux ! Il me semble que la jeune femme victime de la folie du prélat ne portait aucune Pierre dans sa chair. Comment peut-on, dans ces circonstances, affirmer qu'elle était Thaumaturge ? Et puis, nos sujets peuvent-ils encore se sentir en sécurité quand un prêtre dément se permet de poignarder une femme sans la moindre explication en plein milieu d'une galerie passante ? Également, j'apprécierais de connaître la raison de l'absence d'Erann hier après-midi à notre cours d'escrime quotidien, lui qui n'en avait encore jamais raté aucun. Un conseil restreint se serait-il tenu sans ma présence ?

Rozarian voulait tout autant couper l'herbe sous le pied d'Auréa que détourner la fureur de son père. S'il pouvait obtenir au passage des explications quant au fait de ne pas avoir été informé de la situation du reinaume du Printemps – sans toutefois laisser supposer qu'Auréa l'avait elle-même renseigné –, il ne s'en priverait pas.

Léandran se tourna vers lui, son regard reflétant d'abord une profonde indignation. Puis, peu à peu, dans ses yeux couleur glacier, naquit un flagrant embarras.

— Je ne vois pas de quoi tu parles, grommela le souverain en reportant son attention sur le contenu de son assiette. Quant à ce qui concerne l'incident ayant eu lieu au cours de l'après-midi, je te prierai de ne pas t'en mêler. Tu ignores tout des détails de l'affaire. Du reste, comment oses-tu prendre la défense de ces maudites démones ? Toi, plus que tout autre, tu devrais savoir à quel point cette engeance est dangereuse. Je suis le roi et je dis que les soupçons du prélat étaient justifiés, comme son geste, en dépit de ce que tu as le culot de prétendre devant moi !

— Exposer un point de vue différent du vôtre revient donc à faire preuve de culot, c'est intéressant, rétorqua Rozarian. Il va de soi qu'il s'agit de la raison pour laquelle vous avez pris soin de m'exclure de vos récentes réunions secrètes...

Léandran frappa la table du poing, faisant sursauter tous les convives.

— Tu n'as pas été convié à ce conseil parce que tu ne sais pas te tenir ! avoua finalement le souverain, laissant exploser toute sa rancœur à l'encontre de son fils. Étant donné tes liens matrimoniaux, je suis certain que savoir le peuple du Printemps actuellement en difficulté t'aurait poussé au même genre d'esclandre que la fois où il a été question de la Tour des Sables Dorés !

— La... la Reine des Corbeaux a-t-elle encore frappé ? s'inquiéta tout à coup Méliante.

Elle jeta des coups d'œil affolés autour d'elle, puis plaqua la paume contre ses lèvres, se rendant probablement compte qu'elle avait parlé tout haut.

Léandran jeta sa serviette sur la table et se leva, des plis d'exaspération marquant son front. Tout le monde l'imita aussitôt, le protocole exigeant que personne ne demeure assis si le roi lui-même ne l'était pas.

Auréa prit un peu plus de temps que les autres pour se mettre debout. Sans doute réfléchissait-elle à la manière d'intervenir à son tour – ce que Rozarian redoutait plus que tout.

La colère de son père à son encontre, il pouvait l'encaisser. Il en avait l'habitude. Cela se révélerait toutefois beaucoup plus délicat si le roi se disputait avec son épouse – à plus forte raison maintenant qu'Invidia était suspectée d'avoir trempé dans d'obscurs complots...

— Tu es satisfait ? s'exclama Léandran à l'adresse de son aîné.

— Je serai satisfait lorsque nous enverrons des renforts dignes de ce nom à ceux que nous avons officiellement reconnus comme nos alliés ! répliqua Rozarian en se penchant au-dessus de la table avant de tendre la main en direction de sa cousine et d'arguer : Ne voyez-vous donc pas ? Notre propre peuple en serait également rassuré !

— Ainsi, tu voudrais dépouiller notre royaume de ses forces en une période aussi troublée ? s'insurgea Léandran. Aurais-tu perdu tout bon sens ? Et puisque nous en sommes à parler de ta santé mentale : depuis quand te crois-tu autorisé à rendre régulièrement visite à nos Thaumaturges ? Si tu imaginais que je ne saurais pas que tu envoies ton épouse nourrir ces vermines, tu te fourres le doigt dans l'œil. C'en est d'ailleurs terminé. Je ne permettrai plus que personne ne leur apporte quoi que ce soit. Ni toi, mon fils, ni vous, chère princesse !

— Vous ne pouvez pas..., protesta Auréa avant que Rozarian lui presse le bras, lui réclamant muettement de ne pas envenimer les choses.

Léandran se détourna, ignorant superbement la jeune femme. Puis il fit signe aux soldats restés devant la porte.

— Gardes, veuillez reconduire le prince et son épouse à leurs appartements. Le repas est fini. Que chacun rentre chez lui immédiatement et n'en sorte pas avant la fin du couvre-feu, est-ce clair ?

Rozarian renonça, sachant d'avance qu'il ne pourrait faire revenir son père sur ses décisions.

— Mais... enfin, ce n'est pas possible, balbutia Auréa tandis que des hommes en armure s'approchaient d'eux, les autres quittant la table. Vous devez... Votre Majesté...

— Je suis désolé, chuchota Rozarian en passant le bras dans le dos de la jeune femme pour la guider vers la sortie. J'aurai essayé.

Auréa serra ses coudes contre elle. À nouveau au bord des larmes, elle marmonna :

— Ce n'est pas suffisant...

— Je sais, mais nous ne pouvons malheureusement rien faire de plus.

51

Rin

Installée sur une selle de cuir toute neuve conçue sur mesure, Rin se cramponnait d'une main ferme à l'un des piques qui hérissaient le dos de Sekitan – le Wyrm que, depuis des jours, elle s'employait à dompter. De l'autre, elle tenait les rênes reliées au harnais de fer qui enserrait l'énorme tête de l'animal. L'appareil permettait de le diriger mais également, grâce à un geste particulier, d'entrouvrir la muselière sur commande afin de laisser la créature cracher son feu.

Cette dernière était par ailleurs loin d'être une monture docile. Elle se débattait parfois, exprimant farouchement son désir de liberté, et n'obéissait pas aisément à un ordre qui lui déplaisait. Un lien d'une nature étrange semblait néanmoins s'être tissé entre Rin et le dragon.

La jeune femme ignorait d'où lui venait cette habileté. Cela s'était manifesté spontanément, sans qu'elle puisse se l'expliquer. C'était ainsi : elle maîtrisait les intonations et les claquements de langue gutturaux qui permettaient de transmettre ses volontés au Wyrm. Plus curieux encore, des flashs – sorte d'images aux teintes vives, souvent rougeoyantes de flammes – lui envahissaient régulièrement l'esprit, en particulier lorsqu'elle demandait à Sekitan de lâcher son feu destructeur.

La créature paraissait même s'être infiltrée jusque dans ses rêves... Dans le dernier songe que la jeune femme avait fait de la Cité de Nacre, le monstre les poursuivait, elle et le Dragon-Tempête qui la menait chaque fois aux abords de la ville onirique. Le Wyrm détestait son autre monture, le gigantesque reptile chimérique aux écailles d'eau.

Rin commençait à craindre que Sekitan ne s'impose totalement dans ses visions et ne supplante le titan au corps liquide qu'il considérait manifestement comme un adversaire. Qu'adviendrait-il alors ? Pourrait-elle toujours accéder à la Cité des Songes ou les rêves en seraient-ils à jamais bouleversés, sans possibilité de retour en arrière ?

Elle n'avait aucune idée de ce que tout cela impliquait. Pour le moment, elle n'en avait parlé à personne. Elle était beaucoup trop concentrée sur sa nouvelle mission pour laisser ses doutes et ses peurs la perturber. Elle chassa donc immédiatement ces pensées et tenta de se ressaisir pour se focaliser sur l'instant présent.

Elle et Sekitan survolaient les forêts frontalières du reinaume du Printemps, les trois Vyvernes et leurs cavaliers qui constituaient son escouade spéciale planant derrière elle. Ces derniers peinaient bien davantage que Rin à se faire obéir de leurs montures. Les Vyvernes avaient beau être plus petites et moins dangereuses que l'énorme et puissant Wyrm – notamment parce qu'elles ne possédaient guère le pouvoir du feu –, elles demeuraient extrêmement récalcitrantes et hostiles aux humains.

Les Prêtresses parvenaient à peu près à s'en faire obéir au sol, lorsque les monstres demeuraient à portée de leur Elementum. Mais dans les airs, c'était une tout autre affaire. Les Thaumaturges étaient trop précieuses pour prendre le risque de monter elles-mêmes les créatures des Abymes. Aussi la reine avait-elle décidé que de simples soldats seraient affectés à ces postes.

De temps en temps, quand les Vyvernes se faisaient trop indociles, Rin leur adressait quelques claquements de langue secs afin de corriger leurs comportements et d'aider ses collègues dans leurs manœuvres. Ces singulières semonces permettaient d'apaiser brièvement la colère des dragons.

Ce n'était cependant pas toujours suffisant. Déjà trois cavaliers – sévèrement blessés par de trop nombreuses chutes – avaient dû céder leur place à de nouveaux volontaires…

Rin jeta un coup d'œil en arrière afin de s'assurer que tout se déroulait comme prévu. Pour une fois, les Vyvernes semblaient relativement tranquilles et volaient docilement en formation pyramidale. La jeune femme reporta ensuite son regard sur la forêt qui défilait à toute allure en dessous d'elle, ses longs cheveux blancs fouettés par les vents.

Dans l'épaisse canopée luxuriante qui bordait les frontières du reinaume du Printemps, de vastes bandes grises se dessinaient, crevassant le décor verdoyant de chemins de cendres et de désolation. Des hectares entiers de bois ravagés formaient un tracé en spirale, se rapprochant peu à peu du cœur du pays et de sa Tour. Le but de ces figures, exécutées au pinceau de feu, était de s'assurer que le message soit le plus clair possible. Que personne, au Printemps, ne puisse confondre ces attaques avec des dommages d'origine naturelle, provoqués par un banal Wyrm sauvage.

La gorge de Rin se serra à la vue de ce navrant spectacle. Tant d'arbres fruitiers et de magnifique végétation – si rares en territoire Damné – détruits et perdus pour des années.

Il s'agissait pourtant de son œuvre... C'était elle et Sekitan qui – sur ordre de Saori, afin de forcer la reine Chryséis à accepter une entrevue – avaient incendié toute une partie de ces forêts sublimes appartenant au Printemps. Les dégâts étaient considérables. Cette stratégie s'avérait toutefois payante puisque la monarque avait récemment cédé, consentant enfin à rencontrer la Reine des Corbeaux.

Rin aperçut soudain ce qu'elle cherchait. À quelques mètres de là, un convoi restreint, d'une quinzaine de personnes, se déplaçait sous les frondaisons. Elle tendit le bras pour indiquer à son escouade de virer légèrement sur la droite de manière à s'en approcher. Une trouée dans le feuillage des arbres lui permit de distinguer les individus chevauchant de ridicules chevautruches – des montures certes placides et facilement maniables, mais dépourvues de tout autre intérêt, ne pouvant guère combattre et encore moins voler...

Au centre du petit groupe se tenait une femme au crâne chauve, visiblement fraîchement rasé, arborant une couronne de roses et de brins torsadés d'or.

— Chryséis, murmura Rin pour elle-même.

La reine du Printemps était connue pour sa magnifique et profuse chevelure mauve cendré, typique de la lignée des femmes-mages. Qu'était-il donc arrivé pour que la souveraine décide brusquement de s'en séparer ?

Rin remarqua alors que la monarque était entièrement vêtue de noir, à l'instar de toutes les femmes qui l'accompagnaient.

Chryséis était en tenue de deuil et s'était débarrassée de sa chevelure en signe de son terrible chagrin. Quel proche, quel sujet important de son reinaume pouvait-elle avoir dernièrement perdu pour justifier une aussi troublante démonstration de sa peine ? Les attaques de feu que Rin avait menées dans les forêts frontalières n'avaient pourtant pas fait de victimes. Elle y avait scrupuleusement veillé...

Quoi qu'il en soit, ce n'était pas son rôle de se poser ce genre de questions. Pour l'heure, Rin devait seulement s'assurer que la reine du Printemps vienne bel et bien au rendez-vous organisé par Saori. Après tout, plus Chryséis se montrait affaiblie et vulnérable, mieux cela serait pour la suite des événements...

Rin vit les membres de la petite procession lever la tête vers elle et son escouade.

Parfait.

À présent, ils savaient qu'ils étaient surveillés, sous bonne escorte jusqu'au lieu convenu.

Rin fit voler Sekitan en cercle, et les Vyvernes derrière elle suivirent le mouvement. Il fallait continuer à intimider la reine du Printemps. Le plan devait se dérouler exactement tel que Saori l'avait élaboré.

Rin ordonna à Sekitan de descendre de quelques mètres afin de pouvoir examiner plus en détail l'escorte de Chryséis. Deux autres femmes en toges noires vaporeuses chevauchaient à ses côtés. Tout autour d'elles, se tenaient six gardes masculins vêtus d'armures étranges, conçues dans un matériau inconnu, qui n'était ni du cuir ni du métal, mais bizarrement semblables aux deux. Une poignée de Thaumaturges protégeaient également l'avant et l'arrière du groupe.

Si les pouvoirs de ces femmes étaient probablement similaires à ceux des Prêtresses du reinaume des Damnés – puisque tirés de la même Pierre –, les mages du Printemps semblaient néanmoins très différentes, du moins dans leur apparence.

Contrairement aux Thaumaturges que connaissait Rin, celles-ci étaient jeunes et peu marquées. La peau de leurs bras nus était exempte de gemmes, de cicatrices comme de traces de runes. Les signes de l'effroyable maladie n'apparaissaient pas sur leurs corps. Elles n'avaient pas l'air non plus de guerrières chevronnées. Elles ne portaient aucune arme, aucun bouclier, ni n'arboraient d'ossements décoratifs et de charmes sacrés.

Toutefois, à l'instar des Prêtresses Damnées, les Thaumaturges du Printemps inspiraient le respect et la crainte. D'elles se dégageait la même aura ancienne et mystérieuse, manifestation presque tangible de leur lien unique avec l'Elementum et les Abymes.

Rin s'arracha à sa contemplation pour s'éloigner du convoi. Elle en informa son escouade d'un nouveau geste, puis mit le cap vers le lieu de rendez-vous où l'attendait la Reine des Corbeaux. Le cortège de Chryséis y serait d'ici moins d'une heure, aussi était-il urgent que la jeune femme fasse son rapport à sa souveraine.

Une des Vyvernes derrière elle se mit alors à rugir. Rin se retourna et tenta d'identifier le problème. Insatisfaite du changement de direction, la bête renâclait et menaçait de déloger sa cavalière.

— Non, cela ne sert à rien ! s'écria Rin tandis que la soldate en mauvaise posture levait le bras pour abattre son fouet sur le flanc – déjà salement amoché – de sa monture. Courbe-toi davantage au-dessus de son encolure et donne plus de mou à la bride.

La cavalière tirait sur le mors de toutes ses forces, et sans doute était-ce la raison des protestations de son destrier. La soldate hésita l'espace d'un bref instant. Finalement, elle rangea sa cravache pour suivre les consignes de sa cheffe. En parallèle, Rin tenta d'apaiser la Vyverne récalcitrante de quelques cliquetis de langue bien sentis.

La bête souffla puissamment par les naseaux et fit onduler son long corps de bas en haut. Elle battit frénétiquement des ailes sur quelques mètres encore, puis finit par se calmer. Probablement terrifiée à la perspective d'une chute depuis leur haute position dans les airs, la soldate poussa un bruyant soupir de soulagement.

Rin et son escouade atterrirent sans encombre au point de rendez-vous. Cachée sous de hauts pins, une tente de velours noir avait été dressée là pour accueillir les monarques des deux reinaumes.

Un peu plus loin, masqué par les arbres, s'étalait le gigantesque campement militaire où se massait l'intégralité des troupes de Saori, prêtes à passer à l'action en un éclair, sur un seul ordre de leur souveraine.

Rin mit pied à terre et confia Sekitan aux soins de l'une des Prêtresses qui se trouvaient sur place. Après quoi, elle se hâta de rejoindre Saori.

La reine des Damnés se tenait nonchalamment assise sur un majestueux trône de merisier sculpté de corbeaux entrelacés, ses véritables volatiles l'encadrant de part et d'autre. Sur sa tête reposait l'imposante coiffe d'or enrichie désormais du dernier fragment de la Couronne Céleste récupéré à la Tour des Sables Dorés.

— Votre Majesté, salua Rin en s'inclinant avec déférence devant la monarque. Tout est en place. La reine

Chryséis est en approche et sera ici à l'heure dite pour vous rencontrer.

Rin dressa ensuite la liste complète des membres du cortège de la souveraine du Printemps, s'appliquant à en faire une description détaillée.

— Excellent, approuva Saori, se rencognant contre le dossier de son opulent fauteuil, les bras négligemment appuyés sur les larges accoudoirs. Cette histoire de deuil est en effet curieuse, mais ce doit être sincère. Je ne vois pas en quoi une imposture de ce genre pourrait représenter un quelconque avantage. Plus l'ennemi est fragilisé, meilleures seront nos chances. J'espère que tu es prête à accomplir ta mission. Une autre tête couronnée attend de périr de ta main, ma chère Tueuse aux multiples talents. Tout ton peuple compte sur toi. Comme lors de la précédente bataille, tu es la clé de voûte de ce plan.

— Je suis prête, affirma Rin d'un ton solennel, prenant une longue inspiration. Je me suis entraînée toute ma vie pour cela, Votre Majesté. Vous me faites un grand honneur en me chargeant de cette tâche cruciale.

52

Auréa

Auréa observa le serpentaigle de la reine Chryséis posé sur le rebord de la fenêtre du salon, ses serres s'agrippant à la pierre. L'oiseau lui rendit son regard, ne se doutant nullement des implications du message qu'il venait de livrer.

Se sachant seule dans l'appartement, la jeune femme tira une chaise et s'y laissa tomber. Elle planta les coudes sur la table et cala son front entre ses mains, totalement abattue. Elle soupira, puis reprit la lettre de sa reine afin d'en vérifier à nouveau les termes. La mission que Chryséis lui confiait à présent qu'elle savait sa fille morte était détaillée avec une extrême précision, chaque étape à suivre minutieusement réfléchie.

Devant Auréa, sur le plateau de merisier, gisait également la capsule à demi vide de laquelle se déversaient en tas une centaine de petites gemmes mauves. Des Pierres des Abymes. D'une valeur inestimable…

Les joyaux avaient visiblement été retaillés afin d'en démultiplier le nombre, spécifiquement en vue des manœuvres que devait effectuer Auréa.

C'était probablement tout le trésor de l'Ordre des Thaumaturges du Printemps qui se trouvait maintenant ici, à la Tour de Givre, en possession de la jeune femme. Chryséis avait dépouillé son reinaume de ses derniers biens précieux afin de servir ses plans désespérés et complètement délirants.

Auréa sentit les larmes lui monter aux yeux. Elle prit une profonde bouffée d'air et serra les dents pour les retenir. Elle ne se laisserait plus aller à pleurer. C'en était terminé. Elle ne l'avait que trop fait dernièrement…

Il y avait bientôt sept jours que Lyssaris et Invidia avaient été tuées au détour d'un banal couloir. Bientôt une semaine qu'une violente dispute avait opposé Léandran et Rozarian, ce dernier ayant osé prendre la défense des Thaumaturges et intercéder en faveur de l'envoi de renforts au reinaume du Printemps.

Auréa savait que le prince avait cherché à l'aider mais aussi à la protéger. Il l'avait sciemment empêchée de plaider elle-même sa cause afin de lui éviter de se fâcher trop ouvertement avec le roi. Si, en la détournant sur lui, Rozarian était parvenu à étouffer quelque peu la colère de son père à l'encontre d'Auréa, ses arguments étaient en revanche restés sans effet. La discussion s'était révélée impossible tant le roi de Givre était buté, pétri d'orgueil et sûr à l'excès de ses propres décisions.

Depuis lors, Auréa et Rozarian avaient décidé, d'un commun accord, de ne plus mettre les pieds aux repas officiels du monarque. La jeune femme avait également refusé toute visite, refoulant la duchesse comme les cousines de son époux qui, à plusieurs reprises, s'étaient présentées à sa porte.

Cette fois, Auréa s'était volontairement tenue loin du peuple de Givre, demeurant délibérément cloîtrée à l'abri derrière les murs des appartements princiers. Durant tout ce temps, elle n'avait fait que broyer du noir et ressasser les événements qui avaient conduit à l'assassinat de la véritable princesse du Printemps ainsi que de son amante Thaumaturge.

À maintes reprises, au cours de ces derniers jours, Rozarian avait semblé vouloir lui parler. À maintes reprises, elle l'avait surpris en train de l'observer, la bouche entrouverte, prêt à s'exprimer. Puis renoncer, ne trouvant visiblement pas les mots.

S'il restait taciturne, il se montrait cependant plus aimable que jamais envers elle. Il lui avait abandonné l'usage exclusif de la chambre. Il s'efforçait de la retrouver à la salle à manger pour prendre ses repas en sa compagnie. Et plus une seule remarque désagréable n'avait franchi la barrière de ses lèvres.

Probablement Rozarian culpabilisait-il pour tout ce qui – par sa faute, d'une certaine manière – était arrivé depuis le coup monté de leur mariage. Sans doute tâchait-il de faire amende honorable, à défaut de pouvoir être entièrement absous de ses fautes... Cela n'avait néanmoins plus guère d'importance aux yeux de la jeune femme. Elle attendait son heure. Elle s'était imposé la patience, sachant que Chryséis ne tarderait pas à lui faire connaître sa réponse face au meurtre de sa fille.

Auréa avait espéré que sa reine lui ordonnerait de prendre la fuite et de la rejoindre pour aider le peuple du Printemps à se défendre contre l'ennemi Damné. Elle avait songé qu'il était aussi possible que Chryséis lui enjoigne tout simplement de se rabibocher avec Léandran afin de mieux l'espionner pour son compte par la suite. Pas un instant cependant elle n'avait imaginé que sa reine exigerait d'elle de mettre en œuvre un tel plan...

Auréa referma la main sur une poignée de Pierres et crispa les doigts à s'en faire blanchir les jointures. Jusqu'à ce que les arêtes des petites améthystes lui rentrent dans la peau. Jusqu'à en éprouver une vive douleur…

Elle haïssait Léandran. Elle haïssait ce royaume. Elle exécuterait les ordres de Chryséis sans se poser de questions. Les conséquences ne la regardaient pas. Plus maintenant.

Après tout, ne le méritent-ils pas tous ?

Elle rouvrit la paume au-dessus de l'étui vide et versa les gemmes à l'intérieur, les entassant dans la cartouche qui avait servi à les lui envoyer. Elle avait pris sa décision : elle allait agir sans attendre, ainsi que le lui commandait sa reine.

Selon Chryséis, la situation était d'une extrême urgence. Elle réclamait qu'Auréa abandonne toute autre occupation pour se consacrer, sitôt le message reçu, à sa nouvelle mission. Un retard de seulement quelques heures, et tout tomberait à l'eau… Il n'y avait donc pas à tergiverser. Auréa avait le devoir d'obéir, de passer à l'action immédiatement.

Elle se leva d'un bond, s'arrachant brusquement à la torpeur du deuil ainsi qu'au choc des annonces de Chryséis. À présent, elle avait l'esprit clair. Elle savait ce qu'elle avait à faire. C'était simple. Hautement risqué, sans retour en arrière possible, mais simple.

D'un geste nerveux, Auréa balaya la table afin de faire glisser les derniers joyaux dans le tube. Une fois toutes les améthystes à l'intérieur, elle ferma le couvercle. Elle se servit des lanières du harnais afin de fixer l'objet en haut de sa cuisse droite, caché sous ses jupes. Elle y coinça également le couteau de son déjeuner, dont la lame dentelée pourrait s'avérer utile.

Puis, par acquit de conscience, elle relut la lettre et en grava chaque mot dans sa mémoire jusqu'à pouvoir la réciter par cœur. Après quoi, elle fit brûler la missive à la flamme d'une chandelle, réduisant le papier en cendres poussiéreuses, qu'elle laissa éparpillées sur la table.

Quelle importance ? Tout est perdu, de toute façon...

Résolue, elle marcha d'un pas fluide et léger en direction de la porte. De l'autre côté, sur le palier, deux soldats montaient la garde.

Rozarian s'était absenté pour elle ne savait quelle leçon quotidienne stupide et ne reviendrait pas avant plusieurs heures. Auréa n'avait de ce fait aucun moyen d'obtenir le chaperon requis, indispensable – selon la volonté du roi – à la moindre de ses sorties... Mais il n'était plus temps de négocier. Le plan pouvait échouer si elle ne se montrait pas assez rapide.

Auréa porta les doigts à sa Pierre, éprouvant la surface dure et chaude de la gemme à travers le tissu de son corsage. Un souffle balaya ses cheveux comme le chant de l'Ancien Monde s'élevait en elle dans un tourbillon lointain et mélodieux. Les paroles en restaient toujours floues et indistinctes, incompréhensibles, mais cette musique était tellement prégnante dans son esprit...

Par la Déesse, c'était si bon de sentir le flux de l'Elementum s'écouler à travers elle !

Elle prit soudain conscience de combien ses pouvoirs lui avaient manqué. Se voir ainsi privée de leur usage lui avait été particulièrement néfaste. Elle dépérissait à force de ne plus communier avec la magie des Abymes et elle ne s'en rendait compte que maintenant...

Une puissance immense l'emplit de nouveau, dévorant toutes ses peurs et ses doutes. Elle avait oublié ce qu'elle était, cette force terrible qu'elle possédait. Elle n'était plus une fausse princesse, Thaumaturge cachée et terrifiée, victime des intrigues des autres. Non, elle était une Chasseresse ! La plus jeune et la plus prometteuse de l'Ordre. Sa colère et sa haine l'animaient, renforçant encore sa détermination.

D'un geste sûr, Auréa tendit le bras vers la porte. Elle percevait l'air qui circulait à travers les poumons des deux hommes en poste de l'autre côté du battant. Personne d'autre ne se trouvait dans les parages. Elle pouvait donc agir sans crainte d'être surprise...

Elle s'empressa de saisir cette opportunité et tendit son autre main dans leur direction. Elle avala une grosse goulée d'air et bloqua son souffle dans sa poitrine, se concentrant afin de dépouiller les gardes de leur oxygène.

De faibles gémissements affolés lui parvinrent, mais ce furent les seuls sons que ses cibles émirent. Après quoi, elle entendit l'un d'eux glisser contre le panneau de bois, puis s'affaler mollement au sol, tandis que l'autre tombait brutalement, s'effondrant d'un seul coup.

Toujours en apnée, Auréa entrouvrit avec prudence la porte pour constater les effets de son pouvoir. Le visage des soldats était rendu rouge par l'asphyxie. Tous deux avaient les paupières closes et s'étaient manifestement évanouis.

Elle ne s'attarda pas pour vérifier leurs pouls. Elle referma la porte derrière elle et enjamba les corps inertes sans un regard en arrière. Elle fila dans la galerie afin de rejoindre un couloir plus étroit, qu'elle savait moins fréquenté.

Quelques secondes plus tard, lorsqu'elle fut certaine d'être hors d'atteinte, elle s'autorisa à reprendre une bouffée d'air. Parallèlement, elle relâcha la pression exercée sur ses victimes.

Elle recouvrit rapidement sa respiration, à peine gênée par la privation d'oxygène. Elle manquait certes de pratique après tout ce temps sans utiliser ses pouvoirs, mais elle n'avait pas perdu la main pour autant. Elle avait passé la plus grande partie de sa vie à s'entraîner, à travailler son souffle sans relâche, dans le but de maîtriser pleinement les vents. Elle était parfaitement capable de supporter plusieurs longues minutes sans air tout en restant en mouvement.

Sans doute aurait-elle dû éliminer pour de bon les deux gardes. Elle persistait cependant à penser que ce n'était pas nécessaire, qu'elle devait se préserver de toute cruauté inutile.

Avec un peu de chance, les soldats reprendraient conscience rapidement, sans connaître de dommages irréversibles. Avec encore plus de chance, peut-être ne comprendraient-ils même pas ce qui leur était arrivé et seraient incapables de faire le lien avec elle, ne songeant guère à vérifier l'intérieur des appartements.

Enfin, peu importait. Auréa était déjà loin et ne comptait de toute façon pas remettre les pieds là-bas.

Plus jamais on ne m'enfermera où que ce soit. Plus jamais je ne laisserai à quiconque ce droit sur moi !

Elle profita des corridors déserts pour courir à toutes jambes. Les geôles des Thaumaturges se situaient à l'opposé des quartiers princiers, et le temps lui était compté. Il n'y avait pas une minute à perdre !

À plusieurs reprises, Auréa dut traverser de vastes galeries remplies de monde. Les habitants de la Tour de Givre effectuaient leurs tâches quotidiennes tandis que d'autres flânaient dans les passages commerçants. Chaque fois, elle s'obligea à ralentir et adopta un pas plus naturel, s'efforçant de prendre un air dégagé et confiant afin de se fondre dans la masse.

Les sujets du royaume avaient désormais l'habitude de la voir circuler parmi eux. Aussi ne prêtèrent-ils pas vraiment attention à sa présence. Auréa prit toutefois quelques minutes pour acheter un foulard dans une échoppe croisée sur son chemin. Elle attendit d'avoir retrouvé l'abri d'un couloir plus étroit et peu passant pour le nouer sur sa tête, cachant ainsi ses tresses mauves, signe révélateur de son identité, la distinguant à coup sûr parmi la foule.

Une fois le fichu en place, elle ne craignit plus d'emprunter les voies bondées, du moment qu'elles la conduisaient dans la direction souhaitée.

Elle songea un instant à acquérir d'autres châles de ce genre afin de mieux dissimuler les chevelures des Thaumaturges ainsi que leurs horribles colliers. L'entreprise aurait cependant nécessité un temps dont elle était loin de disposer. Les prisonnières étaient plus d'une cinquantaine, et il aurait fallu au moins un foulard et une écharpe à chacune pour cacher efficacement leurs particularités.

Tant pis pour la discrétion. Auréa s'en tiendrait au plan de Chryséis – quand bien même, compte tenu des difficultés de coordination, s'apparentait-il à du suicide pur et simple...

La jeune femme parvint finalement à l'accès de l'escalier qui descendait au quartier des Thaumaturges. Celui-ci était discrètement placé à l'arrière d'une tour, près de vieux corridors poussiéreux, guère empruntés depuis des lustres.

Elle s'engagea dans le souterrain le cœur battant. La suite des événements ne dépendait plus que d'elle dorénavant. En outre, elle savait que, cette fois, elle ne pourrait se contenter d'endormir les gardes... Elle serra les poings pour se donner du courage. Elle en aurait besoin durant les minutes à venir.

Je les hais tous ! se répéta-t-elle, dévalant à toute vitesse les marches de pierre déformées par l'usure et le temps. *Ils doivent payer pour leurs crimes ! Il faut que quelqu'un s'en charge. Et je suis la seule... La seule à pouvoir le faire !*

Soudain, elle fut au seuil de l'entrée de la galerie voûtée ouvrant sur les sinistres geôles. Surpris, les deux soldats qui se trouvaient là se placèrent immédiatement en travers de sa route et croisèrent leurs lances devant elle.

— Princesse, mais..., bafouilla le premier, la reconnaissant malgré le foulard sur sa chevelure. Que faites-vous ici ?

— Vous ne devriez pas être là ! intervint l'autre d'un ton sec et implacable. Le roi nous a interdit de vous laisser revenir. Vous n'avez plus le droit de visiter les Thaumaturges !

53

Auréa

Auréa ne prit pas la peine de chercher un prétexte pour tenter de passer malgré les instructions de Léandran. Elle jeta une main vers l'avant et, de l'autre, pressa sa Pierre, réunissant toute son énergie pour convoquer l'Elementum. Les soldats demeurèrent figés, sans comprendre ce qu'elle s'apprêtait à faire.

Elle remplit au maximum sa poitrine d'air, faisant siffler sa gorge dans sa hâte. Puis elle referma vivement le poing. Sans hésiter, Auréa arracha aux gardes tout leur oxygène.

Les deux hommes écarquillèrent les yeux d'incrédulité, ne saisissant que trop tard le but de son geste. Le premier laissa tomber ses armes dans un fracas métallique tandis que le second portait les mains à son cou et trébuchait, puis tombait à genoux. Dans leurs globes oculaires, de petits vaisseaux explosèrent, teintant d'un voile écarlate leurs regards terrifiés.

Auréa sentit les sanglots affluer dans sa gorge. Ses tympans se mirent à vrombir sous la vive accélération des impulsions de son pouls. Mais elle tint bon. Inflexible. Insensible à ses propres scrupules.

Ils doivent mourir, c'est ainsi ! Les ordres de Chryséis sont très clairs à ce sujet...

Grâce aux informations fournies par Auréa, la reine du Printemps avait pu établir un plan très précis. Elle voulait que la jeune femme libère au plus vite les Thaumaturges. Elle avait spécifié que tous les soldats qui se dresseraient sur son passage devaient périr. Sans quoi ils risqueraient, à un moment ou à un autre, d'entraver la bonne marche de la manœuvre...

Auréa contempla l'agonie de ses premières véritables victimes humaines, et une certaine partie d'elle - son innocence, sans doute - mourut avec eux. Un arrière-goût de bile, âcre et terriblement écœurant, se diffusa sur sa langue. Mais elle l'ignora, se détachant de tout ce qui n'était pas sa mission.

— Il est temps que cela cesse ! s'exclama-t-elle, autant pour elle-même qu'à l'adresse des deux hommes, s'appliquant à garder l'air hors de leur portée.

Ils perdirent conscience quasiment au même moment et glissèrent avec une lenteur grotesque sur les pavés. Auréa maintint la pression. Et la durcit même davantage.

Son bras trembla sous l'effort tandis que le thorax des soldats s'affaissait peu à peu à force d'être expurgé de tout oxygène. Des craquements d'os déchirèrent le silence comme la jeune femme continuait d'attirer à elle tout l'air de l'intérieur des deux corps. Elle ne s'arrêterait que lorsqu'elle serait absolument certaine qu'ils ne pourraient plus jamais se réveiller.

Cette fois, ça y est : je suis devenue une meurtrière...

Un hoquet lui échappa, et elle dut se pencher en avant pour reprendre sa respiration. Les dépouilles des soldats gisaient à ses pieds, sans vie, et elle ne put s'empêcher de s'attarder quelques instants à les observer. Un sentiment d'horreur explosa alors en elle, menaçant de la submerger.

Puis le bourdonnement dans ses oreilles s'atténua, et des cris en provenance des cachots lui parvinrent.

— Princesse ! Venez vite ! Oh, par la Déesse...

— Pitié, aidez-nous ! Pitié...

— Je vous en prie, princesse, venez avant que d'autres arrivent !

Auréa jeta un dernier coup d'œil aux cadavres et rassembla toutes ses forces pour étouffer ses émotions. Elle ne devait pas se laisser détourner de ses objectifs. Elle avait une mission de la plus haute importance à remplir. Seul cela comptait...

Elle ferma les yeux et descendit profondément en elle. Là, elle enferma son cœur dans une gangue de glace aux parois épaisses, inviolables. Alors, seulement, elle réussit à retrouver le contrôle.

Elle n'était pas une tueuse : elle était une héroïne venue pour sauver ses sœurs d'une existence d'esclavage et de torture. Et elle devait faire vite, avant que la Tour de Givre soit en état d'alerte et que le royaume se transforme en un véritable chaos...

Elle franchit les portes du couloir où se situaient les geôles. Elle souleva ses jupes et récupéra le tube contenant les précieuses gemmes.

Toutes les prisonnières se pressèrent contre les barreaux, intriguées, stupéfaites par ce qu'Auréa venait d'accomplir devant elle.

— Alors vous êtes l'une d'entre nous ? demanda l'une des captives, son visage sans âge plaqué contre les barres de métal corrodé.

— Oui, reconnut Auréa sans détour. Je suis une Thaumaturge, Chasseresse de l'Ordre du Printemps. C'est la reine Chryséis qui m'envoie. Elle veut que je vous donne les dernières Pierres des Abymes de notre

Trésor. Elle vous les offre, ainsi qu'une place dans son reinaume, en échange de votre allégeance.

Des exclamations d'étonnement et de consternation fusèrent de part et d'autre. Certaines semblaient avoir compris ce dont il était question, mais la majeure partie des prisonnières demeuraient perplexes.

Auréa fit glisser une poignée de gemmes dans sa paume qu'elle répartit ensuite entre les différentes cellules.

— Nous n'avons pas le temps d'effectuer les rituels adéquats, expliqua-t-elle en s'appliquant à distribuer équitablement les précieux joyaux. Il va falloir que vous vous débrouilliez pour faire fusionner au moins une autre Pierre avec votre chair. Elle sera votre seule garantie de survie si celle que vous portez déjà sous votre collier venait à être détruite.

— Est-ce vraiment possible ? s'inquiéta une femme presque chauve.

— Ouvrez plutôt nos cellules, réclama une autre. Nous verrons bien ensuite ce qui se passera…

— Si je vous laisse vous enfuir maintenant, vous savez très bien ce qui arrivera, répondit Auréa. Vous croiserez forcément la route d'un soldat qui activera aussitôt le dispositif qui vous enserre la gorge, et vous mourrez sur le coup.

— D'anciennes rumeurs prétendent que, dans certains peuples, les femmes-mages fusionnent avec plusieurs améthystes afin d'accroître leur puissance, déclara une Thaumaturge au visage creusé de profondes rides.

— C'est cela, acquiesça Auréa. Selon ces théories, une fois que d'autres Pierres ont été ancrées à la chair, le pouvoir des Abymes serait accru. Il se partagerait automatiquement entre les différentes sources, et seule la dernière gemme brisée entraînerait la mort de sa porteuse.

— C'est… c'est merveilleux, souffla une femme aux yeux couvert d'un voile trouble, probablement devenue aveugle à force de vivre dans la pénombre.

Lorsqu'elle eut transmis tous les joyaux de Chryséis aux prisonnières, Auréa revint sur ses pas pour se pencher sur les cadavres qu'elle avait laissés derrière elle. Elle s'appliqua à ne pas regarder leurs visages. Elle fouilla leurs poches d'une main nerveuse, avant de s'apercevoir qu'un trousseau pendait un peu plus loin à un clou accroché au mur.

Elle s'en empara et enjamba sans scrupule les corps de ses victimes pour aller déverrouiller les portes des cellules. Elle dut s'y reprendre à plusieurs fois avant de trouver la clé correspondant à chaque serrure.

— Tentez de cacher au maximum vos cheveux et votre collier d'esclave sous les vêtements dont vous disposez, conseilla-t-elle tout en s'acharnant sur un verrou qui refusait de céder.

Il y eut un cliquetis grinçant, plutôt récalcitrant, mais enfin Auréa obtint gain de cause. En l'espace de seulement quelques minutes, toutes les Thaumaturges sortirent de leurs effroyables cachots. Elles se regroupèrent spontanément dans l'allée en attendant qu'Auréa leur donne de nouvelles consignes. Elles paraissaient aussi confuses que nerveuses, terrifiées, mais prêtes à tout pour enfin quitter ces lieux misérables.

Si les vivres, les vêtements propres et les produits d'hygiène qu'Auréa était parvenue à leur fournir ces derniers temps avaient permis de les aider à se remplumer légèrement et leur donner un peu meilleure allure, cela ne relevait pas du miracle pour autant. Leurs mines étaient exténuées, leurs corps décharnés, et leur énergie flétrie, siphonnée par des années de détention.

Le long des bras de nombre d'entre elles coulaient de longs filets de sang à cause des Pierres qu'elles y avaient en hâte enfoncées. Le procédé, exécuté à la va-vite, loin de suivre le méticuleux protocole habituel, les avait considérablement éprouvées. Dans leurs prunelles brûlaient néanmoins le feu de l'espoir, l'étourdissant désir d'en finir une fois pour toutes, ainsi qu'un implacable besoin de liberté.

— Mes sœurs, aujourd'hui prend fin votre calvaire ! s'exclama Auréa, espérant, grâce à ses promesses, rassembler toutes les Thaumaturges derrière elle. Aujourd'hui signe le début de votre nouvelle vie ! Une *vraie* vie, qui vous appartient, à vous et à vous seules !

Des cris d'approbation s'élevèrent sous les voûtes obscures et humides des cachots.

Quand elle fut certaine que toutes étaient prêtes à la suivre, Auréa s'élança vers la sortie. Une fois dans l'escalier, elle dut cependant ralentir l'allure afin de s'adapter à celle des prisonnières, fortement diminuées dans leurs mouvements.

Parvenue sur le palier, Auréa opta pour le premier couloir sur la gauche. Elle conduisit alors les Thaumaturges dans un labyrinthe de coursives étriquées, priant pour ne rencontrer aucun garde.

Elle se dirigea à l'instinct, n'ayant jamais emprunté ces passages sombres, au dallage couvert de poussière, dans lesquels personne ne semblait plus jamais s'aventurer. Il s'agissait toutefois du choix le plus prudent, les voies qu'elle connaissait étant aussi les plus passantes.

Si ses calculs étaient exacts, elles avançaient en direction des remparts de la Tour. Elles tomberaient forcément sur un accès ouvrant sur l'extérieur à un moment ou un autre. Il le fallait…

Après un temps interminable d'errance dans la pénombre, les fugitives s'essoufflant à sa suite, Auréa aperçut bientôt de petits puits de lumière au loin. De fines meurtrières apparurent en haut des murs au fur et à mesure qu'elles progressaient. Elles ne devaient plus être très loin d'une sortie quelconque…

— Je connais cet endroit, déclara l'une des femmes-mages aux cheveux nattés de rubans fabriqués à partir de ses anciens haillons. Si nous prenons la galerie là-bas, nous déboucherons sur un hall.

— Mais nous risquons de croiser des gardes, opposa Auréa. Mieux vaut continuer de nous déplacer dans les coursives. Nous y serons plus en sécurité.

— Nous possédons de nouvelles Pierres, la confrontation ne nous fait plus peur, protesta la femme à la natte, s'avançant à travers le groupe. Nos forces sont loin d'être inépuisables, en revanche. Et nous en aurons grand besoin s'il nous faut traverser le royaume de Givre pour nous rendre dans les terres du Printemps.

La Thaumaturge se retourna pour s'adresser à ses sœurs :

— Nous sommes toutes prêtes à nous battre ! Nous avons attendu cela toute notre vie !

— Je ne partirai pas d'ici sans avoir au moins tué l'un de ces chiens de garde ! hurla une autre fugitive.

— Moi aussi !

— Oui, moi aussi !

Avant même qu'Auréa ait pu plaider en faveur de la prudence, les Thaumaturges la dépassèrent, décidées à prendre un tout autre itinéraire.

Sa mission l'obligeait à mener les Thaumaturges captives hors de la citadelle. Elle devait les suivre, quoi qu'il arrive. Elle leur emboîta le pas, stupéfaite par le brusque regain de vitalité de ces femmes que l'existence en ces lieux avait tant rudoyées.

Elle les comprenait, bien entendu. Elle partageait leur envie de revanche. Elle mesurait néanmoins également les risques encourus au vu de ce qu'elle savait des plans de Chryséis. Quoi qu'il en soit, le plus urgent était de quitter la Tour. Aussi les fugitives avaient-elles peut-être raison de vouloir emprunter les voies les plus directes pour ce faire, quitte à être contraintes de se battre contre ceux qui se mettraient en travers de leur route...

Elles finirent par déboucher sur un couloir plus large et mieux éclairé, par des lampes à gaz suspendues au plafond tous les deux mètres. Elles croisèrent une première personne, qui se contenta de baisser la tête sans demander son reste. Puis une deuxième, qui, à leur vue, s'enfuit en courant, ainsi qu'une troisième une quatrième et une cinquième, ayant la même réaction.

Après quoi, elles arrivèrent dans une large galerie où une dizaine d'habitants circulaient. Trois gardes – probablement prévenus par les inconnus rencontrés plus tôt – s'élancèrent aussitôt vers elles.

— Il y a une porte, juste là ! s'écria Auréa en indiquant la sortie dans un geste de panique.

À quelques mètres seulement se trouvait leur salut. Elles ne pouvaient pas échouer maintenant. Pas si près du but !

Auréa plaqua la main sur sa Pierre et jeta l'autre vers les soldats. Dans l'urgence, elle bloqua sa respiration sans même avoir pris la peine de remplir à fond ses poumons. Elle vida cependant les trois hommes de leur oxygène.

Mais trop tard... L'un d'eux avait eu le temps d'appuyer sur sa maudite télécommande. Des claquements secs résonnèrent alors, s'accompagnant du bruit écœurant de l'écrasement des précieuses améthystes. Parmi la cinquantaine de femmes-mages qui entourait Auréa, une vingtaine se plièrent en deux et se mirent à convulser en hurlant de douleur. Aucune ne s'écroula pour autant.

Les autres n'attendirent pas pour réagir. Auréa vit ses sœurs former des boules de feu et de glace au creux de leurs paumes pour ensuite les projeter sur les gardes déjà en partie asphyxiés. Des dalles se soulevèrent du sol sous l'impulsion des Thaumaturges maîtresses de la terre, puis fusèrent dans les airs pour aller percuter les soldats. D'autres personnes furent touchées également, et plusieurs d'entre elles tombèrent, blessées ou tuées sur le coup.

Auréa courut vers les gardes pour s'assurer qu'ils avaient été neutralisés tandis que des cris d'alerte perçaient la rumeur ambiante de la foule au loin. Les corps des trois hommes gisaient au sol, transpercés de pics glacés, le crâne défoncé par des pavés, et les vêtements en partie brûlés. Auréa prit une bouffée d'oxygène et relâcha la pression avant de leur fracasser le thorax à force d'aspirer leur air. Ce n'était plus guère utile, à présent...

— Vite, sortons ! ordonna-t-elle à l'adresse de ses complices.

Le son d'une puissante corne de brume vrombit au-dessus d'elles, semblant faire vibrer le dallage sous leurs pieds. Les fugitives se jetèrent des coups d'œil affolés, visiblement épouvantées à l'idée d'avoir affaire à des troupes entières de soldats.

— Comment peuvent-ils être déjà au courant ? s'alarma la femme à la natte. C'est impossible que toute la garde ait pu être informée de notre évasion, pas alors que nous venons seulement d'abattre ces gens...

— Ce n'est pas pour nous, répliqua Auréa, craignant d'avoir perdu trop de temps à chercher une issue dans les coursives. C'est l'armée des Damnés qui arrive aux portes de la Tour. Il n'y a pas une seconde à perdre, suivez-moi !

Là-dessus, Auréa fonça dehors, suivie de près cette fois par le groupe des Thaumaturges. Elles coururent ensemble le long d'une petite allée pavée. Puis elles bifurquèrent vers les sols enneigés et se dirigèrent vers la forêt la plus proche.

Au loin, en bas de la montagne, Auréa aperçut l'impressionnante cohorte de la Reine des Corbeaux. Ils venaient prendre la Tour de Givre et s'emparer des deux fragments de la Couronne Céleste que Léandran avait en sa possession.

Chryséis avait accepté de laisser l'ennemi franchir son territoire et y établir une base arrière en échange d'un pacte de non-agression envers la citadelle du Printemps. Elle avait également négocié afin qu'un groupe de Thaumaturges soit autorisé à quitter le bastion avant le début des heurts pour fuir le royaume de Givre...

Une fois sous le couvert des bois, Auréa s'arrêta. Malgré les murs de glace qu'elle avait édifiés autour de son cœur, celui-ci se serrait durement dans sa poitrine. Elle ignorait quel sort les Damnés réserveraient à la famille royale – ou plutôt, elle en avait une idée assez précise...

Elle ne pouvait pas abandonner Rozarian aux mains de ces guerriers sanguinaires. Elle haïssait le peuple de Givre, mais le prince n'avait rien à voir avec son père. Il n'avait pas mérité de mourir de cette façon. Il fallait qu'elle le trouve et qu'elle l'aide à s'échapper, quoi qu'il lui en coûte. Cela contrevenait aux ordres qu'elle avait reçus. Pourtant, elle ne pouvait faire autrement.

Les fugitives firent halte autour d'Auréa. Leurs regards se tournèrent unanimement vers elle, dans l'attente de ses consignes.

— Ils ne vous feront aucun mal, haleta la jeune femme en montrant les troupes ennemies. Ils savent qui vous êtes. Vous vous trouvez désormais sous la protection de la reine Chryséis. Si jamais vous croisez des soldats Damnés, ils vous laisseront tranquilles. Prenez la direction des plaines du sud, puis suivez le fleuve de Verre. Lorsqu'il se divise en trois bras, longez celui de droite, et vous finirez par arriver au reinaume du Printemps. Effectuez autant de pauses que nécessaire, et tant que vous serez en Givre, n'hésitez pas à allumer un feu pour vous réchauffer.

Elle avait récité au mot près les instructions de Chryséis.

— Attends ! se récria la Thaumaturges aux rubans en toile de jute. Tu ne nous accompagnes pas ?

À travers les conifères, à quelques centaines de mètres de là, Auréa aperçut Ignis, son renard-feu, qui galopait, se précipitant pour la rejoindre.

La gorge serrée, elle secoua la tête à son intention, espérant qu'il comprendrait. Puis, s'arrachant à la faible poigne de son interlocutrice, elle marmonna d'une voix sourde :

— Je... J'ai encore à faire à la Tour de Givre avant de pouvoir partir. Je suis désolée...

Auréa se détourna brusquement, puis courut aussi vite que ses forces le lui permettaient pour rejoindre cette citadelle de malheur.

54

Auréa

Elle parvint, hors d'haleine et en nage, jusqu'à la porte par laquelle elle et ses sœurs venaient de s'échapper quelques instants auparavant. Cela lui paraissait vraiment stupide de retourner ainsi en arrière plutôt que de s'enfuir avec les autres Thaumaturges comme l'avait exigé Chryséis. C'était pourtant plus fort qu'elle. Elle ne supportait pas la simple idée que Rozarian soit blessé... Jamais elle ne se pardonnerait qu'il se fasse tuer au cours de la terrible attaque qui s'annonçait.

Une puissante vague d'angoisse déferla en elle à l'évocation de cette perspective, et son pouls s'accéléra furieusement, pulsant douloureusement contre ses tempes.

Si Auréa approuvait la partie du plan de Chryséis qui consistait à offrir aux prisonnières de nouvelles Pierres pour survivre à leur fuite et aux monstrueux colliers dont le peuple de Givre les avait affublées, elle demeurait toutefois partagée concernant le reste.

La reine du Printemps en voulait terriblement à Léandran. D'abord pour l'avoir abandonnée alors qu'elle croyait son reinaume pris au piège par les armées Damnées massées à ses frontières. Ensuite, évidemment, pour la mort – pas si accidentelle que cela – de sa fille. Était-ce toutefois une raison pour pactiser avec l'ennemi et l'autoriser à franchir son territoire afin de prendre par surprise la Tour de Givre ? Auréa n'aurait pu véritablement en juger. Chryséis avait sans doute pris cette décision sous le coup de la peur, voyant ses autres options réduites à peau de chagrin. La colère avait dû l'aider à trancher la question. De toute façon, entre accepter d'aider passivement l'ennemi à s'emparer d'un royaume officiellement allié qui l'avait abandonnée et voir son propre peuple tomber sous le joug de la Reine des Corbeaux, le choix était vite fait...

Une fois de retour dans la citadelle, Auréa traversa au pas de course la galerie où plusieurs gardes ainsi que quelques innocents passants gisaient au sol, morts ou seulement blessés pour certains. Elle serra les dents et zigzagua entre eux sans un regard. Elle était trop pressée pour s'arrêter et porter secours à quiconque.

Elle était également trop pressée pour prendre le temps de regretter quoi que ce soit...

Plus tard, j'en aurai tout le loisir.

Une fois noyée au milieu de la foule agitée, elle retira le fichu qui dissimulait ses cheveux. À présent, il fallait qu'elle soit reconnaissable si elle souhaitait être menée auprès de son époux.

Elle chercha parmi la masse compacte des inconnus qui s'agitaient en tous sens un garde susceptible de l'aider. La panique et le chaos régnaient dans les couloirs de la Tour tandis que le mugissement de nombreux cors résonnait à nouveau, emplissant l'air de leurs terrifiantes alertes.

— Les Damnés sont à nos portes ! hurla un homme au centre du corridor.

— Par Celui qui Dicte, nous sommes perdus ! gémit un autre un peu plus loin.

Des cris de terreur explosèrent un peu partout.

— Nous allons tous mourir ! présagea une femme âgée, tout près d'Auréa.

— Du calme, messieurs, mesdames, pria un soldat en levant les bras dans un signe d'apaisement. Rentrez chez vous et barricadez vos portes, ordre du roi !

Ces consignes restèrent sans effet. L'effroi avait déjà conquis l'esprit des habitants de la citadelle, les rendant hermétiques aux instructions comme au bon sens.

Auréa fut bousculée par un inconnu qui cherchait à traverser la foule, puis par un deuxième, et trébucha, manquant chuter. Plus personne ne prêtait la moindre attention à la couleur de ses cheveux ni à l'identité qu'elle était supposée indiquer.

Elle songea avec horreur à ce qui lui arriverait si elle s'écroulait sur les pavés maintenant. Dans l'état où les gens se trouvaient, la piétinerait-on sans s'en soucier ?

— Garde, s'il vous plaît ! s'écria-t-elle en levant les mains au-dessus de sa tête pour être vue. Je suis la princesse de Givre. Je réclame votre aide !

Le soldat s'apprêtait à repartir d'où il était venu mais s'arrêta tout de même pour jeter un coup d'œil dans sa direction.

— Je dois de toute urgence rejoindre mon époux, le prince Rozarian ! s'époumona-t-elle, luttant contre un atroce sentiment de désespoir. Je vous en prie !

Le garde fronça les sourcils, l'air indécis. Finalement, il se précipita vers elle, fendant la cohue en un éclair. Il tendit la main dans sa direction, et elle la saisit. L'homme ignorait qu'elle avait assassiné plusieurs de ses collègues un peu plus tôt…

Peu importait. Auréa était prête à tout pour retrouver Rozarian. Il fallait qu'elle le prévienne. Qu'elle l'aide à s'enfuir avec elle avant que la situation lui échappe totalement et devienne dramatique...

Elle y arriverait, elle le savait. Elle conduirait Rozarian en lieu sûr. Chryséis serait obligée de l'accueillir à la Tour du Printemps. Auréa ferait en sorte que la souveraine ne puisse refuser.

— Venez avec moi, princesse ! lui ordonna le soldat en la tirant brutalement à lui. Nous allons longer les murs jusqu'à la voûte que vous voyez là-bas. De l'autre côté de l'alcôve se trouve l'entrée de passages secrets. Je vais vous mener auprès des vôtres, ne vous inquiétez pas.

Auréa lui emboîta le pas sans discuter.

L'homme tint ses promesses et la conduisit jusqu'à une porte dérobée, cachée juste derrière une tapisserie, qu'il barra soigneusement à sa suite.

— Hâtons-nous ! lança-t-il en s'emparant d'une lampe à gaz. Par ici !

Après de longues minutes de course le long d'étroites galeries obscures et d'interminables escaliers tout aussi peu éclairés, le garde la fit sortir directement dans l'aile des princes.

Rozarian se tenait à l'entrée de leurs appartements, le front plissé d'inquiétude. Il était en grande conversation avec les gardes en poste devant chez lui.

Auréa se racla la gorge et les ignora. Ils étaient encore en vie, c'était le principal. D'autres de leurs collègues n'avaient pas eu cette chance...

Le prince se tourna vers elle et cilla à sa vue. Une expression d'intense soulagement se dessina sur ses traits.

— Bon sang ! J'ai cru que...

Il ne termina pas sa phrase et préféra se jeter sur elle pour la prendre dans ses bras. Elle ne savait pas s'il s'efforçait toujours de jouer son rôle devant les autres ou s'il était sincère. Mais peu importait. L'heure n'était plus aux tergiversations de ce genre.

Sans se soucier des soldats près d'eux ni de la conversation qui les occupait, elle entraîna Rozarian dans le couloir, l'éloignant des oreilles indiscrètes.

— Il faut que tu viennes avec moi, chuchota-t-elle en s'agrippant au plastron d'écailles noires qu'on avait dû l'obliger à enfiler. Tu n'es plus en sécurité ici. La Reine des Corbeaux arrive…

Il se pencha sur elle, une vive lueur d'angoisse se reflétant au fond de ses yeux dépareillés. Il répondit tout bas :

— Je sais. C'est incompréhensible ! Comment ont-ils pu arriver si vite ? Aux dernières nouvelles, l'armée des Damnés menaçait le reinaume du Printemps. Que s'est-il passé pour qu'elle soit déjà à nos portes ? Les Damnés n'ont pas pu prendre aussi rapidement la Tour de Chryséis et la quitter…

— La reine a dû négocier pour sauver son peuple, avoua Auréa, ravalant péniblement sa salive. J'ai reçu une lettre de sa part il y a quelques heures. Elle m'avertissait de sa décision de laisser les troupes Damnées franchir son territoire. Elle me demandait de fuir pour la rejoindre.

Rozarian eut un mouvement de recul.

— Alors c'est une vengeance ? Elle souhaite nous punir pour la mort de Lyssaris ?

— Peut-être, mais je pense qu'elle n'avait pas le choix, de toute façon. Le reinaume du Printemps n'a plus aucun morceau de la Couronne Céleste. Sans doute est-ce pour cela que la Tour de Chryséis n'intéresse pas vraiment la Reine des Corbeaux et que celle de Givre a sa préférence.

— Mais c'est... c'est une monstrueuse trahison ! s'exclama Rozarian, attirant à lui le regard des gardes restés sur le palier.

Auréa baissa la tête, accablée. Elle ne voyait pas tout à fait les choses de cette façon, mais elle n'allait pas se lancer dans une argumentation.

— Tu dois venir avec moi, souffla-t-elle en serrant nerveusement les doigts sur l'armure de Rozarian. Il est temps, ça y est. Nous devons nous enfuir tous les deux. Maintenant.

— Quoi ? s'exclama-t-il, l'air soudain horrifié. Non ! Non, Auréa. Jamais je n'abandonnerai mon peuple. Jamais !

— Mais... Enfin... Tu...

Cela n'avait pas de sens. Rozarian n'avait cessé de lui répéter à quel point il désirait quitter la Tour de Givre et découvrir le monde hors de ses murs.

Il s'arracha à elle et recula encore, la dévisageant avec une extrême gravité.

— Je suis peut-être nul au combat et peu intéressé par la politique du royaume, mais je ne suis pas un lâche qui se moque du sort de ses sujets.

— Nous pourrons passer chercher la duchesse en chemin pour qu'elle se joigne à nous, insista Auréa, pensant avoir deviné l'origine des réticences du jeune homme. Peut-être pourrions-nous même aller le proposer aussi à tes cousines.

Rozarian secoua la tête, les sourcils froncés d'incrédulité. Il prit une profonde inspiration, puis se rapprocha finalement d'elle.

— Hors de question que je me sauve devant l'ennemi. Je suis l'héritier du trône et, que cela me plaise ou non, j'ai des devoirs, c'est ainsi. Mais toi...

Il tendit une main tremblante vers elle et serra nerveusement les doigts de l'autre sur sa canne.

— Toi, tu peux fuir, murmura-t-il en caressant doucement sa joue du dos de ses phalanges. Rien ne te retient ici. Tu n'aurais d'ailleurs jamais dû te trouver là. Puis, tu auras plus de chances seule...

Il jeta un bref regard amer à sa jambe appareillée, lui signifiant clairement qu'il l'aurait de toute façon trop ralentie.

— Dépêche-toi, ajouta-t-il, ses traits se crispant sous l'effet d'une étrange douleur.

Elle crut un instant qu'il allait l'embrasser et retint sa respiration dans l'attente d'une brève étreinte – se surprenant à brûler d'envie qu'elle ait lieu. Mais après un brusque soupir, Rozarian se redressa et recula d'un pas.

Auréa hésita. Il avait raison : ce n'était pas son peuple. Ce n'était pas son combat. Elle devait partir. Sa reine le lui avait ordonné.

Mais si elle faisait cela, pourrait-elle encore se regarder dans un miroir ? Pourrait-elle encore se supporter sachant qu'elle avait laissé périr ce jeune homme pour lequel elle ne pouvait s'empêcher d'éprouver d'étranges sentiments ?

55

Auréa

Au bout de la galerie, un groupe de soldats en armure apparut. Au milieu d'eux se tenaient le roi et son fils cadet, Erann – également vêtus de pièces d'écailles de Vyvernes.

— Toutes les herses ont-elles été baissées ? s'enquit Léandran auprès de son capitaine.

— Oui, Votre Majesté, répondit celui-ci. Nos soldats sont tous en position. Il ne reste plus qu'à vous placer, vous et les vôtres, en sécurité en haut du donjon, et nous serons prêts à soutenir un siège.

— Parfait ! approuva le monarque avant de faire signe à son fils aîné : Rozarian, princesse, hâtez-vous un peu, bon sang ! Êtes-vous au courant que nous subissons en ce moment même une attaque ?

Un garde débarqua précipitamment derrière eux.

— Majesté ! s'exclama-t-il, en panique. Nous n'avons pu disposer la ligne de défense des Thaumaturges. Leurs quartiers sont vides ! Nous ignorons comment elles ont pu disparaître ainsi. Les soldats en poste ont été retrouvés morts devant les cellules, et d'autres cadavres de gardes ont été signalés dans les galeries adjacentes.

— C'est impossible ! s'étrangla Léandran, tout à coup rouge de fureur. Par quel miracle cette bande de vipères a-t-elle pu réussir à s'échapper ?

Auréa vit Rozarian se raidir. Le jeune homme s'abstint cependant de tout coup d'œil dans sa direction. Il avait compris ce qu'elle avait fait. C'était évident...

— Nos guerriers n'ont pas besoin de l'aide de ces démones pour nous défendre, trancha le capitaine. Dépêchons-nous de nous rendre sur la plate-forme, Majesté.

— Très bien, se résigna le souverain avant de se tourner vers la jeune femme : Princesse, fils, suivez-nous.

Là-dessus, un valet ouvrit les portes de l'ascenseur, et un soldat saisit le bras d'Auréa pour la pousser vers la cabine. Hagarde, elle se laissa mener à l'intérieur en compagnie du roi, d'Erann, de Rozarian et d'une paire de gardes.

C'était trop tard... Si elle avait eu une chance de s'enfuir, elle l'avait laissée passer. Elle allait devoir affronter les Damnés au côté d'un peuple qu'elle détestait presque autant que l'ennemi.

Rozarian se tenait tout près d'elle, mais il s'appliquait manifestement à éviter son regard. Son visage était fermé, dépourvu d'émotion. Sans doute lui en voulait-il d'avoir profité de leur malheur pour libérer les Thaumaturges. Sans doute la haïssait-il maintenant qu'il savait qu'elle était une meurtrière, prête à assassiner ceux qui avaient la malchance de se trouver sur son chemin...

J'ai fait ce qu'il fallait ! J'ai suivi les ordres. Ces soldats étaient les complices de ce système. Je ne dois pas regretter mes actes.

Cela avait-il seulement encore une quelconque importance ? Auréa se trouvait à présent embrigadée dans un conflit qui ne la concernait pas. Elle allait probablement mourir avec le peuple de Givre. Et tout ça pour quoi ?

Au moins avait-elle pu sauver ses sœurs Thaumaturges avant que la Tour tombe aux mains de l'ennemi. Au moins une poignée d'innocentes étaient-elles désormais hors de danger… C'était une maigre consolation, en considération des horreurs qui auraient bientôt lieu entre les murs de la citadelle, mais c'était déjà cela.

— Ne vous inquiétez pas, princesse, la surprit Erann en s'adressant à elle. La Tour de Givre est une véritable forteresse. Personne, au cours de l'histoire, n'a jamais réussi à percer ses défenses. Tout ira bien, je vous assure.

Elle acquiesça d'un faible hochement de tête, se demandant s'il était vraiment convaincu ou s'il lui mentait pour la rassurer. Rozarian ne semblait pas du tout partager la confiance de son frère en leurs moyens de résistance…

— Ils n'ont même pas d'engins de siège, d'après les rapports, argua Léandran dans un sourire satisfait, comme si l'adversaire était vaincu d'avance.

Rozarian grimaça et rappela :

— Le rescapé de la Tour des Sables Dorés avait fait mention de montures capables d'escalader des murs.

— Nos remparts n'ont rien de commun avec ceux-là, contesta le roi d'un ton bourru. Aucun animal ne peut gravir nos murailles !

L'ascenseur s'arrêta dans une secousse, puis les portes s'ouvrirent. Auréa reconnut les jardins de l'esplanade ainsi que la chapelle protégés par le haut dôme de verre. C'était l'endroit parfait pour observer la situation tout en se tenant aussi loin des combats et du danger que possible… Mais pour combien de temps encore ?

Un bataillon de soldats les accueillit, se rangeant aussitôt autour du roi. L'un d'eux s'empressa de lui adresser son rapport.

Auréa n'écouta pas. Elle avait l'impression de flotter au-dessus de son corps et de n'être plus qu'une spectatrice, présente malgré elle. Elle alla directement au muret sud, celui qui donnait sur le bas des montagnes et les forêts de conifères qui s'étalaient à la base de la chaîne. De puissants cors sonnèrent encore, faisant vibrer l'air alentour. Rozarian et Erann la rejoignirent et observèrent, eux aussi, la scène qui se jouait à quelques centaines de mètres en dessous d'eux.

Au pied de la Tour se pressaient les troupes des Damnés. Leur nombre était impressionnant. Apparemment, elles avaient déjà réussi à encercler tout le bastion. Les combats avaient commencé, et des volées de flèches tombaient en cascade des meurtrières de la Tour pour se ficher dans les corps de leurs ennemis. Cela ne paraissait toutefois guère les dissuader…

De puissantes Thaumaturges étaient à l'œuvre du côté de l'ennemi. Des explosions de feu éclataient contre les fondations. Des pics de glace s'élevaient dans l'atmosphère, dirigés vers les ouvertures, tandis que des missiles de terre compactée venaient pilonner les archers postés sur les chemins de ronde, entre les créneaux.

Bientôt sortirent de la masse des guerriers montés sur de curieux reptiles. Énormes, les bêtes s'accrochaient à la pierre des remparts et escaladaient sans difficultés les murailles supposément infranchissables.

— Par tous les Enfers, souffla Léandran. Rozarian, tu avais raison…

Des cris d'effroi retentirent juste derrière eux. Auréa fit volte-face et aperçut la duchesse, accompagnée de la reine ainsi que des cousines de son époux. Elles venaient d'arriver sur la plate-forme, le chapelain à leur côté. Leurs regards étaient tournés vers le ciel, en direction du nord. Ce qui parut absurde à Auréa.

Jusqu'à ce qu'elle l'aperçoive à son tour… La silhouette immense d'un Wyrm se détachait sur la toile gris pâle du firmament, un cavalier perché sur son dos. Et à sa suite, trois Vyvernes, montées elles aussi.

— Tous à vos épées ! hurla Léandran en dégainant la sienne. Que personne ne laisse ces ordures toucher à un cheveu de mes fils !

Erann et Rozarian imitèrent leur père et brandirent leurs lames dans un même mouvement tandis que les soldats resserraient leurs rangs autour du monarque. Auréa songea, l'espace d'un bref instant, qu'elle n'avait même pas remarqué que son époux portait un fourreau à la hanche, fixé à son appareil de métal.

Elle vit Déline, Minerviane et Méliante courir se mettre à l'abri dans la chapelle avec le chapelain. Un soldat la poussa sans douceur pour l'obliger à les suivre, mais elle se déroba.

Tout sembla alors soudain s'accélérer. De silhouette dans le lointain, le Wyrm, en seulement quelques coups d'ailes, devint une menace imminente, son long corps jetant une ombre colossale au sol. D'un coup de ses larges serres, il frappa le dôme. Le verre explosa, et les dangereux débris plurent en cascade sur eux.

— Auréa ! l'appela Rozarian avant de lui ordonner : Va à la chapelle ! Tout de suite !

Une coupure traçait une ligne rouge sur sa joue, mais en dehors de cela, il était indemne. Erann n'avait pas eu cette chance. Comme plusieurs autres soldats, le jeune prince se débattait avec un bris de verre tranchant pris dans sa manche. Léandran avait été quant à lui protégé par les boucliers de ses gardes.

— Mettez le roi et les princes en sécurité ! vociféra l'un des hommes. Vite !

Au-dessus d'eux, le Wyrm rugit puissamment, et sa cavalière – une femme aux longs cheveux d'un blanc de neige et aux cornes bestiales – tendit la corde de son arc.

Elle visa le monarque.

Avant que quiconque ait pu réagir, sa flèche alla se ficher droit dans la gorge de Léandran, le cueillant violemment. Il trébucha vers l'arrière, aussitôt rattrapé par ses soldats. Mais déjà son sang, comme sa vie, le quittait...

— Père ! hurla Erann en se précipitant en direction du monstre, l'épée menaçant les airs.

Le Wyrm ouvrit grand la gueule. Une lueur rougeoyante remonta de son estomac jusqu'à la base de son cou pour se transformer en un terrifiant brasier s'échappant de ses mâchoires. Les flammes fusèrent sur le jeune homme, l'arrêtant brusquement dans son élan. Puis, d'un geste, la guerrière fit pivoter la tête de son destrier pour diriger le feu sur le groupe des soldats.

— Noooooon ! s'égosilla Rozarian.

Les yeux écarquillés d'horreur, il se laissa tomber à genoux sous le coup de l'épouvante.

Les trois Vyvernes se posèrent sur la plate-forme pour les encercler. La cavalière du Wyrm encocha une nouvelle flèche. Elle braqua son arme en direction du prince héritier.

Cette fois, Auréa parvint à s'arracher à sa torpeur. Comme par réflexe, elle pressa la main sur sa Pierre et aspira une goulée d'air. Sitôt que la femme aux cheveux blancs tira son projectile, Auréa projeta un souffle d'air pour le dévier.

La cavalière cilla de perplexité mais réitéra aussitôt la manœuvre. Auréa recommença, elle aussi, la contrant immédiatement tout en s'avançant pour se placer devant Rozarian, dans une tentative désespérée de le protéger. La guerrière fit alors pleuvoir sur le jeune homme une tempête de flèches qu'Auréa balaya chaque fois d'un geste de la main.

L'air agacé, la femme aux cheveux de neige balança la jambe en arrière et sauta à bas de sa gigantesque monture d'un bond agile. Puis elle tira une longue et fine épée légèrement courbée de son fourreau.

— J'ai ordre de tuer tous les mâles de la lignée de Givre, et je compte bien remplir ma mission, Thaumaturge ! clama la Damnée. Ce n'est pas toi qui m'en empêcheras !

— Va-t'en, Auréa, la supplia Rozarian dans un sanglot, le souffle court et étrangement sifflant. Tu n'avais pas à être ici. Je n'aurais jamais dû te faire venir à la place d'une autre. Pars, bon sang !

Elle l'ignora et préféra concentrer ses forces pour priver d'oxygène la guerrière devant elle ainsi que les trois autres qui avançaient dans son dos. Elle serra le poing jusqu'à s'enfoncer les ongles dans la peau et faire couler son sang.

Les Damnés derrière eux s'arrêtèrent, stoppés par le manque d'air. La femme à la chevelure blanche refusait cependant de renoncer. Elle était toute proche à présent, et des mouches noires dansaient en périphérie du champ de vision d'Auréa.

Un filet de sang s'écoula de sa narine tandis qu'elle s'acharnait à tenir bon, épuisée de trop avoir utilisé l'Elementum en aussi peu de temps. Elle allait s'évanouir quand elle se jeta sur l'épée de Rozarian, tombée au sol. Elle reprit une bouffée d'oxygène, incapable de résister davantage, et jeta la lame vers la guerrière.

Cette dernière trébucha, affectée malgré tout par la privation d'air, mais para sans effort le coup d'Auréa. Elle fit un bond et leva son arme au-dessus de Rozarian, mais celui-ci ne releva même pas la tête.

Le prince tremblait de tous ses membres et grognait sourdement. Le regard toujours planté au sol, il ouvrit les mâchoires et poussa un hurlement impossible, aussi puissant que le tonnerre.

— Tu es dans mes rêves, souffla la guerrière, se figeant d'un coup. Vous êtes tous les deux dans mes songes... Vous savez où se trouve la Cité de Nacre...

Soudain, dans le ciel, au-dessus de la mer de glace blanche, apparut une forme monstrueuse, aux proportions difficiles à appréhender pour l'esprit humain. L'énorme corps de la chose était d'une longueur terrifiante. De forme effilée et serpentine, bien que dépourvu d'ailes, le titan tournoyait dans les airs.

— Le Dévoreur de Monde ! s'écrièrent les Damnés derrière eux, se relevant brusquement pour s'enfuir vers leurs Vyvernes.

De nouveaux coups de tonnerre retentirent. La Tour sembla alors vaciller sur ses fondations. Des pans de murs entiers s'effondrèrent comme le colosse se dressait au-dessus de la citadelle, éclipsant presque entièrement la lumière du soleil.

— Nous sommes tous perdus, haleta la guerrière en laissant tomber son katana au sol, saisie de peur.

Auréa luttait pour ne pas perdre conscience, le sang s'écoulant maintenant à grosses gouttes de son nez. La femme aux cheveux de neige avait raison : peu importait la bataille. Tout le monde ici, Damné ou de Givre, allait périr...

Remerciements

J'aimerais d'abord remercier tous mes lecteurs, les fidèles de la première heure comme les nouveaux arrivés qui me découvrent peut-être avec ce roman, sans qui évidemment je ne pourrais exercer ce métier, qui est aussi ma plus grande passion ! Merci pour votre enthousiasme lors des salons et sur les réseaux sociaux. Votre soutien m'est extrêmement précieux, il m'aide à persévérer au quotidien, à essayer de donner toujours le meilleur de moi-même.

Je remercie également Pauline, mon éditrice, pour avoir accepté de se lancer avec entrain dans cette aventure avec moi. Merci à toute l'équipe J'ai Lu pour ses efforts, en particulier à Benjamine pour ses idées géniales et à Marie pour son entrain et sa bonne humeur si communicative.

Merci à mon mari de m'épauler avec une constance sans faille, les bons jours comme ceux où le doute et l'angoisse peuvent parfois se faire sentir.

Merci à ma maman, ma première lectrice, qui suit avec assiduité, chaque semaine, mon avancée sur mes textes et avec qui j'ai des échanges sans cesse plus enrichissants.

Et, bien sûr, merci à Axelle, Laura et Angélique, mes super bêta-lectrices, pour leur travail consciencieux et leurs analyses poussées de mes personnages. Je vous adore, les filles !

Playlist d'inspiration

Carry Me, Eurielle.
Sinners, Lauren Aquilina.
Song of Durin, Lauren Nicole Walker et Eurielle.
Claim Your Weapons, Christian Reindl et Atrel.
Andrew's Song, IMAscore.
Sound of War, Tommee Profitt et Fleurie.
Ghost, Jacob Lee.
Far Across The Land, Ryan Louder et Eurielle.
King, Lauren Aquilina.
Trauma, Nathan Wagner.
Scars, No Name Faces.
In Silence, par Janet Suhh.
Battlefield, SVRCINA.
Everybody Wants To Rule The World, Lorde.
I Scare Myself, Beth Crowley.
Gloria Regali, Tommee Profitt et Fleurie.

Composition
NORD COMPO

Achevé d'imprimer à Barcelone
par CPI Black Print
le 5 septembre 2022

Dépôt légal : octobre 2022
EAN 9782290240984
L21EDDN001165-435574

ÉDITIONS J'AI LU
82, rue Saint-Lazare, 75009 Paris

Diffusion France et étranger : Flammarion